W0365850

LES VIGNES DU PENDU

Nicole provence

Éditions
Terre d'HistoireS

© **Terre d'Histoires 2020**, un département de City Editions
© 2017 Les éditions JCL
Titre publié pour la première fois au Canada par les Editions JCL
sous le titre *La corde du pendu*.
Couverture : Shutterstock/Studio City

ISBN : 978-2-8246-1670-4
Code Hachette : 43 8078 3
Catalogues et manuscrits : city-editions.com/terredhistoires

Conformément au Code de la Propriété Intellectuelle, il est interdit
de reproduire intégralement ou partiellement le présent ouvrage, et ce,
par quelque moyen que ce soit, sans l'autorisation préalable de l'éditeur.

Dépôt légal : Mars 2020

À Cléa, Tess et Elouann,
qui habitent mon cœur avec tant de bonheur.

1

Les martyrs de Saint-Andéol-le-Château

Juin 1817, insurrections lyonnaises

La nuit était si claire qu'Alphonsine hésita un moment avant de s'élancer sur le chemin. De sa ferme située entre le Béry et la Rivoire, elle pouvait rejoindre le bois de Montrond sans passer par le village, évitant ainsi de se faire surprendre par la troupe des gardes nationaux qui l'occupait. Installés là depuis une quinzaine de jours, les soldats recherchaient les insurgés qui avaient échappé aux arrestations ordonnées par le préfet de Lyon.

Alphonsine devait à tout prix rejoindre Honoré, son mari, qui s'était enfui à temps et qui avait trouvé refuge dans une vieille masure abandonnée dont la plus grande partie avait brûlé dix ans auparavant. Au fil du temps, les broussailles avaient poussé, de même que des arbres qui, en se mêlant à ceux du bois situé sur le plateau, la rendaient invisible. Seuls quelques murs persistaient, mais menaçaient de s'écrouler à tout moment. Cette maison, Honoré la connaissait bien. Il s'y était souvent amusé durant son enfance, alors que le bois était son terrain de jeux de prédilection. En l'explorant, il y avait découvert une petite pièce intacte, certainement une ancienne cuisine. Elle recevait le jour à travers les fourrés qui envahissaient le terrain. Aménagée de bric et de broc, la vieille bâtisse était devenue son repaire secret où il n'avait invité que de rares camarades. Du temps de leurs fiançailles, Alphonsine l'y rejoignait en cachette. Bien à l'abri des regards indiscrets, ils s'y aimaient en toute quiétude. Que de belles heures ils avaient vécues, avant leurs noces !

Mais, ce soir-là, le rendez-vous n'avait rien de romantique. Elle savait le risque que courrait son époux si on le retrouvait. Ce serait l'arrestation et la pendaison, ou même la guillotine ; il subirait le sort qu'avaient connu tous ceux qui, la semaine précédente, avaient été repris.

Alphonsine pressa le pas tout en vérifiant si des gardes ne faisaient pas des rondes la nuit pour surprendre les insoumis qui ne résisteraient pas à la tentation de rentrer chez eux. Elle s'arrêta pour soulager un point de côté qui la faisait souffrir. Son ventre se faisait un peu plus lourd chaque jour et l'enfant qui grandissait en elle devait sentir l'angoisse de sa mère, car il s'agitait nerveusement et lui donnait des coups de pied. Comme s'il devinait le danger auquel ils s'exposaient, il semblait lui crier : « Plus vite, plus vite ! Tu vas te faire prendre et mon père sera pendu ou guillotiné comme les autres ! »

Après avoir pris une profonde inspiration, elle repartit en trébuchant, une main soutenant son ventre douloureux, l'autre crispée sur l'anse du panier lourd des vivres des deux ou trois prochains jours. À coup sûr, elle ne pourrait revenir souvent voir son mari sans attirer l'attention.

D'un œil irrité, elle regarda la lune, qui éclairait comme si c'était le jour et qui la dénoncerait à coup sûr. En même temps, elle se remémora les raisons de la guerre qui opposait les Français entre eux, qui les poussait à se haïr et à se dénoncer mutuellement. Et, même si elle ne le lui avait jamais dit, elle maudissait Honoré de s'être laissé embrigader dans cette révolution.

Après le bref exil de Napoléon sur l'île d'Elbe et la période des Cent-Jours qui avait précipité la fin de la monarchie, le souvenir de l'Empereur restait encore vivace dans la mémoire de ses fidèles. Sa condamnation à rester prisonnier sur l'île de Sainte-Hélène n'avait pas davantage refroidi les ardeurs de ses partisans. Républicains et royalistes s'affrontaient. Ayant eu vent de rumeurs annonçant un éventuel retour de Napoléon au pouvoir, accompagné de conspirations et de soulèvements, le préfet de Lyon avait mis les forces de l'ordre lyonnaises sur le pied de guerre.

Le lieutenant de police avait procédé à l'arrestation de citoyens sur la foi d'accusations plus ou moins fondées. Certains d'entre eux protestaient de leur innocence, mais ils étaient aussitôt confondus par les preuves qui les incriminaient sans le moindre doute ; des perquisitions à leur domicile avaient permis de découvrir, dissimulés dans des coffres ou dans de vieux meubles relégués au grenier, des portraits de l'ex-impératrice Marie-Louise[1] ou de son fils[2], le roi de Rome, des fusils à baïonnettes et des aigles brodés sur des drapeaux. Même les soyeux lyonnais n'étaient pas à l'abri de la suspicion ; plusieurs avaient été dénoncés et emprisonnés. Onze prévenus avaient été guillotinés en place publique et un apprenti maréchal-ferrant de Saint-Genis-Laval de seulement seize ans avait été exécuté devant la maison de sa mère. On l'accusait d'avoir pointé un pistolet à la gorge de monsieur le curé d'Irigny et du garde champêtre en criant : « Coquin, crie vive l'Empereur ou je te brûle la cervelle ! »

Malgré les arrestations et les condamnations destinées à décourager les opposants au nouveau régime, les bruits de soulèvement provenant des campagnes environnantes avaient persisté. Saint-Andéol-le-Château n'avait pas échappé à la tourmente, d'autant que ses villageois, trouvant que le pain coûtait trop cher, menaçaient eux aussi de se révolter. Pour mettre un terme au désordre qui régnait et arrêter les

---

1. Marie-Louise d'Autriche (1791-1847), seconde épouse de Napoléon Iᵉʳ, impératrice de France.
2. Napoléon II (1811-1832), fils héritier de Napoléon Iᵉʳ, plus connu sous le nom de l'*Aiglon*, ne fut que quelques jours empereur des Français.

insoumis du village, le préfet avait fait envoyer une troupe de gardes nationaux.

Le 8 juin 1817[1], à sept heures du matin, averti de l'expédition punitive, le curé avait désobéi à l'ordre donné la veille de fermer les clochers et il avait fait sonner le tocsin pour avertir les rebelles rassemblés non loin du village. Les hommes avaient pris les armes malgré l'opposition du maire et de son adjoint. À neuf heures, au son du tambour, une soixantaine d'hommes avaient quitté le village et s'étaient dirigés vers l'est, Honoré et ses compagnons de révolte en tête. Mais, à la vue des troupes qui déferlaient en force sur le plateau, ils s'étaient dispersés le plus rapidement possible pour se cacher dans un bois. Les gardes avaient rapidement rétabli l'ordre ; une grande partie des insurgés avaient été arrêtés et emprisonnés en attendant leur condamnation. D'autres avaient préféré se rendre spontanément pour ne pas risquer d'être fusillés.

Les gardes nationaux avaient récupéré vingt-cinq fusils, alors que les autres avaient été dissimulés. Ils s'étaient installés d'autorité dans le village en espérant capturer les fugitifs qui ne s'étaient pas rendus et qui auraient tenté de rentrer chez eux à la nuit tombée. Cent trente-huit hommes, vingt-trois sous-officiers et vingt et un officiers avaient été maintenus sur place pendant plusieurs semaines, nourris à même les vivres de la population locale. Une autre révolte avait grondé. Les villageois n'avaient pas oublié que, deux ans auparavant, ils avaient été obligés de nourrir aussi les troupes autrichiennes qui occupaient leur village. La défaite de Napoléon et les Cent-Jours leur avaient coûté beaucoup et ils avaient refusé de vivre la même situation. Mais force devait rester à la loi[2].

Au cours des jours suivants, quelques Andéolais qui avaient réussi à s'enfuir avaient été arrêtés à leur tour. Parmi eux, le patriote Étienne-Antoine Colomban avait été tué le 12 juin en

1. Date où eurent lieu des insurrections dans l'Ouest lyonnais.
2. Formule courante employée d'après l'article 7 de la Déclaration des droits de l'homme et du citoyen de 1789.

tentant de s'échapper. Quant à Laurent Colomban[1], à Christophe-Andéol Desgranges et à Jean-Baptiste Fillon, tous chapeliers ou cultivateurs, ils avaient été condamnés à être pendus[2] le 1er juillet aux Échirayes. L'emplacement, un point culminant visible de toute la région, avait été délibérément choisi pour que les exécutions servent d'exemple. Il symbolisait le lieu de rassemblement des insurgés et il gardait depuis la triste appellation de *bois des pendus*. Quelques jours plus tard, François Charvin, Andéol Millict et Claude Guillot avaient eux aussi été repris. Deux peines de déportation et huit peines d'emprisonnement avaient été prononcées à l'encontre de ceux qui avaient échappé à la guillotine ou à la corde.

Seul Honoré Angéolas était parvenu à passer entre les mailles du filet.

Épuisée, Alphonsine parvint enfin à la ferme incendiée. Elle s'immobilisa, tendit l'oreille et scruta l'horizon. Le calme régnait. Elle se trouvait au milieu des bois, trop loin du village pour qu'on puisse la découvrir. En portant à sa bouche ses deux mains réunies, par trois fois elle imita le cri de la chouette, tout en cherchant à voir si quelque chose bougeait autour d'elle. En réponse à son message, elle entendit le cri de la chouette. Rassurée, elle s'avança parmi les ruines baignées dans la lumière venue du ciel. Elle repoussa l'épais buisson qui dissimulait une porte basse à moitié consumée par le feu et pénétra à l'intérieur. Elle avançait prudemment quand elle fut brusquement saisie par le bras et tirée contre un mur. Elle poussa un cri de frayeur, mais se mit à rire tout de suite après. Les bras qui la retenaient prisonnière et les lèvres qui se posaient sur sa bouche ne lui faisaient courir aucun danger.

—Honoré ! Tu es fou, tu m'as fait peur !

—Oui, ma douce, je suis toujours aussi fou de toi. Viens par là !

---

1. Les hommes cités ont vraiment existé. Les noms de certains sont inscrits sur une stèle à Saint-Andéol-le-Château.
2. Pendus ou guillotinés ; les sources se contredisent.

Il prit sa main et la conduisit sans hésitation vers leur cache secrète. Elle déposa le panier en soupirant de soulagement. Malgré la demi-obscurité, on distinguait une forme sur le sol, contre un mur, une paillasse qu'Honoré avait hâtivement fabriquée la nuit de sa fuite ; il avait coupé des bottes de fougères sèches qui entouraient la cabane, en laissant les plus hautes pour dissimuler l'entrée de sa cachette.

Chaque fois qu'Alphonsine pouvait le rejoindre, elle apportait avec les victuailles les objets qui lui étaient indispensables. Aussi lui remit-elle quelques vêtements, deux livres et la photo de leur mariage en jurant qu'elle lui porterait bonheur. Toutefois, elle avait omis les bougies qu'il lui avait demandées, de peur qu'en brillant dans l'obscurité, elles ne révèlent sa présence. La prudence était de mise, même si ce secteur de la forêt n'était fréquenté que par de rares promeneurs.

Le sourire aux lèvres, elle lui tendit son rasoir à manche à la lame bien effilée et planta un miroir devant son visage. Dans le reflet de la lune, Honoré eut presque du mal à se reconnaître. Ses yeux étaient creux et fiévreux, ses joues étaient envahies par la barbe et ses cheveux sales pendaient dans son cou.

—Regarde à quoi tu ressembles ! Tu ferais peur à ton petit, s'il te voyait ainsi !

Honoré bondit sur ses pieds et se pencha sur son ventre rebondi. Il le caressa, l'entoura de ses doigts avec douceur et l'embrassa.

—Ne dis jamais ça ! Je suis certain que, lorsqu'il me verra, il saura qu'il n'a rien à craindre de moi. Mon fils – car je suis certain que c'est un fils – ne pourrait avoir un père plus aimant que moi. J'y pense beaucoup depuis que je suis enfermé ici la peur au ventre et, pour passer le temps, je rêve à tout ce que nous allons faire ensemble.

Il s'interrompit, mais reprit après un moment :

—Au fait, comment l'appellera-t-on ?

—Je pensais à Désiré, le prénom de mon père.

—Va pour Désiré. C'est un beau prénom, un prénom de circonstance, car, ce petit, il est vraiment désiré, n'est-ce pas ?

Alphonsine se réfugia contre sa poitrine.

—Oui, mais je suis si anxieuse ! Je sens que je ne vais pas tarder à accoucher. La troupe est toujours installée au village et toi, tu ne pourras pas rester enfermé ici indéfiniment. Des gardes sont déjà venus rôder autour de la ferme, mais ils ne m'ont rien demandé à ton sujet. Peut-être même qu'ils ne te recherchaient pas. Qu'allons-nous devenir ?

Honoré saisit ses mains.

—Je ne sais pas. Où partir, de toute manière ? Tout notre bien est ici, à Saint-Andéol-le-Château, et je crains que les gardes nationaux ne restent sur place encore longtemps. Tant qu'ils n'en auront pas l'ordre, ils ne vont pas déguerpir.

—Dans le village, tout un chacun est mécontent. Une délégation est partie avec le maire pour aller se plaindre à Lyon que le détachement d'hommes leur coûte cher. Ils demandent son retrait en affirmant que, de toute façon, les rebelles qui se sont enfuis ne reviendront pas chez eux de peur de se faire prendre.

—J'espère qu'ils seront entendus, car, après tout, à part notre groupe, personne ne sait qui est royaliste et qui est républicain.

Honoré ne vit pas la subite pâleur qui avait envahi le visage d'Alphonsine.

—J'ai peur, Honoré. Je sais que certains gars d'Andéol ont dénoncé quatre de tes compagnons pour sauver leur peau. Pire, je sais aussi que les gardes nationaux ont été recrutés parmi les hommes de Mornant.

Un soupir de colère et de dépit troua l'obscurité.

—Ça ne m'étonne pas ! Mornant a toujours été le rival d'Andéol. Même gamins, on se bagarrait les uns contre les autres. Mais de là à nous dénoncer et à nous envoyer à la mort pour une différence d'opinions… Non, je ne veux pas le croire.

—Les bruits courent et, tu le sais bien, il n'y a pas de fumée sans feu !

Ils restèrent un long moment enlacés, heureux, mais inquiets de l'avenir incertain qui se dessinait. Alphonsine se leva et massa ses reins douloureux.

—Il faut que je rentre. J'ai du chemin à faire et je ne voudrais pas me faire surprendre par les soldats avec un panier vide en pleine nuit. On saurait vite d'où je viens.

Honoré l'étreignit avec force en caressant ses joues et son front.

—Ne crains rien, ma douce, dans quelques jours, si Dieu le veut, nous serons de nouveau réunis.

Il posa une main sur son ventre et ressentit un coup de pied du bébé.

—Et dis bien à Désiré de m'attendre avant de naître. Je veux être près de toi pour l'accueillir.

Alphonsine ne put retenir ses larmes. Honoré les essuya de ses doigts, l'embrassa à nouveau et lui chuchota :

—Je t'aime, ne l'oublie jamais. Cela devrait te donner du courage en attendant mon retour. Laisse passer deux jours, je me débrouillerai avec ce que tu m'as apporté. Et ne reviens que si vraiment tu t'en sens la force.

La prenant par la main, il la conduisit avec prudence à travers les décombres. Ils s'embrassèrent une dernière fois et Alphonsine se sauva aussi vite que son ventre lourd le lui permettait. Tant qu'elle marchait dans l'obscurité des bois, elle ne craignait rien, mais les cinq kilomètres qu'elle devait parcourir à découvert l'exposaient à tous les dangers. Tout le long du chemin, elle resta aux aguets. Enfin arrivée, elle se coucha en priant le ciel qu'Honoré soit sauvé.

Pourtant, malgré ses précautions, il faut croire que quelqu'un l'avait surprise et avait révélé la cachette de l'insurgé. Le 3 juillet, tôt le matin, il fut arrêté alors qu'il dormait encore. Le lendemain, devant les villageois silencieux, en présence d'Alphonsine que l'on soutenait et qui criait avec douleur le prénom de son époux, Honoré fut pendu, comme plusieurs de ses compagnons avant lui. Au moment où le nœud allait l'étrangler, les époux échangèrent un dernier regard dans lequel se lisaient tout l'amour qu'ils se portaient et tout leur désespoir d'être séparés. Hués par les Andéolais sommés d'assister à cette exécution pour l'exemple, les gardes s'en retournèrent au village en laissant le pendu danser dans le vide. Trois hommes se détachèrent alors du groupe. L'un d'eux souleva le corps d'Honoré pendant que les deux autres se faisaient la courte échelle pour couper la corde. Le cadavre tomba sur le sol dans un bruit mat, le nœud toujours enserré autour du cou. Alphonsine se précipita, prit le corps inerte entre ses bras et l'étreignit avec force en sanglotant. Quand on voulut le lui retirer pour le transporter dans sa maison, ses hurlements résonnèrent sur tout le plateau des Échirayes.

Dévastée par le chagrin, elle accoucha le soir même et mit au monde Désiré, un enfant qui ne connaîtrait jamais son géniteur. Trois ans plus tard, elle épousa Antoine Grillet, le bourrelier du village, tant elle trouvait important que son enfant ne grandisse pas sans père.

2

Une trop jolie aventurière

Saint-Andéol-le-Château, Rhône, juin 1870

En fin d'après-midi, Philidor Angéolas parcourut les *vignes d'Honoré,* vers le chemin du Planté. Il les avait baptisées ainsi parce qu'elles lui venaient de son grand-père, Honoré Angéolas, le pendu des Échirayes. Plantées sur les coteaux de la vallée du Gier, au sud du village, elles se trouvaient mieux exposées que celles de son père Désiré, décédé cinq ans plus tôt, qui se situaient du côté de la route de Mornant, non loin du Pont Rompu.

L'inquiétude le gagnait de plus en plus. Il inspectait les vignes avec soin. Passant de rangée en rangée, il retournait les feuilles, anxieux d'y déceler d'autres boursouflures, un genre de galle qui faisait dépérir les ceps. Il souleva les grappes de fruits encore petits et verts, qui promettaient une belle récolte si le ciel leur était favorable. L'œil suspicieux, il traquait la présence des insectes ravageurs, des pucerons vecteurs du phylloxéra[1]. La redoutable maladie avait déjà envahi des vignes de la région de Tain-l'Hermitage dans le département de la Drôme, pas si loin de là. Les vignes de Mornant, le village plus haut, étaient toutes attaquées, sauf celles du Clos

1. Maladie de la vigne qui détruisit presque tous les vignobles de France à cette époque.

Saint-Marc de Taluyers, situées à quelques kilomètres ; mais celles de ses voisins n'y avaient pas échappé. Comme une traînée de poudre, la maladie se propageait de vignoble en vignoble, semant le désespoir dans le cœur des vignerons.

Apparemment, les chercheurs et les botanistes n'avaient pas réussi à trouver un traitement efficace pour stopper le dépérissement des vignes ou enrayer la progression du phylloxéra. Ils restaient impuissants et effrayés à juste raison par l'ampleur de la catastrophe qui se généralisait et qui apparaissait comme inéluctable.

Déjà, bon nombre de vignerons avaient pris le parti de se tourner vers d'autres formes de culture. Mais Philidor n'entendait pas se laisser abattre. Il prendrait les moyens qu'il faudrait pour régénérer ses vignes, dût-il attendre de nombreuses années avant d'obtenir à nouveau une récolte significative.

Dans les vignes d'Honoré, toutes plantées d'un cépage de gamay dont les grains noirs à jus blanc donnaient un vin d'une robe rouge intense, il ne restait plus que cinq rangées à vérifier.

Arrivé au dernier pied, il poussa un soupir de soulagement. Rien pour l'instant, mais son instinct l'avertissait que son répit serait bref. Plus de deux ans que cette saleté se propageait plus vite que le vent et, il n'en doutait pas, elle avait franchi les montagnes et collines pour arriver jusqu'ici, dans les coteaux du Lyonnais où la vigne régnait presque à parts égales avec la production fruitière. Des ravages avaient été signalés plus bas, dans le Gard, au sud de la Drôme. Quant à ce qui se passait dans les autres régions, il l'ignorait, car les renseignements leur parvenaient en retard et toujours imprécis.

Les vignes à vin blanc héritées du père, un cépage de chardonnay, et surtout celles du grand-père, les plus productives, représentaient à elles seules le tiers du vignoble de Saint-Andéol-le-Château. Le vin rouge aux reflets violets et aux arômes de fruits rouges qu'il tirait du gamay et le vin blanc, en plus petite quantité, mais d'une belle finesse, aux arômes d'aubépine et d'acacia, se vendaient bien chez les cafetiers de Lyon et abreuvaient les ouvriers des verreries de Givors. Les carriers qui se cassaient le dos à extraire les plaques de granit vers les Barrotières ne s'en privaient pas non plus, car de travailler au soleil donne soif. Dieu savait s'il les aimait, ses vignes. S'il les perdait, ce ne serait pas son travail de fabrication du feutre à la morte-saison qui le nourrirait.

Il évoqua brièvement le Tour de France des chapeliers[1] auquel son père l'avait obligé pour qu'il n'ait aucun regret de choisir la vigne plutôt que le feutre, mais Philidor avait vite renoncé et il était rentré bien avant la fin de sa formation.

Il passa sa main dans ses cheveux, une épaisse tignasse brune dont une mèche lui cachait parfois les yeux, regarda le ciel et lui adressa une prière muette : *Mon Dieu, épargnez mes vignes !* Il quitta la grande parcelle et se dirigea vers les vignes de Désiré, de l'autre côté du village. Il les parcourut l'œil aux aguets et l'espoir au cœur, car, apparemment, rien ne laissait supposer que le mal s'était propagé. Il ne lui restait que trois rangées à inspecter lorsque, dans le premier plant, il découvrit des feuilles rabougries parsemées de minuscules cloques. Il tomba à genoux dans la terre, assommé. Il comprenait que, dans peu de temps, les vignes de Désiré seraient anéanties. La lutte serait vaine.

Il poursuivit sa progression tête baissée, les yeux fixés sur le bout de ses chaussures, le moral au plus bas. Chaque pas lui était de plus en plus difficile sur le chemin poussiéreux qu'il avait tant de fois parcouru avec son père, le cœur gonflé de fierté et de joie.

Il entendit crier son nom et redressa le front. Le soleil dans les yeux, il ne distingua qu'une vague silhouette. Les sourcils froncés, il avança vers elle. Qui donc pouvait bien se perdre si loin du

1. Compagnonnage, réseau de transmission des savoirs des métiers au cours d'un tour de France.

village ? La fille qui se tenait devant lui, lui rappelait vaguement quelqu'un, mais aucun nom ne lui vint à l'esprit. Elle l'observait, le regard brillant et le sourire aux lèvres. Sur un ton d'amical reproche, elle lui demanda :

—Eh bien quoi, Philidor ! Tu ne te souviens pas de moi ?

Il resta un instant à la dévisager, puis ses lèvres s'étirèrent lentement.

—Appoline ! Si je m'attendais ! Non, je ne t'avais pas reconnue. Depuis que tu as quitté le village...

Il venait de faire le lien entre la gamine boulotte, sans grâce et mal fagotée qu'il avait côtoyée dans son adolescence et la superbe fille qui se dandinait légèrement devant lui sans le quitter des yeux. Il se souvint qu'elle avait quelques années de moins que lui. *Souple comme un brin d'osier sous la brise*, pensa-t-il. Elle remarqua son regard admiratif, malgré l'effort qu'il faisait pour rester discret. Son sourire s'accentua ; c'était l'effet qu'elle produisait toujours sur les hommes et elle s'en réjouissait.

—Ça ne fait pas si longtemps que ça, mais, en effet, voilà un bout de temps que je ne suis pas venue visiter mon oncle. Ma vie est si remplie et les occasions sont si rares de faire un tour à la campagne, comme disent les bourgeois, que j'avais un peu oublié ce paysage dans lequel j'ai vécu pendant douze ans.

—Où habites-tu ?

—À Givors.

—Tu vis à Givors ? Ce n'est pas si loin ! Que fais-tu donc qui remplit tes journées au point de t'empêcher de venir nous voir de temps en temps ?

Elle laissa échapper un petit rire.

—Quand j'ai quitté Mornant, c'était pour travailler comme bonne à tout faire dans la famille d'un maître verrier. Après avoir subi la tyrannie de la mère, les méchancetés des rejetons et les regards lubriques du père, je suis partie. Depuis, je travaille dans un magasin du centre de la ville. Que du chic ! Des vêtements qui viennent de Lyon, mais aussi de Paris. Tu vois !

Elle virevolta et se pavana devant lui, se mettant de profil pour lui faire admirer la ligne de sa robe plutôt collante que n'aurait portée aucune Andéolaise, en tout cas, pas à la campagne, pour travailler au feutre ou aux champs, encore moins le dimanche pour se rendre à la messe. Philidor dut admettre qu'Appoline était très séduisante. Apparemment, elle ne l'ignorait pas. Il s'aperçut aussi qu'elle avait un peu déboutonné le haut de sa robe. Les pans s'en étaient écartés et laissaient entrevoir le haut de ses seins, deux jolies pelotes qui dardaient leur pointe sous le tissu avec une sorte d'agressivité qui ne pouvait laisser indifférent. Sa peau blanche semblait douce et il sentit s'insinuer en lui un désir qu'il n'avait jamais encore éprouvé pour une femme. Elle devina sa convoitise et ne s'en offusqua pas. Une de ses mains entoura son cou, releva ses cheveux et les relâcha en dessinant une cascade, alors que l'autre redescendit lentement sur sa poitrine, effleurant les rondeurs attrayantes.

—Quelle chaleur !

Subjugué, Philidor oublia ses vignes et ses déceptions pour se concentrer sur les yeux vert émeraude ourlés de cils très noirs qui le scrutaient sans pudeur. Les cheveux de la fille, d'un sombre auburn, attrapaient le soleil qui jouait dans ses mèches, les enflammant à chaque mouvement de sa tête ; elle savait en jouer. Tout dans le corps de la jeune femme invitait à l'amour. Il essaya d'en détacher son regard, mais n'y parvint pas. Il était captivé. À présent, les souvenirs renaissaient dans sa tête. Appoline Duchêne… Elle avait très tôt abandonné le village et il l'avait complètement oubliée. Une autre réminiscence se manifesta, moins agréable. Elle faisait partie de la famille d'Ernest Rivaux, le cousin d'Antoine Grillet, le deuxième mari de sa grand-mère Alphonsine. Il ne l'avait vue qu'en de rares occasions depuis son départ de l'école du village. Quel âge pouvait-elle bien avoir ? Dix-huit ans, vingt peut-être ? Elle s'approcha de lui et posa sa main fraîche sur son bras nu à la couleur de pain grillé. Un tressaillement le parcourut. Elle le sentit et laissa glisser ses doigts sur sa peau chaude en une lente caresse.

—On m'a dit que tu as du mal avec tes vignes.

—Qui, ça, on ?

—Mes oncles ; c'est ainsi que je les désigne toujours, même si Antoine n'est que le cousin d'Ernest. Ils sont les oncles de ma mère, donc les miens. Alors ? C'est vrai que tes vignes sont au plus mal ? Je les ai entendus le dire.

Philidor haussa les épaules.

—Oui, comme beaucoup d'autres dans la région. Que leur importent mes problèmes ? Voilà belle lurette qu'on ne se parle plus. Et ils ne m'intéressent pas !

—Eux, sans doute, mais peut-être que, moi…

Elle lui décocha un regard gourmand et le détailla de la tête aux pieds.

—Après tout, nous ne sommes plus des enfants. En venant ici aujourd'hui, je ne m'attendais pas à rencontrer un beau gars comme toi !

Elle laissa traîner sa voix avec une sorte de langueur qui fit comprendre à Philidor qu'il ne lui était pas indifférent. Un instant, il se demanda si elle lui faisait réellement des avances. Cela le surprenait. Qu'était vraiment venue faire cette fille à Saint-Andéol-le-Château, et pourquoi avait-elle traversé le village pour venir à sa rencontre, alors qu'ils ne s'étaient ni vus ni fréquentés depuis son départ ?

—Tu viens visiter ton oncle comme ça, sur un coup de tête ?

Elle éclata de rire.

—Mon grand-oncle, en fait !

—Je n'ai jamais bien compris votre lien de parenté.

—Il est simple. Denise, ma grand-mère, était la sœur d'Ernest Rivaux. Ernest ne s'est jamais marié, mais ma mère, oui, et je suis donc la petite-nièce de Rivaux. Mon lien de parenté avec Antoine est plus éloigné, mais, puisqu'ils sont cousins, pour moi, c'est pareil, et je préfère dire mes oncles, c'est plus facile !

—Que lui veux-tu, à Ernest ?

Elle afficha un air agacé.

—Moi, rien, c'est ma mère qui m'envoie. Elle est handicapée. Des ennuis de santé ont mis ses économies à mal et elle s'est dit que son oncle pourrait faire un geste en sa faveur. Comme elle est incapable de marcher, je me suis dévouée.

Il se souvint alors de Germaine.

—Ta mère n'habite plus Mornant ?

—Non, elle vit avec moi à Givors et, comme c'est Ernest qui a hérité de la plus grande partie du bien familial, elle pense qu'il pourrait faire un petit effort. Ma grand-mère n'a pas été gâtée. Elle s'était mis la famille à dos par son mariage, qui n'avait pas été accepté.

—J'ai bien peur que tu te sois dérangée pour rien !

—On verra. J'arrive souvent à mes fins d'une façon ou d'une autre. Ce n'est qu'une question de patience et d'organisation ! Je lui ai rappelé qu'on ne laisse pas sa famille dans le besoin. Après tout, ma mère s'est occupée de leurs parents quand ils étaient vieux. Lui s'en était bien débarrassé. Il ne faudrait pas qu'il l'oublie !

—Leur soutirer des billets ? Tu peux toujours essayer !

—J'ai déjà essayé ! Pas plus tard que ce matin. Et je tenterai à nouveau ma chance. Rien ne me découragera.

—Et…

Elle haussa les épaules et roula des yeux furibonds.

—Il m'a envoyée promener. Le vieux grigou a de l'argent, bien trop pour ses besoins, mais il ne veut rien savoir. Il m'a même suggéré d'épouser rapidement un gars plein de sous pour prendre ma mère en charge.

Philidor éclata de rire.

— C'est pour ça que tu viens me voir ! Tu voudrais que je te marie ? Tu me crois aussi fortuné que le suppose ton oncle ?

Elle s'exclama :

— Certainement pas ! Me marier, moi ? Obéir à un homme et perdre ma liberté ? Tu plaisantes ! Les hommes ne me font pas peur tant qu'ils n'exigent rien d'autre que ce que, moi, je veux bien leur donner. La vie est belle. Pourquoi se la gâcher avec cinq ou six gones qui te font oublier que tu as eu une jeunesse ?

Devant tant de véhémence, il ne put s'empêcher de sourire.

— C'est ce que tu penses du mariage ?

— Un peu. D'ailleurs, je vois bien que, toi, tu es toujours célibataire. Tu n'as pas d'amoureuse ?

Philidor resta silencieux. Deux visages de femmes passèrent devant ses yeux, Jeanne, dont il avait été fou amoureux dans son adolescence, mais qui faisait partie de son passé, et Marguerite, la modiste de Chassagny à qui il pensait souvent depuis quelque temps. Jeanne avait provoqué la fermeture de son cœur pour toujours à l'amour, du moins le croyait-il, et il restait accroché au souvenir de son désespoir avec une sorte de fidélité morbide. Il y avait en lui comme une barrière qui l'empêchait de croire à nouveau au grand amour, celui qui bouleverse et n'obéit à aucune loi. Il ne renonçait pas au mariage pour autant et, quand il y pensait, c'était le visage de Marguerite qui surgissait. Mais une chose était certaine, il ne prendrait pas épouse tant que ses vignes lui causeraient des soucis et que son cœur ne serait pas entièrement disponible, comme toute femme le souhaiterait. Marguerite était assurément de celles-là.

Appoline l'observait toujours en souriant. Elle s'approcha de lui jusqu'à le toucher. Il pouvait sentir la forme de sa hanche contre sa cuisse. Elle leva le menton et le brava du regard.

— Je vois que non ! Tu as le cœur libre.

Il n'osa pas la démentir, devinant les intentions de la jeune fille et n'ayant pas envie de résister. Pour l'instant, de toute façon, il n'avait juré fidélité à personne.

Elle se retourna et désigna un petit bout de pré ombragé par un arbre.

—On pourrait s'asseoir là et discuter un peu. Nous avons certainement plein de choses à nous raconter.

Pourquoi pas ? Philidor la fixa, comprenant que, s'il voulait la prendre, là, tout de suite, dans l'herbe, elle serait prête à lui donner un certain plaisir. D'abord, cela le choqua. Les filles, quand la sève montait trop en lui, il les choisissait, et surtout pas dans le village. Mais, en la regardant s'installer, la robe négligemment relevée au-dessus des genoux, le sourire provocant, les yeux à demi fermés, mais qui laissaient filtrer une lueur féline, la bouche entrouverte sur le désir et l'envie qu'elle exprimait avec tant de liberté, il se laissa convaincre. Elle ne devait pas en être à son premier amant.

Pendant qu'elle déboutonnait davantage son corsage, il jeta son chapeau par terre et s'agenouilla auprès d'elle. Sa main courut dans l'échancrure de sa robe et souleva un sein. Il le fit jaillir et le prit dans sa bouche. Elle laissa échapper un petit rire de gorge. Sans cesser de titiller le sein durci par le plaisir, il glissa sa main sous sa robe jusqu'à son entrejambe. Elle gémit et se cambra.

Il ne lui fallut que quelques secondes pour libérer son sexe exacerbé par le désir et s'allonger sur elle. Il ferma les yeux et parcourut son corps ; sa peau était douce et tiède. Il descendit plus bas et fouilla dans sa toison. Appoline laissa échapper un gémissement de plaisir. Il fut plongé dans un tourbillon qui l'emporta loin de ses soucis. Jamais encore il n'avait ressenti une telle extase, jamais un tel vent de folie des sens n'avait traversé son corps. C'était comme un long serpent de délicieuses sensations qui se propageaient de sa bouche jusqu'à son sexe, qu'elle avait saisi alors qu'il commençait à reprendre son souffle. Une nouvelle jouissance le submergea. Appoline savait s'y prendre pour emmener son partenaire au summum du plaisir. Elle le libéra et il se laissa retomber à ses côtés, le dos dans l'herbe, les yeux au ciel, le souffle court, le corps en sueur. Elle se releva et lui dédia un regard de victoire.

—Alors ? Cela t'a-t-il plu ? Avais-tu déjà joui de cette façon ?

Philidor s'attendait peu à cette question. Il s'irrita presque d'une telle impudeur.

—À t'entendre, tu es plutôt experte !

—C'est ce que mes amoureux me disent... Peu importe si mon oncle nous refuse son aumône, au moins, je ne serai pas venue pour rien. Tu es différent des autres gars, Philidor. Si tu veux, nous nous retrouverons demain, ici où ailleurs. Je ne vais pas repartir tout de suite, je dors chez Rosette, mon amie d'école à Mornant. Je me suis accordé quelques jours de repos et j'ai bien l'intention de me promener dans la campagne avant de rejoindre Givors, avec ou sans argent ! Tu es d'accord ?

Il la considéra longuement, encore perdu dans le souvenir de ce qu'il venait de vivre.

—Pourquoi pas ? De toute façon, tu me trouveras toujours dans une vigne ou dans l'autre ! Mais ne compte pas que je t'épouse, ni aujourd'hui ni demain !

Elle s'esclaffa.

—Même si tu me le demandais, je ne l'accepterais pas. Je te l'ai dit, je tiens à ma liberté. Mais de ne pas vouloir se marier n'interdit pas de se donner du plaisir !

Elle remit de l'ordre dans ses vêtements, ramassa ses cheveux en une lourde queue-de-cheval qui pendit dans son dos et, après un baiser du bout des doigts, s'enfuit sans se retourner. Philidor resta un moment assis dans l'herbe. Le feu couvait encore en lui. Cette fille complètement enfouie au fond de sa mémoire venait de délivrer tous ses sens et tous ses désirs de la prison dans laquelle il les avait enfermés. Il ignorait combien de temps il pourrait profiter de la séduction d'Appoline, mais il comprit qu'il ne pourrait pas s'en libérer aussi vite. Ses amours pour Jeanne et Marguerite lui parurent bien fades, soudain.

Toute la journée, il n'eut que leurs étreintes en tête et, la nuit, il ressentit encore la fièvre qui l'avait submergé. Lorsqu'il pensa à Marguerite, une sorte de remords l'effleura, mais il ne pouvait lutter contre le feu qui s'était déclaré en lui. Il n'attendait qu'une chose, qu'Appoline revienne et l'emporte au septième ciel.

3

Visite de communes

Gendarmerie de Mornant, coteau du Lyonnais, Rhône, juin 1870

Émilien Gontard, gendarme à cheval depuis 1863, avait commandé, muni du grade de maréchal des logis-chef, la brigade de gendarmerie de Vaugneray, dans les monts du Lyonnais. Après sept années de bons et loyaux services dans la maréchaussée, il venait d'être muté à la brigade de Mornant, dans la caserne construite à la même époque. Vaugneray dépendait de l'administration de Lyon, Mornant de celle de Givors, mais, pour son travail, rien ne changeait. Il continuerait à poursuivre et à arrêter les assassins, à débusquer les brigands de grand chemin, à retrouver les voleurs de poules ou de cochons. Son rôle l'amènerait aussi à apaiser les disputes des villageois échauffés par le vin et, à la limite, à les emprisonner quelques heures, parfois même une nuit entière, pour leur permettre de dessoûler.

La raison de sa mutation ne l'avait surpris qu'à moitié. Sept ans plus tôt, il avait pris pour épouse Césarine Lebel, la fille d'un tisserand de velours du village. Avec les années, on avait estimé que ses liens familiaux sur les lieux de ses fonctions pouvaient l'empêcher un jour ou l'autre d'être aussi efficace que souhaité. Il n'avait pu refuser cette mutation, effectuée dans l'intérêt du service. Ses quelques meubles hâtivement chargés dans deux charrettes, il avait emménagé en plein cœur d'un avril encore frais, dans les trois pièces mises à sa disposition. La caserne de gendarmerie se trouvait rue de la Chapellerie, un nom qui indiquait bien l'activité qui occupait le village.

La pugnacité de Gontard, son sérieux et son entregent lui avaient valu, à presque quarante ans, un nouveau poste de commandant de brigade, mais avec le grade d'adjudant et une légère augmentation de salaire qu'il appréciait. Une petite Laurentine était venue ensoleiller leur foyer et Césarine redoublait de remerciements à la Vierge Marie qui, elle en était certaine, avait intercédé en sa faveur alors que, depuis son mariage, elle se croyait stérile. Toute à son bonheur d'être enfin mère, Césarine avait dû renoncer à son travail de veloutière, mais elle n'en avait pas autant de regrets qu'elle le laissait croire. De se dévouer pour son époux dont elle était si fière et de pouponner sa fille la comblaient. S'il faudrait à l'avenir serrer les cordons de la bourse, elle s'y contraindrait, car, hélas ! le père et la mère étaient loin, désormais. Elle ne profiterait plus des bons morceaux de lard ou de la soupe toute chaude dont ils la gratifiaient souvent le soir au moment de son départ après sa journée de travail dans leur atelier.

La réputation de Gontard l'avait précédé. On ne lui ferait pas prendre des vessies pour des lanternes. Alors, gare ! Grand, sec, affublé d'une moustache en virgule entretenue avec soin sous un nez de rapace, il portait une chevelure rousse et raide sous son bicorne. Malgré son regard noir et perçant, l'adjudant était cependant un homme juste et humain. Seulement, il impressionnait son entourage et en tirait parti. Par ailleurs, s'il avait accepté sa mutation sans trop s'en plaindre, c'était parce qu'il emmenait son adjoint, Camille Blavet, qu'il appréciait pour sa valeur et sa bonhomie.

La caserne se trouvait à proximité de la grande place des Terreaux, qui n'avait aucune similitude avec celle du même nom située dans le quartier au pied de la Croix Rousse de la ville de Lyon.

Ce matin-là, sanglé dans sa tenue, le bicorne bien brossé, les bottes reluisantes et la moustache se relevant gaillardement de chaque côté de son nez, Gontard eut un regard contrarié en remarquant le bicorne de son camarade qui semblait bien fatigué. Blavet souleva légèrement les épaules et soupira.

— Que voulez-vous, mon adjudant, je n'ai pas d'épouse pour prendre soin de mon uniforme et je n'ai pas touché de prime pour mon déménagement, moi !

— Faudra quand même revoir ça ! Nous devons inspirer le respect, pas la pitié !

Tous deux traversèrent la grande place où se tenaient les commerçants le jour de marché. Sur leur gauche, ils remarquèrent un donjon carré, la tour du Vingtain, vestige de l'ancienne fortification. Elle dominait les toits. Ils purent apercevoir au bout d'une rue en pente les murs de l'église. La mairie, inaugurée en 1861, avait été construite à la limite de la partie ancienne et du centre du bourg. Le bâtiment en pierres de taille comportait un étage dont une pièce possédait un balcon ; le toit était recouvert d'ardoises et une horloge était incrustée dans un fronton.

Le maire les attendait et, pour l'occasion, il avait réclamé la présence du capitaine Marcel Leblanc, le chef des sapeurs-pompiers dont le corps venait d'être créé. Chacun s'évalua du regard. Ils étaient presque du même âge, mais le style enjoué de Leblanc le faisait paraître plus jeune que Gontard. L'adjudant apprécia l'allure volontaire de l'homme qui consacrait sa vie à sauver celle des autres. Le maire lui avait confié que Leblanc avait suivi avec succès une formation d'infirmier, une compétence non négligeable pour intervenir rapidement sur les lieux de sinistres et parfois même auprès des malades du village, un médecin n'étant pas toujours rapidement disponible. Le gendarme était convaincu qu'ils auraient souvent l'occasion de travailler ensemble. Ils firent à pied le tour du village de Mornant. L'adjudant put se rendre compte de la différence qu'il offrait avec celui d'où il venait.

Une fois qu'ils furent revenus sur la grande place des Terreaux, ce fut avec fierté que le chef des pompiers leur présenta le groupe de volontaires, agriculteurs ou vignerons pour la plupart d'entre eux, qui, devant la grande fontaine, s'entraînaient à manœuvrer la nouvelle pompe à incendie. Deux d'entre eux s'activaient sur le balancier qui permettait de projeter de l'eau sur le sinistre. Plutôt bricoleur, Émilien remarqua avec satisfaction une grande quincaillerie, mais il fronça le nez sur l'*Hôtel du lion d'Or* dont la façade un peu décatie faisait douter de son confort.

Leur passage ne passa pas inaperçu. Il fut amplement commenté par les Mornantais ; certains étaient ravis que l'ordre et la loi règnent à nouveau, d'autres étaient plutôt inquiets à l'idée que ce pandore, avec sa réputation de fin limier, vienne mettre un peu trop souvent son grand nez crochu dans leurs affaires.

Après avoir arpenté les rues, pavées pour certaines, en pente pour un bon nombre, les étroites ruelles et les passages voûtés qui constituaient le dédale du village, Marcel Leblanc, un enfant du pays, énuméra les divers métiers qui occupaient les habitants. Il cita le tissage du velours, la broderie aux aiguilles, mais aussi et surtout, la fabrication du feutre et des chapeaux. Il glissa à l'oreille de ses compagnons qu'à Chassagny, un autre village plus bas sur la grande route, Marguerite Lepuits, une modiste qui n'était autre que sa cousine, exerçait son art en façonnant des chapeaux d'ecclésiastiques et des bicornes. Émilien opina du chef ; il ne manquerait pas d'y envoyer Blavet, qui avait grand besoin de changer son couvre-chef.

Le village, haut perché, lui plaisait d'emblée. Il savait que sa Césarine y creuserait bien son trou et que Laurentine pousserait aussi vite que les champignons dans les forêts des coteaux. La hâte d'intervenir sur le terrain le gagnait et son cheval devait lui-même piaffer d'impatience dans sa stalle. Il caressa ses moustaches de satisfaction en les faisant vriller entre le bout de ses doigts.

Pendant que les gendarmes déambulaient dans les rues de Mornant, Césarine Gontard, l'épouse de l'adjudant nouvellement promu, jetait tout en nourrissant sa fille un regard désespéré sur des cartons de linge d'hiver dont un seul avait été déballé depuis leur mutation de Vaugneray. Où allait-elle bien pouvoir tout caser ? Elle n'avait pas le droit d'utiliser l'étroit placard de l'appartement, uniquement réservé au paquetage de son époux. Sabre et fusil y étaient rangés chaque soir après avoir été méticuleusement vérifiés, ainsi que deux tenues complètes. Aujourd'hui seule l'une d'elles était suspendue dans la garde-robe. Sur l'étagère en hauteur, la place de son bicorne était libre, de même que, en bas, celle réservée à l'unique paire de bottes qu'il possédait.

La fierté de Césarine résidait en ce que ses tenues soient toujours impeccables, le bicorne bien brossé et les bottes brillantes ; elle s'adonnait avec ardeur à cette tâche qui éclipsait toutes les autres. En revanche, elle ne s'occupait absolument pas du cheval de son mari. Le matin, avant d'aller se présenter au maire, c'était vêtu d'un vieux pantalon de grosse toile qu'il était allé étriller sa monture. Achetée avec sa dot comme le prévoyait le règlement de la gendarmerie, elle était abritée avec deux autres juments dans une grange attenante au logement.

La veille, pendant que le bébé dormait, Césarine avait hâtivement sorti de la cantine de métal, dotation du gendarme, son trousseau de linge de maison dont elle avait rempli la commode qui occupait presque la totalité du mur de leur chambre. Elle avait juste la place pour tourner autour du lit, puisqu'il avait fallu laisser un espace pour le berceau de leur petite Laurentine, née trois mois plus tôt. Depuis le lit conjugal, il lui suffisait de se pencher au-dessus de celui du bébé pour la soulever et lui donner le sein la nuit, sans pour autant être obligée de se lever. Comme chaque fois, au souvenir de cette naissance qu'elle avait tant attendue, son cœur s'emplit de douceur.

Certes, d'avoir quitté sa famille qu'elle aimait grandement l'avait attristée. De même, c'était avec déplaisir qu'elle avait perdu ses compagnes veloutières avec qui elle n'arpenterait plus, à pied, les dix-sept kilomètres pour aller livrer son velours de soie uni au quartier Saint-Jean, à Lyon. Elle s'était juré de ne jamais faire obstacle à la carrière de son cher époux. D'autant, lui avait-il confié avec un brin de satisfaction, que, lors de l'entretien pendant lequel on lui avait signifié sa mutation et sa promotion, on l'avait assuré qu'il serait digne, dans un an ou deux, d'être candidat à l'épaulette[1].

—C'est bien la moindre des choses, avait-elle rétorqué avec véhémence, vu la qualité de ton travail et la fierté que tu éprouves à faire partie du corps de la gendarmerie !

Émilien avait souri dans ses moustaches, Césarine n'envoyait personne dire à sa place ce qu'elle pensait. Il avait cependant dû reconnaître qu'elle avait souvent raison, même quand elle se mêlait d'une de ses enquêtes alors qu'il ne lui avait rien demandé.

Césarine éprouvait une admiration sans réserve pour l'homme dont le profil taillé à la serpe en effrayait plus d'un. Il avait su conquérir son cœur et lui faire la belle enfant qu'elle désirait depuis le premier jour de leur mariage.

Son bébé repu, elle ôta le bout de son sein de sa bouche qui gardait encore une petite goutte de son lait. Après avoir caressé son front et le léger duvet de sa tête, l'avoir embrassé et installé dans son berceau d'osier, elle se campa dans la cuisine. Mains sur les hanches, elle décida que, le soir, tout serait rangé,

1. Au grade d'officier.

nettoyé, brillant, quitte à ne pas s'appesantir sur le repas de midi et à se contenter d'un reste de potée de la veille. Quant à Émilien, il n'aurait pas l'audace de s'en plaindre, sachant qu'il s'exposerait à quelque verte répartie dont elle avait le secret et qui, au fond, le réjouissait chaque fois.

Depuis son arrivée, Émilien se familiarisait avec le nouvel environnement dans lequel il aurait à intervenir. Il s'ennuyait presque. Il venait de rencontrer les quelques autorités locales, qu'il avait assurées de son désir de faire régner l'ordre et respecter la loi ; tel n'avait pas toujours été le cas sous son prédécesseur. À la question concernant les motifs de sa mutation, il répondait invariablement :

—Trop près de la famille, les mains liées par des amitiés trop proches, plus vraiment d'indépendance de jugement. C'est la raison pour laquelle on mute. Moi, on n'avait rien à me reprocher, mais c'était un ordre. Donc, j'obéis. Ici, rien ne me lie à personne et je ne me laisserai pas influencer par qui que ce soit ! La loi, c'est la loi !

Le maire n'avait rien répondu, mais il savait que la tâche du gendarme ne serait pas facile avec la plupart de ses administrés qui, justement, s'appliquaient avec ardeur et acharnement à la contourner.

Une fois que le maire et le chef des pompiers eurent pris congé, l'adjudant, accompagné de son adjoint Blavet qu'il n'aurait lâché sous aucun prétexte, décida d'explorer plus avant leur domaine d'intervention. Ils sellèrent les chevaux et se dirigèrent vers un autre village qui se trouvait sous leur autorité. Le grand plateau planté de vignes qui avaient, à vue d'œil, bien mauvaise mine, attira leur attention.

—C'est le phylloxéra ! marmonna Blavet à son intention. C'est la catastrophe. On se demande quand ça s'arrêtera !

—C'est ce que j'entends dire partout ! Les vignerons perdront leurs vignes, et les cabaretiers n'auront plus rien à servir dans leur bistrot.

—En tout cas, ils ne vont pas servir de l'eau. Ils vont faire venir du vin d'ailleurs. On dit que celui de l'Afrique du Nord fait son apparition à Marseille. D'ici à ce qu'il monte jusqu'à nous…

—*Le malheur des uns fait le bonheur des autres,* c'est connu. Mais ce sera une grande catastrophe pour la France, si on ne trouve pas un remède.

—Il faudra des années pour recréer tout le vignoble français.

—Tu en sais, des choses, toi ! ironisa Gontard, qui avait remarqué que son coéquipier était une mine de renseignements sur tout ce qui touchait la région des monts du Lyonnais.

—En tout cas, mon adjudant, ce qui m'inquiète, ce sont les rumeurs peu encourageantes qui nous viennent de la guerre avec la Prusse[1]. Dans quelle galère Napoléon III a-t-il entraîné la France ?

Émilien soupira et hocha la tête.

—Je pense à nos soldats qui tombent comme des mouches. J'espère que cela ne durera pas trop longtemps.

—Selon ce qui se dit dans le village, en raison de la conscription, beaucoup de gars de Mornant sont partis du côté du plateau de Belfort. Et plusieurs y ont laissé leur vie, déjà.

—Si tu veux connaître mon avis, à l'allure où vont les choses, la Troisième République est en train de montrer le bout de son nez !

—À ce point ?

—Oui, je le crois !

Le vent qui s'était levé les fit grommeler ; leurs bicornes avaient failli s'envoler. D'un coup de poing, Blavet enfonça davantage le sien sur son crâne en le déformant un peu plus.

Au loin, ils aperçurent les murailles de l'ancien rempart qui protégeait le village de Saint-Andéol-le-Château. Ils arrivaient sur la place de la Pèse, devant la tour Barre. Le village

1. Guerre de 1870, parfois appelée *guerre franco-prussienne*, qui oppose, du 19 juillet 1870 au 29 janvier 1871, la France et les États allemands coalisés sous l'égide de la Prusse.

médiéval leur rappela celui de Messimy où ils avaient mené leur dernière enquête[1]. Il en fit la remarque.

—Tu vois, Blavet, j'aurais gros à parier que ces deux villages datent de la même époque et qu'on s'y active de la même façon.

—Sauf qu'ici, c'est comme à Mornant. On fait surtout du feutre, alors qu'à Messimy, c'est du velours et, croyez-moi, mon adjudant, cela fait une grande différence.

—Pourquoi donc ?

Blavet haussa les épaules.

—Parce qu'on souffre moins à tisser le velours qu'à fabriquer du feutre. Mon oncle Arsène habitait du côté de Chazelles-sur-Lyon et il fabriquait son feutre chez lui. Il est mort d'avoir foulé pendant trop longtemps les poils de lapin imbibés de pisse et de mercure. Et ce n'est pas le seul, car il a fallu du temps pour comprendre que c'était le mercure qui rendait tous ces artisans malades.

Gontard sursauta sur la selle de son cheval.

—Holà ! C'est grave, ce que tu dis là ! Du mercure ? Du poison ? Et puis, de la pisse… de la pisse d'homme ?

—Ou de vache, peu importe, il faut un produit qui, mélangé au mercure, provoque une réaction et fait amalgamer les poils. Personne n'en parlait, mais tous savaient que le mercure qu'on ajoutait à l'eau condamnait l'ouvrier à plus ou moins longue échéance. Quelle famille se serait vantée de sacrifier un des siens pour gagner quelques sous ? Depuis, heureusement, on n'utilise plus cette méthode, mais bien des chapeliers y ont laissé leur vie, même dix ans après avoir cessé leurs activités.

Gontard hocha la tête.

—Voilà qui va me faire réfléchir chaque fois que j'irai me soulager quelque part le bicorne sur la tête !

—Mais on ne risque rien quand le chapeau est terminé. En revanche, ce que je peux vous dire, mon adjudant, c'est

1. *Le Secret d'Aiglantine*, JCL.

que, entre Mornant et Saint-Andéol-le-Château, c'est la guerre froide.

—Ah oui ? Ces villages me paraissent bien paisibles !

Blavet eut un rire de gorge.

—Bien avant la révolte des canuts, une autre sorte de guerre a agité la région. Les événements de 1817, ça ne vous dit rien ?

Gontard réfléchit un instant :

—Si, vaguement. Tu parles du soulèvement des républicains bonapartistes ?

—Tout juste ! Les services de police étaient sur les dents. On craignait un retour de Napoléon sur la scène politique ! Des révoltes naissaient un peu partout.

—Pourtant, l'Empereur était exilé !

—Oui, mais on ne décourage pas aussi facilement les royalistes. Bref, le sang a coulé, dans Lyon, mais aussi dans les campagnes.

—Et…

—Et nous sommes sur les lieux d'une vague punitive qui a fait bien du mal.

—L'an 1817, c'est loin !

—C'est ce qu'on laisse croire, mais la rancune demeure. Surtout quand elle oppose les hommes d'un même village ou de villages voisins. C'est le cas entre Saint-Andéol-le-Château et Mornant. D'ailleurs, c'est à tous ces mouvements révolutionnaires que nous devons la création des gendarmeries dans les campagnes.

—En effet, je n'avais pas fait le lien. Allons explorer ce village d'insoumis, puisque tu les désignes ainsi.

—Ce n'est pas moi, mais c'est ainsi que la police lyonnaise les désignait.

—Je l'ignorais. Après tout, je ne suis pas de la région, moi !

—Mon grand-père, si, d'Yzeron, et je me souviens bien qu'il en avait parlé. Depuis, malgré les années écoulées, il reste beaucoup de méfiance et de soupçons de part et d'autre.

— Tant que cela n'est que de la méfiance, ce n'est pas grave !

La sourde rancune qui animait les deux clans d'Andéolais au cœur du même village, royalistes contre républicains, prouvait que le souvenir de cette trahison restait encore vivace, même si personne n'y faisait allusion. Il en allait de même de la haine latente qui opposait encore le clan des Mornantais, accusés de trahison envers les pendus des Échirayes, et celui des Andéolais, dont certains chuchotaient que quelques-uns d'entre eux avaient la conscience bien lourde. La paix entre les deux villages ne serait pas signée de sitôt.

En effleurant du talon le flanc de leur monture, les deux hommes avancèrent dans les rues à la découverte de Saint-Andéol-le-Château.

4

Dans le souvenir de Jeanne

Appoline tint sa promesse. Le lendemain, alors que Philidor travaillait dans le jardin, il sentit une présence derrière lui. Il se retourna et aperçut deux pieds, puis deux jambes et, en remontant plus haut, le visage d'Appoline qui lui adressait un sourire provocateur. Son cœur bondit dans sa poitrine.

—Je pensais que tu étais repartie…

—Pas encore. Demain, peut-être.

—Tu es restée chez Rosette ?

—Non, j'avais des choses à faire. Hier, j'ai trouvé une carriole qui m'a conduite à Givors et qui m'en a ramenée. Et puis, ajouta-t-elle avec un petit sourire polisson, j'avais promis de revenir te voir.

Philidor lui dédia un regard qui en disait long sur le souvenir qu'elle lui avait laissé.

—Alors, as-tu obtenu ce que tu voulais ?

Appoline donna un coup de pied dans l'arrosoir, qui déversa son eau dans la terre.

—Si tu parles de mon oncle, non ! Je ne lui demandais pas une fortune, mais au moins quelques billets pour nous dépanner. Tu parles d'un radin, ce vieux !

—Tu ne gagnes pas suffisamment, avec ton travail ?

Elle lui répondit, un air coquin dans ses prunelles d'émeraudes :

—Je partage avec ma mère le gain engendré par le magasin, mais, les autres petits cadeaux, je les garde !

Philidor n'eut plus aucun doute sur certaines de ses activités en dehors du magasin.

—Tu as donc des amis généreux !

Elle plongea son regard vert dans ses yeux et une étrange lueur se mit à y luire.

—On peut dire ça. Mais pas les deux vieux radins qui cachent leur argent comme tous les autres dans une boîte en fer-blanc et ne veulent rien savoir. Pourtant, ils n'en ont guère besoin ; ils ne l'emporteront pas avec eux dans leur tombe !

—C'est ce qu'on dit, mais, après tout, rien ne les oblige à te donner quoi que ce soit.

— Je ne suis pas d'accord. J'estime qu'Ernest a un devoir de reconnaissance envers ma mère. Quant à Antoine, il aurait pu faire un geste.

Elle ajouta sur un ton menaçant :

—Ils ne s'en tireront pas comme ça !

—Si tu y retournes demain, ils se laisseront peut-être convaincre !

—Sûrement pas ! Je sais qu'ils ne changeront pas d'avis !

Elle poussa un soupir à fendre l'âme et l'attrapa par le bras.

—Range ton arrosoir et allons nous promener. Je suis folle de rage et j'ai besoin de me calmer.

Philidor comprit aussitôt l'allusion. Déjà, le serpent s'agitait dans son ventre. Il s'approcha du puits, tira un seau d'eau et s'aspergea pour se rafraîchir. Mais l'eau froide, il le savait, ne calmerait nullement les ardeurs qui déferlaient en lui. Eusèbe, son ouvrier, se trouvait devant la porte de l'appentis. Il jeta un regard de reproche vers Appoline qui, en le voyant, lui adressa un sourire ironique et s'éloigna en tirant Philidor par la main. Elle lui murmura dans le creux de l'oreille :

—Cette fois, ce sera moi qui te ferai l'amour. Laisse-toi faire, tu verras !

—D'accord, mais, la deuxième fois, ce sera mon tour !

Elle gloussa de contentement. Décidément, elle aurait eu bien tort de ne pas revenir le voir. Elle pensa à son patron qui, parfois, durant la journée, la coinçait dans l'arrière-boutique ou l'obligeait à rester le soir après le départ de l'autre vendeuse. Elle avait vite compris ce qu'elle pouvait tirer de l'homme gras au ventre flasque qui s'évertuait à croire qu'il était séduisant et qu'il lui apportait du plaisir. Appoline savait l'exciter, simuler, et soupirer quand il le fallait. Croyant l'avoir menée au septième ciel, il râlait, jouissait, soufflait, suait. Elle, les yeux fixés au plafond, attendait que son sexe se ramollisse et l'abandonne. Elle savait qu'ensuite il serait généreux à la hauteur du plaisir qu'elle lui avait donné. Elle ne méprisait ni l'argent qu'il lui offrait ni les vêtements qu'il lui laissait choisir sur les cintres de la boutique. Mais de posséder et de se faire posséder par un corps jeune et vigoureux comme celui de Philidor valait bien une petite séance sans rétribution. C'était un cadeau qu'elle s'offrait, tout comme à lui.

À l'idée des minutes qui suivraient, elle sentit monter en elle une grande excitation.

Leurs ébats furent tels que Philidor les avait imaginés dans ses nuits enfiévrées. Il se demandait si tous les autres hommes, lors de leurs relations sexuelles, atteignaient le summum du plaisir comme c'était son cas dans les bras d'Appoline. Elle s'activait avec une impudeur qui ravissait ses partenaires, mais qui aurait fait rougir les femmes soumises à une éducation stricte trop souvent dominée par la religion. Ève, en son paradis, avait-elle comblé Adam à ce point ? Philidor serait-il puni de la même façon ? La passion qu'il vivait était-elle toujours une œuvre du diable ? Si oui, il se damnerait, car il ne pouvait plus imaginer des jours sans rencontrer Appoline, sans que le feu dévore son corps, sans qu'il embrasse et caresse chaque partie du sien. Jamais il n'avait désiré une femme autant qu'elle, jamais une femme n'avait occupé ses pensées comme elle du matin au soir, jusqu'à le faire souffrir. L'avait-elle envoûté ?

Encore empli des sensations qui l'avaient envahi, il demanda, plein d'espoir :

—On se revoit demain ?

—Non, répondit-elle précipitamment. J'ai des choses à faire. D'ailleurs, je ne serai certainement pas à Mornant pendant un jour ou deux, mais ne t'inquiète pas, je reviendrai !

Déçu et frustré par avance, il savait que ces jours sans elle seraient un martyre.

Les souvenirs qu'elle avait provoqués en parlant de la place qu'elle croyait toujours libre dans son cœur le ramenèrent à la réalité. Il était encore célibataire, alors que la plupart de ses camarades étaient mariés et souvent pères de deux ou trois enfants. Même Baptiste, son ami depuis l'école, avait sauté le pas. Comme ils étaient tous deux fils uniques, leur solitude les avait rapprochés. Ils enviaient parfois les fratries qui peuplaient la plupart des familles, même si, souvent, l'ambiance était orageuse et les disputes fréquentes.

Les deux garçons avaient grandi ensemble, assis l'un à côté de l'autre au même pupitre de bois de leur classe. Tête brune et tête blonde penchées sur une ardoise, ils faisaient grincer la mine du crayon qui déclenchait des frissons sur la peau des bras, attentifs, mais non sans échanger des regards en coin. Quand le maître d'école se retournait vers le tableau noir, ils lançaient de petits bouts de papier imprégnés d'encre à leurs camarades. Pendant la récréation, ils s'esquivaient, entraient dans la classe et jetaient les craies dans le seau d'eau. L'hiver, ils dessinaient des silhouettes sur la buée des fenêtres sous les rires des autres élèves ; les sourcils froncés du maître ne les inquiétaient pas.

Ensemble, ils avaient ourdi toutes les bêtises possibles. Ils attendaient le printemps pour mettre une grenouille dans leur poche, qu'ils balançaient sur la tête des filles pour les faire hurler de peur ; ils lâchaient dans la classe des grillons et des souris ; quand ils demandaient l'autorisation de se rendre aux toilettes pour fumer en cachette des tronçons de sureau ou des entre-nœuds de clématites, ils en profitaient pour glisser des cailloux pointus dans les galoches entreposées dans le couloir de l'école.

Enfants de chœur, ils avaient bu le vin de messe en cachette du curé et avaient fait leur communion ensemble. Complices et solidaires en tout, ils recevaient parfois sans broncher la punition à la place l'un de l'autre. Ils avaient eu les mêmes copains. Au cours de leur adolescence, ils avaient couru derrière les mêmes filles, mais ils ne s'étaient jamais fâchés pour autant quand l'une préférait l'autre. Surtout, entre eux, il y avait eu Jeanne, la fille d'un agriculteur d'un village voisin dont tous deux étaient tombés amoureux.

Quel garçon n'aurait pas rêvé de séduire Jeanne ? Le ciel d'un azur pur faisait penser à la couleur de ses yeux, les champs de céréales qui ondoyaient sous le vent rappelaient sa longue chevelure sans cesse en action. Jeanne n'arrêtait jamais de sauter ou de danser et refusait d'enfermer ses cheveux dans un bonnet. Sa bouche était gourmande et rouge sans artifice, ses joues rosées aux pommettes saillantes qui étiraient ses yeux lui donnaient un air de petit écureuil. Deux mains auraient pu faire le tour de sa taille. Mince et pas très grande, elle ne ressemblait pas aux jeunes filles du village que la nourriture grasse enveloppait généreusement dès l'adolescence.

Consciente de son succès, elle n'en était pas orgueilleuse pour autant. Depuis bien longtemps, elle ressentait un attrait pour les deux copains, sans décider lequel lui plaisait le plus. Elle attendait patiemment. Ses parents lui faisaient la vie belle et elle était peu pressée de se mettre en ménage, d'abandonner sa quiétude. Elle faisait confiance à l'avenir, persuadée qu'un jour un signe lui ferait comprendre lequel de Philidor ou de Baptiste prendrait son cœur pour toujours. Les autres gars du village ne cherchaient plus à la séduire.

Jeanne n'était pas fille à travailler aux durs travaux de la ferme ; elle ne remplirait pas le rôle d'agricultrice et d'éleveuse qu'on attendait d'une paysanne. Enfant unique, elle était choyée par ses parents, qui lui destinaient tous les biens de leur petite exploitation. Son futur serait un homme nanti.

L'échange d'un seul regard entre Philidor et Baptiste avait révélé leurs sentiments pour Jeanne. Mais qui choisirait-elle ? Baptiste, le plus romantique des deux, le plus séduisant aussi avec ses cheveux blonds et frisés et ses yeux bleus, aurait bientôt conquis celle qui agitait leur cœur, à l'occasion d'un événement fortuit. Jeanne et lui se ressemblaient tant par leur allure qu'on les aurait crus frère et sœur, mais le regard de Jeanne n'avait rien de fraternel. Il était plutôt séducteur et brillant. Elle aimait fermer à demi les yeux pour mieux évaluer celui qui lui parlait, un fin sourire aux lèvres. Beau parleur, Baptiste savait trouver les mots qui la faisaient rougir de plaisir, alors que Philidor, trop timide, n'osait pas lui adresser le moindre compliment. Le regard direct de Jeanne le paralysait. Pourtant, il l'avait aimée avec passion, une passion qui lui brûlait le corps et lui brisait le cœur.

Forcément, l'un des deux amis souffrirait et ils en étaient malheureux. Un jour, assis dans l'herbe, en dégustant un panier de cerises dont ils crachaient au loin les noyaux, ils avaient joué franc jeu. Jeanne choisirait et ils accepteraient sans se fâcher, mais la chasse était ouverte, avaient-ils convenu. Le meilleur gagnerait.

Or, un jour, ils avaient fait la fête juste eux trois, un pique-nique sur l'herbe auprès d'un étang. Ils n'avaient besoin de personne d'autre pour se distraire et se sentir heureux. Ils avaient bu, ri et chanté. Philidor avait chanté plus fort que Baptiste pour dominer l'appréhension qui étreignait sa poitrine, lui qui ne se reconnaissait aucun talent pour séduire celle qu'il aimait.

Belle dans sa robe légère de coton blanc, une couronne de marguerites dans les cheveux, un peu grise d'avoir abusé du vin qu'avait apporté Philidor, Jeanne avait eu envie de rafraîchir ses pieds. Elle s'était déchaussée et avait remonté sa robe au-dessus de ses genoux en décochant aux garçons un regard coquin. En riant à pleine gorge, elle était entrée dans l'eau en poussant de petits cris. Philidor et Baptiste ne soupçonnaient pas le danger que recelait cet étang. Jeanne s'était avancée plus loin, toujours plus loin, en criant que l'eau était fraîche et en les incitant à la rejoindre. Et, d'un coup, elle avait disparu.

Trop ivres pour réagir, ils avaient tout d'abord guetté son retour à la surface, puis ils s'étaient inquiétés. Baptiste ne savait pas nager ; pire, pris de panique à la simple idée de pénétrer dans une étendue d'eau, il jetait des regards désespérés vers l'endroit où Jeanne s'était engloutie. En le voyant tétanisé, Philidor avait bondi sur ses pieds et s'était précipité. Tout habillé, il s'était jeté dans l'eau trouble et vaseuse, les yeux écarquillés. Une ombre s'agitait un peu plus bas sous ses pieds. Il avait bloqué sa respiration et s'était enfoncé jusqu'à attraper un pan de la robe de Jeanne, puis un bras, puis son corps, enfin. Il l'avait serrée contre lui et avait refait surface ainsi.

Baptiste avait finalement réagi et, dominant sa peur, il avait rejoint son ami. Tous deux avaient tiré le corps sur l'herbe glissante. Épuisé, Philidor avait recraché des jets d'eau âcre et écœurante, pendant que Baptiste soulevait la jeune fille toujours inerte et la déposait loin du bord de l'étang. Mais, là encore, il ne savait que faire. Philidor avait alors essayé de la ranimer ; en dernier recours, il avait posé sa bouche contre la sienne et lui avait donné son souffle, qui avait provoqué le retour du sien. Baptiste l'avait alors soulevée et blottie contre lui pour la réchauffer. Jeanne avait retrouvé sa connaissance juste à ce moment-là. Elle n'avait eu aucun doute, c'était Baptiste, *son sauveur.* C'était là le signe qu'elle attendait du destin. Elle consentirait à l'épouser.

Le baiser qui s'était posé sur la bouche de Baptiste avait anéanti Philidor. Il aurait voulu être resté au fond de l'étang. Les deux jeunes hommes s'étaient regardés, longuement, intensément.

Philidor ne trahirait pas son ami. Baptiste lui devrait son bonheur à jamais. Quelques mois plus tard, quand Jeanne avait épousé Baptiste, Philidor avait refermé son cœur. L'amour s'accompagnait de trop de souffrances ; il n'aimerait donc jamais. Seules ses vignes lui étaient reconnaissantes de ce qu'il éprouvait pour elles. Mais le choix de Jeanne, qui n'avait jamais soupçonné la vérité quant à son sauvetage, n'avait pas entamé la grande amitié des garçons. Baptiste lui devait la vie de sa femme. Il l'avait explicitement reconnu un jour qu'ils étaient seuls. Il avait alors prononcé une phrase que Philidor n'oublierait jamais.

—À partir d'aujourd'hui, nous serons frères pour la vie, mais je sais que jamais je ne pourrai payer ma dette !

Philidor avait pâli, puis il avait tapé dans le dos de son camarade pour donner le change.

—Alors, rends-la heureuse. Sinon, à la première occasion je te jette au fond de l'étang et, crois-moi, je ne viendrai pas te sauver !

—Jamais elle n'aura à se plaindre de moi !

Trois années avaient passé. Baptiste avait tenu sa promesse, Jeanne paraissait heureuse et déjà un petit s'accrochait à ses robes, alors qu'un autre venait de naître. Depuis leur mariage, auquel il avait assisté le cœur serré, mais heureux du bonheur de son ami, Philidor avait évité au maximum de rencontrer Jeanne ; il s'interdisait même de penser à elle ; elle ne lui appartenait pas et ne lui appartiendrait jamais. Son travail lui servait d'excuse. Baptiste n'insistait pas. En revanche, il était l'invité permanent de la ferme, et il était rare qu'il passât deux jours sans venir boire un verre ou raconter les dernières facéties de ses deux petites filles.

Pourtant, si Philidor avait renoncé à l'amour de Jeanne, il en souffrait toujours. Certains jours, le regret le hantait. Si au moins il avait eu plus de courage, moins d'attachement à l'égard de son ami ! Il aurait pu rétablir la vérité, démentir les apparences et raconter à Jeanne ce qui s'était vraiment passé au bord de l'étang. N'avait-il pas été trop fier ? Trop pleutre ?

Il s'était posé la question plus d'une fois et une seule réponse s'était imposée à lui, à savoir que l'amour d'une femme était incompatible avec la dévotion qu'il vouait à ses vignes. Il ne sacrifierait rien pour elle. En outre, il tenait beaucoup à sa liberté. Il ne s'imaginait pas tous les jours en compagnie d'une femme qui interviendrait dans sa vie, occuperait un espace autour de lui, l'obligerait à faire quelque chose ou l'en empêcherait. Peut-être avait-il accueilli l'excuse des fiançailles de Jeanne et de Baptiste avec un certain soulagement, comme une bonne raison de ne pas chercher ailleurs. Et puis, pouvait-il envisager de se battre contre Baptiste pour le cœur d'une femme ? La chose était impensable.

Il avait fini par aimer sa solitude. Eusèbe ne le gênait pas, il n'entrait que rarement dans la maison. Son domaine se trouvait dans son appentis et il ne le quittait que rarement, sinon pour courir la campagne. Parfois, le dimanche, ils déjeunaient ensemble. Pourtant, quand il se couchait le soir, il regrettait la chaleur d'un corps auprès du sien, les gestes de tendresse, les moments d'amour qui affolent le cœur et transportent le corps vers le plaisir. Il ressentait le manque du repos corps contre corps, de la douceur des cheveux, de celle de la peau, du regard ému ou joyeux. Puisque Jeanne ne lui avait pas donné tout cela, il avait décidé que personne d'autre ne viendrait lui voler ce qu'il avait gardé pour elle, uniquement pour elle. Son nom était devenu un mot interdit, banni de son vocabulaire, une image volontairement tenue loin de sa mémoire. Seule sa souffrance était restée intacte ; il la gardait en lui comme une épine qui lui interdisait d'aimer une autre femme.

Pourtant, étrangement, à l'évocation de ce passé qu'il croyait toujours présent et mordant, il remarqua que les moments de passion vécus entre les bras d'Appoline avaient relégué Jeanne au fond de sa mémoire. Il gardait son souvenir en tête comme celui d'une vieille image de moments exaltants, mais que le temps estompe inexorablement. Était-il sur la voie de la guérison ?

5

La haine atavique

À Saint-Andéol-le-Château, la plupart des hommes s'adonnaient à la fabrication artisanale du feutre, qui leur apportait un complément de salaire et les occupait l'hiver quand les champs étaient au repos. Mais Philidor, tout comme le faisait son père autrefois, négligeait souvent cette activité pour ne se consacrer qu'aux vignes, qui rapportaient davantage. On murmurait dans le village que bientôt naîtrait sur place une fabrique de feutre indépendante, mais moins importante que celles de Chazelles qui prospéraient. Philidor ne s'en préoccupait pas ; il préférait être son propre maître. Le ruisseau de la Plate coulait non loin, il possédait une étuve, du bois en quantité et tout le matériel légué par son père pour traiter les poils, depuis les peaux jusqu'à la fabrication des capades. Pour la matière première, il ne s'inquiétait nullement. Elle ne manquait pas, d'autant qu'il ne fallait que quatre dépouilles de lapin pour fabriquer une cloche et que cette activité ne l'occupait qu'à temps perdu. Son fournisseur était Eusèbe, le même qui, auparavant, travaillait pour son père.

Le lendemain, après une nuit perturbée par le souvenir de ses ébats avec Appoline, il décida de s'y remettre. Ce fut peine perdue. L'esprit trop préoccupé, il gâcha deux peaux qu'il jeta. Il ne ferait rien de bon de sa journée. Autant aller se martyriser le moral à la vue du désastre qui se propageait de jour en jour. À nouveau, il fut saisi par le triste spectacle du déclin de ses vignes. Mais la surveillance de ses deux vignobles cachait une autre raison. Il eut beau chercher à l'horizon la silhouette d'Appoline, il ne la trouva pas, ce qui doubla sa frustration.

Onze heures sonnaient au clocher. Le moral en berne, le jeune vigneron rebroussa chemin. Les vignes du côté des Flaches qui, hier encore, éclataient d'un vert si tendre sous le soleil, dépérissaient de jour en jour. Il jeta un dernier regard sur quelques grappes bien formées qui ne viendraient jamais à terme. La catastrophe qui s'annonçait lui figea le cœur. Un froid glacial descendit lentement en lui, le rendant presque incapable de réfléchir. Le pire, c'était de savoir qu'il ne pouvait rien faire pour sauver sa récolte.

Il traversa le plateau en détournant volontairement les yeux de cet océan de verdure qu'une tempête silencieuse détruisait inexorablement. Il longea la route de Mornant qui s'en revenait vers le village, jusqu'à la place de la Pèse où bientôt les carrioles viendraient évaluer le poids de leurs vendanges. Il passa sous le porche de la tour Barre, reste des anciennes fortifications du village. D'un pas lent, il se dirigea vers le bistrot, aménagé dans un ancien cellier près du Château, une maison forte attenante à l'église, autrefois lieu d'activité du lieutenant et du procureur d'office. Le gros bâtiment abritait aussi les prisons, les réserves et les pressoirs des comtes de Lyon. Il hésita un instant, prêt à faire demi-tour, puis soupira. Un verre de vin ou deux en bonne compagnie endormiraient peut-être l'inquiétude qui grandissait en lui.

Il entra et déposa son sac par terre contre le comptoir sur lequel gisaient quelques verres vides tachés de rouge. Attablés au fond du bistrot, dans la maigre clarté qu'offrait la fenêtre, trois joueurs de cartes ne négligeaient pas la piquette du pays et les cigarettes brunes roulées par les doigts jaunis. La maladie des vignes ne semblait pas les inquiéter. La fumée empestait l'atmosphère.

Malgré le salut tonitruant des hommes éméchés qui l'invitaient, il n'eut pas envie de les rejoindre. Parmi eux se trouvait Antoine Grillet. Encore alerte pour ses soixante-dix-sept ans, l'homme donnait de la gueule. Il était du genre teigneux, pas commode, et on ne l'aimait guère. Pourtant, il avait plu à la grand-mère de Philidor, Alphonsine, qui, trois ans après son veuvage, l'avait épousé. Personne ne lui avait reproché ce remariage. On savait comme, pour une femme seule avec enfant, la vie est parfois difficile, mais elle n'y avait pas gagné pour autant. Grillet, qui travaillait le cuir, n'avait manifesté aucune envie de besogner dans les vignes de son premier mari. Elle avait dû embaucher des ouvriers pour le remplacer jusqu'à ce que Désiré puisse tout prendre en main. De l'avoir toujours vu auprès d'eux depuis sa naissance, Philidor avait imaginé qu'il était son grand-père. Même les autres, tous ceux du village, avaient fini par ne plus se souvenir qu'avant Antoine il y avait eu Honoré. Ou avaient-ils délibérément choisi de l'oublier ? Certains souvenirs noircissaient les consciences, même cinquante ans après le drame.

Un cri de victoire emplit la pièce. Il entendit le rire gras d'Antoine qui se réjouissait d'avoir gagné la partie de belote. Des yeux, il fit un rapide tour de la salle en espérant y trouver Appoline venue relancer les oncles. Il ne la vit pas. En revanche Antoine l'aperçut.

—Tiens donc, Philidor, tu ne me salues toujours pas ? Allez, viens te joindre à nous, je paie le coup !

Philidor connaissait les relations déplorables que Grillet avait entretenues avec son père. Au souvenir de ces tourments, il darda sur lui un regard venimeux. Antoine reprit, moqueur.

—Holà ! C'est tes vignes qui te donnent l'humeur sobre ? De toute façon, elles sont toutes foutues !

Le jeune homme réagit vivement.

—Pas toutes. J'espère qu'il en restera quelques-unes.

Antoine haussa les épaules.

—Si ce n'est pas aujourd'hui, ce sera dans un mois ou deux. Rien n'arrêtera cette saloperie. C'est pas la peine que tu te fatigues. J'ai vu celles du Désiré ; il ne leur reste plus longtemps à vivre !

—Je perdrai sans doute celles de mon père, mais je ferai tout pour sauver celles de mon grand-père Honoré. C'est un beau vignoble, même si tu n'as jamais voulu y travailler !

L'homme leva les bras au ciel.

—Elles crèveront comme les autres et j'irai pas déplorer leur perte. J'avais conseillé à Alphonsine de les vendre. On avait bien assez de travail, elle avec son feutre, moi avec mon cuir et les miennes, de vignes, même s'il m'en restait guère. Elle n'a jamais voulu. « L'héritage de mon fils », qu'elle me serinait. Eh bien, elle s'est démerdée avec. Ça ne me regardait pas, après tout, elles ne m'appartenaient pas.

—En tout cas, les tiennes ne vont guère mieux.

—Je m'en fiche. À l'âge que j'ai, je n'ai plus besoin de me casser le dos à faire les vendanges et ma piquette. Celle que je bois ici me va bien et ne me coûte pas grand-chose. J'ai quelques sous de côté, ça me suffira pour aller jusqu'au bout !

Les deux vieux qui jouaient avec lui éclatèrent de rire. Son cousin Ernest ricana.

—De toute façon, pour le temps qui nous reste à vivre, on s'en ira avec les vignes. Quelle plus belle mort, pour un vigneron !

Antoine s'insurgea.

—Hé, mais, moi, je n'ai pas envie de mourir ! Qu'elles crèvent toutes, peu m'importe !

Philidor lui jeta un regard haineux.

—Personne ne te dit que tu survivras à tes vignes.

—Oh ! serait-ce une menace ?

—Pas du tout. Mais, moi, je suis certain qu'on sauvera quelques-unes des miennes !

Antoine leva son verre et s'écria :

—Alors, à la santé des vignes d'Honoré et *De profundis* pour les autres.

Découvrant la présence d'Eusèbe tassé dans un coin, il se leva et se mit à crier en s'esclaffant :

—Holà, le *lièvrebécu*, t'as toujours autant de poils à ton...

Mais il s'interrompit aussitôt en voyant Philidor, le regard noir, se diriger vers lui. Eusèbe devina son intention ; il se jeta sur lui et le retint, les yeux exorbités par la peur.

—Laisse-le... ce vieux fou, articula-t-il de ses lèvres tordues.

Philidor se calma aussitôt et fit demi-tour sans avoir commandé son verre. En sortant, il bouscula Bastien, le cordonnier du village, qui l'entendit cracher entre ses dents :

—Sale teigne, le jour où tu crèveras, ce n'est pas moi qui irai pleurer sur ta tombe !

L'homme le saisit par un bras.

—Hé, Philidor ! Te voilà bien énervé ! C'est les vignes, qui te mettent dans cet état ? Faut dire que c'est malheureux, ce qui arrive. Y en a qui perdront jusqu'à leurs culottes !

—Non, les vignes, ce n'est la faute de personne. C'est Antoine. Je ne peux plus le supporter.

Le cordonnier, qui connaissait l'histoire du pendu, hocha la tête avec un air accablé.

—C'est sûr ! D'apprendre ça après tant d'années, pas facile de pardonner, même si, à cette époque, on ne savait pas vraiment qui était tout blanc et qui était tout noir dans cette affaire. La grande confusion régnait, chacun voulait avoir raison ! Mais à quoi bon remuer tout ça ? Bien de l'eau a passé sous les ponts !

—De quoi parles-tu ?

Bastien ouvrit la bouche, conscient d'en avoir trop dit.

—Ben... Tu le sais bien, ton père te l'a sûrement raconté. Pour l'Honoré, beaucoup se doutaient de la trahison, mais personne n'a rien dit, surtout quand, trois ans plus tard, on a appris qu'Alphonsine épousait Antoine. Pour elle, ça aurait été pire qu'une trahison envers celui qu'elle aimait.

Philidor eut le tournis. Petit à petit, une lumière se fit dans son esprit.

—Je ne parlais pas de ça. Oui, bien sûr, un jour j'ai appris que mon grand-père avait été pendu aux Échirayes parce qu'il avait été trahi comme les autres insurgés, mais rien de particulier à son sujet !

—Ah !

En voyant son air embarrassé, Philidor eut un soupçon qui l'alarma.

—Que vient faire Antoine là-dedans ? Allez, parle !

Au moment même où il terminait sa phrase, l'horreur l'envahit.

—Tu veux dire que c'est lui qui a vendu mon grand-père. Le dénonciateur, c'était Antoine ?

Le cordonnier se grattait la barbe, mal à l'aise. Il ne savait plus comment se désembourber de cette histoire. Ah, il avait encore trop bu et ça lui jouait des tours !

—Moi, je sais rien, mais c'est ce qu'a répété le Julien Dubois après qu'un soir, lui et les trois là-bas, ils avaient abusé de la goutte et qu'Antoine s'était laissé aller aux confidences. Comme il disait, depuis le temps, il y avait prescription. Les crimes de guerre devaient être oubliés.

Abasourdi, Philidor s'écria :

—Les crimes de guerre ? Si tu m'annonces que c'est Antoine qui a dévoilé la cachette de mon grand-père, ce n'est pas un crime de guerre, c'est un crime tout court, une trahison, et pire, d'un gars du pays, de son village. La guerre ou la politique n'ont rien à voir là-dedans ! Mais pourquoi il a fait ça, le salopard ? Il voulait lui voler sa femme ?

Il se retourna vers la porte, prêt à faire à nouveau irruption dans le bistrot. Le cordonnier le rattrapa par la manche et le tira fortement en arrière. Eusèbe se joignit à lui pour l'empêcher d'aller casser la figure à Antoine, tout âgé qu'il fût.

—Hé ! C'est ce qu'on dit, mais ce n'est peut-être pas vrai.

Et je ne crois pas que ce soit une histoire de femme ! Laisse courir, c'est trop vieux, tout ça !

Blanc de rage, Philidor avait de la peine à se maîtriser.

—Jamais ! D'abord, je vais aller rencontrer le Julien. Puisqu'il te l'a dit, il faudra qu'il me le répète.

—Le Julien ! Mais il est à moitié mort et, si ça se trouve, vu son âge, il a certainement perdu la mémoire.

—Il a l'âge d'Antoine et de ses deux acolytes. Il faisait partie de l'équipe de traîtres. Je te jure qu'il va la réveiller, sa mémoire. Je ne le laisserai pas mourir en paix tant qu'il ne m'aura pas raconté cette histoire et juré qu'elle est véridique.

Le jeune homme était hors de lui. Plus que la colère, ce fut le sentiment de la trahison perpétrée par Antoine, ainsi que de sa félonie envers Alphonsine et son fils, qui l'écœura à en vomir.

—Tu dis que mon père le savait ?

—Peu de temps avant sa mort, je croyais même qu'il te l'avait raconté. Mais tu vois bien, lui n'a rien fait. Alors, à quoi bon ?

—C'est parce qu'il n'en a pas eu le temps. Mais, avant de mourir, il m'avait confié une tâche et, comme j'ignorais tout de la responsabilité d'Antoine…

Il ne voulut surtout pas avouer que ce vœu, qu'il avait promis d'exaucer et dont il ne se souvenait qu'à cet instant, concernait effectivement la mort d'Honoré Angéolas.

Eusèbe entoura ses épaules et, avec l'aide du cordonnier, ils l'entraînèrent plus loin, afin qu'il se calme. Mais tout bouillonnait dans ses tripes. Il les regarda, les yeux brillants de colère.

—J'irai parler au Julien. Ensuite, j'aviserai !

Eusèbe resta un moment silencieux, puis, l'air malheureux, il murmura :

—Moi aussi, je savais qui l'avait vendu, l'Honoré, mais j'ai jamais rien osé dire, j'avais peur d'être pendu à mon tour. C'est ce qu'ils m'avaient promis quand ils ont su que je les avais entendus.

De son bras, Philidor entoura son cou avec douceur.

— T' inquiète pas, Eusèbe, tu n' as rien à te reprocher. Mais, moi, il faut que je réfléchisse ! Aujourd' hui, je comprends beaucoup de choses, mais je n' en resterai pas là !

D' avoir laissé échapper une parole malheureuse, Bastien se sentait coupable.

— T' es jeune, gamin, va pas faire de bêtises et ruiner ta vie. Les gendarmes te rateraient pas. T' as déjà assez d' ennuis avec le phylloxéra. Va pas t' en rajouter !

Philidor et Eusèbe firent le trajet du retour sans décrocher un mot. Juste avant d' entrer chez lui, Philidor s' arrêta net.

— Du coup, j' ai oublié mon sac là-bas !

Eusèbe s' empressa :

— Bouge pas. J' y vais !

— Merci ! Tu me rejoindras. On casse la croûte ensemble. Ce midi, je n' ai pas envie de rester seul !

Eusèbe agita sa tête, chagriné par la colère du jeune vigneron. Comme les autres, il était certain qu' il rêvait en pure perte de sauver ses vignes, mais il ne se sentait pas le courage de saper ses espoirs. Il pressa le pas. Bien sûr, il aurait voulu consoler Philidor, mais il ne connaissait pas les mots pour ça. Personne ne les lui avait appris. Pourtant, il éprouvait pour lui une grande tendresse.

La nuit, un orage qu' on n' attendait pas se déclencha. Le tonnerre roula et explosa à répétition. On aurait dit des coups de canon. Les éclairs zébrèrent le ciel en déchirant l' obscurité. Ils illuminèrent les vignes d' une lumière blanche aveuglante. La pluie s' abattit, violente, drue, embourbant les chemins, remplissant les mares et les fossés, couchant les blés qui n' avaient pas été récoltés.

Aux Échirayes, un éclair plus puissant que les autres révéla la présence de deux corps, face tournée vers le sol.

6

Marguerite

Loin de se douter des événements qui allaient déclencher une petite révolution dans son village, Philidor se rendit à Chassagny. Pourtant, il n'avait pas de capades à livrer ni de réelle raison de rendre visite à Marguerite. Ses pas avaient pris cette direction tout simplement, qu'il suivit sans savoir pourquoi cela lui semblait indispensable.

Il s'arrêta à une centaine de mètres de la ferme et la chercha des yeux. La jeune femme étendait du linge au soleil ; la lumière la rendait presque brillante. Ses cheveux, libres dans son dos, accrochaient les rayons et dessinaient une vague sombre, mais lumineuse. Elle chantait. Il reconnut le refrain : *Alouette, gentille alouette.* Sa voix était claire ; elle devait sourire en fredonnant. Le panier à linge vide, elle le saisit et esquissa quelques pas de danse, comme une ronde enfantine. Cette vision surprit Philidor ; il ne l'avait jamais vue ainsi.

En découvrant sa présence, Marguerite poussa un petit cri et, laissant tomber la panière à terre, accourut vers lui. La joie transfigurait son visage. À quelques mètres de lui, elle s'arrêta net et reprit sa marche plus lentement, presque gênée de l'empressement qu'elle avait démontré. Cette réaction l'étonna et il la considéra avec plus d'attention qu'à l'ordinaire. Qu'y avait-il de changé ?

Ce fut pour lui comme une révélation et il admit qu'en fait il ne connaissait pas du tout Marguerite. Il l'avait vue trop souvent pour la remarquer vraiment. Le voile qui depuis des années occultait sa vue se déchira. Il l'examina avec un regard neuf et la redécouvrit. Elle n'avait plus aucune ressemblance avec la petite camarade de son enfance. Son corps avait perdu la maigreur qui faisait saillir les os de ses bras et de ses jambes. Ses courbes étaient douces, sa taille, fine, et on devinait sous son chemisier une jolie poitrine.

Il s'attarda sur son visage. L'émotion qu'elle ressentait en cet instant rosissait ses joues. Ses yeux couleur de châtaigne mûre, de la même couleur que les siens, étaient humides comme si elle retenait des larmes. Il en fut bouleversé. Il avait en face de lui une parfaite inconnue qu'il trouvait plutôt jolie et attirante. Désirable, oui, car il se prit à imaginer la rencontre de leurs corps, ses lèvres dans la tiédeur de son cou, la chaleur de sa peau et ses mains à la recherche de chaque partie de la sienne. Troublé, il l'embrassa fraternellement. Elle en fit autant, mais saisit sa main pour l'entraîner sur la terrasse parfumée de chèvrefeuilles qui embaumaient. Il aima le contact de sa main dans la sienne et la serra légèrement. Elle continua de lui sourire sans le quitter des yeux en lui versant un verre de vin accompagné d'une part de tarte odorante qui lui ouvrit l'appétit.

Assise en face de lui, elle attendait qu'il lui conte les derniers événements des environs. Une chose étrange se produisait en lui, comme la confirmation d'un sentiment confus qu'il s'obligeait à réprimer, étouffé par le souci de ses vignes et ses récentes aventures avec Appoline. Jamais encore il n'avait ressenti comme en cet instant un tel état de quiétude et le désir de mieux connaître Marguerite. Cela n'avait rien à voir avec l'excitation que provoquait Appoline ; c'était plus doux, plus fort, plus profond, mais aussi plus intime. Avec sa partenaire de circonstance, il n'y avait eu qu'un échange, l'assouvissement d'un besoin de sexe. Près de Marguerite, il désirait une communion des âmes autant que des corps. Il ne s'attendait pas à une telle découverte et il en fut désarçonné.

Venait-il de s'éprendre de Marguerite ? Ou cet amour, latent depuis des années, avait-il attendu ce moment pour s'exprimer ? Lâchement, il ne chercha pas à y réfléchir davantage, pressentant que cela n'apporterait que bouleversements dans sa vie et que le moment n'était pas bien choisi. Il ne s'attarda pas et repartit, non sans avoir lu du regret dans les yeux de Marguerite.

Son altercation avec Antoine et la révélation de Bastien l'avaient perturbé. En ce moment, en songeant à la disparition de ses parents, Philidor réalisait à quel point la promesse de vengeance qu'il avait faite cinq ans plus tôt à son père était devenue feuille morte emportée par le vent. Quel intérêt revêtait-elle, désormais ? Sa grand-mère Alphonsine, enterrée depuis plus de trente ans, n'avait jamais su la vérité sur la mort de son homme et n'avait jamais cherché à la connaître. À quoi bon ? Son fils et sa belle-fille l'avaient rejointe dans le caveau de la famille Angéolas. Mais, devant l'épreuve qu'il subissait du fait de ne pouvoir lutter contre la mort de ses vignes, l'affection de ses parents lui manquait terriblement, soudain. C'était comme si la dureté du travail qu'il effectuait chaque jour avait jusque-là anesthésié en lui tout sentiment.

Pourquoi, en ce moment précis, pensait-il à sa propre vie, à sa solitude ? Était-ce à cause de son aventure avec Appoline, qui lui faisait découvrir tout ce qu'il avait manqué en restant célibataire ? Il pensait aux relations charnelles, certes, mais aussi à la complicité d'une épouse et à son soutien dans les moments les plus durs. La présence d'une compagne, ce serait se réjouir de sa gaieté, de l'amour qu'elle lui porterait, des enfants qu'elle lui donnerait, en somme de tout ce que son père avait reçu de sa mère, il en était certain. Une femme aimante le ferait vivre dans un petit paradis sur terre.

Marguerite se réinvita brusquement dans sa pensée. Il se rappela son regard ému quand il avait croisé le sien, pas du tout celui qu'on réservait à un simple camarade. L'aimait-elle comme il le croyait, ou se trompait-il ? L'attachement qu'elle lui témoignait n'était-il que la manifestation d'une grande amitié, ou sa timidité l'empêchait-elle d'exprimer plus clairement les sentiments qu'elle ressentait ? Il eut l'honnêteté de reconnaître qu'il ne l'avait guère encouragée à se dévoiler. Ce qu'il éprouvait pour elle était encore trop récent pour qu'il en fasse état. Et s'il se trompait ?

Voilà qu'il reculait encore, comme s'il refusait à nouveau qu'une autre femme prenne dans son cœur la place sacrée qu'il avait réservée à Jeanne ; sa réaction tenait sans doute aussi à ce que, s'il s'engageait ouvertement envers Marguerite, il devrait lui accorder une place égale, sinon plus grande, que celle qu'il réservait à ses vignes et, à cela, il savait qu'il n'était pas prêt. Où était-ce parce que, inconsciemment, il avait peur d'aller au-devant une nouvelle déception ? L'amour qu'il avait éprouvé pour Jeanne s'était accompagné de tant de souffrance qu'il ne voulait pas revivre la même. Il s'était bâti une tour de protection contre la douleur. Sa solitude le préservait, mais jusqu'à quand le ferait-elle ?

Marguerite s'obstinait à danser devant ses yeux. Il sentit monter en lui une douce émotion, le désir de découvrir tout ce qui se cachait en elle, persuadé à présent qu'elle était celle que son cœur avait choisie. Mais tout était encore trop confus et trop soudain. Il lui fallait se familiariser avec le déferlement de sensations qui l'assaillaient depuis le matin. Pour l'instant, il avait besoin d'autre chose de plus vivant, de plus exaltant, et ce fut encore Appoline qui s'offrit à ses désirs.

Sur le chemin du retour, il rencontra Baptiste, qui aidait le beau-père aux récoltes. Quand il reconnut la silhouette de Philidor, le garçon ôta son chapeau et le fit tournoyer en l'air pour attirer son attention, puis il courut à sa rencontre. Tous deux s'assirent sur le bord du fossé qui gardait des fétus de paille des blés récoltés. La poussière jaune faisait dans l'air un petit nuage doré qui brillait au soleil. Après avoir évoqué un bal qui aurait lieu à la fin des moissons, Baptiste posa la question qui le tenaillait depuis un moment.

—Hé, Philidor ! Toujours pas d'amoureuse ? Pas de cavalière pour venir danser avec nous ? Pourtant, elles ne manquent pas, tu ne vas pas rester vieux garçon, que diable ! J'en connais une qui attend, mais attendra-t-elle encore longtemps ?

Pour le coup, Philidor se sentit rougir jusqu'à la racine de ses cheveux, persuadé qu'Appoline s'était vantée de leur rencontre. Mais non, Baptiste ne pouvait nullement faire allusion à cela. Plus ou moins rassuré, il haussa les épaules.

—Une fille qui m'attend ? Je voudrais bien savoir qui…

Baptiste lui donna une grosse bourrade dans le dos.

—Marguerite Lepuits ! Ne va pas me dire que tu n'as jamais remarqué qu'elle te dévore du regard, quand tu es auprès d'elle ! Tiens, même la semaine dernière, quand nous sommes allés ensemble lui apporter des capades.

Il soupira de soulagement. Ainsi, il s'agissait bien de Marguerite. Marguerite qu'il venait de quitter et qui l'avait troublé beaucoup plus qu'il ne l'aurait cru.

Pour n'avoir pas à avouer ses sentiments ni à donner de raison de son apparente froideur, il s'empressa aussitôt de démentir Baptiste.

—Marguerite ? Quelle idée ! Je la connais depuis toujours. Nous avons grandi ensemble et nous ne sommes que de très bons amis.

—Et alors ! Nous nous connaissons tous depuis l'enfance. Cela empêche-t-il les mariages entre nous ?

Philidor ne répondit pas. Baptiste le regarda bien en face et déclara :

—J'ignore pourquoi, mais j'ai l'impression que tu caches bien ton jeu. Tu ne l'aimes donc pas ?

Philidor préféra dévier la conversation.

—Crois-tu qu'avec tout ce qui m'arrive en ce moment, j'ai le temps de penser à l'amour ?

—Mais pourquoi pas ! Il faut bien chasser ses soucis, et une femme apporte toute la douceur qui manque en ce bas monde.

Je crois que tes yeux sont si aveuglés par tes vignes que tu ne te rends compte de rien. Or, tu es trop seul. Ce n'est pas bon. Tu t'enfermes trop dans ton travail et tu ne fréquentes personne. Alors, pense un peu à cette jolie fille et regarde-la différemment que lorsque vous étiez enfants.

Philidor se vexa de tant de clairvoyance. Il baissa la tête. Marguerite… Allait-il se décider à lui déclarer ses sentiments ? Mais pourquoi avait-il l'impression qu'il serait obligé de choisir entre deux choses auxquelles il tenait ? Ça, il s'y refusait. Pour l'instant, il ne voulait pas condamner ses vignes, pas encore. Tant pis si son cœur en souffrait un jour.

— Tu es plus pressé que moi de me marier. Laisse le temps faire son œuvre. L'amour et le mariage sont des choses qu'il ne faut pas précipiter, sous peine de les conduire à l'échec. Rien ne presse.

Baptiste s'entêta.

— Souvent, à trop attendre, on perd tout.

Philidor maugréa sourdement. Accepter une femme dans sa vie ? Un jour, il y songerait sûrement, mais pas pour l'instant. Il était bien trop ligoté, voué corps et âme à ses vignes pour laisser entre elles et lui une petite place à une femme. Il venait de fêter sa vingt-deuxième année et il ne s'ennuyait pas. Il se donnait entièrement à sa seule et unique passion qui était et serait toujours ses vignes.

Alors que Baptiste retournait aux travaux des champs, Philidor répondit, décontenancé par ses paroles qui sonnaient si juste :

— C'est un risque que je dois courir. D'ailleurs, rien ne dit que Marguerite éprouve les sentiments que tu dis…

Baptiste lui sourit ironiquement, haussa les épaules et repartit vers son beau-père.

— Pose-lui la question. Peut-être te répondra-t-elle, mais elle est si timide qu'elle attend certainement que tu te déclares.

— Peut-être que tu te trompes !

Baptiste éclata de rire et activa le pas.

Mais que savait Philidor des sentiments qui, depuis des années, agitaient le cœur de Marguerite ? Il ignorait que, dès ses douze ans, déjà, elle vivait avec la certitude qu'elle n'aimerait jamais un autre garçon que lui et elle espérait à tout moment son apparition aux côtés de son père Désiré, quand il venait livrer quelques capades à Mathilde. Se doutait-il de la frustration qui accompagnait son arrivée et son départ quand il se contentait de lui adresser un vague signe de la tête, alors qu'elle priait pour qu'il vienne l'embrasser, même fraternellement ? Imaginait-il ses nuits quand, plus âgée, aux premiers soubresauts de son corps, aux premiers désirs qu'elle avait découverts et à ceux que lui suggéraient ses pensées, elle n'avait d'envie que de presser son corps contre le sien ? Comme elle rêvait de l'entendre lui murmurer des mots d'amour, de découvrir dans son regard une lueur d'admiration ou même de désir ? Malgré son joli minois, ses yeux de biche et son petit nez en trompette, elle ne se croyait pas assez belle pour être admirée. Elle était persuadée que Philidor méritait davantage qu'une modeste cousette de chapeaux et qu'un beau gars comme lui la voyait bien trop souvent pour pouvoir un jour remarquer à quel point elle avait changé.

Si elle avait été plus effrontée, si elle avait su se mettre en valeur, si elle avait été plus courageuse, aussi, sans doute lui aurait-elle fait comprendre que son cœur lui appartenait depuis le jour où il lui avait pris la main pour l'aider à traverser la rivière. Le souvenir en était encore vif en elle. Elle avait glissé sur les pierres verdies d'algues ; en entendant son cri de peur et en voyant ses larmes, il l'avait prise entre ses bras et l'avait embrassée. Fraternellement embrassée. Mais, depuis, Marguerite avait bien des fois souhaité tomber dans l'eau en sa présence, quitte à risquer de se noyer, et qu'il vînt la sauver comme il avait sauvé Jeanne.

À propos de cette aventure, son amie Jeanne qui, un jour, avait appris la vérité sur l'identité du véritable sauveur, lui en avait fait part en lui faisant jurer de garder le secret. Elle lui avait même révélé que Philidor, à cette époque, était très amoureux d'elle et qu'il avait certainement souffert du choix qu'elle avait fait.

En ressassant ces confidences, Marguerite se persuadait que la réserve de Philidor à son endroit était causée par le souvenir de son amour déçu, mais qu'il finirait bien un jour par l'oublier. Elle se morfondait d'amour pour lui et se reprochait amèrement son indolente attente d'une déclaration que le jeune homme ne lui ferait probablement jamais si elle ne lui dévoilait pas ses sentiments. Si seulement elle avait été plus audacieuse !

Plutôt vexé par les réflexions de son ami, Philidor reprit la direction de Saint-Andéol-le-Château. Pour l'instant, une autre fille moins timide que Marguerite hantait ses pensées. Appoline lui avait complètement tourné la tête. Quand reviendrait-elle lui donner du plaisir ? Quand pourrait-il calmer le feu qui le dévorait depuis leur première rencontre ? Qu'était-elle retournée faire à Givors alors qu'elle en venait à peine, elle qui disait avoir pris quelques jours de repos ? Et que faisait-elle chez son amie Rosette ? Il n'arrivait pas à croire qu'une fille comme elle pût passer du temps avec une camarade aussi mièvre et aussi peu intéressante.

Il guetta son apparition en vain ; l'idée qu'elle ne reviendrait probablement pas malgré sa promesse le contraria.

7

Deux cadavres aux Échirayes

Brigade de Mornant

Eh bien, mon adjudant, s'exclama Blavet, il n'a pas fallu trop longtemps pour nous mettre au travail. On nous signale deux meurtres à Saint-Andéol-le-Château !

—Que ça ? Et justement dans le village que nous avons exploré ? Pourtant, il m'avait semblé bien calme !

—Le calme avant la tempête !

—Si ton cheval est sellé, allons-y ! Où ont-ils été découverts ?

—Aux Échirayes, un plateau de terre inculte. Je connais l'endroit ! On va aller du côté du Pont Rompu ; ce ne sera plus très loin.

Ils ajustèrent leur baudrier, démêlèrent les fourragères blanches qui passaient sous leurs aisselles et s'assurèrent que leur fusil et leur sabre étaient bien en place. Ils frottèrent ensuite le flanc de leur monture en redressant légèrement leur bicorne afin qu'il soit bien parallèle à leurs épaules.

Gontard décocha un regard contrarié à son camarade.

—Quoi ?

—Tes moustaches ! Elles ne sont pas réglementaires. Tu n'as pas lu le règlement intérieur ? Les moustaches ne doivent pas dépasser la commissure des lèvres. Et remonter vers le haut, bien sûr. Les tiennes ressemblent à celles d'un Gaulois !

—Qui vous dit que je n'en suis pas un ? Après tout, ils sont nos ancêtres !

—Peut-être, mais, au retour, soit tu les raccourcis, soit tu les fais remonter en virgule de chaque côté de ton nez.

Blavet poussa un grand soupir. Ah, celui-là, avec son règlement intérieur !

Après un silence, Gontard demanda :

—Bon, que t'a-t-on dit, exactement ?

—Que ce matin un paysan a été intrigué par deux pieds qui dépassaient de derrière un rocher affleurant au-dessus du sol. Puis il en a aperçu deux autres.

—Deux pieds, ou deux chaussures ?

—Deux pieds, enfin quatre, nus, sans chaussures. Le plus étrange, c'est que les deux propriétaires desdits pieds, qui gisaient face contre terre, portaient leur vêtement de nuit. Auraient-ils été tués pendant leur sommeil ?

—Il faudrait d'abord savoir de qui il s'agit pour aller vérifier chez eux. Ont-ils été reconnus ?

—Non, le gars n'a pas osé les retourner. Avant que les pandores arrivent, qu'il s'est dit, faut rien déplacer !

Gontard eut un sourire de satisfaction.

—Ah, enfin ! Quelqu'un qui a compris ce qu'on répète toujours ! Comment trouver des indices si tout le monde vient piétiner la scène de crime ?

—Si les crimes ont eu lieu là-bas ! Quant aux indices, vu la pluie qui est tombée cette nuit, le champ doit être couvert de boue. Ça m'étonnerait qu'on trouve quelque chose d'intéressant ! Le fils du vigneron, qui est venu à cheval nous avertir, est retourné sur place rejoindre son père. J'ai bien peur qu'il y ait du monde. La nouvelle a dû se répandre à la vitesse du vent, mais il paraît que le maire a donné ordre d'éloigner les curieux. Il a fait recouvrir les corps de peur que la chaleur active la décomposition.

—Ce n'est pas si rapide, même si, effectivement, il commence à faire chaud et que je transpire dans mon uniforme !

—Et que je commence à avoir très soif ! souligna son adjoint avec un sourire malicieux.

Gontard lui jeta un regard complice.

—T'es pire qu'un puits sans fond ! On verra ça plus tard. Allons, ne perdons pas de temps, Césarine m'a promis un bon rôti de porc accompagné de pommes de terre offertes par une voisine. Je ne voudrais pas le retrouver desséché d'avoir été trop réchauffé !

Blavet se laissa aller à un compliment.

—En tout cas, votre Césarine, elle a vite fait son trou. Au village, tout le monde la connaît et toutes les femmes sont en admiration devant votre petite Laurentine. Elle est très mignonne. Elle tient beaucoup de sa mère !

—Merci pour moi, grogna Gontard.

Blavet en remit une couche.

—Césarine est affable, souriante, belle, aussi. La maternité lui va bien !

—Cesse tes flagorneries et tâche de te trouver, toi aussi, une femme. Ce n'est pas sain pour un homme de rester seul à laver ses chaussettes. Même pour le reste ! ajouta-t-il, pince-sans-rire.

Blavet s'exclama, malicieux :

—Pour le reste, comme vous dites, mon adjudant, point n'est besoin de se marier. L'avantage du célibat, c'est qu'on n'a pas de fil à la patte, pas de comptes à rendre à qui que ce soit. Quand tout ne va plus, hop ! on se débarrasse du problème !

—Malotru ! s'exclama-t-il dans un gros rire. Je t'interdis désormais d'adresser des compliments à mon épouse. Cherches-en une qui les accueillera de bon cœur ! Ma Césarine n'a que faire des tiens, même si tu les tournes mieux que moi !

Un grand soupir à fendre l'âme lui répondit.

—C'est que, du rôti de porc... Ah, j'en salive d'avance.

S'il y avait une assiette pour moi à votre table... J'apporterais bien une bouteille de vin de Taluyers, un Clos Saint-Marc dont vous me diriez des nouvelles.

—Tout dépendra du temps que nous mettrons à analyser la scène, à faire une première investigation et à formuler une hypothèse. Cela demande du temps. J'espère qu'ils ont prévu un endroit où transporter les corps. Sans cela, le rôti, faudra plus y penser !

—Et le vin non plus ! répondit Blavet en riant dans sa gorge.

—Alors, d'accord pour le rôti. Allez, active !

Il n'en fallait pas plus pour stimuler le gendarme. Ils allèrent au petit trot et, après avoir traversé le plateau, prirent un chemin de traverse qui conduisait aux Échirayes. La grande prairie avait un air d'océan avec quelques rochers de granit qui jaillissaient à la surface comme des écueils. La lande, dont une grande partie restait en friche, était en majorité recouverte par des genêts.

De loin, ils aperçurent trois hommes qui marchaient de long en large dans le chemin en les attendant. L'un d'eux, dont les traits reflétaient l'autorité, vint à leur rencontre. Il les salua respectueusement et attendit qu'ils descendent de leur cheval pour leur tendre la main. Il s'agissait du maire du village. Les deux gendarmes l'avaient brièvement rencontré lors de leur visite de la commune. Sans un mot, il les dirigea vers un léger creux où deux draps étendus sur le sol dessinaient le relief des corps.

Émilien Gontard se pencha au-dessus du premier. Ses bottes gênaient ses mouvements et il retint un réflexe d'agacement. Aussitôt, le maire s'empressa de soulever le drap. L'homme, allongé face contre le sol, était effectivement vêtu d'une sorte de tricot de corps de coton assez long et d'un caleçon. Ses jambes maigres étaient terreuses, surtout les talons, comme s'ils s'étaient enfoncés dans le sol. À son crâne pratiquement chauve et aux rides de son cou, on devinait un homme âgé. La chemise qui recouvrait son dos ne présentait que quelques taches de sang.

—Un coup de fusil ? proposa Blavet.

—Je ne pense pas. Retourne-le. Il ne doit pas être bien lourd.

Blavet, qui était moins encombré, s'agenouilla carrément dans l'herbe humide et fit faire au corps un demi-tour. La vue du visage boueux qui avait gardé les yeux ouverts provoqua un cri de stupéfaction du maire. Ce qui surprit les deux gendarmes, ce fut qu'il présentait une blessure au niveau du cou, mais pas mortelle. En examinant l'intérieur d'un bras, ils remarquèrent de longues éraflures. La paume de la main droite présentait les mêmes estafilades. Gontard pensa tout de suite à des plaies causées par une arme blanche, sans doute un couteau, parce que la courte chemise présentait au niveau du ventre une déchirure largement imprégnée de sang noirâtre. Mais il n'y avait aucune autre blessure qu'on pût attribuer à un tir de fusil. Il s'adressa au maire qui semblait statufié.

—Vous le reconnaissez ?

—Oui, du moins je ne pense pas me tromper. C'est Ernest Rivaux, un gars de Mornant.

—Vu l'état de la chemise et le peu de sang dans l'herbe, on devrait en retrouver dans son lit ou sur le sol de son logis. Je suis persuadé que c'est là qu'il a été assassiné. Examinons l'autre.

Sans attendre, le maire souleva d'un geste preste le deuxième drap, qui commençait à s'imprégner de la boue environnante. Le spectacle que Gontard découvrit le laissa sans voix. L'homme avait lui aussi une tache de sang dans le dos. Mais le plus étrange était qu'une corde entourait son cou.

—On l'a pendu ? proposa Blavet.

—On pourrait le croire, mais je n'en suis pas certain. Retourne-le aussi ! On verra bien s'il est mort asphyxié !

Aidé du maire, le gendarme fit pivoter le corps. Comme le supposait l'adjudant, sa face n'avait rien des caractéristiques d'une pendaison. Il n'était ni boursouflé ni bleui et nulle trace de lien ne marquait sa gorge. En revanche, la blessure au cœur était nette, pas très large, plutôt ronde, et une partie du sang s'était écoulé sur un côté de la poitrine jusque dans le dos. Le reste s'était répandu le long du caleçon de nuit. Le maire s'exclama :

—C'est Grillet ! C'est l'Antoine Grillet. Il est cousin avec Ernest Rivaux qui est à côté !

—Il habitait Mornant, lui aussi ?

—Non, il est de chez nous, mais Rivaux, qui n'habitait plus Mornant depuis longtemps, vivait pratiquement avec lui. Ils étaient cousins et copains depuis plus de soixante ans, si ce n'est soixante-dix. On les a toujours vus ensemble ! Ah, si je m'attendais !

Gontard examina le visage, puis la blessure.

—Blavet, je ne sais pas à quoi rime cette mascarade de corde autour du cou, mais il n'a pas été étranglé et encore moins pendu. Par contre, sa blessure est curieuse. Il va me falloir l'examiner de plus près. Apparemment, il n'a pas vu son agresseur et il ne s'est pas débattu, contrairement à l'autre.

—Si ça se trouve, il ne sait même pas qu'il est mort ! ajouta Blavet dont les remarques n'étaient pas toujours de bon goût.

Gontard le fusilla du regard.

—En effet. Probablement assassiné pendant son sommeil !

Il se tourna vers le maire, qui affichait son incompréhension.

—Monsieur le maire, je vois que vous avez fait venir une carriole.

—Oui, j'ai pensé qu'on ne pourrait pas les laisser là par cette chaleur et les Andéolais vont être pires que les mouches, quand ils vont savoir.

—Vous avez raison. Faites-les transporter chez un médecin s'il y en a un dans votre village, ou dans une salle.

—Non, il n'y a pas de médecin. Je peux vous proposer mon

pressoir. On y trouvera tout ce dont on aura besoin. Il y fait aussi plus frais.

—Bonne idée. Il faudra les débarrasser de leur chemise, mais ne les jetez pas. Nettoyez sommairement les corps pour que, avec le médecin, nous puissions les examiner et avancer une hypothèse. Ensuite seulement, une fois établi le permis d'inhumer, vous pourrez rendre les corps aux familles.

Le maire agita la tête, un peu embarrassé.

—C'est que, de famille, ils n'en ont pas. Ou si peu. Grillet, du moins.

—Il faudra quand même les prévenir. De qui s'agit-il ?

Le maire hésita.

—Ici, il y a Philidor Angéolas, personne d'autre.

—Il habite le village ?

—Oui, au Planté, une ferme du côté de la vallée du Gier. Il vit avec le *lièvrebécu.*

—Le *lièvrebécu* ? Qui c'est, celui-là ?

—Eusèbe, son employé.

—Eh bien, avertissez Angéolas du décès d'Antoine Grillet et de son cousin. Nous aviserons ensuite.

Une fois les cadavres évacués, les deux gendarmes fouillèrent les environs à la recherche d'indices qui auraient pu les éclairer.

—Je ne trouve rien ! se désespéra Gontard.

Blavet était aussi dépité.

—Sauf ces traces de roues dans la terre encore humide. Et, à tous les coups, ce sont celles de la charrette que le maire a fait venir !

—Possible. Mais j'opte pour que le crime ait été commis à leur domicile. C'est là que nous pourrons trouver quelques indices. Parce que juste un peu de sang se trouvait sous les corps. S'il y en a eu davantage ici, il s'est dilué.

—En effet, hier soir, il y a eu un orage, mais assez tard, approuva Blavet.

Il réfléchit.

—Après minuit. J'en suis sûr, parce que le chien du voisin n'arrêtait pas d'aboyer et que j'ai dû me lever. J'ai regardé l'heure. Il était un peu moins d'une heure du matin. Ce sale cabot a fermé sa gueule seulement après que je lui ai eu balancé un os qui traînait dans mon assiette.

—Au moins, cela nous permet de supposer que leur mort a eu lieu dans la deuxième partie de la nuit. Mais tu as eu tort de jeter un os au chien ; maintenant, il viendra t'en réclamer un tous les soirs !

—Ben, je descendrai lui filer un bon coup de pied au cul ; il ne reviendra pas m'emmerder quand je dors !

Cette réflexion arracha un sourire à l'adjudant. Il avait toujours un langage châtié, ce Blavet !

Comme il fallait s'y attendre, la nouvelle des meurtres se répandit à toute allure, des ateliers de feutre à ceux du velours. Quand il fut mis au courant du double crime, Bastien, le cordonnier, ressentit un profond malaise. Sa conversation avec Philidor lui revint en mémoire, ses menaces aussi. Il se maudit d'avoir révélé un secret du passé qui avait déjà causé assez de mal. Mais il se rassura ; les seuls qui étaient au courant de la pendaison publique d'Honoré, c'était les deux morts et, ceux-là, il en était certain, ne parleraient plus. Il y avait bien le troisième larron qui jouait aux cartes avec eux, Louis Fabre, mais celui-là aussi fermerait sa gueule. Il n'avait sûrement pas envie d'avoir affaire aux gendarmes. Quant à Julien, qui irait lui poser des questions embarrassantes ? Malade comme il l'était, presque au seuil de la mort, il emporterait ce secret avec lui. Et, d'abord, il faudrait qu'il s'en souvienne. Comme c'était le cas de beaucoup de vieux, sa mémoire flanchait parfois.

Le bruit courait que les gendarmes viendraient enquêter. Cela l'inquiéta. À coup sûr, il serait interrogé comme tous les autres, puisqu'il connaissait bien les deux hommes assassinés. Peut-être valait-il mieux qu'il disparaisse quelque temps pour échapper à une question à laquelle il ne tenait surtout pas à répondre. Si vraiment c'était Philidor qui avait vengé la mort de son grand-père, il ne pouvait pas trop lui en vouloir. Grillet, Rivaux et Fabre étaient des crapules, tout le monde le savait au village, même si, pour avoir la paix, personne n'en parlerait. Cette pensée le rassura. Après tout, le gamin de Désiré n'était peut-être pour rien dans cette affaire, même s'il y avait cette histoire de corde autour du cou. Cela ressemblait pourtant bien à un symbole. En plus, les corps avaient été trouvés aux Échirayes. Si Désiré Angéolas avait été encore en vie, on aurait pu le soupçonner, mais ce n'était pas le cas.

Tout compte fait, si Philidor était innocent, qui d'autre avait intérêt à occire les deux cousins ? Et pourquoi ?

8

L'héritage du vigneron

Enfant, Désiré Angéolas n'évoquait ce père qu'il n'avait pas connu que le jour de la Toussaint, quand Alphonsine allait fleurir sa tombe. C'était une ombre omniprésente qu'il ne parvenait jamais à vraiment imaginer. Personne n'en parlait, d'ailleurs, pas même sa mère quand ils se retrouvaient seuls. Pour lui, Honoré Angéolas n'était qu'un nom gravé dans la pierre tombale sous laquelle il dormait depuis l'été 1817.

D'Antoine Grillet, le deuxième époux d'Alphonsine, Désiré acceptait tout pour ne pas l'inquiéter. En contractant ce mariage, Alphonsine avait surtout espéré offrir à son enfant un bon père, fût-il de substitution. Aussi, le garçon se faisait-il tout petit, presque invisible pour ne pas irriter l'homme qui l'avait pris sous son autorité. Il gardait le silence sur les coups et les brimades, les critiques ou les réflexions désagréables qu'il recevait sans raison. Il n'obtenait de sa part aucune marque d'affection. Cet homme ne le supportait que parce que, avec la mère, il lui avait fallu accepter le marmot.

Alphonsine ne remarquait rien et elle croyait que tout se passait bien. Elle ne confiait à personne l'énorme désillusion qui avait suivi son mariage avec Antoine. Elle l'avait cru très amoureux, tant il lui avait fait une cour pressante pendant les trois années de son veuvage. Elle qui avait connu la passion d'Honoré et ses étreintes enfiévrées, elle avait été très surprise par le peu d'intérêt qu'il portait à son corps. La première année, il accomplit régulièrement le devoir conjugal comme par obligation, sans se donner la peine de prononcer le moindre mot d'amour, sans se préoccuper de son plaisir à elle ; mais il s'inquiéta régulièrement de savoir si elle portait enfin le fils qu'il attendait. La deuxième année, les rapprochements se firent espacés au point qu'elle le soupçonna de ne plus l'aimer ou d'aller chercher ailleurs la satisfaction qu'elle ne semblait pas pouvoir lui donner. Enfin, au fil du temps, aucune grossesse ne s'étant jamais annoncée, il finit par ne plus avoir avec elle que des rapports irréguliers, comme pour honorer un contrat qu'il avait signé. Alphonsine se persuada que son insistance à vouloir l'épouser avait été uniquement guidée par son désir d'avoir un héritier. En fin de compte, sa déception ne fut pas aussi immense qu'elle l'aurait cru. Elle s'accommoda de ses négligences, très fière de ne rien devoir à son nouvel époux quant à l'éducation de son petit Désiré. Elle apportait largement sa part dans le ménage avec l'argent de son travail du feutre à la chapellerie de Saint-Andéol-le-Château et le raisin des vignes d'Honoré. Chaque année, elle vendait sa production de gamay à un viticulteur voisin ; elle faisait les vendanges avec les ouvriers, puisque Antoine lui avait clairement fait comprendre que ce bien ne lui appartenait pas et qu'il refusait de s'en occuper.

Désiré ne se plaignait jamais à elle de la tutelle brutale qu'Antoine exerçait sur lui. Il ne dit rien non plus lorsqu'il l'obligea très tôt à aller travailler le feutre à l'usine de Chazelles-sur-Lyon, très réputée pour ses chapeaux, alors qu'il se sentait déjà très attiré par le travail de la vigne, surtout celle de feu son père. Comme l'usine était à trente kilomètres, pour lui obéir, il fut obligé de dormir sur place, dans une chambrette sans confort qu'il occupait avec un garçon d'un autre village. L'artisan qui la louait ne se préoccupait guère du froid qui y régnait l'hiver. Les deux jeunes garçons connurent des moments terribles entre le travail et l'exiguïté de leur chambre qui ne permettait aucune intimité.

Ce ne fut qu'un an plus tard que, trop malheureux loin de ses vignes, Désiré se rebella. Il revint à Saint-Andéol-le-Château malgré la grise mine de son beau-père. Que lui reprochait-il, au fond ? D'être le fils d'un révolté condamné à mort, alors que lui, bien vivant et malgré son acharnement, n'avait jamais eu d'Alphonsine l'enfant qu'il attendait ?

Un matin, Alphonsine fut retrouvée morte dans son lit, où elle ne dormait plus depuis longtemps avec son deuxième époux. L'air paisible qu'affichaient ses traits semblait confirmer son bonheur d'être enfin partie rejoindre son amour de toujours. Désiré fêtait ses dix-sept ans. Il occupait toujours une des chambres à l'étage, alors qu'Antoine s'était installé quelques années auparavant dans celle du rez-de-chaussée. Cela lui laissait toute latitude pour partir et revenir sans se faire remarquer.

Le cercueil d'Alphonsine une fois déposé dans le caveau des Angéolas où l'attendait Honoré, le notaire signifia à Antoine que la ferme Angéolas devenait la propriété de Désiré. Il pourrait toutefois continuer à y résider si le fils ne s'y opposait pas. Mais Antoine comprit vite qu'il avait intérêt à aller habiter ailleurs. Gaspard Frelon, une de ses connaissances, lui avait confié qu'il comptait rapatrier son vieux père chez lui, à Chazelles-sur-Lyon, son état de santé ne lui permettant plus de vivre seul. Antoine sauta sur l'occasion et offrit de racheter la maison. Frelon savait que Grillet ne possédait aucun meuble ; aussi lui proposa-t-il de lui vendre l'habitation et tout ce qui se trouvait à l'intérieur, excepté quelques objets auxquels son père tenait absolument. Le marché fut conclu. Malgré les protestations du père qui voulait mourir chez lui, le vieux fut embarqué et Grillet s'installa. À partir de ce jour, il n'entretint qu'une vague relation avec Désiré.

Libre de se consacrer à sa passion, le garçon se lança à corps perdu dans le travail des vignes et acquit un peu plus tard une autre vigne, le propriétaire décédé n'ayant aucun héritier. Les deux parcelles représentaient un lourd travail, mais c'était toujours la joie au cœur qu'il l'effectuait. Cependant, il continua à fabriquer des cloches de feutre, même si cela ne le passionnait pas du tout. Pendant une dizaine d'années, sa seule préoccupation fut ses vignes ; il ne prêtait guère d'attention aux jolies filles qui auraient été bien heureuses qu'il les remarquât.

Pourtant, lors d'une livraison de six cloches de feutre chez la modiste, il rencontra Sidonie, une jeune fille de dix-huit ans à peine qui effectuait son apprentissage. Désiré ne put détacher son regard de ses cheveux qui avaient volé leur couleur aux blés mûrs et de ses yeux qui avaient dérobé l'azur du ciel. En la voyant si jolie, si douce, il réalisa que les années s'étaient très vite enfuies et que, à vingt-sept ans, sa solitude commençait à lui peser.

Avant de baisser son visage sur son ouvrage, Sidonie eut le temps de capter son admiration dans ses yeux verts pailletés de doré. Elle eut envie de passer ses doigts dans la broussaille sombre de sa chevelure et de poser sa tête contre la poitrine qui se devinait large sous la chemise. Ce fut comme un éclair entre eux, une attirance mutuelle, et Sidonie, que le bonheur rendait plus belle encore, vint s'installer dans la ferme des Angéolas quelques mois après leur rencontre. En découvrant la maison qu'elle habiterait, elle fut conquise. La ferme familiale, bâtie en forme de U un peu à l'écart du village par le grand-père Honoré, ressemblait à beaucoup d'autres. L'habitation occupait le bâtiment de droite. Elle se composait, au rez-de-chaussée, d'une vaste salle qui servait de cuisine et de pièce à vivre, d'une cheminée où il faisait bon se retrouver les jours d'hiver et d'une pièce, l'ancienne chambre d'Antoine Grillet dans laquelle elle installa son propre atelier. Deux autres chambres étroites avaient été aménagées à l'étage sous le toit. Au centre, l'ancienne étable n'abritait plus de vaches, mais une sorte de grange comprenait un appentis rempli du bois pour la cheminée et du matériel pour l'entretien des vignes. En face de l'habitation, le dernier bâtiment renfermait le pressoir et l'écurie.

Quand il avait pris possession de son héritage, Désiré avait aménagé dans un coin de la grange un atelier dans lequel il pouvait exercer son travail du feutre jusqu'aux cloches qui étaient vendues à Mathilde Lepuits. Elle les transformait en chapeaux de diverses formes, puis les confiait à Sidonie qui, pour les habiller, avait un goût certain. Une fois les chapeaux décorés de rubans ou de bandes de cuir, de fleurs de tissu, souvent de soie et parfois de plumes, Mathilde les vendait à Lyon. Quelques commerçants se montraient intéressés, d'autant plus qu'ils les payaient moins cher que ceux de Chazelles-sur-Lyon, une commune de la Loire proche du Rhône qui en produisait davantage.

Mathilde ne craignait pas de franchir les nombreux kilomètres à pied pour aller les négocier elle-même. Elle discutait âprement leur prix et ne repartait qu'entièrement satisfaite. Si le commerçant avait coutume de se désoler bien haut du prix faramineux qu'il avait dû accorder, il s'en réjouissait secrètement. Il savait que la coiffure ne resterait pas longtemps en vitrine. Une bonne affaire pour chacun d'eux ; en retour de chaque vente, Sidonie touchait une commission.

La jeune modiste apporta un solide soutien moral à son mari sans être jalouse de la passion qu'il portait à ses vignes, même si elle la jugeait un peu débordante. Elle fut enfin soulagée quand, quatre ans plus tard, Philidor naquit. Quand Désiré rentrait fourbu de ses vignes, les mains raides et les cuisses douloureuses, il savait que Sidonie, sourire aux lèvres, guettait son arrivée par la fenêtre. Sur la cuisinière à bois, une grande bassine d'eau chaude l'attendait et c'était avec amour qu'elle lavait et séchait énergiquement son dos en déposant çà et là quelques petits baisers.

Désiré n'avait jamais été aussi heureux de sa vie. Il mit de côté les mauvais souvenirs de son enfance pour se donner entièrement aux bonheurs que la vie lui promettait. Lui qui n'avait jamais connu le vrai sens du mot *famille* se retrouvait riche d'une épouse tendre et amoureuse, d'un fils, Philidor, qu'il se promettait d'aimer plus qu'il ne l'avait été, et d'un ouvrier, Eusèbe, si attaché à eux qu'il ne songea jamais à s'éloigner.

9

Le *pati*[1]

À Saint-Andéol-le-Château, tout le monde connaissait Eusèbe, un brave vieux garçon à qui on n'aurait pas su donner d'âge. Un matin, une bonne vingtaine d'années auparavant, Désiré avait eu pitié de l'homme à peine plus âgé que lui qui errait dans le village et que tout le monde malmenait. On ne sut jamais d'où il venait. Il avait atterri là comme tombé du ciel, à la recherche de petits travaux pour subsister avant de reprendre sa route. Hélas ! le ciel l'avait affublé d'une pilosité envahissante, d'un bec-de-lièvre et d'une démarche branlante qui déclenchait bien des moqueries.

À cette époque, Désiré avait une trentaine d'années. Il venait de se marier avec la gentille Sidonie dont le cœur s'était ému à la vue du malheureux. Elle avait vivement encouragé son mari à le garder avec eux. Il l'avait donc embauché comme homme à tout faire et l'avait notamment affecté au ramassage des peaux de lapin. En échange, il lui donnait quelques sous. Les pièces qu'Eusèbe gagnait à cette récolte rejoignaient les autres, cachées dans une capade de feutre inutilisée, enterrée dans le sol sous sa paillasse.

Désiré lui avait offert un abri dans l'appentis aux murs de pierres accolé au cellier. Malgré sa proposition souvent réitérée, Eusèbe avait toujours refusé avec obstination de

1. Chiffonnier, ramasseur de peaux de lapins.

dormir dans un endroit plus confortable. Il avait aménagé son chez-soi au mieux. Il avait isolé son coin de nuit de celui des outils en les séparant par une sorte de cloison fabriquée à l'aide de trois grandes planches coincées entre sol et plafond, contre lesquelles il avait cloué des toiles de jute. Il avait même réussi à dénicher un poêle à bois pour se chauffer l'hiver ; Désiré avait pris la précaution de percer un trou dans le mur et d'y glisser un tuyau pour éviter qu'un incendie ne soit déclenché, qui aurait atteint la ferme. Sidonie, qui ne jetait jamais rien, répétant à l'envi que toute chose, même usagée, pourrait encore servir, lui avait donné une vieille, mais chaude couverture de laine, récupérée dans l'armoire de la belle-mère décédée.

S'il refusait de manger tous les jours à leur table, il acceptait volontiers de la soupe de raves et de choux, des tranches de lard au sel, quelques légumes déjà cuits que lui offrait Sidonie et le vin rouge issu des vignes que Désiré lui octroyait généreusement. Il préférait manger en solitaire, assis sur une caisse, en laissant ses pensées vagabonder, mais il était rare que, le dimanche, il ne partageât pas le repas de la famille après avoir assisté à la messe au dernier rang des bancs de l'église.

Le pauvre bougre avait fini par s'attacher à la seule famille qui ne l'avait jamais dédaigné et qui ne méprisait personne, surtout pas les malheureux. Repoussé par toutes les femmes qu'il avait osé regarder en espérant l'impossible, Eusèbe vivait à leurs côtés. On aurait pu penser qu'il faisait partie de leur famille. Il était heureux de cette façon.

Il parcourait régulièrement la campagne pour fournir à Désiré les poils de lapin nécessaires à la fabrication du feutre. Comme le patron préférait le travail de sa vigne à celui du feutre, sa récolte, aussi peu abondante fût-elle, suffisait amplement. Pas très grand, mais costaud, un peu innocent et doux comme un agneau, Eusèbe allait de ferme en ferme avec une charrette à bras en poussant son cri connu et attendu.

—Peaux… peaux d'lapin !

Il récupérait les bouteilles de vin vides qu'il restituait à Désiré pour les prochaines vendanges, ainsi que les dépouilles des animaux domestiques écorchés conservées par les ménagères. Les peaux de lapin étaient retournées, étalées à l'aide de baguettes d'osier et suspendues à un crochet pour les faire sécher à l'air. Tout était bon, dans le lapin : sa chair se transformait en d'excellentes terrines, la patte portait bonheur, disait-on, et les poils étaient indispensables à la fabrication du feutre. Quant à la peau, une fois rasée, elle servait à préparer une très bonne colle.

En échange, Eusèbe donnait les quelques sous prévus par Désiré aux fermières, qui les enfouissaient rapidement dans la poche de leur tablier de peur que leur homme ne les prenne pour aller les boire au bistrot du village ; ce modeste revenu, uniquement destiné à elles, les récompensait de la récolte quotidienne des herbes destinées à nourrir les lapins.

On pouvait donc facilement imaginer que les civets de lapins ou de lièvres garnissaient assez souvent les tables de la région.

Eusèbe, que les méchants avaient surnommé *lièvrebécu,* faisait l'objet de permanentes railleries, parfois même de bousculades qui amusaient fort ceux qui y assistaient. Si au début il avait pris ces manifestations pour des plaisanteries, il avait vite compris qu'il n'en était rien. L'humiliation qu'il avait ressentie un jour qu'il revenait de sa récolte de peaux resterait à jamais gravée dans sa mémoire.

De loin, il avait aperçu trois hommes du village qui ne manquaient jamais une occasion de le ridiculiser. L'excessive pilosité dont la nature l'avait gratifié était le sujet favori des moqueries des imbéciles. On lui disait que, avec ses poils qui poussaient partout sur son corps et qui étaient devenus gris avec l'âge, son nez court, sa lèvre fendue et tordue ainsi que ses yeux ronds, il devait être le fruit d'une sorcière engrossée par un lièvre un soir de solstice d'été. C'était la raison pour laquelle, dans sa simplicité d'esprit, le *pati* ne piégeait jamais les lièvres. Parfois même, quand il arrivait à temps, il les dégageait des collets posés par les braconniers. Il les caressait longuement, embrassait leurs longues oreilles rabattues sur leur dos et les gardait serrés contre sa poitrine, sentant sous ses doigts les frissons de l'animal qui avait cru sa mort venue. Et, chaque fois qu'il sauvait un lièvre, il repartait le cœur plus léger.

Ce jour-là, à voir des hommes s'avancer dans sa direction avec leurs regards sournois, il s'était méfié d'une nouvelle méchanceté et il avait tenté d'y échapper. Il les avait reconnus ; c'étaient Antoine Grillet, le beau-père de Désiré, son cousin Ernest Rivaux et un de leurs copains, Julien Dubois, dont la maison se trouvait proche de celle des Angéolas. Il avait aussitôt changé de chemin pour éviter la confrontation, mais les hommes qui, par cette grande chaleur, avaient éclusé du mauvais vin plutôt que de l'eau, l'avaient rattrapé. En braillant d'excitation pour la mauvaise farce qu'ils s'apprêtaient à lui faire, ils s'étaient jetés sur lui en scandant :

—Allez, le *lièvrebécu,* à poil ! À poil ! À poil !

Sans qu'il puisse se défendre, ils l'avaient entièrement déshabillé pour vérifier si, en effet, comme on le disait, une épaisse toison recouvrait bien ses épaules, ses bras, sa poitrine et son dos jusqu'en bas des reins. Sans respect pour sa pudeur, l'un deux, plus éméché que les autres, avait sorti un long couteau bien aiguisé et l'avait menacé de raser les poils de son pubis pour mettre sa virilité à nu. Horrifié, Eusèbe avait poussé de grands cris, s'était roulé sur le ventre et s'était protégé en croisant ses mains sur son sexe. Mais l'homme riait de plus belle.

—Laisse-moi faire ! Quand ta forêt aura disparu, tu ne t'y perdras plus ! Tu pourras y aller comme les lapins, tes cousins !

Les trois hommes s'étaient gaussés de lui en se tapant sur les cuisses de plaisir et l'avaient laissé à terre, nu comme un ver. Jamais Eusèbe n'avait eu aussi honte de sa vie, de lui, de son corps. Une fois ses persécuteurs enfuis, il s'était rhabillé en pleurant comme un enfant. L'histoire avait fait le tour du village et en avait amusé plus d'un. Seul Désiré s'en était offusqué et avait promis des représailles aux responsables. Mais depuis ce jour, ceux qui le croisaient ne pouvaient s'empêcher de lui crier :

—Hé, le *lièvrebécu,* t'as toujours autant de poils à ton cul ?

Eusèbe avait appris à redouter les méchants et les imbéciles, il s'imposait toujours un grand détour quand il en soupçonnait un qui arrivait en face de lui. Il parlait peu, sans doute parce que les mots déformés par son bec-de-lièvre provoquaient la risée de son entourage, mais il avait l'ouïe fine, d'autant qu'on ne se méfiait pas de lui, vu son air d'être toujours à cent lieues.

Ce n'était qu'au milieu de la famille Angéolas qu'il se sentait en sécurité. Leur fils Philidor, il l'avait connu alors qu'il tétait encore sa mère. Il n'avait jamais reçu de sa part de moqueries ni subi de méchancetés, juste un sourire et une tape amicale sur l'épaule. Il avait même appris à lire et à écrire avec lui chaque fois qu'il revenait de classe, et le gamin n'avait pas été peu fier de devenir son professeur. Eusèbe ânonnait péniblement les syllabes des mots qui le mettaient à la torture ; il soupirait de joie à chaque victoire. Sidonie qui, depuis sa cuisine, les observait à la dérobée se demandait lequel des deux était le plus comblé à les voir si heureux.

Si Eusèbe n'écrivait pas souvent, il était cependant capable de libeller de grandes lettres. Parfois, lors de ses départs à la recherche de peaux de lapin, il se contentait d'accrocher un petit mot à un clou planté dans sa porte.

Il vouait à l'enfant une adoration sans borne et, après la mort des parents cinq ans plus tôt, il s'était entièrement voué à lui. C'était à lui désormais qu'il rapportait les peaux de lapin pour la fabrication de son feutre.

Philidor, qui le connaissait depuis son enfance, le considérait comme un vague grand-oncle un peu excentrique qui l'amusait par ses réflexions, mais qui l'émouvait par la tendresse qu'il lui portait. Une étrange affection que ni l'un ni l'autre n'aurait avouée les liait plus sûrement qu'une vraie relation de famille.

10

Suspicions

La sentence des botanistes, incapables d'enrayer la catastrophe galopante, fut prononcée au grand désarroi des vignerons. La vigne était condamnée à une mort inéluctable et personne n'obtiendrait son recours en grâce. Par miracle, quelques-unes en réchapperaient, mais si peu. Le fléau s'était abattu et étendu sur les vignobles de toute la France et déjà on songeait à sa régénération en utilisant des porte-greffes issus de plants américains naturellement résistants à la maladie.

Mais, dans les monts du Lyonnais, la plupart de ceux qui avaient tout perdu refusèrent de se lancer à nouveau dans une culture qui mettrait trop de temps à redevenir rentable. Dans la région, une autre exploitation prenait son essor, la production des fruits qui y étaient de bonne qualité et y poussaient en abondance. Dans les vergers de Thurins, un peu plus haut dans les coteaux du Lyonnais, pommiers, poiriers, pêchers et framboisiers abondaient et leur produit se vendait bien. Des vignes furent arrachées et des fruitiers, plantés. La plupart des vignerons abandonnèrent ainsi la culture viticole, alors que les cerisiers et autres fruitiers envahirent les flancs ensoleillés, promesse de belles et abondantes récoltes.

Philidor refusa de suivre la tendance. Il mettait tous ses espoirs dans la vieille vigne d'Honoré qui résistait vaille que vaille à la maladie, comme protégée par une carapace d'amour que lui assurait le jeune homme depuis toujours, surtout depuis le jour où son père lui en avait fait cadeau. L'année précédente, il s'était intéressé aux écrits d'un certain Victor Pulliat[1]. Ce botaniste avait créé à Lyon la Société régionale de la viticulture dont il avait été président. Lors de conférences et de cours qu'il organisait, il prônait le greffage sur porte-greffes pour sauver la vigne, mais il n'avait pas été vraiment écouté et ses conseils n'avaient pas été suivis.

Philidor décida de tenter le tout pour le tout. Sa seule crainte, c'était qu'il soit trop tard pour la récolte des greffons. Seules les vignes d'Honoré étaient encore saines, et ce serait sur leurs pieds qu'il les prélèverait. Il fallait qu'il se décide très vite à obtenir des porte-greffes issus de plants américains. Certes, il s'engageait dans une entreprise de longue haleine. Aussi n'osait-il envisager les années de labeur qu'il devrait traverser pour parvenir à ses fins. Mais il avait décidé de sauver son patrimoine, quitte à en perdre une grande partie. Ce combat, il le devait à son grand-père Honoré qui avait exploité ces terres avant sa mort, à sa grand-mère Alphonsine qui avait refusé de les vendre et aussi à Désiré qui lui en avait fait cadeau bien avant sa mort.

Ces vignes, leur sève et le vin qu'il en tirait, c'était le sang qui coulait dans ses veines. Il ne se laisserait pas mourir sans combattre.

Il réfléchissait à la façon de s'organiser quand Bastien apparut devant sa porte. Il avait l'air si embarrassé que Philidor soupçonna un malheur. Il le fit entrer et alla quérir une bouteille de son vin que le cordonnier connaissait bien. Toujours muet, Bastien tendit son verre, avala le liquide d'un trait et le tendit à nouveau. Philidor attendit qu'il ait ingurgité la totalité du second verre et demanda :

—Alors, Bastien ! Qu'est-ce qui t'arrive ? Ta maison a

1.. Victor Pulliat (1827-1896) : propagateur de la greffe, sauveur de la vigne.

pris feu ? Ton puits est à sec ? Si ce sont tes vignes qui sont foutues, fallait t'y attendre !

—Non, c'est pas ça !

—Alors, c'est quoi ?

—C'est l'Antoine !

—Eh ben, quoi ? Quelle connerie il a encore faite ?

—Il est mort !

Philidor se frappa sur la cuisse, l'air presque réjoui.

—Il fallait bien que ça arrive un jour ou l'autre. Il a fait son temps, tu ne crois pas ?

Bastien roula des yeux effarés.

—T'as pas compris. Il est mort assassiné !

—Assassiné ? Tu dis n'importe quoi. À mon avis, il avait trop bu et il s'est fracassé le crâne.

—Pas du tout. As-sas-si-né, je te dis, et, avec lui, son cousin l'Ernest Rivaux !

—Deux crapules de moins, ça ne va pas nous faire pleurer.

Bastien tendit à nouveau son verre.

—Oui, mais il paraît que, l'Antoine, il avait une corde autour du cou !

—Il se faisait jouir, le salaud ! C'est courant, tu sais !

—Pas avec une si grosse corde, et pas en se faisant crever la poitrine. Rivaux aussi s'est fait transpercer, à ce qu'a répété le gone du maire qui était avec la maréchaussée, mais on n'en sait pas plus. Les gendarmes doivent revenir cet après-midi pour les examiner de plus près.

—Ben, ma foi, qu'ils examinent. Moi, j'irai pas pleurer sur leur tombe, surtout pas sur celle de Grillet.

—Justement !

—Justement quoi ?

—La corde autour du cou, ça te dit rien ?

—Non !

Quelques secondes après, en le fixant, il demanda :

—Tu fais allusion à ce que tu m'as raconté à son sujet ?

Qu'il était responsable de la pendaison de mon grand-père ?

—Oui, et, sur le moment, j'ai cru... Et puis, c'est juste du côté du bois des pendus.

Philidor éclata de rire.

—Non, mais, Bastien, ça ne va pas, ta tête ! Tu as cru que j'avais assassiné ce salopard ? Que j'avais risqué la prison, peut-être même la condamnation à mort pour cette vermine ? Quoique, à bien y réfléchir, j'aurais bien dû le faire, mais je ne suis pas fou à ce point. Et, crois-moi, j'ai trop d'autres projets et soucis en tête pour accorder du temps à l'Antoine. Il est mort, le diable ait son âme !

—Oui, mais, durant l'enquête, ils interrogeront tout le monde.

—Même moi, je suppose. Quelle importance ! Qu'est-ce que j'aurai à leur dire ? Qu'il était le deuxième mari de ma grand-mère et que je ne le fréquentais pas ? Ce n'est pas un crime. Pour le reste, ce que tu m'as confié, à part le Julien, qui le sait ?

—Personne à part moi. Et peut-être l'autre qu'est toujours avec eux.

—Mais crois-tu vraiment que je suis un assassin ?

Bastien avala le reste de son vin, se resservit derechef, posa son verre bruyamment sur la table et déclara, l'air soulagé :

—Non, plus maintenant, je te crois. J'avais peur ! Mais j'ai préféré te prévenir pour le cas où...

—Rassure-toi, on apprendra vite la vérité. Mais, ce que je ne comprends pas, c'est pourquoi ils ont été tués tous les deux ! Bah, je me fiche pas mal de tout ça, j'ai décidé de sauver mes vignes.

Bastien haussa les épaules en signe de doute. Il se disait que Philidor se faisait bien des illusions.

—En attendant qu'elles produisent à nouveau, je vais me remettre au feutre et négocier les barriques que j'ai dans mon cellier. Je sais qu'il se vendra bien, les bistrots de Lyon commencent à s'affoler. J'arrive au bon moment. Allez, emporte la bouteille, il fait trop chaud pour boire.

Bastien ne se le fit pas dire deux fois. Il salua et s'en retourna, la bouteille enfoncée dans une de ses poches.

Bastien reparti, Eusèbe et Philidor se mirent à table. Une salade du jardin craquante, à laquelle Eusèbe avait ajouté de petits bouts de lard grillés, précéda une terrine de lapin, mais le fait de se remplir le ventre ne calma pas pour autant la rage qui grondait en Philidor à la pensée que, comme Bastien, les gendarmes pourraient envisager sa culpabilité. Comment allait-il pouvoir s'en sortir ?

Une bouteille de vin se vida. Il maugréait tout bas. À cause de son bec-de-lièvre, le pauvre Eusèbe déformait les vocables de telle manière que seuls Désiré et Philidor l'avaient toujours compris. Il cherchait dans sa pauvre tête vide quels mots il pourrait bien trouver pour l'apaiser. Lui qui n'avait jamais connu que les insultes, les moqueries et parfois les coups, il n'avait jamais su comment réconforter ou consoler. Aujourd'hui plus que jamais, il s'en désolait.

Pour lui, il n'y avait qu'une solution. Il alla chercher une autre bouteille du meilleur vin de la récolte des Angéolas. Verre après verre, en écoutant les mots haineux que Philidor proférait contre Grillet et en tentant maladroitement de le ramener à la raison, il le poussa dans un état d'ébriété tel qu'il l'obligea à se coucher. Peu habitué à consommer autant d'alcool, le jeune homme s'endormit comme une masse et Eusèbe, rassuré, s'en retourna dans son appentis cuver lui aussi son vin.

Trois heures plus tard, toujours la rage au cœur, mais soucieux d'accorder priorité à ses vignes, Philidor pulvérisa de la bouillie bordelaise sur chaque pied du vignoble de son grand-père. Il s'imposait ainsi un long travail qui ne le rassurait qu'à moitié, car il avait constaté avec désespoir qu'ailleurs cela avait été inefficace et que le mal gagnait chaque jour du terrain. Déjà, dans la région, d'autres se plaignaient du désastre, sans croire que cette redoutable épidémie laisserait les vignes exsangues.

Il ne retourna pas au village ; il alla plutôt vérifier ses barriques de la vendange précédente. D'un tonneau, il préleva de quoi remplir un verre et mira le vin à la lumière, toujours étonné des reflets violets qui se mélangeaient au rouge intense, une splendeur. Il le huma les yeux fermés, le goûta, le garda sur sa langue et le fit tourner contre son palais ; les arômes de fruits rouges étaient bien présents. Il l'avala et claqua sa langue. Il reposa le verre et poussa un grand soupir de soulagement. Cette cuvée promettait. Les barriques de vin blanc, moins nombreuses, resteraient encore un moment dans la cave. Rien ne pressait et, comme son père le disait souvent, il fallait toujours garder une poire pour la soif. La vente de son vin rouge lui rapporterait assez d'argent pour passer l'année. Peut-être même pourrait-il le vendre encore plus cher, car la prochaine récolte serait pour tous calamiteuse.

Il n'avait pas revu Appoline. Pourtant, vu l'annonce de la mort de son grand-oncle, elle aurait dû être présente dans les parages. Mais en avait-elle été avertie ? Ou alors, vexée de n'avoir pas pu obtenir ce qu'elle voulait, était-elle déjà repartie sans même lui dire au revoir ou lui donner un autre rendez-vous ? Une fille comme elle, libre comme l'air, organisait son temps à son idée, et n'avait de comptes à rendre à personne. *Un jour ou l'autre,* pensa-t-il, *il faudra bien qu'elle revienne ne serait-ce que pour récupérer son héritage. Et, là...*

11

Le serment oublié

Le passé qu'on remue fait remonter à la mémoire des souvenirs que l'on croyait oubliés. Alors qu'il tentait vainement de trouver le sommeil, Philidor se souvint d'une conversation qu'il avait eue avec son père et qui était restée enfouie dans sa mémoire depuis bien longtemps. Il avait une dizaine d'années et il l'aidait à récolter les légumes que Sidonie mettait en conserve pour l'hiver. En grandissant, il s'était étonné de ne jamais voir le grand-père Antoine leur rendre visite ou participer aux repas des dimanches comme cela se faisait partout ailleurs. Il ne se souvenait même pas d'un geste affectueux de la part de cet homme qui faisait pourtant partie de sa famille, ou du moindre petit cadeau à Noël. Ce jour-là, il s'en était ouvert à son père. Désiré avait alors éclaté. Trop de rancœur lui donnait des aigreurs d'estomac.

—Antoine n'est pas ton grand-père ! Il n'est que le deuxième mari de ma mère. Mon père, Honoré, que je n'ai pas connu, est mort juste avant ma naissance. Et c'est vrai que je ne t'en ai jamais parlé.

—Il était malade ? avait demandé le jeune Philidor.

Son père avait crispé ses mâchoires.

—Pas du tout. Ton grand-père Honoré était un homme jeune en excellente santé, vaillant, courageux au travail, mais peut-être trop épris de liberté. Ma mère, ta grand-mère Alphonsine que tu n'as pas connue, m'a raconté son histoire quand j'ai eu dix ans.

—Je voudrais bien que tu me la racontes aussi !

Désiré avait approuvé de la tête. Il lui avait fait signe de s'installer à côté de lui et avait commencé son récit, les yeux fixés au loin, comme pour bien se concentrer et n'oublier aucun détail.

—En 1817, mon père faisait partie de ceux qui étaient restés fidèles à l'Empereur et qui souhaitaient le voir revenir au pouvoir. Mais leur espoir était vain. Exilé à Sainte-Hélène après sa défaite à Waterloo et sa destitution par le Sénat, Napoléon ne devait jamais revenir vivant. Les royalistes avaient organisé un soulèvement vite réprimé par la police. Ayant eu vent des insurrections qui gagnaient même les villages, le préfet a aussitôt envoyé des troupes pour mater la révolte. Beaucoup de rebelles ont été arrêtés, guillotinés, fusillés ou pendus.

En imaginant les guillotinés, Philidor avait songé au couperet qui s'abattait sur le cou des condamnés comme la hache qui décapitait les cous des canards ; il avait revu leur étrange réaction quand, sans tête, ils couraient sur quelques mètres avant de tomber. Ces hommes avaient-ils fait de même ? Il n'avait pas osé le demander et n'avait plus quitté les lèvres de son père, qui lui racontait une étrange histoire à laquelle nul, jusqu'à ce jour, n'avait fait allusion en sa présence.

—Et ton père ? Lui aussi a été arrêté ?

—Non, du moins, pas tout de suite. Il s'est réfugié dans une cachette que seule sa femme connaissait.

—Cette ferme où nous habitons ?

—Non, une autre à l'extérieur du village. Elle n'existe plus. Une vieille bâtisse à moitié écroulée que nul n'approchait. La nuit, malgré les gardes qui s'étaient installés dans le village pour tenter d'arrêter ceux qui avaient échappé aux représailles, ma mère lui apportait des victuailles. Elle s'imposait une longue marche dans l'obscurité alors qu'elle était enceinte et proche de son terme. Mais rien ne l'aurait découragée, tant elle aimait son mari.

Philidor avait suivi avec intérêt le récit d'une aventure qu'il avait été bien loin d'imaginer. Quel secret était enfoui depuis tant d'années ?

—Un matin, pendant qu'il dormait dans sa cachette, les gardes nationaux sont venus le surprendre. Il avait été dénoncé comme tant d'autres au village et il a été pendu à son tour. On n'a jamais su qui, de ceux qui se disaient leurs amis ou de leurs ennemis, les avaient trahis les uns après les autres. Mon père a été le dernier du groupe. Depuis que j'ai appris cette trahison, chaque fois que je passe du côté des Échirayes, j'ai les sangs qui se retournent dans mes veines.

Philidor avait imaginé avec effroi le spectacle macabre de ces hommes qui se balançaient dans le vide, au soleil, sous les yeux des villageois forcés d'assister au châtiment et sans doute sous les yeux de leurs délateurs. Une horrible vision s'était imposée à lui, celle des corbeaux et des pies qui décharnaient les cadavres d'animaux. Le grand-père Honoré avait-il été lui aussi exposé longtemps à leur voracité ? Avait-il été attaqué par les becs acérés des volatiles ? Pour se tranquilliser, il avait supposé à juste raison que son corps avait été aussitôt emporté hors du champ des Échirayes. Sans doute, même, avait-il été enterré très vite et que, depuis, la grand-mère Alphonsine et plus tard ses parents étaient allés fidèlement fleurir sa tombe à la Toussaint. Cependant, une question l'obsédait.

—Mais lui, papa, qui l'a dénoncé ?

—Certainement un traître à son propre camp qui, ne voulant pas danser lui aussi au bout de la corde, n'a pas hésité à vendre son copain.

—Vendre son copain ! avait soufflé Philidor, consterné.

—Oui et, le pire, c'est que ces gardes nationaux étaient en majorité des gars de Mornant. Ils se connaissaient tous. Ils avaient fréquenté la même école et fait leur communion le même jour. Ils avaient été embauchés par les autorités de Lyon et n'avaient pas hésité une seconde à trahir leurs camarades d'enfance. Malgré les années qui ont passé, une rancune tenace nous tient, qui n'est pas près de s'éteindre.

—Et la grand-mère Alphonsine, alors ? Plus tard, elle a été arrêtée pour complicité ?

—Heureusement, non, mais le coup a été rude. Elle a accouché le soir de l'exécution et, le désespoir au cœur, elle a mis au monde un enfant qui n'a jamais connu son père.

—Cet orphelin, c'est toi, papa, n'est-ce pas ?

Désiré avait hoché la tête en silence.

Une fois seul, Philidor avait entouré son cou de ses doigts en serrant un peu pour voir ce que cela faisait d'être pendu. Plus les jours passaient, plus il s'attachait à son père, comme pour le consoler de l'amour paternel dont il avait tant manqué. Désiré n'était pas dupe. Sous sa rude affection qu'il ne savait pas exprimer, il acceptait celle de son fils comme un merveilleux cadeau.

***

Un autre souvenir émergea dans sa tête. Philidor n'oublierait jamais le regard de fierté que son père avait posé sur lui quand, deux ans après ses révélations sur la mort de son grand-père, il avait découvert que son fils savait comment tailler la vigne. Il se rappellerait surtout le jour où, d'un geste large, Désiré lui avait désigné quinze rangées de vignes, qui faisaient partie des plus belles avec leurs feuilles d'un vert tendre et leurs pampres vrillés qui s'élevaient vers le ciel. Après un long regard ému, le visage grave, il avait déclaré :

—Tu as douze ans, t'es plus un gamin. À partir d'aujourd'hui, mon gars, ces vignes sont à toi. Je ne m'en occuperai plus. Tu en seras le seul responsable et on verra bien si tu sauras tirer les bienfaits des enseignements que je t'ai donnés.

Philidor n'en avait pas cru ses oreilles. Le cadeau de ces vignes, même s'il savait qu'il en aurait hérité un jour ou l'autre, était la plus belle preuve de la confiance et de l'affection que son père lui vouait. Il en avait été d'autant plus fier que ces quinze rangées de vignes appartenaient au vignoble hérité du grand-père Honoré, le pendu. Désiré ne s'en serait pas séparé à la légère.

Mais, pour un garçon de douze ans, ces vignes allaient exiger un véritable investissement en temps et en travail, un labeur pas des moins harassants. À ce moment précis, un bouleversement s'était produit dans son âme d'enfant. Il s'était senti grandir, sa vigueur s'était affirmée d'un coup et il avait su qu'il serait capable de relever le défi. Comme au temps des ententes verbales entre paysans, ils avaient topé de la main : *marché conclu !*

Il garderait toujours dans ses souvenirs le premier matin où il était parti avec son père et Eusèbe, qui conduisait le tombereau, pour sa première vendange. La veille, Désiré lui avait confirmé qu'il devrait s'attaquer seul à la récolte des grosses grappes qui avaient mûri jusqu'aux premiers jours d'automne. Il en avait rêvé toute la nuit. En contemplant les quinze rangées de vignes alignées comme une escouade de soldats avant la bataille, dans lesquelles il avait travaillé sans répit depuis le printemps, l'exaltation s'était emparée de lui. Cette bataille, c'était lui qui allait la livrer, et il allait la gagner. Il s'était avancé d'un pas résolu.

La hotte trop grande pour lui sur le dos, le sécateur en main, il s'était agenouillé devant le premier cep comme il l'aurait fait devant l'autel de l'église. Il lui avait rendu grâce en pensée de l'abondante récolte qu'il lui offrait. *Sa récolte* qui donnerait pour la première fois *son vin* à lui.

La lourde grappe se cachait sous les feuilles comme si la vigne voulait encore garder jalousement pour elle son trésor. Il l'avait soulevée et soupesée ; elle recouvrait entièrement sa main. Il l'avait embrassée de ses lèvres et, d'un claquement sec, l'avait détachée de sa branche. Le sacrifice avait eu lieu. Il tenait une grappe généreuse dont les grains gonflés, prêts à éclater, s'étaient écrasés sous ses doigts encore malhabiles. Ils avaient libéré du jus sucré qui avait coulé et poissé ses poignets et ses avant-bras. Il l'avait léché avec gourmandise comme quand, bébé, il avait léché le lait du sein de sa mère, conscient que la sève qui avait nourri cette vigne allait lui donner la même force.

Il avait travaillé rapidement dans la première rangée, fier d'aller déverser sa hotte à moitié pleine dans le tombereau qui attendait. Dans les suivantes, il avait ralenti, évitant de mettre sur le sol ses genoux que les cailloux blessaient. Il n'avait laissé échapper aucune plainte, mais il avait glissé sous eux un vieux sac de jute pour se protéger des arêtes vives.

À mesure que le temps avait passé, ses doigts ankylosés s'étaient bloqués et avaient parfois refusé de serrer les branches du sécateur. La hotte malmenait son dos, ses cuisses se tétanisaient et il s'était bientôt aperçu qu'il ne pouvait plus se lever d'un coup sans ressentir une violente douleur au bas du dos.

Dans la sixième longue rangée, il avait avancé plus que lentement, mais, orgueilleux et têtu, il avait résisté à la fatigue et à la souffrance. La sueur imprégnait ses cheveux sous son chapeau, dégoulinait dans son cou, s'infiltrait entre le panier d'osier tressé et sa chemise. Il était moite et il souffrait de la soif à en crever.

—Holà, mon gars ! Vas-y plus doucement ! Tu fais la course ? lui avait crié son père qui, sans se faire remarquer, l'avait surveillé tout au cours de cette première vendange.

Il l'avait rejoint dans les vignes, avait examiné son travail et, satisfait, lui avait tendu une gourde en agitant l'eau qu'elle renfermait. Ce simple bruit lui avait aussitôt redonné du courage.

—Tiens ! Bois un coup et garde-la avec toi. Ce soir, puisque tu fais le travail d'un homme, tu auras droit au vin comme les autres !

Philidor avait levé la tête, souri et enfin avoué :

—C'est dur ! Plus dur que je ne l'imaginais. J'ai mal partout !

Un formidable double éclat de rire lui avait répondu. Désiré et Eusèbe se gaussaient gentiment de lui.

—C'est le métier qui entre ! Demain, des vendangeurs nous rejoindront, il y a trop à faire seuls. Si tu ne peux pas terminer…

—Non ! s'était-il récrié, presque offusqué d'une telle proposition. Je terminerai tout seul mes dernières rangées de vignes ! J'y mettrai le temps qu'il faudra !

—*Qui veut voyager loin ménage sa monture.* Souviens-t'en, gamin ! La récolte peut durer plusieurs jours.

—Alors, je vais m'asseoir là un peu et, en vous observant, je prendrai encore de la graine !

—D'accord, repose-toi. Tu as bien travaillé pour ta première vendange ! Ton grand-père serait fier de toi ! Quant à ta mère, elle saura bien te masser avec une de ses huiles magiques qui font de l'effet sur les muscles martyrisés.

En fin d'après-midi, Philidor avait tenu à verser lui-même sa récolte sur le plateau du pressoir. Il avait posé sur le lit de grappes les deux demi-cercles de bois recouverts par de lourds tronçons de chêne appelés, allez savoir pourquoi, les *cochons*. À chaque tour de la grosse barre fixée sur son axe, actionnée par Désiré, les dents du système métallique sautaient d'un cran en cliquetant et empêchaient la vis de se desserrer. Au fur et à mesure que le plateau écrasait les grains, Philidor avait regardé, émerveillé, le jus trouble qui en sortait et qui s'écoulait dans le seau posé sous le robinet du pressoir. Les yeux brillants de joie, de plaisir et surtout de fierté, il avait rempli pour le goûter un verre du jus de fruit sucré et parfumé qui deviendrait bientôt le vin de sa première récolte. Puis il en avait offert un verre à sa mère qui l'avait chaudement félicité. Désiré avait gardé un petit tonneau à son intention ; tout le jus pressé y avait été versé et enfermé, jusqu'à ce qu'il se transforme en vin. Tout au long de l'année, Philidor était allé lui rendre visite et le humer, en attendant de pouvoir le déguster l'année suivante.

De cette première cuvée, Philidor avait gardé une bouteille bien bouchée à la cire qu'il avait enterrée dans un petit tonneau rempli de sable. Il l'avait presque oubliée.

L'année suivante, alors que Philidor travaillait dans les vignes avec son père, Eusèbe avait abandonné la carriole et s'était joint à eux. Il les avait observés avec attention et les avait imités, cherchant le compliment. Tous deux l'avaient encouragé d'un sourire complice et le brave garçon avait continué son apprentissage sous les yeux de son protecteur. À leur grande surprise, Eusèbe s'était révélé plutôt habile et, à compter de ce jour, il avait été officiellement embauché comme ouvrier des vignobles Angéolas. La fierté qu'on lisait dans les yeux du *pati* valait davantage que les pièces supplémentaires que Désiré lui octroyait. Pour la première fois de sa vie, le *lièvrebécu* avait eu le sentiment de donner un sens à son existence, de compter pour quelqu'un, peut-être même de devenir indispensable, car, malgré sa démarche laborieuse, son efficacité pour tirer la charrette chargée de raisins avait prouvé que son handicap ne l'empêchait nullement de travailler.

À l'heure du casse-croûte arrosé d'une bouteille de leur récolte, Désiré s'était tout à coup mis à évoquer des souvenirs de son enfance et il avait révélé la méchanceté et la brutalité d'Antoine, son beau-père, qui le harcelait continuellement, sachant que jamais il ne serait allé se plaindre à sa mère. Surpris, Philidor et Eusèbe s'étaient émus de telles confidences, auxquelles il ne s'était jamais livré. Ils avaient été révoltés par l'attitude de Grillet et avaient adressé un long regard de compassion à Désiré en lui tapant sur l'épaule pour le réconforter. Ces souvenirs remontaient à tant d'années qu'ils n'auraient plus dû le bouleverser. Pourtant, ils étaient restés vivants au fond de lui. Par la suite, Désiré n'avait plus jamais abordé le sujet, comme si de l'avoir confié l'avait définitivement soulagé.

Après ces révélations, Philidor s'était senti plus proche de son père. Il avait compris qu'entre eux, leur amour de la vigne était le plus fort des liens. Il ne s'obligea plus à saluer Antoine ou à échanger deux mots avec lui, ce qui n'était guère facile dans un aussi petit village.

Le lendemain matin, tous ces souvenirs exhumés pendant la nuit vinrent convaincre Philidor que, sans aucun doute, le coupable de la mort de son grand-père était bien Antoine Grillet. La fureur qu'il avait contenue depuis l'épisode du bistrot éclata à nouveau. Pour retrouver son calme, il s'acharna sur les mauvaises herbes du jardin. Midi approchait. Il descendit de son crochet le jambon cru qu'il avait recouvert d'une toile bien serrée et badigeonnée d'eau-de-vie pour le protéger au maximum. Il restait autour de l'os une belle épaisseur de chair rose foncé lardée de gras, presque rouge, avec à la surface un léger voile de sel. Il ne fallait plus tarder à le consommer, la chaleur de juillet le faisait transpirer. Philidor n'avait qu'une crainte, que les mouches viennent y pondre leurs œufs et que bientôt les asticots se propagent et gâchent la marchandise.

Il mangea rapidement et retourna dans le potager où du travail l'attendait. Comme il avait besoin d'Eusèbe, il entra dans l'appentis, pensant le trouver là, mais il avait disparu. Il courait certainement la campagne. Il prit la binette et l'arrosoir, et se dirigea vers le jardin de légumes.

Son altercation avec Antoine dans le bistrot du village avait ravivé en lui le souvenir de la rancune de son père à propos de sa relation délétère avec le second mari d'Alphonsine, celui qu'il avait cru être son grand-père. Le mot *parâtre* prit alors toute sa signification !

Certes, Philidor n'avait jamais été lui-même l'objet de grandes démonstrations de tendresse de la part de Désiré. Cela ne se faisait pas, mais cela se ressentait. Il gardait encore dans sa mémoire les moments heureux que tous deux avaient connus, leurs longues marches dans les coteaux avec le vent qui s'engouffrait dans leurs cheveux, la pluie qui les forçait parfois à s'abriter dans une grange pour ne pas rentrer trempés et s'exposer aux tendres reproches de Sidonie. Serrés l'un contre l'autre, souvent sans se parler, ils admiraient les éclairs qui zébraient le ciel en écoutant le tonnerre qui éclatait et faisait trembler les murs de leur abri. Parfois effrayé, il surprenait la lumière aveuglante de la foudre qui tombait non loin d'eux et le faisait se réfugier contre son père, dans sa chaleur rassurante. Tant d'autres souvenirs encore lui revenaient de quand ils allaient pêcher les truites dans la rivière qui descendait d'Yzeron ou qu'ils s'enfonçaient dans les bois pour ramasser des champignons.

De sa mère, la douce Sidonie, il n'avait reçu que tendresse. La jeune femme, devenue très tôt orpheline et placée dans l'atelier de Chassagny pour y apprendre le métier de chapelière, avait senti qu'en épousant Désiré elle pourrait recréer le foyer qu'elle n'avait jamais connu. Elle avait attendu avec impatience le jour où elle pourrait câliner un enfant et elle n'avait pas été déçue par l'arrivée de son petit Philidor. Entre son petit et son mari qu'elle aimait et qui le lui rendait bien, elle disait ne rien pouvoir espérer de mieux. Chaque jour pour elle était un jour béni et elle avait aménagé une pièce de la ferme dans laquelle elle pouvait continuer son activité de création de beaux chapeaux.

Hélas pour Philidor qui aimait tendrement ses parents, Sidonie et Désiré étaient morts à quelques jours d'écart, victimes d'une mauvaise fièvre qui avait fait bien des dégâts dans les villages environnants. Quelle épidémie avait sévi ? Ils ne l'avaient jamais su. Il avait prié et il les avait veillés, espérant chaque matin les voir ragaillardis, moins fiévreux.

Le médecin, qui ne ménageait pas sa peine et courait de maison en maison, n'avait pu que reconnaître son impuissance. Sidonie s'était éteinte la première entre ses bras. À peine avait-elle été portée en terre que la santé de Désiré s'était aggravée. La veille de son trépas, Philidor et Eusèbe étaient à son chevet. Sentant sa fin venir, son père avait tendu sa main vers lui et, le souffle court, le front brûlant, il avait péniblement articulé :

—Fils, tu dois le faire. Moi, je n'ai pas eu le courage. Maintenant, c'est trop tard.

Philidor s'était penché vers lui pour mieux entendre.

—Quoi papa ? Que dois-je faire ?

—Retrouver celui qui a révélé la cachette de mon père aux gardes nationaux et le punir.

Philidor qui, à cette époque, ne soupçonnait pas la culpabilité d'Antoine, avait été assez surpris de cette requête dont son père n'avait jamais parlé auparavant. Il n'avait pas osé refuser ; il avait acquiescé d'un signe de tête à ce qu'il pensait être une divagation provoquée par sa forte fièvre. Comment pourrait-il retrouver un homme qui, certainement, était déjà mort depuis longtemps ? Il avait cependant juré de venger son grand-père, juste pour que le mourant s'en aille l'âme en paix.

Il avait aussi promis de consacrer sa vie aux vignes dont son père était si fier et d'en tirer un vin digne de la famille Angéolas. Les traits apaisés, Désiré avait enfin désigné Eusèbe du doigt. Philidor avait compris. Il l'avait rassuré, Eusèbe resterait avec lui « jusqu'au bout », comme l'avait murmuré Désiré à bout de souffle. En entendant cette recommandation, Eusèbe n'avait pas pu empêcher ses larmes de couler. L'idée que son protecteur vivait ses dernières heures l'accablait. C'était un père, un frère, qu'il perdait.

Le lendemain, Désiré avait rejoint Sidonie, et Philidor s'était senti abandonné.

Depuis cinq ans, il avait tenu tous ses engagements, mais cette histoire de vengeance, il l'avait complètement oubliée. C'était ce serment qui, tout à coup, lui était revenu en tête quand il avait parlé à Bastien le jour de son altercation avec les deux cousins. Un serment qui pourrait bien un jour lui porter préjudice si les gendarmes en avaient connaissance et orientaient leurs recherches sur la voie d'un châtiment.

Pourquoi sa promesse revenait-elle subitement à sa mémoire ? Agacé par ce souvenir qui le poursuivait, il lâcha son outil, remplit l'arrosoir et aspergea les pieds de tomates qui souffraient de la chaleur.

12

Constats

À la brigade de Mornant, entre rôti de porc et petit vin des coteaux du Lyonnais, les suppositions fusaient. Césarine n'était pas la dernière de la partie. Curieuse, elle voulait tout savoir, où exactement, quand, qui avait été assassiné et pourquoi.

—On n'en sait pas davantage que lorsque nous nous sommes assis. Alors, patience et, de toute façon…

—Oui, je sais, répliqua Césarine, rien de ce que je sais ne doit sortir d'ici.

—Parfaitement !

—Même si on me pose des questions et qu'on insiste ?

—Surtout ! Imagine que cela vienne aux oreilles du meurtrier ! Notre enquête serait saccagée d'avance. En revanche, si, toi, tu apprenais quelque chose…

—Et qui me dirait quelque chose ? demanda-t-elle, malicieuse.

Gontard haussa les épaules.

—Bavardes comme vous l'êtes toutes, et sachant justement qui tu es, dès que l'annonce de ce double meurtre se propagera, je gage que plusieurs de tes voisines ne se priveront pas de donner leur opinion. Peut-être même cherchera-t-on à te tirer les vers du nez.

—En fait, tu veux que j'espionne !

—Non, juste que tu ouvres tes oreilles. Tout ce que tu entendras sera bon à savoir.

—Juré, je ne ferai qu'écouter.

—Et tu me répéteras tout, sans rien omettre !

—Qu'aurai-je à y gagner ?

—Rien, c'est uniquement pour me soutenir dans mon travail. Es-tu d'accord ?

Elle s'accorda quelques minutes de réflexion avant de répondre, devinant que son silence l'impatientait, ce qui l'amusait fort.

—D'accord, à condition que, toi, tu en fasses autant.

Blavet s'amusait de cette aimable joute.

Il ne laissa pas une miette des pommes de terre dorées dans le jus du rôti de porc parfumé à la sauge du jardin et au serpolet récolté dans les chemins d'Yzeron. Perché sur un piton rocheux, le village offrait de belles promenades aux Lyonnais venus prendre l'air. Il fit honneur aux fromages de chèvre, l'un sec, l'autre si moelleux qu'il s'étalait sur l'assiette et diffusait une puanteur qui aurait fait pincer le nez à plusieurs. Après s'être rincé le gosier d'un dernier verre du vin qu'il était allé chercher dans sa cave, il ne refusa pas la tarte aux fruits que Césarine s'était empressée de mettre au four à l'annonce d'un invité.

Repu, il essuya avec soin ses moustaches, qui avaient fait bonne récolte tout au long du repas. L'adjudant fronça les sourcils en le fusillant du regard. Voyant qu'il allait le tancer, Blavet leva une main en l'air en signe de paix et déclara :

—Je sais, à la commissure des lèvres !

—Ce soir, absolument ! Allons, en route ! Il nous faut aller examiner ces deux cadavres.

Ils se mirent en chemin, gavés comme des oies, la main sur leur estomac qui tressautait au trot de leur monture. Dans le village, ils longèrent la rue Centrale. Ils admirèrent au passage un joli petit bâtiment qui possédait des fenêtres à meneaux, une échauguette et, dans la courette intérieure, un puits fermé. Gontard l'examina avec curiosité.

— C'est quoi, ça ? Une maison privée ? On n'y voit personne et il n'y a même pas de rideaux aux fenêtres !

— La maison de la prébende.

— Cela ne me dit rien de plus !

— Cette maison appartient au prébendier de Saint-Andéol, c'est-à-dire à un ecclésiastique qui bénéficie des rentes des biens de l'église et qui a la charge de la paroisse.

— Ah bon ! Ce n'est pas le curé qui officie ?

— Si, bien sûr, mais le prébendier est désigné par le seigneur du lieu, parfois par le patron de la chapelle. Il ne vient ici que rarement.

— C'est un titre honorifique, en quelque sorte ! Et il dispose d'une maison pour ses vacances !

— On peut dire ça !

Parmi les maisons collées les unes aux autres, ils n'eurent aucun mal à trouver le pressoir du maire qui cumulait, comme beaucoup, un métier artisanal et la production de vin. Un vin qui se révélerait rare, désormais. Une dizaine de personnes attendaient devant la grande porte en bois afin d'en apprendre davantage, mais, en voyant le regard sévère de l'adjudant, ils se dispersèrent en soupirant. Leurs chevaux attachés à un anneau, ils entrèrent dans la grande pièce où persistait un relent de vinasse et où il régnait une fraîcheur bienvenue. Le pressoir trônait dans un coin ; autour gisaient quelques barriques vides et un grand plateau de bois reposait sur deux chevalets. Les cadavres nus, toujours recouverts d'un drap, étaient allongés l'un à côté de l'autre.

Gontard se dirigea vers le premier et souleva le tissu taché de boue. Il s'agissait de celui que le maire avait désigné comme étant Antoine Grillet. N'eût été cette curieuse meurtrissure plus ronde que large sur la poitrine, il n'eût affiché aucune trace de violence. Le corps avait été sommairement lavé, mais dans les lèvres boursouflées de la plaie subsistait une sorte de matière de couleur rougeâtre qui n'était pas du sang séché. En posant le doigt sur la blessure, Gontard sentit comme un léger dépôt. Le trou sur la poitrine se prolongeait dans le corps, mais ne ressortait pas dans le dos.

—En tout cas, ce n'est pas un couteau, ni petit ni grand, qui a fait ça !

—Pourtant, reprit Blavet, il a bien été perforé !

—Oui, mais avec quoi ?

—Un sabre peut-être ! proposa le maire.

—Non, justement, la plaie ne montre pas une fente comme celle que ferait une lame, mais une ouverture ronde, presque en forme de croix. Curieux !

Blavet retira le drap du second cadavre.

—Eh bien, lui, il ne s'est pas laissé faire. Vu le nombre de plaies qu'il a sur le corps, il a dû tenter de se protéger !

—D'où les estafilades sur ses mains et ses avant-bras. Mais je suis persuadé que sa blessure au ventre l'a tant affaibli qu'il n'a pas pu se défendre davantage. Il s'est vidé de son sang sur place.

—À constater l'expression de son visage, par rapport à celle de Grillet, il était plutôt terrorisé.

—Comme s'il avait été surpris par la présence du meurtrier et qu'il avait compris qu'il n'en réchapperait pas !

Gontard retourna vers le premier cadavre, toujours intrigué par la couleur du dépôt rougeâtre et la forme de la blessure.

—Blavet, inscris dans ton carnet l'identité des victimes, puis relevons avec précision le nombre de blessures, leur apparence, leur taille et tout autre détail pertinent. Notons aussi l'heure approximative de la mort.

Blavet l'interrompit.

—Quand le chien a gueulé, à une heure du matin !

Gontard s'impatienta :

—Oui, je sais ! Décris aussi brièvement le lieu de la découverte des corps et les détails qui les caractérisent !

—Comme la corde autour du cou !

—Absolument. On verra bien où cela nous mènera, parce que je suis certain que cette mise en scène a son importance.

Il s'adressa au maire, qui n'avait pas pipé mot durant l'examen.

—Pour l'instant, gardez-les dans l'endroit le plus frais jusqu'à ce que j'autorise le fils à procéder aux obsèques.

—Pas le fils, c'est le petit-fils de sa femme. Avec l'autre, il n'a aucun lien. En outre, je suis certain qu'en aucun cas il ne voudra se charger de cette... corvée !

—Comment cela ! rugit Gontard. Il le faudra et, s'il refuse...

Le maire s'inquiéta aussitôt des conséquences qui allaient découler de l'affrontement qu'il pressentait entre Philidor et ce gendarme qui n'avait pas l'air commode. Il désigna les cadavres du regard.

—De toute façon, je sais qu'ils avaient de l'argent. Où, je ne sais pas encore, mais, en tout cas, pas dans une banque. Ils étaient trop méfiants pour ça. S'il le faut, je m'occuperai moi-même des obsèques. Le menuisier fabriquera deux cercueils et j'irai chercher l'argent chez eux !

—Interdiction absolue ! Personne n'entrera chez eux tant que nous n'aurons pas libéré les lieux, et vous serez responsable de toute intrusion en notre absence. Nous avons l'habitude des cachettes des vieux. Nous trouverons leurs économies et nous vous les remettrons après les avoir consignées dans notre carnet. Donc, si je comprends bien, ils n'ont pas d'héritiers ?

—Non, à part le petit-fils, mais je doute qu'il accepte quoi que ce soit de Grillet.

—Pourquoi ?

Le maire hésita.

—Ils ne sont pas en bons termes depuis des années.

—Ils se détestaient à ce point ?

—Plutôt, oui, mais les histoires de famille, hein, tout le monde les connaît !

Gontard enregistra ce détail.

—On verra ça plus tard. Pour l' instant, nous nous rendons dans la maison qu' ils occupaient. Où se trouve-t-elle ?

—Pas si loin que ça. Allez jusqu' au bout de la rue, puis continuez sur le chemin de terre. C' est la maison sur la droite. Vous ne pouvez pas la manquer, elle a un gros tilleul devant.

—Des maisons autour ?

—Non, du moins, pas tout près.

—Donc, pas de témoin. De toute façon, on convoquera les voisins le plus proches et aussi quelques habitants. Et le beau-fils, qu' il le veuille ou pas ! On apprendra certainement des choses intéressantes !

Le maire hocha la tête.

—Je n' en doute pas ! Je reste à votre disposition, mon adjudant. Vous me trouverez facilement, je travaille à la forge, même si, par ce temps, j' ai moins à faire.

13

Quand les langues se délient

Malgré la chaleur ambiante, Philidor se mit au travail du feutre, qu'il avait délaissé depuis une semaine. Cinq belles peaux de lapin blanc aux yeux rouges, les meilleures pour le poil, l'attendaient. La nouvelle de la mort d'Antoine et de son cousin, rapportée par Bastien, ne l'avait guère ému, mais elle l'avait interpellé. Comme il était sa plus proche famille, il devait s'attendre à une convocation du maire. Peut-être même lui faudrait-il s'occuper des obsèques et, cela, il ne le voulait pas. Quoi qu'il en fût, il était hors de question que les cercueils soient déposés dans le caveau des Angéolas.

La pensée de la trahison dont avait été victime son grand-père fit remonter en lui sa fureur contre ce salopard de Grillet, une rage qu'il tentait de maîtriser depuis qu'il avait appris la vérité. Mais il se disait que justice avait été faite, peu importait la raison. Honoré et Désiré pouvaient à présent reposer en paix. Quant à Alphonsine, ayant tout ignoré de son vivant, elle n'avait pas eu à rougir de ses secondes noces avec l'homme qui avait envoyé son premier mari à la mort ; surtout, elle ne s'était pas sentie ignominieusement trahie. Que serait-il arrivé si le bruit de la lâcheté d'Antoine était arrivé jusqu'à elle ? Philidor se demanda ce qu'avaient pensé tous ceux qui connaissaient la vérité. L'avait-on préservée par amitié, par pitié, ou par crainte de la réaction d'Antoine ?

Il pensa à l'enquête menée par les gendarmes et il tressaillit. Il ne fallait s'attendre à rien de bon quand la maréchaussée commençait à mettre son nez un peu partout, et surtout dans les coins qui sentaient mauvais, et celui qui venait de prendre ses fonctions à Mornant avait la réputation de ne jamais lâcher le morceau quand il était certain d'avoir saisi le premier fil de l'écheveau. Et son adjoint, qui était originaire de cette région et qui savait probablement des choses que certains ignoraient, avait-il eu vent de cette vieille histoire ?

Philidor le savait, un secret ne reste un secret que tant qu'il n'est pas répété. Si secret il y avait eu, il s'était certainement propagé de bouche à oreille ; on avait à coup sûr critiqué, condamné, ou bien on s'était gaussé de celui qui, comme le cocu, avait été le dernier à être mis au courant des rumeurs.

Mais on n'en était plus aux ragots de commères. Les deux meurtres faisaient que les choses étaient plus sérieuses et les pandores, s'ils étaient aussi méticuleux et fouineurs qu'on le disait, allaient gratter de tous les côtés pour mettre au jour ce que tout le monde avait voulu enterrer à jamais. Pire que des chiens ou des cochons à la recherche des truffes, ils feraient fonctionner leur flair. Comment allaient-ils s'y prendre pour retrouver le meurtrier ? Peut-être, partiraient-ils à la recherche de deux meurtriers. Car, pour tuer deux hommes ensemble, il fallait être bien organisé ou avoir tout prévu. Cela retarderait d'autant le résultat de leur enquête.

Accuseraient-ils des maraudeurs ? Ce serait certainement la solution la plus simple pour clore une affaire qui les embarrasserait, et le meurtrier pourrait dormir sur ses deux oreilles. S'ils comptaient obtenir quelque renseignement des Andéolais, ils allaient être bien déçus. Ici, on n'aimait pas les curieux, encore moins les délateurs, qui avaient fait bien assez de mal dans le passé. Chacun surveillerait les paroles de l'autre, et gare ! Philidor conclut que le meurtrier n'avait pas grand-chose à craindre.

Absorbé dans ses pensées, il lâcha une toison de lapin qui tomba à terre et se souilla. Il pesta contre lui-même. À cause de ces événements, il n'arrivait plus à se concentrer. Une fois les cinq peaux longuement plongées dans le mélange de liquides pour les nettoyer de leurs saletés, il les fendit de haut en bas et les suspendit en les écartant le plus possible afin qu'elles sèchent rapidement avant de subir le deuxième traitement, celui qui précédait le rasage des poils. C'était le travail d'Eusèbe. Il l'appela, mais n'obtint pas de réponse. Il ne le trouva pas non plus dans sa cabane et il pensa qu'il était allé traîner ses oreilles au village pour savoir ce qui se disait. Il laissa les peaux sécher.

Au bistrot du village, les commentaires allaient bon train. Chacun se demandait à qui irait l'héritage de Grillet, vu qu'il n'avait pas eu d'enfant. Albert, un chapelier, s'exclama :

—En tout cas, ses vignes, elles sont foutues. Elles finiront par pourrir comme les autres !

Un autre eut un rire presque moqueur.

—Faut pas s'étonner, alors. Au bistrot, pas plus tard qu'hier, l'Ernest clamait qu'il n'y aurait pas de plus belle mort que de crever en même temps que ses vignes !

Armand, qui détestait toute bondieuserie, leva les yeux au ciel et déclara :

—Ben, il a été exaucé ! Amen !

—Mais l'Antoine, lui, qui n'était pas d'accord pour mourir ; il a crevé quand même, et avant ses vignes ! déclara Albert.

—C'est bien ce que lui avait prédit Philidor, reprit Armand.

Albert le foudroya du regard.

—Va pas raconter des conneries comme ça, hein ! D'ailleurs Philidor n'a d'intérêt ni dans sa mort ni dans sa succession ! Ses affaires iront à quelqu'un d'autre, car, si l'Antoine n'avait pas d'enfant, Ernest avait de la famille, lui !

—Ah oui, se souvint Albert, une sœur, Denise, qui habitait Mornant. Mais je crois bien qu'elle est morte depuis belle lurette. En revanche, elle avait une fille, Germaine, qui n'habite plus ici.

—Ben, ma foi, soupira Armand, où qu'elle soit, elle héritera de ce que l'État voudra bien lui laisser. Mais, à mon avis, ça ne vaudra pas une fortune !

Les quelques consommateurs étaient groupés près du comptoir. La table habituellement occupée par les trois compères joueurs de cartes était libre. Albert remarqua que personne ne s'y était installé, comme si on craignait de commettre un sacrilège. Dans le groupe, Louis Fabre, le troisième larron de l'équipe, faisait grise mine. Lui non plus n'avait pas osé s'asseoir à la table des trucidés. Il regrettait ses compagnons de jeu, certes, mais surtout les coups à boire qu'ils offraient généreusement. Dans l'état où il se trouvait, Albert fut persuadé qu'il en avait déjà pas mal éclusé. Louis Fabre se retourna vers lui.

—Si ça se trouve, moi aussi je suis visé. Faut que j'en parle aux gendarmes. On dit : *Jamais deux sans trois.* Et j'veux pas être le troisième !

Albert haussa les épaules :

—Pourquoi tu serais visé ? T'as rien à te reprocher !

—Mais pourquoi on les a tués, l'Antoine et l'Ernest ? Ils faisaient de mal à personne ! Y avait rien à voler chez eux !

—Qu'est-ce qu'on en sait ? répliqua son interlocuteur. Ils avaient certainement de l'argent caché quelque part. Tout le monde fait pareil. Et puis, on ne tue pas les gens pour rien.

Il doit bien y avoir une raison. D'après ce qui se disait, il n'était pas tout blanc, l'Antoine.

Fabre eut un haut-le-corps.

—De quoi tu parles ?

—Tu le sais bien ! Les pendus des Échirayes, ça te dit quelque chose ?

—Pfft ! Des racontars. De toute façon, qui voudrait se souvenir de cette histoire ? Après tout, qu'est-ce que tu en sais, toi ?

—Je sais ce que mon père m'a raconté, et il n'était pas du genre à inventer des sornettes. Fais pas semblant, surtout toi ! Toujours d'après ce que mon père m'a répété, vous étiez copains, complices comme les cinq doigts de la main, sauf que vous étiez que quatre, Grillet, Rivaux, Dubois et toi !

Fabre haussa les épaules.

—Le Julien Dubois, il perd la tête.

—Pas tant que tu crois. Si ça se trouve, il a répété ce qu'il sait à quelqu'un d'autre. Mais t'as raison, c'est trop loin, tout ça.

François, le cabaretier, suivait la conversation. Il intervint.

—Si quelqu'un avait voulu se venger ? Julien, il est presque mort, il ne craint plus rien, mais toi, oui. Si, depuis ce matin, tu chies dans ton froc, c'est parce qu'Albert a raison. Tu faisais partie de l'équipe de dénonciateurs et t'as la trouille.

Fabre explosa de colère.

—Fous-moi la paix ! Cette histoire n'a rien à voir avec un règlement de comptes entre les bonapartistes et les royalistes comme on a aimé le laisser croire.

—Pourtant, répondit François, le pauvre Honoré, qui était bonapartiste, a bien été vendu par un royaliste !

—Mais non ! Antoine aussi était bonapartiste, comme une bonne partie des Andéolais qui ont fui devant les gardes nationaux. Seulement, il a retourné sa veste au dernier moment, peut-être parce qu'il a eu peur d'être pendu avec les autres insurgés et de se balancer sous le soleil aux Échirayes. Mais cette histoire n'a rien à voir avec la politique. C'est personnel et, moi, je sais pourquoi il a fait cette saloperie. C'est pas que je lui donnais complètement tort, même si j'ai trouvé ça très moche. Mais je fermerai ma gueule. Et je te le répète, je n'y suis pour rien.

—N'empêche que tu n'es pas tranquille !

—On ne sait jamais à qui on a affaire !

—Tu parles ! Des vieux comme toi, il n'en reste plus beaucoup. Et qui se rappelle encore cette histoire ? Qui voudrait se venger ?

Bastien buvait lui aussi un verre avec les autres. Il frémit. Il connaissait le seul qui aurait eu envie d'assassiner Antoine, mais il refusait de le croire coupable. D'ailleurs, pourquoi aurait-il assassiné les deux ? À nouveau, il se maudit d'avoir laissé échapper un mot de trop, même si au fond de lui, il faisait confiance à Philidor. Mais des fois, dans un moment de colère…

Fabre s'était calmé. Il se retourna vers Albert.

—Dis, voir, toi qui es si fort, dis-moi pourquoi on les a assassinés tous les deux.

Albert termina son verre d'un coup, le reposa brutalement sur le comptoir et répondit :

—Je ne le sais pas, et je ne veux pas le savoir. Moi aussi, je fermerai ma gueule. J'ai pas envie de me faire emmerder par les pandores. Ceux-là, quand ils vous tiennent, ils ne vous lâchent plus. Mieux vaut faire le mort.

—Ben, c'est le cas d'Antoine et d'Ernest. Eux, ils ne diront plus rien ! balança le cabaretier en riant.

—De toute façon, reprit Fabre, je m'en fiche. Ces deux-là, ils ne me manqueront pas, sauf que, de temps en temps, ils nous payaient un coup à boire !

—Pourtant, il va bien falloir dire quelque chose aux gendarmes, quand ils viendront enquêter.

—On verra à ce moment. Pour l'instant, les gars sont à peine froids. Si, par cette chaleur, on ne les enterre pas très vite, ça va puer dans le pressoir du maire et je gage que son vin, s'il arrive à faire une récolte cette année, aura un drôle de parfum !

L'assemblée éclata de rire. Cependant, Bastien demeurait sérieux. Il avait conscience que Philidor courait un bien grand danger.

14

Scène de crime

L'adjudant et son adjoint se dirigèrent vers le bout du village, plutôt décontenancés par la nature de la plaie de Grillet. Émilien Gontard, l'ancien soldat, tentait de se rappeler les différents aspects des blessures encourues au cours des combats. Quelque chose l'agaçait. Un souvenir s'échappait sans cesse de sa mémoire et il pestait, certain que ce détail lui donnerait le fil à suivre.

Au loin, le gros tilleul se profila ; il embaumait encore ; il devait faire bon se tenir dessous par grande chaleur. La maison n'était pas grande. Elle était construite en hauteur comme la plupart des maisons de village. Comme presque toutes, aussi, elle disposait d'un pressoir et d'une cave au niveau du sol, puisqu'on ne pouvait pas facilement creuser dans le terrain granitique. D'ailleurs, les blocs de granit avec lesquels la maison avait été bâtie venaient d'une carrière non loin, vers le lieudit La Harcia. Il eut droit aux explications de Blavet.

—Les blocs extraits de la première couche de granit, celle qui est proche de la surface, servaient à monter les murs des habitations. Pratiquement toutes celles d'Andéol ont été construites ainsi. La deuxième couche, celle qu'on trouve en profondeur, beaucoup plus solide et difficile à prélever, une fois taillée en blocs réguliers, était destinée à paver les rues de la ville de Lyon. Un rude métier, que celui de carrier. J'ai entendu dire que de nouvelles carrières vont s'ouvrir, achetées par des Italiens. Ils fuient la pauvreté de leur pays. D'autres se feront embaucher dans les verreries de Givors. Ils sont durs à l'ouvrage et peu exigeants, mais je doute qu'ils soient très appréciés par la population.

—On se méfie toujours de ceux qu'on ne connaît pas, alors que, souvent, on n'est jamais trahis que par les siens ou ceux à qui on fait aveuglément confiance !

Le premier détail qui retint leur attention fut la porte d'entrée restée grande ouverte. Ils mirent pied à terre, attachèrent leur monture au tronc du tilleul et parcoururent l'environnement du regard. Avant de pénétrer dans la maison, Gontard se dirigea vers une petite cabane sur leur droite qui ne révéla rien d'autre que des outils très usés destinés à soigner et à entretenir la vigne. Pourtant, un détail retint son attention. Bien en vue, comme prêtes à être utilisées, deux scies neuves étaient posées sur un établi.

—Je me demande à quoi les deux cousins les destinaient. Je ne pense pas qu'ils allaient scier du bois, j'en vois sous l'abri. Il y en a suffisamment pour cet hiver ! Curieux !

De son côté, en faisant le tour de l'abri, Blavet découvrit une carriole à laquelle était encore attelé un vieux cheval. La vieille carne ne semblait pas gênée. Elle attendait patiemment à l'ombre qu'on la délivre de ses harnais.

Il appela l'adjudant, qui le rejoignit rapidement. En s'approchant du tombereau, ils remarquèrent aussitôt sur le plateau des traînées de sang et même un bout de chemise de nuit maculé, accroché à un clou qui dépassait.

—Ah, c'est vrai ! grommela Émilien, je n'ai pas examiné les vêtements ! À faire tout à l'heure.

—Au moins savons-nous qu'ils ont été transportés depuis ici.

—Et que le meurtrier a quand même pris le temps de revenir…

—… sur les lieux de son crime ! le coupa Blavet, goguenard.

—Espérons qu’il aura oublié quelque chose derrière lui !

Ils pénétrèrent à l’intérieur de l’habitation. Un grand désordre y régnait et il y avait du sang un peu partout, sur le seuil, au sol et sur l’assise d’un fauteuil. Quand ils s’introduisirent dans la pièce qui, visiblement, était une chambre à coucher, ils ne furent pas surpris de constater que la bataille avait eu lieu là. Un véritable carnage ! Gontard enjamba les flaques de sang séché pour préserver toute empreinte de pas ou de chaussures qu’il pourrait relever. Il en découvrit quelques-unes qui pourraient peut-être être exploitées, mais il n’en était pas certain. D’autres empreintes dessinaient de petites formes rondes estompées. Toutes, elles se concentraient à moins d’un mètre de la porte et il n’en trouva pas dans les autres pièces.

Il se dirigea vers le lit. Comme il s’y attendait, la plus grosse tache de sang se situait au niveau de la poitrine d’un homme couché. Le corps avait été traîné hors de la couche, la trace était nette. Le sang avait coulé et il dessinait un long sillon jusqu’au seuil. Les autres taches étaient indépendantes de la traînée sombre. C’étaient de petites flaques ovales, si petites qu’elles n’attirèrent pas vraiment leur attention. Il y en avait un peu partout, éparpillées dans une sorte de cercle.

Ils firent le tour des pièces. Une autre porte ouverte dévoila un lit défait, mais non souillé. Gontard imagina la scène.

—Certainement la chambre de Rivaux. Il s’est levé, assurément à cause d’un bruit. Trop surpris, il n’a pas réagi immédiatement et il a ainsi donné l’avantage à son agresseur. Il a tenté de se protéger, les entailles sur les mains, les poignets et les avant-bras en sont la preuve.

—N’ayant pas pu s’enfuir, il est tombé à terre à l’endroit où on voit l’autre flaque de sang plus importante.

—Il a encaissé un coup dans le ventre. J’avais raison, grommela Gontard.

De la tache noirâtre partait une longue trace sombre qui allait jusqu'au seuil.

—Ensuite, compléta l'adjudant, le meurtrier est allé chercher le tombereau et le cheval. Il a traîné les corps dehors par les bras, ce qui explique que les talons de Grillet et de Rivaux étaient terreux. Il a chargé les cadavres et est allé les déposer aux Échirayes !

Blavet évalua mentalement le trajet.

—D'ici, ça fait un bout de chemin, quand même !

—Oui, mais il faisait nuit. Tout le monde devait être couché. En raison de l'orage et du bruit du tonnerre, personne n'aura rien entendu, d'autant que, d'après les blessures, il est certain qu'aucun coup de feu n'a été tiré ! Une charrette, la nuit, ça ne doit pas faire trop de bruit. Et la pluie a effacé la moindre marque qui aurait peut-être pu nous aider.

—En tout cas, on n'a pas retrouvé l'arme du crime, fit remarquer Blavet.

—Encore faudrait-il savoir ce qu'on cherche ! Curieuses, ces blessures ! En tout cas, elles n'ont pas été faites avec une lame de couteau, même large et longue.

—Un pieu ?

—Si je me souviens bien de la blessure de Grillet, un truc dans ce genre, mais, un pieu, c'est trop gros ! Il faut que je retourne examiner sa chemise de nuit. Le trou nous aidera peut-être.

Blavet fouilla toutes les boîtes en fer qui se trouvaient dans la cuisine. La plupart étaient posées par ordre croissant sur l'étagère au-dessus d'une cheminée qui ne fonctionnait plus. Elles contenaient respectivement de la farine, du sel, du sucre, des feuilles de laurier complètement desséchées qui se réduisaient en poussière et de la chicorée, mais pas d'argent. Rien non plus de dissimulé dans le four qui n'avait probablement jamais servi, ni dans une cache derrière la cuisinière.

Sous le lit de Grillet, il finit par découvrir une sorte de grosse cassette à moitié remplie de billets. Une belle somme !

Il en trouva une autre au fond d'une armoire dans la chambre de Rivaux, entourée de chiffons sales qui n'auraient tenté personne. Elle était bien garnie elle aussi. De sacrées économies qui suffiraient amplement à leur payer un solide cercueil, une grand-messe et une belle pierre tombale.

Des tiroirs, ils retirèrent un fatras de lettres et de documents qu'ils emportèrent pour les compulser et en tirer quelque indice. Sur la commode trônait une photo de famille un jour de mariage, certainement une des premières tirées lorsque le public avait découvert la photographie et que l'engouement s'en était répandu. Les mariés étaient entourés de leurs familles et de leurs amis, tous endimanchés, chacun portant avec fierté un des chapeaux fabriqués de leurs mains ou, pour les dames, achetés à Chazelles-sur-Lyon, qui avait une excellente réputation. Des enfants sagement assis, les mains posées sur les genoux, semblaient s'ennuyer de devoir garder la pose. En observant bien, on pouvait reconnaître, à l'arrière du groupe, les deux cousins côte à côte. Ils avaient une soixantaine d'années, davantage sans doute, et portaient le pantalon et la veste, le tout de couleur sombre. Les jeunes mariés avaient l'air ravis. Leur sourire heureux contrastait avec le sérieux des membres de la famille.

Par un geste malencontreux, Gontard fit tomber le cadre sur le sol.

—Ah, la poisse ! J'ai fait une connerie !

Honteux, il récupéra la photo, la débarrassa des morceaux de verre et la retourna par réflexe. Elle portait le tampon d'un photographe ayant son atelier dans la ville de Lyon ; dessous, il put déchiffrer une petite phrase écrite au crayon : *Toi et moi pour toujours.* Cette promesse de fidélité était-elle le fait du marié, ou de la mariée ? Cela le fit sourire. Il posa la photo sur la commode, sans son cadre.

Ils réexaminèrent le sol. À part peut-être une empreinte de chaussure, et encore, rien d'autre ne put être relevé. Tout se fondait dans les larges traces sombres des sangs mêlés. Près du fauteuil, une autre empreinte de pied évoquait un glissement, sans doute le pied de Rivaux avant qu'il ne tombe à terre. Gontard se souvint qu'en effet ses deux talons étaient maculés.

À nouveau, Gontard eut une sorte d'intuition qui ne se précisa pas, ce qui l'agaça.

L'exploration du reste de la maison ne leur apprit rien de nouveau. Dehors, un jardin potager visiblement bien entretenu offrait quelques légumes. À côté, un puits fournissait l'eau, la rivière étant éloignée. L'adjudant constata que, curieusement, la plaque de métal qui en obturait l'ouverture avait été mal replacée et qu'elle dépassait sur le côté. Dehors, adossés à la cabane, quelques outils rouillés ne servaient plus depuis longtemps. Ils découvrirent un poulailler occupé par quatre poules qu'il faudrait nourrir. Les pontes devraient être récoltées, également. Plus loin, il y avait un clapier dont les occupants réclamaient leur pitance en se jetant contre le grillage. Gontard les considéra avec pitié.

—Ils n'ont rien mangé depuis hier. Ce n'est pas notre travail, mais on ne va pas les laisser crever de faim. Blavet, va faucher de l'herbe, là-bas. Tu tireras aussi de l'eau du puits pour les abreuver. Moi, je vais déterrer quelques carottes et des salades ; elles ne manqueront pas à leur propriétaire. On avertira le maire. Il désignera quelqu'un qui continuera à s'en occuper.

Blavet râla tout haut en désignant le clapier et les lapins qui s'agitaient.

—En effet, ce n'est pas notre travail ! Et je m'en prendrais bien un pour la peine ! Hop ! Un bon coup derrière la tête et je l'enfournerais dans ma sacoche. En civet…

—Circonstance aggravante ! Un gendarme voleur, c'est tout ce qui nous manquerait pour donner une haute opinion de notre intégrité. Déjà que les gens ne nous portent pas dans leur cœur !

Blavet insista, sachant qu'il allait déclencher les reproches de son supérieur, ce qui l'amusait fortement.

—Vu le nombre, personne ne s'en apercevrait !

Comme prévu, Gontard explosa, outré.

—Mais moi, je le saurais ! Oh ! Blavet, tu perds la tête ? J'ai vu une serpe, dans l'abri. Ne ménage pas ta peine, j'ai remarqué des lapereaux enfoncés dans le nid de poils de leur mère.

Blavet se laissa aller à un grand éclat de rire.

—Je vous ai eu, mon adjudant ! Vous avez bien cru que j'allais en estourbir un !

—Si je n'avais pas été là, je n'aurais juré de rien ! Tiens, je m'en vais les compter !

Il n'en fit rien, bien entendu !

Les poules et les lapins nourris, ils fermèrent les portes avec soin. En s'en allant, ils emportèrent les papiers et l'argent qu'ils comptaient remettre au maire. Lui-même aurait à les déposer chez le notaire.

Ils retournèrent vers le pressoir pour examiner à nouveau les linges de nuit et les blessures.

15

Les doutes du maire

Philidor n'osait pas encore y croire. Il rentrait de sa tournée des vignes en compagnie de Baptiste et il avait constaté que celles du grand-père Honoré résistaient. Était-ce parce que, loin des autres, elles n'avaient pas encore été contaminées par les terribles insectes qui s'attaquaient d'abord aux racines et les empoisonnaient lentement ? Pourtant, l'infestation gagnait de jour en jour les vignobles de toute la région. En revanche, quand ils examinèrent celles de Désiré, Philidor comprit qu'elles n'avaient plus que très peu de temps à vivre. Il eut comme un sanglot étouffé et, de rage, il arracha une poignée de feuilles flétries et rabougries. Baptiste se désolait des soucis de son ami, mais il ne pouvait rien pour l'aider.

—Mon pauvre ami, je te vois si désespéré que j'en suis malheureux ! Mais, au pire, tu pourrais faire comme les autres.

—Quoi ? Arracher les vignes de mon père pour y planter des framboisiers ou des cerisiers ? Jamais ! Si elles doivent crever, elles crèveront, mais je ne me livrerai pas à un tel massacre.

Baptiste n'insista pas. À quoi bon ? Il connaissait trop son ami pour ne pas savoir qu'il ne renoncerait jamais, ou seulement à l'extrême limite.

À compter de ce jour-là, Philidor concentra ses pensées et ses espoirs sur les vignes d'Honoré. Il les examinait chaque jour avec angoisse depuis que le mal s'était déclaré dans les autres, épiant avec anxiété l'évolution des grappes de raisin. Chaque fois, il poussait un grand soupir de soulagement au moment de retourner dans sa ferme.

Il avait ouï dire que les gendarmes étaient allés examiner les cadavres et qu'ils avaient inspecté leur habitation. Selon Bastien, mise à part une scène de carnage, aucun indice ne les avait aiguillés sur une piste quelconque.

Toutefois, le maire avait annoncé sa venue sans préciser d'heure. Philidor se retira dans la grange en l'attendant. Il voulait absolument achever ses trois cloches de feutre, qu'il enverrait Eusèbe livrer à Chassagny. Il hésitait maintenant à aller lui-même les porter. S'il avait douté des sentiments de Marguerite, son ami l'avait convaincu qu'elle se languissait de lui. Du coup, tant qu'il avait Appoline en tête, il n'osait plus lui faire l'aveu de ses propres sentiments. Il aurait eu l'impression de la trahir, de n'être pas sincère envers elle. Lâchement, il remettait sans cesse au lendemain, même s'il refusait de reconnaître que le souvenir de ses étreintes avec la belle Givordine le perturbait tant que, pour l'instant, il était incapable de penser à autre chose.

Il attendait son retour avec impatience. Elle devait revenir. Après tout, la mort des deux cousins les concernait, sa mère et elle.

La fin violente d'Antoine avait ôté de son cœur le poids qu'il portait depuis que Désiré lui avait avoué ses souffrances. L'homme assassiné, il était libre de ne penser qu'à sa propre vie, sans plus se sentir tenu à la promesse qu'il avait faite à son père uniquement pour qu'il parte en paix. Bien sûr, il n'en avait pas terminé avec Grillet et son cousin. Malgré sa réticence, ne serait-ce que pour ne pas déclencher la réprobation des Andéolais, il organiserait les obsèques et assisterait même à la messe. Mais, une fois les deux hommes mis en terre, il ne voulait plus entendre parler du passé, de cette vieille histoire qui se chuchotait encore de maison en maison. Depuis trop longtemps, elle entretenait une ambiance délétère entre les gens d'un même village et elle opposait encore et toujours ceux de Saint-Andéol à ceux de Mornant. Il n'y avait rien de plus tenace que l'animosité et celle-là perdurait depuis des années. On n'y pouvait rien, certains s'obligeaient à garder un souvenir vivace, à professer une sorte de fidélité à un membre de leur famille injustement pendu. La veille, les Andéolais avaient voté à l'unanimité la réalisation d'un monument de granit sur lequel seraient gravés les noms des plus glorieux insurgés assassinés.

Que Grillet aille en enfer ! se dit-il. Malgré lui, il eut un sourire en pensant qu'Antoine rejoignait la destinée que semblait lui réserver son nom.

Le petit homme rondelet qui avançait sur le chemin à sa rencontre avait pris un air important. Ce n'était pas le forgeron, qui rendait visite à Philidor, mais l'élu du village. Il avait obtenu ce mandat sans opposition lors des élections. Son honnêteté reconnue et ses études l'avaient nettement mis au-dessus de ses administrés. Au titre de sa fonction qu'il jugeait trop obséquieux, il préférait l'amical « Hé, Lucien ! » qu'on lui servait même les jours de cérémonie citoyenne. Philidor n'y manqua pas :

— Hé, Lucien, que me vaut ta visite ?

L'homme s'arrêta, souffla, sortit son mouchoir bien lavé et bien plié, l'agita en l'air et essuya son front humide sous son chapeau.

— Tu dois bien t'en douter ! Les rumeurs courent plus vite que le vent sur le plateau.

— Tu parles de la mort des deux cousins ?

— De l'assassinat des deux cousins !

Philidor haussa les épaules.

— Bah ! Deux crapules en moins dont tu connaissais bien les méfaits ! Plus d'une fois je t'ai entendu râler contre leur manque de civisme, leurs petites magouilles avec le vin de leurs vignes pour le rendre plus alcoolisé ou la vente discrète de leurs barriques aux cafetiers de Lyon sans payer leur impôt dessus !

—Ben, pour ça, c'est terminé !

—Mais pas en raison d'une poussée soudaine d'honnêteté, simplement parce qu'ils n'en ont plus à vendre. De toute façon, du vin, dans ce village, il n'y en aura plus beaucoup pendant pas mal d'années.

Lucien le fixa en plissant les yeux.

—Tu l'aimais pas, Grillet, hein !

—Pourquoi ? Tu en doutais encore ?

—Je sais que l'entente entre lui et ton père n'était pas des plus cordiale, mais, toi, tu n'étais pas autant concerné.

—Eh bien, tu te trompes. Non seulement je ne l'aimais pas, mais, en plus, je ne lui devais rien. Ceci dit, je suppose que tu es venu me demander de prendre en charge leurs obsèques.

Le maire s'empressa de rectifier :

—Pas de les prendre en charge ! Ils avaient de l'argent. Les gendarmes en ont trouvé assez pour faire les choses bien comme il faut.

—Tant mieux ! Je n'aurais pas craché un sou pour ça !

—D'ailleurs, il faudra voir avec le notaire. Ils ont sans doute fait un testament. Antoine, du moins.

—Je ne lui suis rien du tout, même pas son petit-fils.

—Mais tu es le petit-fils de sa femme.

—Et alors ? De toute façon, je ne veux rien de lui et, si j'étais désigné, ce qui m'étonnerait, j'en ferais don à la commune.

Lucien afficha un air satisfait.

—C'est généreux !

—Pas du tout. J'ai assez avec l'héritage de mes parents.

—Pourtant, étant donné ce qui se présage, d'avoir une réserve d'argent pourrait faciliter les projets.

—Tu parles de faire autre chose que la vigne ? Les fruits, par exemple ?

—Pourquoi pas !

— Si je dois perdre mes vignes, ce ne sera pas pour produire des pommes et des poires. Je préférerais plutôt aller travailler dans d'autres vignobles, dans un pays qui échappe à cette saloperie de phylloxéra.

Le maire le regarda, abasourdi.

— Quoi ? Tu voudrais partir ? Quitter ton village ? Ton pays ?

— Pourquoi pas ? J'y ai déjà pensé. Je ne me résignerai pas à trahir ma passion et celle des hommes de ma famille. Le vin de nos raisins a toujours coulé comme le sang dans nos veines. Je ne le laisserai pas se tarir. Je tenterai tout, jusqu'à ce que l'espoir ne soit plus permis.

Lucien hocha la tête.

— T'as peut-être raison. Tu es jeune, tu as l'avenir devant toi. J'ai en effet entendu parler de l'émigration de plusieurs entreprises d'artisans qui sont allés chercher fortune ailleurs, comme aux États-Unis, en Australie ou au Canada, un monde que je n'imagine même pas !

— Je n'irai pas si loin ! La Tunisie ou, tiens, le Maroc, deux pays riches en soleil et dotés d'une bonne terre. Ce n'est pas si loin. Une journée de bateau et on y est.

— Mais quand même, abandonner sa terre et sa famille…

— Quelle famille ? Je ne suis même pas marié.

— En effet, mais vouloir partir si vite !

— Après les vendanges, si elles existent encore, je compte aller voir ailleurs. Ce ne sera d'abord qu'une exploration. Ensuite, j'aviserai pour de bon. Tout dépendra de ce qui se passe ici.

Tous deux évoquèrent dans leur tête des situations bien différentes.

— Tu abandonnerais les vignes d'Honoré ?

— Eusèbe s'en occupera le temps que je serai absent. Et puis, l'hiver, à part tailler et brûler les sarments, il n'y a pas grand-chose à faire. Là, vu ce qu'il reste de vignes… Je partirais avant la neige pour revenir au printemps. Plus je l'envisage, plus je suis persuadé que c'est la meilleure solution. Je pense aussi à la méthode préconisée par le botaniste lyonnais, son histoire de greffons sur des porte-greffes américains.

—J'en ai entendu parler, mais, tu sais, entre ce qu'on dit et ce qui est...

—Eh bien, moi, je veux en savoir davantage à ce sujet. Si je suis convaincu, je prélèverai des greffons dans les vignes d'Honoré sur les pieds mères qui sont encore sains et je tenterai le coup !

—Ici ? Dans le même terrain ?

—Ou ailleurs si elles meurent comme les autres. Je transplanterai mon héritage dans la terre qui voudra l'accueillir, sans nostalgie.

—Ma foi ! Tu as peut-être raison... Alors, pour les obsèques ?

Cette question agaçait Philidor. Il détestait qu'on l'oblige à quoi que ce soit.

—Pourquoi ne demandes-tu pas à la sœur de Rivaux de s'en occuper ? Après tout, c'est elle qui est la famille la plus proche.

—J'y ai pensé, mais elle est pratiquement paralysée. Quant à toi, tu es sur place. Ce sera plus facile pour tout le monde si tu acceptes. Après, je ne te demanderai plus rien !

Philidor ne put s'empêcher de penser que, le jour des obsèques, il aurait certainement l'occasion de revoir Appoline. Aussi fit-il contre mauvaise fortune bon cœur.

—D'accord. J'irai voir le menuisier cet après-midi.

—De toute façon, on ne pourra les enterrer que lorsque les gendarmes l'autoriseront. Ils n'ont pas terminé leur enquête, mais ils comptent bien retrouver le meurtrier.

—Je leur souhaite beaucoup de courage.

Le maire s'éloigna, mais revint sur ses pas.

—Et pour monsieur le curé ?

—Je le verrai aussi, mais ne compte pas sur moi pour

prononcer une homélie, elle ne serait pas du goût de tout le monde.

Soulagé d'échapper à la corvée, le maire repartit en bougonnant :

— Quelle idée de vouloir ficher le camp ainsi ! Comme s'il avait le feu au cul !

16

Des blessures indéchiffrables

Le maire n'était pas chez lui, mais la porte n'était pas verrouillée. Les deux gendarmes gagnèrent le pressoir sans encombre.

Dans le coin le plus sombre, contre le mur exposé au nord, les deux cadavres se tenaient compagnie. Gontard ne leur jeta qu'un regard avant de récupérer les vêtements de nuit, qu'on avait gardés intacts. Il déplia la chemise de Grillet. À la hauteur de la poitrine, l'unique déchirure correspondait à la plaie constatée au niveau du cœur. Il approcha ses yeux du tissu ; l'obscurité ambiante ne facilitait pas l'observation. Il ressortit du pressoir et l'examina à la lumière du jour. Le sang formait une tache noirâtre, mais autre chose qui n'avait rien à voir avec du sang séché attira son attention. Il passa le doigt près de l'entaille et sentit comme un léger dépôt plutôt rugueux. Il le frotta entre ses doigts. Qu'était-ce ? Du sable ? Il n'en avait vu ni dans la maison ni autour.

Il haussa les épaules en signe d'incompréhension et retourna dans la pièce obscure, où Blavet tenait le tricot de corps maculé entre ses doigts. Il le brandit, déplié :

—Celui-là, ça sera pas la peine de le raccommoder, il est foutu !

—Donne, voir !

Plusieurs déchirures garnissaient le tissu de coton. Là encore, Gontard trouva un dépôt rougeâtre inséré dans les mailles.

—C'est quoi, ça ?

Blavet approcha le vêtement de ses yeux, réfléchit et déclara.

—C'est bizarre, on dirait... de la rouille !

—De la rouille ? Et elle viendrait d'où, cette rouille ?

—Ben... sans doute qu'on les a trucidés avec un couteau rouillé.

—Rouillé à ce point ? Non, ce n'est pas possible. Pourtant, j'opterais bien pour cette solution.

Blavet sourit de satisfaction.

—On n'a pas trouvé de couteau rouillé là-bas ni aux Échirayes. S'il nous faut inspecter toutes les maisons...

—En principe, les gens prennent soin de leurs outils. C'est autre chose. Mais quoi !

Il examina de plus près la plaie de Grillet. C'était un trou presque rond, comme un V inversé. Il passa le doigt sur la plaie. Il y retrouva une fois de plus ce petit sable fin rugueux. Heureusement, le lavage sommaire du corps n'avait pas tout fait disparaître. Une image vint se planter devant ses yeux, celle des vieux outils rouillés adossés au mur de la cabane. Les deux cousins auraient-ils été occis à l'aide de l'un d'eux ? Mais lequel ? Non, ce devait être autre chose.

Pendant qu'il étudiait la blessure, une autre image vint supplanter celle qu'il avait sous les yeux. Il s'agissait d'une blessure semblable. Mais où l'avait-il vue ? Sur un champ de bataille, oui, c'était bien cela, mais cette idée lui parut si saugrenue qu'il faillit l'abandonner. Il ferma les yeux pour mieux évoquer son souvenir. Il trouva à la blessure qu'il avait déjà vue une certaine similitude, avec celle d'Antoine Grillet, bien qu'elle fût légèrement différente par sa forme. Il recouvrit le cadavre et appela son adjoint.

—Blavet, galope jusqu'à Mornant et va chercher le

capitaine Leblanc. On va avoir besoin de lui. Moi, je retourne chez Grillet. On se retrouve ici tous les trois !

— Vous voulez voir le chef des pompiers, ou l'infirmier ?

— L'infirmier, surtout !

— Bien, ajouta Blavet, toujours aussi plaisantin, par précaution, je vais les prévenir tous les deux !

Il enfourcha sa monture. Gontard entendit son rire et secoua la tête, amusé.

— Il ne changera jamais, celui-là !

Au petit trot, Gontard rejoignit la maison des cousins. Mais, au lieu d'y entrer, il se dirigea vers les outils rouillés, persuadé que quelque chose allait se produire. Il y avait là une vieille fourche. Le long manche en bois, certainement du frêne ou du micocoulier, était patiné sous l'action des mains qui l'avaient serré pendant de nombreuses années. Les pluies, l'hiver et le soleil avaient corrodé les dents de métal. Ces lames retinrent son attention ; au nombre de cinq, elles étaient longues, fines, largement séparées, mais pas trop ; leur extrémité était pointue et légèrement incurvée. C'était le genre de fourche qui servait à faner.

Il se souvint de la réflexion de Blavet: un pieu, avait-il proposé. *Pourquoi pas un pic ?* pensa-t-il. Le gendarme passa les doigts sur les dents où la rouille avait formé une pellicule rugueuse d'un rougeâtre sombre. Il gratta de ses ongles le métal, qui avait été très attaqué. De minuscules particules se détachèrent et se collèrent dans la paume de sa main.

À présent, il en était certain, c'était bien un dépôt de rouille qu'il avait senti sur les lèvres de la blessure de Grillet. L'idée qu'il avait pu être occis à coups de fourche l'effleura, mais il renonça à cette avenue. L'outil avait ses cinq dents ; il n'en manquait pas une, et Grillet avait un seul trou au niveau du cœur, impossible à pratiquer à l'aide d'une fourche. Les moins dentées en possédaient au moins deux et, même très espacées, elles n'auraient pas pu ne laisser qu'une seule marque. Il s'agissait donc d'autre chose, mais ce devait être une arme qui avait un point commun avec un outil destiné aux travaux des champs.

Contrarié de ne pas comprendre, il fit à nouveau le tour de la maison, de la cabane à outils et du jardin. Il fureta, souleva et retourna des objets, mais rien ne parvint à stimuler son inspiration. Il jeta un coup d'œil en direction du puits dont le couvercle avait été remis en place ; c'était certainement Blavet qui, en prélevant de l'eau pour les poules et les lapins, l'avait bien refermé. Il se présenta sur le seuil de la maison et inspecta chaque recoin avec plus d'attention pour y découvrir l'arme dont se serait débarrassé le meurtrier, mais rien non plus ne le convainquit.

En voyant la position du soleil dans le ciel, il se dit que Blavet et le capitaine Leblanc devaient être de retour. Aussi se hâta-t-il.

Les deux hommes l'attendaient. Gontard tendit la main au chef des pompiers, qui la saisit et la secoua avec vigueur.

—Votre adjoint m'a dit que vous aviez besoin de mes connaissances. Vous êtes-vous blessé ?

—Non, pas moi, et ceux que je vais vous présenter n'auront, hélas ! plus besoin de vos soins. Je voudrais votre avis. Je suppose que vous êtes déjà intervenu sur des blessures provoquées par des instruments pointus, comme des perforations.

—En effet, cela m'est arrivé après une querelle de paysans dont l'un avait blessé l'autre de sa fourche dans un accès de colère.

Gontard afficha un sourire satisfait.

—Voilà justement ce qui m'intéresse. Venez !

Les trois hommes se rendirent auprès des cadavres et Blavet ôta d'un coup les draps qui les recouvraient. Leblanc remarqua tout de suite l'orifice situé au niveau du cœur d'Antoine Grillet. Mais, ce qui l'étonna, ce fut sa forme arrondie, presque triangulaire.

—Ce n'est pas une dent de fourche qui a fait ça. De toute façon, si c'était le cas, il y aurait au moins deux blessures.

—C’est aussi mon avis.

Après avoir observé la plaie de près, Leblanc fit une chose étrange. Il chercha dans le pressoir et découvrit une tige de métal rigide plutôt étroite. Avec l’accord de Gontard, il l’introduisit lentement dans la plaie. La tige s’enfonça en opposant peu de résistance, jusqu’à ce qu’elle ne puisse plus progresser davantage. Il demanda à Blavet de soulever le corps et de le retourner. L’extrémité de la tige ne dépassait pas. La lame qui avait perforé la poitrine n’avait pas traversé le corps. Il retira la baguette et l’agita un moment, l’air pensif.

—Les dents de fourche à faner sont incurvées. Cette baguette n’aurait pas pu s’enfoncer tout droit au-delà de six centimètres. J’ai remarqué que l’orifice est plus large que le fond de la blessure. Déjà, je suis en mesure de conclure qu’on a utilisé une lame qui n’est pas de largeur égale du manche à la pointe. Elle a glissé entre les côtes. Le coup a été porté avec force !

—Un piquet ? Un sabre ? proposa Blavet.

Leblanc secoua la tête.

—Non. Même si la lame avait été très étroite. Quant aux piquets de châtaigniers que nous utilisons pour délimiter les champs, même retaillés, ils feraient un trou beaucoup plus gros. Un sabre infligerait une plaie rectiligne et lisse. Encore faudrait-il en trouver un ici ; on ne ramasse pas ça sous le pas d’un cheval.

L’adjudant intervint à son tour.

—Je vais vous faire part d’une idée saugrenue qui m’est venue. Quitte à être ridicule, je préfère tout envisager au lieu de passer à côté de quelque chose d’important.

—À quoi pensez-vous ?

—Sur les champs de bataille, j’ai déjà vu des blessures causées par les baïonnettes fixées sur les fusils de la dernière guerre…

Leblanc sourit ; il y avait pensé.

—Cela aurait pu être une explication, en effet, mais la

lame de baïonnette est elle aussi lisse et plate. Elle n'aurait pu pratiquer cette entaille triangulaire, presque ronde.

Gontard laissa échapper un soupir de dépit. Il insista.

—Et ce dépôt ?

Leblanc enfonça légèrement un doigt dans la plaie et le ressortit en le pressant contre la chair. Il frotta ses doigts l'un contre l'autre.

—Je pourrais penser à de la rouille. Du métal très attaqué par la corrosion.

—C'est exactement ce que j'avais déduit. Un objet pointu, tranchant et rouillé. Eh bien, nous allons chercher.

Leblanc eut une moue déçue.

—Je ne vous suis pas d'une grande aide, n'est-ce pas ? J'en suis désolé.

—Ne le soyez surtout pas ! Je suis certain qu'il ressortira quelque chose de vos observations et conclusions.

L'examen des plaies de Rivaux ne permit de faire que les mêmes constats.

—Celui-là a dû se voir mourir en se vidant de son sang !

—La flaque retrouvée au sol en atteste.

Blavet recouvrit les cadavres, qui commençaient à dégager une odeur fétide.

—Alors, qu'est-ce qu'on fait d'eux, mon adjudant ?

—Fais procéder aux obsèques. On n'en tirera rien de mieux ! Nous allons faire un petit tour de maison en maison pour recueillir quelque indice ou racontar qui pourrait nous mettre sur la piste.

Les trois hommes quittèrent le pressoir et saluèrent le maire qui était venu à leur rencontre. L'adjudant délivra oralement l'autorisation d'inhumer. Le certificat viendrait ultérieurement. Il se retourna vers le chef des pompiers qui s'apprêtait à repartir sur son cheval.

—Mon capitaine, accepteriez-vous de boire un verre en notre compagnie ? Je suis certain que mon épouse sera ravie de vous l'offrir.

Le visage du pompier s'éclaira d'un coup et ses yeux brillèrent de plaisir.

—Ce sera de bon cœur !

—Surtout que Césarine voulait vous rencontrer au sujet de votre cousine de Chassagny.

—La modiste ? Celle qui fabrique les plus beaux bicornes de la région ? Savez-vous que les gendarmes de Lyon lui en commandent régulièrement ?

—Je pense qu'elle aura bientôt un nouveau client, déclara Émilien dans un sourire et en donnant une grande tape dans le dos de son adjoint. Hein, Blavet ! C'est bien pour toi que je parle ! Le tien est miteux et déformé. Tu me fais honte, comme tu déshonores l'autorité que tu représentes !

—Oui, mon adjudant, j'irai... bientôt !

17

Au fond du puits

Sur le chemin du retour de Saint-Andéol-le-Château, les deux gendarmes et le pompier échangèrent les dernières nouvelles de Mornant. Leblanc informa ses compagnons que cinq Mornantais avaient déjà perdu la vie en défendant le Territoire de Belfort, dans l'est de la France, si bien que chaque déplacement du maire dans le village effrayait les épouses ou les mères, qui attendaient chaque fois avec angoisse qu'il vienne annoncer la mort d'un des leurs. Gontard soupira.

—Ils ne seront pas les seuls, hélas ! Espérons que cette guerre sera de courte durée. Les hommes se battent sans souvent en comprendre la raison.

Les chevaux une fois abrités, les trois hommes se présentèrent au logis de Césarine, qui s'empressa de leur offrir une chaise et tira du cellier une bouteille de vin gardée à une bonne température. Elle offrit aussi des parts de la tarte qu'elle n'avait pas servie aux gendarmes au repas de midi, estimant qu'ils s'étaient largement rempli la panse.

—Finalement, nous voici guère avancés ! grommela Blavet en engouffrant presque d'un seul coup sa part de tarte sous l'œil courroucé de Césarine.

—Je n'ai pas dit mon dernier mot. Quelque chose me souffle que c'est dans la maison des cousins assassinés que je trouverai ce que je cherche.

—Vous avez une idée ? demanda Leblanc en se léchant le bout des doigts.

—Non, une intuition et, quand le nez me démange…

Blavet leva les yeux au ciel et laissa échapper un rire moqueur.

—Sûr qu'avec un nez pareil, on pourrait s'accrocher n'importe où !

—J'espère qu'il ne me décevra pas, tout crochu qu'il soit ! Dès demain, nous retournerons sur place et je gage que nous aurons fait un pas en avant !

—Si je peux apporter mon aide, n'hésitez pas, annonça Leblanc en se levant.

Il s'adressa à Césarine, qui berçait sa petite Laurentine.

—Je suis certain qu'Adeline, mon épouse, serait ravie de faire votre connaissance. D'ailleurs, je gage que vous l'avez déjà rencontrée sans savoir de qui il s'agissait.

Césarine lui proposa un grand sourire, les yeux allumés de curiosité.

—Qui donc est-elle ?

—Elle tient la mercerie sur la grande place !

—En effet, je lui ai déjà acheté quelques boutons de nacre et du fil qui me manquaient. Elle n'a pas cessé de sourire à ma petite en jurant qu'elle la trouvait très mignonne.

Leblanc soupira.

—Cela ne m'étonne pas. Nous désirons depuis longtemps un enfant, mais…

—Surtout, ne désespérez pas. Il m'a fallu attendre la nôtre plusieurs années et voyez ! Je me ferai grand plaisir d'aller la rassurer. Tout arrive, si on a la foi !

Le premier, Blavet s'esquiva discrètement pour aller rejoindre son amoureuse. Leblanc prit ensuite congé, non sans avoir à nouveau engagé Césarine à passer voir sa femme lors d'un de ses passages sur la grande place. Le soir avançait doucement. Assis devant la fenêtre ouverte, Gontard laissa le calme de ce beau soir d'été l'envahir. La respiration de la nature qu'un vent léger lui amenait était chargée des parfums qui s'exhalaient de la campagne et arrivaient jusqu'à lui.

Émilien abandonna la vue. Il se détourna de la fenêtre pour observer Césarine qui s'apprêtait à allaiter sa petite. Le spectacle le ravissait et faisait monter en lui d'étranges émotions. La mère et l'enfant formaient à elles deux un tableau qu'aurait aimé peindre un impressionniste, comme la toile qu'il avait admirée un jour chez une tisserande de Messimy et qui représentait une femme assise dans une bergère tapissée, un bonnet blanc sur les cheveux, le sein blanc et généreux présenté à l'enfant à demi endormi sur ses genoux. Il retrouvait le même regard plein de douceur et de muette admiration dans le visage de son épouse éclairé par la lueur de la lampe qui brillait d'un faible éclat.

Cette vision lui ôta le poids du souci qui le tenait devant sa maigre récolte d'indices. Mais la même question le taraudait. Qui avait eu intérêt à trucider deux vieillards qui, apparemment, menaient bien leur vie sans gêner personne ? Il revit en mémoire sa visite de leur maison. Bien sûr, le désordre y régnait, alors que le sol et les murs étaient souillés de sang, mais rien n'indiquait que quiconque avait eu un mobile pour y commettre deux crimes crapuleux. Tout l'argent avait été trouvé intact. Un seul lit gardait toujours des taches noirâtres. Le sang avait traversé le drap et le matelas, et même une pantoufle gisant sur le tapis. Un long sillon sombre conduisait jusqu'au seuil. Nul doute que le corps avait été traîné.

La même certitude continuait de s'imposer à l'esprit de l'adjudant, à savoir que l'arme du crime devait se trouver sur place. Il le fallait et il devait la retrouver, sans cela il jouerait de malchance et ce serait l'histoire de l'aiguille dans la botte de foin. Il n'allait quand même pas fouiller toutes les maisons du village à la recherche d'il ne savait trop quoi !

Le lendemain, les deux gendarmes retournèrent sur les lieux du crime. Ils chevauchèrent au pas pour atteindre les

Barrotières et continuèrent par le chemin du Mollard de façon à éviter de passer par le village et d'attirer à coup sûr les curieux. Sur la porte était affiché à un clou un message.

Le fils s'occupera de la basse-cour jusqu'à ce que la succession soit réglée. Signé : Monsieur le Maire.

Blavet fronça les sourcils.

—Quel fils ? Celui du maire, ou le fils Grillet ?

—Ma foi, je l'ignore. Je penche plutôt pour celui du maire, car, si je m'en tiens à ce qu'il nous a dit de l'héritier qui n'en serait pas un, je doute qu'il vienne ici perdre son temps !

—Ah oui ! Philémon ?

—Non, Philidor. D'ailleurs, son nom est Angéolas et non Grillet. Il va me falloir l'interroger ne serait-ce qu'à cause des mauvaises relations que ces deux-là entretenaient.

—En tout cas, si ledit Philidor vient s'occuper des bêtes, ce ne sera pas par convoitise, pour ce qu'il y a d'héritage à ramasser.

—Grillet, peut-être, mais nous ne savons rien de Rivaux… Le temps de notre enquête, nous allons nous installer dans le pressoir du maire, qui n'est pas encore encombré des vendanges. Nous allons dresser la liste de ceux que je veux voir en premier et la remettre au maire. Après, ceux qui auront quelque chose à dire pourront venir nous rencontrer. Ce serait bien le diable si nous n'en tirions pas quelque chose !

Blavet approuva ; il n'avait guère envie de passer de maison en maison pour questionner les gens.

Tous deux firent à nouveau le tour de la maison. Ils constatèrent que le vieux cheval, libéré de la carriole, avait été abrité et qu'une brassée de foin frais était à portée de ses naseaux. Les lapins avaient été nourris et les poules caquetaient, apparemment sereines. Toutes les bêtes avaient de l'eau ; elles étaient donc parées à affronter la chaleur qui ne tarderait pas à alourdir l'air.

—Le maire a fait son boulot, remarqua Blavet avec satisfaction.

Il n'était pas fâché d'échapper à la corvée, lui qui s'attendait à devoir à nouveau faucher de l'herbe et la distribuer. Gontard jeta un regard du côté du jardin et observa la plaque de fer qui protégeait l'ouverture du puits.

—Quand tu as puisé de l'eau, hier, le couvercle était-il bien en place ?

—Non, il dépassait de la margelle. Mais je l'ai remis en place. Le fils du maire en a fait autant, apparemment.

L'adjudant ressentit une étrange impression ; une clochette s'agita dans sa tête. Il tira son coéquipier par la manche et ils se dirigèrent vers le muret circulaire fait de grosses pierres.

—Vérifions si le dicton assurant que la vérité sort toujours du puits se révèle exact !

—Vous pensez trouver un autre cadavre ?

—Non. Du moins, il n'y a guère de chance que cela se produise, puisqu'aucune disparition n'a été signalée. Mais, vois-tu, hier, le couvercle n'était pas positionné de cette façon.

—Ce sont certainement les vieux qui ont négligé de replacer la plaque quand ils ont arrosé le jardin avant de se coucher !

—Non. Les paysans prennent soin de leur puits et de mal le fermer peut provoquer des accidents. On a déjà trouvé des poules et des belettes noyées au fond.

Ils s'en approchèrent. Un seau encore humide était posé tout près. La chaîne qui permettait de puiser l'eau était enroulée au tambour. Ils soulevèrent le couvercle et le repoussèrent sur un côté. Gontard se pencha au-dessus du puits pour tâcher d'en estimer la profondeur. Comme il ne parvenait pas à s'en faire une idée, il lança une grosse pierre et écouta l'écho.

—Le fond n'est pas loin. Une source doit l'alimenter, mais à mon avis le niveau d'eau est plutôt bas. Il faudrait pouvoir aller y jeter un coup d'œil !

Avant qu'il ne formule une suggestion qui aurait fort ressemblé à un ordre, Blavet émit une véhémente protestation.

— Ah non, mon adjudant ! Mes culottes vont être mouillées et salies !

— Tu as raison, l'ami…

Blavet soupira de soulagement, mais juste le temps que Gontard termine sa phrase.

— Tu vas donc te déshabiller et descendre à l'aide de la chaîne.

— Me mettre à poil ! Jamais ! Si quelqu'un allait venir !

— T'as un caleçon de toile sous tes culottes, au moins !

— Bien sûr ! répondit Blavet, outré qu'on puisse en douter. Et propre, encore !

— Alors, tu descendras en caleçon. Quant à ta pudeur, ne t'inquiète pas, je veillerai à ce que seules les poules caquettent d'émotion en découvrant tes poils aux jambes !

Il dut obéir, bien sûr. Bicorne, bottes, chaussettes, pantalon et veste furent posés sur la brouette que Gontard était allé chercher. En rechignant, en maugréant et en envoyant son patron au diable, Blavet s'accrocha à la grosse chaîne et, jambes écartées contre les parois du puits, aidé de l'adjudant qui retenait ferme la poignée du tambour pour éviter une chute vertigineuse, il s'enfonça dans le tube de pierres obscur. Ses paroles déformées sonnaient creux, ce qui amusait l'adjudant. Un cri de soulagement annonça bientôt que le gendarme avait atteint le fond.

— Hé ! C'est profond ?

— J'ai de l'eau jusqu'à la taille ! répondit une voix caverneuse. Ah, la garce ! Elle est froide !

— Ça te fera du bien. Fouille et n'hésite pas à t'accroupir dedans s'il le faut !

Une autre protestation monta jusqu'à lui, après quoi ce furent un bruit de remue-ménage dans l'eau, des clapotis et enfin un cri de victoire qui lui parvinrent. Gontard fit un bond.

— Quoi ? Quoi ? Dis-moi ce que tu as trouvé !

Blavet éclata de rire

— Z'avez qu'à venir voir !

—Blavet, c'est un ordre !

Mais le rire d'Émilien démentait son ton sévère.

—Alors, une autre bouteille ce soir !

Gontard s'impatientait, mais il dut céder, ce qu'il fit entre rires et colère.

—D'accord, mécréant ! Allez, grouille, dis-moi ce que tu as trouvé !

Mais Blavet se réjouissait de son exaspération.

—J'enlève la chaîne de ma taille, envoyez-moi un lien, et j'y accroche ma trouvaille.

Peu de temps après, une corde lui tomba sur la tête. Quand l'adjudant la fit remonter, il découvrit ce que Blavet y avait accroché, une antique baïonnette comme il n'en existait plus depuis une bonne cinquantaine d'années. Il sourit. Il avait vu juste.

La remontée de Blavet hors du puits fut beaucoup plus longue et ardue que sa descente. Gontard avait de bons bras et il manœuvrait le tambour avec vigueur. Mais, même si Blavet s'aidait de ses jambes comme l'aurait fait un alpiniste, ce ne fut pas sans peine qu'il parvint enfin à s'accrocher à la margelle. Pendant que son coéquipier se reposait, tout trempé de l'eau souterraine, l'adjudant entra dans la maison et chercha de quoi l'éponger. Les cousins étaient assurément méticuleux, car il trouva des serviettes propres et bien pliées. En fouillant davantage, il dénicha un caleçon de coton et, en le brandissant comme un drapeau de la victoire, il invita son camarade à venir se sécher et à se rhabiller à l'intérieur. Blavet ne se le fit pas dire deux fois !

Fébrile, le cœur battant de joie, Émilien examina le long morceau de ferraille en partie rongé par la rouille qui avait séjourné dans le puits trois jours à peine, soit trop peu de temps pour être corrodé à ce point. Cependant, si la lame était rouillée, elle demeurait entière et solide. Elle n'était ni brisée ni usée.

L'intuition de l'adjudant s'était révélée juste. En l'examinant de près, il remarqua qu'elle n'était pas plate comme une épée ou une baïonnette récente, mais qu'elle avait plutôt une forme légèrement cylindrique. *Plutôt triangulaire !*, rectifia-t-il en pensée. De chaque côté se voyait une rainure évidée. Il revit alors la plaie de Grillet, un trou en forme de V retourné. Depuis que cette arme avait été confectionnée, on avait modifié les lames des baïonnettes, car celle-là causait des blessures trop graves et trop difficiles à guérir.

La douille, c'est-à-dire le large anneau qui permettait de la maintenir fermement au canon du fusil, attira alors son attention. Elle avait la forme d'un Z. C'était le genre de baïonnette dont on équipait les fusils de 1754. Les derniers modèles, ceux de 1866 dits chassepots, étaient équipés d'une baïonnette très différente.

Mais qui pouvait avoir utilisé une telle arme ? Ou plutôt, qui pouvait avoir conservé un aussi vieux fusil qui, si l'on se fiait à l'état de la baïonnette, ne devait guère servir, même à chasser ?

Quand Blavet ressortit rhabillé de la maison, il avait pris le parti de rire de son aventure au centre de la Terre. Mais il n'en comprenait pas moins que sa découverte revêtait une grande importance. L'adjudant lui décocha un clin d'œil.

—Bravo, mon vieux, tu as mérité ta bouteille ! À présent, j'en suis certain, c'est bien du puits que sort la vérité. Il ne nous reste plus qu'à trouver d'où vient cette baïonnette et elle nous guidera jusqu'à l'assassin.

18

Le vieux fusil

Leblanc abandonna les pompiers à leur exercice près de la fontaine de Mornant et rejoignit les deux gendarmes qui l'avaient fait demander. Quand il arriva au pressoir du maire de Saint-Andéol-le-Château, il remarqua les deux montures attachées à un anneau. Il entra et rejoignit Gontard qui, penché au-dessus du cadavre de Grillet, examinait la plaie avec plus d'attention. Quand Leblanc découvrit la vieille baïonnette rouillée posée près des deux cadavres, il émit un petit sifflement.

— Vous aviez vu juste ! Sacré nom ! Celle-ci a dû séjourner un bon moment sous terre avant d'être ressuscitée.

Il la prit et l'observa ; il sourit en remarquant la forme en V de la lame. Bien que recouverte de rouille, elle était toujours aussi solide, toujours aussi dangereuse. Il passa son doigt sur les dépôts rougeâtres de rouille, noirâtres de sang à certains endroits. Pas de doute, cela correspondait à la blessure d'Antoine Grillet, comme aux blessures infligées avec force sur le corps d'Ernest Rivaux.

Tous les deux prononcèrent ensemble la même phrase.

— Cette baïonnette date de l'épopée napoléonienne !

— Elle était utilisée avec un fusil à silex qu'on chargeait de cartouches en papier à arracher avec les dents, précisa Émilien. Ça remonte à 1754, si je ne me trompe. Depuis l'avènement des fusils chassepots, elles n'ont plus guère été utilisées. Je me suis renseigné.

—Et moi, insista Blavet, je me demande si le fusil sur lequel elle devait être fixée ne se trouve pas encore par là. J'en reviens toujours à la malheureuse affaire des pendus de Saint-Andéol-le-Château. Après tout, quand les gardes nationaux ont voulu récupérer les armes des insurgés, il y en a forcément quelques-unes qui leur ont échappé !

Leblanc prit le relais.

—Mais l'assassin n'a pas choisi d'employer le fusil. Cela aurait été plus expéditif, mais plus bruyant. Il est probable aussi que les cartouches garnies de poudre, s'il en restait, étaient devenues inutilisables.

Gontard jeta un regard noir vers son adjoint.

—Toi et tes pendus ! D'abord, ton histoire, elle n'est pas exacte. J'en ai parlé avec le maire et il m'a assuré que la plupart des insoumis repris avaient été guillotinés sur la place du village.

—Moi, répondit Blavet, vexé, ce que j'en sais, c'est ce que mon oncle a répété. Et il ne raconte jamais de sornettes. S'il dit qu'il a vu des pendus, c'est qu'il y a eu des pendus !

—Moi aussi, j'ai entendu parler de cette histoire, intervint à nouveau Leblanc. D'ailleurs, vous l'ignorez sans doute, mais, selon vos indications, les cadavres ont été trouvés à proximité d'un petit bois que beaucoup appellent depuis longtemps le bois des pendus. Mais je ne vois pas le rapport avec ces deux meurtres…

—Sauf qu'il concerne deux hommes qui auraient pu faire partie de la population.

—Juste ! approuva Leblanc.

—Moi, rajouta Blavet, qui ne supportait pas qu'on doute de ses paroles, je maintiens que, cette histoire de corde autour du cou de Grillet, même si elle n'a pas servi à le pendre, c'est un symbole.

Gontard dut reconnaître que son adjoint avait raison. Et il détestait cela.

—C'est à voir. On pourra chercher dans cette direction, mais, si c'est l'œuvre d'un de leurs comparses, on n'aura pas de mal à le dénicher. Des anciens de cet âge, ça ne court pas les rues, dans le coin !

—Qui vous dit que c'est un des leurs, mon adjudant ? Ce qui est certain, c'est que les crimes n'étaient pas crapuleux. Rien n'a été volé. Sans compter qu'un crime en pleine nuit par temps de pluie à leur âge… Non, ça ne peut pas être l'un d'eux !

—Alors, il faut chercher ailleurs et, finalement, Blavet, même si je n'aime pas te faire des compliments, je commence à croire que le motif de la vengeance pourrait expliquer pas mal de choses. Mais de se venger cinquante ans après un drame, à quoi ça ressemble ?

—*La vengeance est un plat qui se mange froid,* récita Leblanc en riant. Celle-ci a eu le temps de se refroidir et de se réchauffer d'un coup !

Il examina à nouveau la plaie de Grillet.

—En tout cas, ajouta-t-il à l'adresse de Gontard, le doute n'est plus permis. C'est bien avec cette arme que les deux hommes ont été agressés. S'ils avaient survécu à leurs blessures, ils auraient pu mourir d'une infection généralisée ou du tétanos, même s'il n'est pas prouvé que la rouille en est responsable.

L'adjudant recouvrit les deux cadavres. Il s'adressa au maire qui venait d'entrer et qui n'avait pas manqué de repérer la lame rouillée.

—Interdiction absolue de parler à qui que ce soit de la baïonnette ! Si la nouvelle se propage, je vous en tiendrai responsable.

—Pourtant, il faudra bien que je dise à mes administrés de quelle façon ils ont été assassinés !

—Parlez d'un couteau… ou d'une fourche, tiens, pourquoi pas ? De toute façon, ils ne viendront pas examiner les cadavres !

Lucien balança la tête.

—Une fourche, la nuit…

—Je l'ai bien supposé, moi ! Et puis, c'est le secret de l'enquête. Ce n'est pas là quelque chose de nouveau. S'il fallait que nous révélions tous nos atouts, lorsque nous cherchons un coupable, jamais nous ne résoudrions la moindre énigme. Je suppose que vous avez déjà donné ordre de procéder à l'inhumation des deux corps.

—En effet. À ce propos, justement, je voulais vous dire, le menuisier a préparé leur cercueil.

—Déjà ?

—Il en a toujours un d'avance. L'autre a été terminé hier. Ma foi, de beaux cercueils avec une grande croix dessus et tout ce qu'il faut ! En chêne, du meilleur, qu'il m'a dit, du solide ! De plus, comme il avait l'assurance d'être bien payé, il n'a pas lésiné sur le vernis. Les obsèques auront lieu demain vers dix heures. Le curé est d'accord.

—Très bien. De notre côté, nous attendrons la fin de la cérémonie pour convoquer le petit-fils de sa femme. Comment s'appelle-t-il, déjà ?

—Philidor Angéolas. Je l'ai rencontré, lui aussi. Il s'occupera des obsèques. Il doit aller chez le notaire, mais il n'y tient pas.

—Pourquoi ?

—Il n'est pas son héritier et, de toute façon, il a clairement mentionné que, si Grillet l'a couché sur son testament, il fera don de son héritage à la commune.

—Refuser un héritage ? C'est rare, s'étonna l'adjudant.

—Il ne veut rien lui devoir et, tête de bourrique comme il est, il va s'en tenir à son idée. Il dit que l'héritage de ses parents et ce qu'il produit lui suffisent amplement. Pourtant, le phylloxéra va détruire ses vignes comme la majeure partie de celles de la région. L'argent, c'est jamais de trop !

—Des problèmes de famille ?

Le maire ouvrit la bouche comme pour répondre, mais il la referma en haussant les épaules.

—Comme beaucoup. Ils ne se fréquentaient pas. L'Antoine, il n'était pas vraiment son grand-père. Ils s'ignoraient et cela semblait leur convenir.

—Pas d'autre famille ?

—Pour Grillet, non. En revanche Ernest Rivaux avait une sœur, Denise, qui est morte depuis longtemps. Sa fille, Germaine, que je n'ai pas connue, n'habite plus Mornant. J'ai entendu dire qu'elle était handicapée au point de ne plus être capable de marcher. Elle vit à Givors avec sa fille.

—Une jeune fille ?

—Oui, une vingtaine d'années !

Gontard hocha la tête et fit la moue.

—Une femme presque paralysée et une jeune fille En effet, on ne pourrait guère penser à leur culpabilité ! Quoique, le désir d'argent conduisant à de bien funestes projets, on pourrait imaginer un complot, mais je n'y crois pas trop. Il y a aussi le transport des cadavres aux Échirayes. Non, ce n'est pas dans la nature des femmes, une telle mise en scène. Je garde quand même cette possibilité en tête, même si elle ne me convainc pas. Je convoquerai la jeune fille par souci de professionnalisme, parce que je ne veux négliger aucune piste. Mais, si ce n'est pas elle, qui d'autre pourrait avoir commis ces meurtres ?

Impuissant à répondre, le maire haussa les épaules. Lui aussi se posait la question. Il revint à Philidor.

—Si vous voulez, je lui ferai la commission.

—Pourquoi pas ! Nous avons l'intention de nous installer dès demain pour procéder à un premier interrogatoire de la population. Ici, ce sera possible ?

—Pas de problème. Je peux vous faire apporter une table et quelques chaises.

—Ça nous ira très bien

—Vous occuperez les lieux longtemps ?

—Tout dépend. S'il le faut, nous continuerons les interrogatoires plus tard à la gendarmerie. Mais, pour l'instant, ce sera plus pratique sur place.

—D'autant plus que les récoltes ne sont pas terminées. Ça dérangera moins que de courir à Mornant.

—Alors, nous procéderons ainsi. Quelles étaient leurs habitudes, aux cousins ?

—Le matin, on les voyait pas, ils bricolaient autour de leur jardin et de leurs bêtes. Au moment des vendanges, ils donnaient parfois le coup de main aux copains en utilisant leur carriole et leur vieille carne. Ça rendait bien service. L'automne, ils partaient à la cueillette des champignons. Été comme hiver, ils arrivaient au bistrot l'après-midi. Ils s'offraient la bouteille à tour de rôle. Je pourrais même dire *les* bouteilles. Ils fumaient leur tabac brun même si ça ne plaisait pas toujours aux autres consommateurs, ils parlaient politique, ils refaisaient les guerres et ils tapaient la carte avec le Louis.

—Louis ?

—Louis Fabre.

—Seulement à trois ? demanda Blavet.

—Ben, avant, y avait le Julien Dubois, mais il ne va pas trop bien en ce moment. Ils sont pratiquement les plus vieux de la commune, copains depuis toujours. Ah, sûr que ça va faire un vide... Ben, à demain, alors. Si vous avez besoin de quoi que ce soit, ma forge n'est pas loin. Même si elle ne chauffe pas beaucoup ces jours-ci, je reste autour.

—Ce Julien, il ne pourra pas se déplacer ?

—Je ne crois pas, il reste alité.

—Nous irons donc l'interroger, déclara l'adjudant.

Le maire indiqua où se trouvait sa maison. Les gendarmes le remercièrent et le laissèrent en compagnie des deux cadavres qui nécessitaient d'être enfermés au plus vite dans leur cercueil. Les trois hommes se séparèrent sur la route de

Mornant. Leblanc rejoignit le dépôt où se trouvait la nouvelle pompe à incendie, tandis que les deux gendarmes se dirigèrent vers la brigade.

—Un fusil des années 1754, une baïonnette de la même époque, quatre vieux qui se connaissent depuis plus de soixante ans... Deux d'entre eux assassinés par cette même baïonnette. L'un d'eux aurait-il gardé son fusil ? Et il se serait vengé ? Non, quand même !

—Non quoi, mon adjudant ?

—Non, ils n'auraient pas attendu tant d'années avant de se venger de quoi que ce soit !

—Mais se venger de quoi ? pensa tout haut Blavet. Même s'ils s'étaient disputés la veille, je ne vois pas l'un d'eux aller trucider ses anciens copains. À moins que l'un d'eux ait nourri une rancune tenace pendant toutes ces années, mais je ne peux le croire. Quand même, ce fusil...

—Quoi, ce fusil !

—Vous allez râler, mon adjudant, mais j'insiste. Ce pourrait être un de ceux qui n'ont pas été récupérés lors des événements de 1817, vous savez, le soulèvement dans les monts du Lyonnais.

—Et alors ?

—Ça nous donne un point de départ. L'arme était là depuis l'arrestation des insurgés, dissimulée et ressortie à une fin précise.

L'adjudant hocha la tête.

—Tu as raison, il faut commencer par un bout. Pourquoi pas par celui-là ? Si tu penses à une vengeance, à un coup de colère, même si je ne vois pas un vieux se payer l'orage pour en trucider un autre, il faudrait savoir ce qui s'est passé la veille ! Après tout, on ne sait jamais. Des fois, les vieux sont plutôt violents quand quelque chose les irrite ! C'est bon. Après Angéolas, on entendra les témoins qui étaient au bistrot avec eux.

Les chevaux allaient tranquillement à leur rythme, les gendarmes réfléchissaient, évoquant toutes les hypothèses. Blavet brisa le silence.

—Mon adjudant, je ne sais pas si vous avez remarqué, mais le maire…

—Quoi ?

—Quand vous lui avez demandé s'il y avait des problèmes de famille, je suis sûr qu'il a failli dire quelque chose. Mais il s'est interrompu, plutôt embarrassé.

—J'ai vu. Si ça se trouve, ce sera pareil avec les autres. Les gens ne sont pas coopérants pour un sou. Ils sont toujours contents de nous ficher des bâtons dans les pattes. Les secrets de famille, s'il y en a, ils les garderont pour eux et se refermeront comme des huîtres. Mais on arrivera à nos fins, fais-moi confiance. Le maire, quand je serai avec lui, je ne manquerai pas de lui en demander davantage… Tiens, avant de rentrer, nous allons voir à quoi il ressemble, ce Julien. Faudrait pas qu'il casse sa pipe avant qu'on l'interroge.

19

L'échappatoire de Julien

Les obsèques étant prévues pour le lendemain, le jeune vigneron décida de rendre visite à Julien Dubois pour en savoir davantage au sujet de la trahison d'Antoine. *Trop de questions restent en suspens*, se disait-il. Plutôt que de passer par le village, il préféra cheminer à travers les vignes qui conduisaient aux Condamines. Le vieil homme y avait sa maison.

Philidor poussa un soupir de soulagement en constatant que les ceps qu'il traversait n'étaient pas atteints. Cependant, la récolte serait minime, cette année, pour son propriétaire.

Ne sachant pas très bien comment aborder le sujet, le jeune homme était soucieux. Il hésitait, aussi. Que gagnerait-il à remuer cette histoire, surtout en ce moment ? Que ferait-il si la culpabilité de Grillet était confirmée ? De toute façon, il était mort ; il serait bientôt enterré, son cousin avec.

Il ralentit le pas, prêt à faire demi-tour. Il pouvait surseoir à la recherche de la vérité, même oublier ce que le cordonnier lui avait confié et ne pas mettre le vieux Julien dans l'embarras.

Va y avoir une sale ambiance dans le village ! pensa-t-il. *Pas de doute, les gendarmes vont faire leur enquête, car les cousins ne se sont pas éteints de leur belle mort. Les pandores vont fouiner partout, poser des questions, creuser la moindre hésitation, envisager tous les scénarios possibles. Quels souvenirs réveilleront-ils ? Que vont-ils découvrir qui les mettra sur la piste de l'assassin ? Car il leur faudra bien suivre une piste, celle d'un vol crapuleux, de la conséquence d'une dispute ou, pourquoi pas, d'une vengeance. Quelqu'un a-t-il voulu hériter plus vite d'un vieux qui n'en finissait pas de vivre ? Ça s'est déjà vu !*

Il se rasséréna. De ce côté, il n'avait rien à craindre, vu qu'il n'héritait pas de Grillet et qu'il avait clairement exprimé qu'il renoncerait à ses biens si le vieux l'avait couché sur le testament. Toutefois, il ne s'agissait pas uniquement de l'assassinat de Grillet, mais aussi de celui de Rivaux. Qui des deux avait-on vraiment voulu tuer et qui avait été la victime innocente ? Qui avait intérêt à ce que l'un ou l'autre des vieux disparaisse ? Il refusa de toute son énergie de donner corps à l'odieuse pensée qui s'insinuait lentement en lui.

Tout à coup, la crainte l'assaillit. Avait-il intérêt à se faire remarquer ? Car, comme les autres, comme Bastien, Julien serait certainement interrogé. Serait-il déterminé à tenir sa langue ?

Il ralentit davantage, s'arrêta à une centaine de mètres de la masure et fit un brusque demi-tour. De toute façon, cela ne changerait rien. Le vœu de Désiré s'était accompli sans qu'il intervienne et c'était très bien comme ça.

Alors qu'il arpentait le chemin caillouteux qui bordait le vignoble, il ne remarqua pas la silhouette des gendarmes qui débouchaient par le chemin des Condamines. Gontard, lui, l'avait aperçu.

—Qui c'est, celui-là ? On dirait qu'il revient de chez Dubois !

—Ou qu'il a fait demi-tour avant. S'il était sorti de la maison, on l'aurait vu de loin. Curieux !

—Nous en saurons davantage en posant la question au vieux.

Leurs montures attachées à l'ombre, ils se présentèrent à la porte. Une vieille leur ouvrit. Quoique surprise d'une telle visite, elle s'effaça pour les laisser entrer. Elle les devança avant que Gontard ait le temps d'annoncer la raison de leur visite.

—Vous v'nez pour les copains de mon homme ! Il est tout retourné depuis hier. C'était bien la peine que, le Bastien, y vienne lui pourrir ses journées.

—Qui est Bastien ?

—Le cordonnier. Il travaille pour nous. On n'peut pas acheter des chaussures tous les ans ! Une bonne semelle et, hop ! c'est reparti !

—Quelqu'un est-il venu vous rendre visite, tout à l'heure ?

—Non ! Personne depuis hier, depuis que Bastien est passé, en fait.

Les deux gendarmes échangèrent un regard de connivence. L'homme aperçu quelques minutes auparavant sur le chemin n'était donc pas allé au bout de son projet. Que lui voulait-il, à Dubois ?

—Votre mari, on peut le voir ? Il n'est pas trop fatigué ?

—Oh, pour ça, vous pouvez le voir. Il reste dans son fauteuil à regarder ses vignes qui meurent. Il jure qu'il voudrait mourir avant elles. Il n'veut pas voir la catastrophe qui galope. Il a trop travaillé pour supporter ça !

Sans attendre, elle les conduisit vers une terrasse ombragée. Le spectacle d'un coteau en pente qui descendait dans la vallée du Gier les accueillit. Devant eux, un petit océan de verdure dévalait la déclivité jusqu'à perte de vue. Ce décor avait dû ravir les yeux du couple pendant bien des années.

Le vieillard, qu'on devinait grand et sec, se tenait droit dans un fauteuil en bois, le dos appuyé à un coussin, une légère couverture sur les genoux. Sur ses bras nus, on ne discernait que la peau sur les os. Les mains posées sur la couverture offraient le spectacle d'un entrelacs compliqué de veines bleues en relief. Il tourna la tête et offrit la vision d'un visage émacié dans lequel s'enfonçaient des yeux d'un bleu si clair qu'ils semblaient avoir été délavés par les pluies sous lesquelles l'homme avait travaillé toutes ces années. Il les fixa comme s'il les attendait et agita doucement la tête.

—J'savais que vous viendriez !

Gontard avisa une chaise libre et s'assit près de lui.

—À cause de Bastien ?

—Il ne voulait pas que j'raconte l'histoire d'Honoré, des gardes nationaux, de la guillotine, de c'qui s'est passé…

Gontard tressaillit. En même temps, il reçut le regard triomphant de son adjoint, qui s'empressa de préciser:

—Au bois des pendus ? C'est ça ?

—J'l'avais presque oubliée. Mais, après le départ de Bastien, ça m'est revenu en tête comme si c'était hier.

—Pourquoi ne voulait-il pas que vous la racontiez, cette affaire ? demanda Gontard.

—J'ai pas trop compris. C'est à croire que ça mettrait quelqu'un dans l'embarras.

—Quel est le rapport avec Antoine Grillet et Ernest Rivaux ?

Julien Dubois ne répondit pas tout de suite.

—Il paraît qu'ils ont été drôlement assassinés. Éventrés, qu'a dit Bastien.

—En quelque sorte, précisa Gontard. Avec une baïonnette qui date du soulèvement des Lyonnais. Ça vous dit quelque chose ?

Julien haussa légèrement les épaules.

—Ma foi, on avait tous un fusil. Moi, j'ai pas pu garder le mien. Plutôt que de me faire couper la tête ou de me balancer au bout d'une corde, je me suis rendu tout de suite. J'ai été emprisonné quelques années, puis j'ai été libéré. C'est pas comme beaucoup d'autres. Ce qui m'étonne, c'est qu'ils ont été assassinés tous les deux. Pour l'un, j'aurais compris, mais pas pour l'autre !

—Je ne peux dévoiler les secrets de l'enquête, déclara Blavet dans l'espoir de faire parler le vieillard, mais nous pensons que l'un était visé et que l'autre a été victime des circonstances. Qui était la cible ?

Julien resta muet ; il en avait trop dit, déjà. Gontard adopta un ton plus autoritaire.

—Que s'est-il passé qui aurait pu provoquer l'assassinat des deux hommes tant d'années après ?

Julien haussa à nouveau les épaules et balaya l'air de sa main osseuse.

—J'sais plus ! Maintenant, faut respecter les morts. Tout ça, c'est fini. Moi, je veux plus penser à ces saloperies. Faut pas croire que ceux qu'on croyait innocents l'étaient vraiment.

Furieux, les deux gendarmes piaffèrent d'impatience. Julien en savait bien plus qu'il ne voulait en dire, mais ils ne pouvaient pas le forcer à parler. Déjà que, juste de porter l'uniforme, ils avaient la réputation d'être d'épouvantables brutes, ils n'allaient pas risquer de passer pour des tourmenteurs de vieillards. Gontard se força à se calmer.

—Votre respect des morts vous honore, monsieur Dubois, mais il faut aussi respecter les vivants. Vos anciens partenaires de cartes avaient le droit de vivre aussi longtemps que possible. Celui ou ceux qui les ont tués doivent être punis. Vous pensez à une vengeance ? Et qui est cet Honoré ?

—Angéolas. Honoré Angéolas. Il est mort, lui aussi, et depuis longtemps. Vous pourrez pas l'interroger ! laissa-t-il tomber comme avec satisfaction, comme si sa vieillesse lui autorisait cette ironie.

Les deux gendarmes se regardèrent, surpris. Angéolas. Ce nom ne leur était pas inconnu.

—J'insiste, reprit Gontard. Que s'est-il passé à l'époque de ce fusil et de cette baïonnette ?

Julien appuya sa tête contre le dossier du fauteuil et ferma les yeux.

—Je me souviens plus, j'vous dis. C'est ma mémoire. Elle m'joue des tours. J'suis fatigué, maintenant, laissez-moi tranquille ! J'vais pas tarder à les retrouver et, là-bas, on reprendra nos parties de cartes, sauf que, le saint Pierre, il voudra pas nous donner une chopine !

Gontard trépignait de rage. Le vieillard connaissait les dessous de cette affaire, mais il n'en décrocherait plus une. Au moins, ils étaient pratiquement convaincus que le meurtre n'avait aucun rapport avec un vol. Il fallait chercher dans les événements du passé. C'était d'autant plus désespérant qu'il ne restait de cette époque que de rares témoins, qui invoqueraient, eux aussi, leur mémoire défaillante pour n'avoir pas à répondre, pour ne pas dénoncer un des leurs, surtout. Les trahisons, ça suffisait, devaient-ils penser.

En se remettant en selle, Blavet grommela :

—Je suis persuadé que le Julien serait capable de se forcer à mourir cette nuit uniquement pour ne pas être à nouveau interrogé.

Gontard lui adressa un sourire mauvais.

—Eh bien, tu vois, compagnon, c'est exactement ce que je me disais ! Allez, en route ! C'est assez pour aujourd'hui. Demain, on sera présents à la cérémonie. Il est temps qu'on identifie tous les acteurs de cette mauvaise pièce de théâtre, crénom de Dieu !

—N'jurez pas, mon adjudant ! Césarine, elle n'aimerait pas !

—Qui le lui dirait, hein ?

Blavet sourit et répondit d'un ton impertinent.

—Faudra arroser le témoin pour qu'il se taise !

—T'inquiète, je vais t'emmener près de la pompe à incendie du capitaine Leblanc. Là, tu pourras boire tout ton saoul !

Ils éclatèrent de rire et mirent leur monture au pas.

20

Obsèques

Ils étaient presque tous là, les hommes, jeunes et vieux, en habit du dimanche accompagné d'un chapeau de feutre noir fabriqué au village. En entrant dans l'église, ils avaient retiré leur couvre-chef, qu'ils avaient posé sur leurs genoux après avoir gagné leur place. Les femmes se tenaient à côté de leur homme, un foulard sur les cheveux. Elles avaient revêtu leur jupe et leur caraco, noirs, bien sûr ; des deuils, il y en avait toujours assez souvent pour leur donner l'occasion de les porter ; certaines, même, ne les quittaient plus.

Germaine, la nièce de Rivaux clouée dans un fauteuil, était empêchée d'assister aux obsèques. Quant à Appoline, peu désireuse de s'habiller de noir, de porter le col montant, de cacher ses cheveux sous un foulard et de se couvrir les bras et les jambes, elle avait fait savoir qu'elle ne pouvait laisser sa mère sans surveillance. Seul Philidor regretta son absence, même s'il savait fort bien que, de toute façon, ils n'auraient pas pu s'isoler.

Devant l'autel drapé des tentures funèbres, les deux cercueils reposaient côte à côte. Il s'en exhalait une horrible odeur de viande pourrie. D'ailleurs, les deux premiers rangs de chaises restaient vides. Même Philidor avait refusé de s'y installer, signifiant ainsi au curé, dont le regard était chargé de reproches, qu'il n'était pas de leur famille. Les Andéolaises n'hésitaient pas à garder, collé sous leur nez, un mouchoir imprégné d'eau de senteur qu'elles fabriquaient elles-mêmes avec les roses de leur jardin. Les hommes, du moins ceux qui n'étaient pas restés au bistrot, s'impatientaient. Ils n'osaient pas fumer dans l'église. Pourtant, une cigarette de tabac roulé ou encore à l'eucalyptus comme on en trouvait parfois n'aurait pas été de trop pour dissiper l'épouvantable relent qui persistait dans l'église. Malgré l'encensoir qui distribuait sa fumée à l'odeur entêtante, la puanteur gagnait en puissance de minute en minute. Le prêtre ne put faire autrement que de s'en apercevoir, lui qui se trouvait le plus mal placé, tout près des deux cercueils. Il abrégea la cérémonie, comptant se rattraper au cimetière devant les fosses qui attendaient leur locataire.

Louis Fabre n'avait pas osé se dispenser de la cérémonie. Tous savaient qu'il était un des derniers copains des défunts. Julien Dubois, lui, manquait à l'appel. Il n'avait pas fait mentir la prémonition de Blavet. Le matin même, il ne s'était pas réveillé. Il s'en était allé pendant la nuit rejoindre ses partenaires de jeu de cartes. Il y aurait très vite une autre tombe à creuser, car la famille Dubois ne possédait pas elle non plus de caveau surmonté d'un petit édifice en forme de chapelle. D'ailleurs, peu de gens réunissaient ainsi pour des années les cercueils des membres de leur famille.

En remuant la terre pour y déposer le vieux Dubois, le cantonnier, qui faisait office de fossoyeur, ferait bien de prévoir un trou plus profond s'il ne voulait pas recommencer le travail une quatrième fois, car la vieille ne tarderait pas à rejoindre son mari.

Lucien, le maire, avait pris place à côté de Philidor. Il continuait de se creuser la tête, cherchant à deviner le motif de ces meurtres, mais rien ne se présentait à son esprit. La baïonnette dont il avait eu l'ordre de ne pas révéler l'existence le convainquait que le double assassinat n'était pas le fait de maraudeurs. Une telle certitude n'apaisait nullement son souci ; il triturait son chapeau, perturbé à la simple idée que, sans doute, un de ses administrés était un assassin.

Dans le même rang de chaises plus ou moins bancales, Bastien, qui ne pouvait s'empêcher d'observer Philidor en coin, refusait ce que sa logique lui suggérait. Il avait été soulagé lorsque, une heure plus tôt, on lui avait appris la mort de Julien. *En voilà un qui ne parlera pas non plus !* avait-il soliloqué.

Bien sûr, comme à son habitude, Eusèbe s'était réfugié sur la dernière chaise au fond de l'église. S'il se sentait obligé d'assister à cette cérémonie, c'était uniquement pour soutenir Philidor qui la subissait contre son gré ; mais il n'oubliait pas que, si Antoine était à l'origine de la mort d'Honoré, il faisait aussi partie de ceux qui l'avaient fichu à poil et l'avaient ridiculisé.

Quand vint le temps de défiler devant les cercueils pour les bénir, nul ne traîna et chacun s'empressa de sortir sans demander son reste. Le corbillard transporta les cercueils des deux cousins dans leur dernière demeure. Philidor remarqua avec satisfaction que son exigence avait été respectée. Antoine n'irait pas rejoindre Alphonsine dans le caveau des Angéolas ; il occuperait plutôt un trou près de celui de son cousin.

Deux fosses d'un coup ! Le cantonnier chargé de la tâche avait protesté et s'était désaltéré à coups de bouteilles de piquette qui, sous le soleil, lui avaient échauffé le sang. Mais personne n'osa lui faire remarquer que les rectangles de terre avaient quelque peu dévié. Tous n'avaient qu'une hâte, qu'on enfouisse les cercueils et que quelques pelletées de terre absorbent l'horrible odeur de charogne qui persistait. Philidor ne sacrifia pas au rite des condoléances. Pendant l'homélie du curé, il choisit d'aller se recueillir sur la tombe qui réunissait les dépouilles de sa famille. Il fut en outre le premier à quitter le cimetière.

Quand ils avaient appris le décès de Julien, Gontard et Blavet s'étaient félicités d'être allés l'interroger la veille, car le peu qu'il avait déclaré leur donnait une piste. Contrairement à ce qu'ils avaient projeté, ils ne purent assister aux obsèques et procéder aux interrogatoires. Ils avaient fait prévenir le maire de tenir son pressoir ouvert dès le lendemain, d'y convoquer les plus proches copains des morts et de leur fournir la liste des noms de ceux qui se présenteraient.

À présent, Lucien s'empressait de passer le message dans le bistrot où tous s'étaient réunis après l'inhumation, sauf les femmes qui étaient reparties préparer le repas. Il s'assit à une table et sortit une feuille et un crayon.

—Alors, qui c'est qui va y aller en premier ? demanda-t-il à la ronde.

Un lourd silence lui répondit.

—De toute façon, va bien falloir aller raconter quelque chose ! Si personne n'obéit, vous serez tous convoqués à la gendarmerie de Mornant et ce sera tant pis pour les travaux des champs. Faudra faire la queue et ça risque de durer longtemps.

Il y eut un tollé général. De derrière son bar, François donna trois coups de poing sur le comptoir et réclama le silence.

—Ben quoi, qu'est-ce que vous risquez ? Si vous ne les avez pas tués, vous ne craignez rien. Moi, ça ne me gêne pas. J'irai en premier. J'ai aut'chose à faire que d'aller perdre mon temps à Mornant.

En dévisageant ses clients, il ajouta :

—Y a l'Albert qui a soutenu l'autre jour qu'il en sait plus long que nous et le Bastien qui n'raconte jamais grand-chose, mais qui écoute toujours en faisant semblant de rien.

—Moi ? se défendit Bastien, mal à l'aise. Pourquoi moi ?

—Y a aussi le Louis qui chie dans son froc depuis que ses copains ont été ratatinés.

Assis dans un coin, toujours loin de la table de ses anciens partenaires, Louis Fabre était pâle et la déclaration du bistrotier ne fit rien pour lui donner des couleurs. Ses mains tremblaient en tenant le verre de rouge qu'il n'arrivait pas à hisser jusqu'à ses lèvres. Il était persuadé d'être le prochain sur la liste des macchabées, même si on lui avait certifié que Julien était mort de sa belle mort. Tous les regards se tournèrent vers lui.

—C'est pas la peine de me regarder ! éructa-t-il péniblement. Trois sur quatre, c'est pas un hasard. Ça va être mon tour, et j'vois pas ce que je pourrais leur raconter, à ces fouinards, pour qu'ils me protègent.

—Te protéger de quoi ?

—De l'assassin qui court toujours !

—Si t'as rien à te reprocher, t'auras qu'à répondre à leurs questions. Après, tu viendras ici nous raconter. Pour une fois, je te paierai le coup !

Lucien se leva de sa chaise et s'adressa à tous sur un ton supérieur.

—En tant que maire du village, je me présenterai le premier. Faut dire que je commence à les connaître, ces pandores. Ils ne méritent pas la réputation que vous voulez leur faire. C'est leur travail, qu'ils font. Si l'un des vôtres avait été assassiné, vous aimeriez bien que le coupable soit retrouvé et condamné, non ? N'ayez crainte, ils ne sont pas là pour arrêter les braconniers que je connais bien et que je ne dénoncerai pas. Mais il s'agit du meurtre de deux des nôtres et, moi, je ne peux pas accepter qu'on laisse courir le salaud qui a fait ça, même si je ne connais pas ses raisons.

Ce discours fit l'effet d'un coup de tonnerre. Tous approuvèrent d'un mouvement de la tête.

—Alors, moi, j'irai tout de suite après toi, déclara François. Comme ça, je pourrai vous servir à boire à votre retour. Toi, Albert, ça sera peut-être le moment de vider ton sac et de raconter ce que, soi-disant, tu sais.

—J'verrai ! De toute façon, on ne pourra pas y échapper, et comme j'ai rien à cacher...

—Sauf ce que t'as pas voulu nous dire...

—Ça, c'est mon affaire ! Faut que je réfléchisse bien pour ne pas m'embrouiller. On les connaît, ces pandores. D'une question à l'autre, l'air de rien, ils savent vous tirer les vers du nez !

François ricana.

—En tout cas… ceux qui grouillent dans le nez d'Antoine et d'Ernest !

Le maire se fâcha.

—Tu pourrais au moins respecter les morts !

Contre toute attente, Philidor et Eusèbe apparurent, un peu déconcertés par l'étrange silence qui retomba dans le bistrot à leur entrée.

—Tu nous sers un verre, François ? Il fait chaud, dehors.

Le maire s'adressa à lui.

—J'annonçais avant que tu entres que tous les proches des morts doivent se présenter aux gendarmes, demain ou un peu plus tard. Tu iras, toi ?

—Pourquoi pas ? Mais uniquement quand ils m'appelleront. De toute façon, je ne pense pas que je puisse y échapper. Pour ce que je vais avoir à leur dire, ce sera rapide !

Il ne put s'empêcher d'intercepter le regard de connivence que s'échangèrent le bistrotier et Albert, qui étaient présents lors de l'altercation entre lui et Antoine. Il éprouva une inquiétude fugace. Quelle folie avait été la sienne de croire que leur affrontement était passé inaperçu ! Il fallait donc qu'il couvre ses arrières pour ne pas se trouver dans l'embarras quand les gendarmes le lui rappelleraient. Il était certain qu'au moins un de ceux qui avaient été témoins de leur dispute ne se priverait pas de le signaler. Ne voulant pas semer de doute sur son attitude, il s'assit avec Eusèbe et but son verre, que s'empressa de renouveler le maire.

—Tu vas y aller, chez le notaire ?

—Tant qu'il ne me fait pas signe, je ne vois pas pourquoi j'irais. Je te l'ai dit, je ne suis pas intéressé par ce que Grillet aurait pu avoir eu l'idée de me laisser. Il n'était pas mon grand-père.

—Oui, mais il était l'époux de ta grand-mère.

—Et après ! Qui dit qu'ils n'ont pas tout laissé à la famille de Rivaux ? Si je me souviens bien, le cousin avait parlé d'une sœur.

Aussitôt, il s'en voulut d'avoir fait cette réflexion. Il ne tenait pas à mêler Appoline à cette histoire, ni de près ni de loin.

—Oui, répondit Lucien, la sœur est décédée, mais elle avait une fille qui elle-même a une fille. Elles ont quitté Mornant voilà quelques années ! On ne sait pas vraiment où elles sont.

—Le notaire, lui, les retrouvera bien. Même qu'elles pourraient bien apparaître, pour peu qu'il y ait quelque chose à glaner.

—T'as raison, chacun son travail. En revanche, une idée m'est venue. Si toutefois tu avais un petit quelque chose et que tu en faisais don à la commune comme tu me l'as suggéré l'autre jour…

—Eh bien quoi ?

—Je me suis rendu compte que ces deux-là étaient pratiquement les derniers survivants du carnage qui a eu lieu au village en 1817.

—Tu parles de l'histoire du soulèvement dans les campagnes ?

—Oui. Les guillotinés, les pendus, une horreur que personne n'a oubliée.

Philidor ressentit comme une décharge dans tout son corps.

—Au conseil municipal, quelques-uns voudraient bien qu'on leur dédie une plaque ou un monument en souvenir, d'autant qu'ils ont surtout été victimes des gardes nationaux de Mornant. L'aide qu'ils attendaient des hommes des autres communes n'est pas venue. Leurs descendants au village estiment qu'ils ont été injustement condamnés et qu'ils ont été victimes de la Terreur blanche. On pourrait les rappeler à notre mémoire.

—C'est vieux, tout ça ! Crois-tu que ce serait bon, de ranimer la guerre entre Mornant et Saint-Andéol ?

—Elle n'a jamais cessé ! C'est, comme qui dirait, ancestral. Bon, ce n'est pas encore fait, mais on pourrait l'envisager. J'ai pensé que, si tu participais, tu serais content que l'Honoré ait son nom gravé dans la pierre.

—Une stèle à leur mémoire... J'en avais entendu parler... Curieux que tu évoques ça aujourd'hui !

—Un monument, ça donne lieu à des cérémonies, ça invite au respect des morts. En même temps, pourquoi ne pas rendre hommage à ceux-là qui voulaient défendre leurs biens et refusaient le joug du gouvernement en place, lequel s'engraissait sur leur dos ?

—Sans doute, mais, de tous ceux qui sont morts depuis, il ne devrait pas y en avoir tant que ça à mériter cet honneur.

Le maire se pencha vers son oreille et baissa la voix :

—Tu ne devrais pas dire ça trop fort. On ne sait jamais !

—Pourquoi ?

—Comme ça... Surtout en ce moment.

Philidor haussa les épaules et fit signe à Eusèbe de se lever. Tous deux partirent sans saluer et s'éloignèrent sans échanger aucune parole. Une étrange sensation enveloppait le jeune vigneron, comme un danger qui rôdait autour de lui, impalpable, mais stagnant. Contrarié, il pressait le pas, mettant de la distance entre Eusèbe et lui.

—Ho ! gamin, pourquoi tu cours comme si t'avais le diable au cul ?

Philidor ralentit et le laissa remonter jusqu'à lui. Le vieux *pati* secoua la tête, comme accablé.

—T'as rien à craindre des gendarmes, hein ? Alors, faut pas t'inquiéter.

—Je ne m'inquiète pas, mais, s'ils ne sont pas finauds,

les gendarmes, ils vont foncer droit sur moi. Toute cette histoire juste après mon altercation…

—Pourquoi tu les aurais tués, dis ? Rien ne prouve que c'était pas des maraudeurs !

—Apparemment, l'argent n'a pas disparu.

—P't'être que quelque chose les a empêchés de mettre la main dessus. Après tout, on n'sait pas ce qui s'est passé, après notre départ. Les vieux, ils ont la colère facile quand ils boivent trop. Si ça s'trouve y en a un qui leur a réglé leur compte pour trois fois rien.

—Trois fois rien ! T'as raison ; j'irai parler aux gendarmes et on verra bien !

21

Interrogatoires

Dans le village, les suppositions allaient bon train ; qui avait poignardé les deux cousins et surtout pourquoi ? Un nom prononcé à voix basse circulait, pour l'accuser ou tout aussitôt le disculper.

Incapable d'une part de se remettre à la fabrication du feutre, Philidor n'osait plus d'autre part rendre visite à ses vignes de peur de découvrir d'autres rangées infestées. Malgré les paroles rassurantes d'Eusèbe, qui optait pour un crime de maraudeurs, il n'était pas tranquille. Sans l'avouer au brave homme, il était inquiet des conclusions auxquelles aboutirait l'enquête. Les gendarmes suivraient-ils cette piste ? Lui-même n'y croyait guère. Si Bastien avait eu des doutes quant à son implication, pourquoi n'en auraient-ils pas, eux ?

Cependant, un terrible soupçon le taraudait. Une personne qu'il connaissait tirerait certainement avantage de la mort des deux cousins, mais il refusait de s'attarder à cette hypothèse. Mais cette pensée l'obsédait et le dérangeait. Sans cesse, il cherchait à se convaincre que cette personne était innocente. Pour tuer deux hommes, il fallait avoir du sang-froid ou ne pas agir seul. Quelqu'un avait-il été embauché pour trucider les deux vieux ?

Julien, quant à lui, serait inhumé le lendemain. Pas question de retarder la cérémonie. Depuis le matin, le fossoyeur ronchonnait. On l'avait privé de sa bouteille et cette tombe-ci ne dévierait pas de dix centimètres. Une fois de plus, Philidor ne pourrait éviter d'assister à l'enterrement avec les autres.

Il tressaillit en songeant que, la veille même de son décès, les gendarmes étaient allés interroger Dubois. Sa femme avait confié la chose à sa cousine, qui l'avait répétée à sa voisine et, bien entendu, la nouvelle avait vite fait le tour du village. Pour un peu, Philidor aurait pu croiser les deux pandores lorsqu'il avait voulu aller voir le vieillard. Heureusement, il avait fait demi-tour à temps. Il devrait tout de même se présenter devant eux comme les autres et répondre à leurs questions, qui ne seraient pas anodines, il en était persuadé. Car, contrairement à ce que croyaient certains, il ne prenait pas les enquêteurs pour des imbéciles. Le grand au nez crochu et au regard acéré avait fait ses preuves.

Gontard et Blavet s'installèrent dans le pressoir, transformé en salle d'interrogatoire. Blavet jeta un regard ravi sur la bouteille de vin, cadeau du maire à leur attention, alors que l'adjudant avait réclamé une carafe d'eau. Une assiette entourée d'un torchon laissait augurer quelques délices pour un appétissant arrêt casse-croûte.

Comme il l'avait annoncé, Lucien se présenta respectueusement le premier pour répondre aux questions des deux enquêteurs. Il s'installa en face d'eux et attendit que Gontard ait pris le temps de réfléchir.

—À votre avis, qui avait des raisons d'en vouloir à ces deux hommes ?

—Je l'ignore, mon adjudant. C'était deux forts en gueule, certes, mais, depuis une bonne dizaine d'années que je les connais en tant que maire, je n'ai jamais pu soupçonner que quelqu'un aurait souhaité leur mort ! Ils menaient une vie sans histoire, ils ne fréquentaient pratiquement personne sauf au bistrot et ne parlaient de leur passé que rarement, et seulement quand ils avaient un coup dans le nez. Mais les vieilles histoires qu'ils racontaient n'intéressaient plus personne.

—Vous faites allusion aux événements de 1817 ?

—Oui, et c'est curieux qu'on en parle en ce moment. C'est sans doute parce qu'on prévoit élever une stèle en souvenir de ceux qui ont été lâchement assassinés. Aussi, peut-être la guerre que mène la France à l'Autriche ravive-t-elle le souvenir de certaines morts glorieuses.

—Mais, d'après ce que j'en ai entendu dire, il y a eu beaucoup de pendaisons, à l'époque.

—Il y a eu davantage de guillotinés, reprit le maire. Les pendaisons, ça a été quand la guillotine était déjà repartie ailleurs.

—Vous avez l'intention d'inscrire tous les noms sur cette stèle.

—Non, beaucoup venaient d'autres villages. Nous honorerons les insurgés de Saint-Andéol-le-Château, ceux qui ont mené la révolte ou qui ont été vendus par des traîtres.

Il nomma brièvement les noms retenus. L'un d'eux fit sursauter l'adjudant.

—Vous avez cité Angéolas, Honoré Angéolas ? C'est un nom courant, dans le village ?

—Non, pas spécialement, mais, plus que les autres, celui-là a soulevé la compassion.

—Pourquoi ?

—Sa femme a assisté à sa pendaison et elle a accouché le soir même. Son gamin, le Désiré, n'a jamais connu son père. Des bruits de trahison ont couru. Rares étaient ceux qui connaissaient la cachette d'Honoré. Les gardes nationaux n'auraient jamais dû le trouver. À raison, on a supposé que quelqu'un l'avait dénoncé.

Gontard agita le menton. La version de Blavet s'étoffait inéluctablement, même si ça ne faisait pas son affaire. Il devait envisager la possibilité d'une vengeance. Mais de qui et pourquoi ? Surtout, pourquoi si longtemps après les événements ?

—Angéolas, c'est bien le nom de celui qui a organisé les obsèques, n'est-ce pas ? reprit-il.

—Absolument.

—A-t-il un quelconque intérêt dans la succession des deux hommes ?

—Non. Il me l'a encore confirmé hier, il ne veut rien de Grillet.

—Je comprends. Si mes souvenirs sont exacts, vous aviez précisé qu'en fait Grillet était le second mari de sa grand-mère.

—Il l'a épousée trois ans après l'exécution d'Honoré. Une femme seule avec un marmot, on peut comprendre. Mais Alphonsine se débrouillait bien sans mari. Elle l'a fait patienter deux ans avant d'accepter.

—Il était pressé ?

—Faut croire. Il faut reconnaître qu'elle était une très belle femme. Personne n'ignorait que, depuis quelques années, Grillet avait des vues sur elle. Mais Alphonsine ne jurait que par son Honoré, qui était jeune, mais déjà rude en affaires. Il n'avait qu'une idée en tête, acheter de la vigne, pas toujours de la bonne façon.

—C'est-à-dire ?

Le maire s'agita sur sa chaise.

—C'est ce que j'ai entendu dire, hein, mais les jaloux… Honoré profitait de la détresse de quelques-uns pour leur racheter leurs vignes, surtout celles situées vers le Béry ?

—Comme celles de Julien ?

—Dans le même coin. Ce sont les meilleures et la plupart n'étaient que des petites parcelles de cinq ou six hommées[1]. Ce n'était pas de quoi s'enrichir à vendre du vin, mais on pouvait en produire du meilleur, si on savait s'y prendre. Et l'Honoré, les vignes, le vin, c'était sa passion. Mais il était très estimé, pas querelleur, dur au travail. Il donnait volontiers la main aux autres quand il le pouvait.

1. Travail d'une journée pour un vigneron.

—Pas toujours de la bonne façon, vous dites ? Pourquoi ? Il aurait contraint des gens à lui vendre leur bien ?

—Moi, je l'ignore. La réussite suscite toujours des jalousies !

L'adjudant leva une main.

—D'accord, mais, au fond, ce n'est pas la mort d'Angéolas qui nous intéresse, c'est celle de Grillet. Avait-il de bonnes vignes, le vieux ?

—Oui, de bien belles, à ce qu'on disait. Mais son métier de bourrelier l'occupait assez… Enfin, c'est vrai que je n'ai jamais évoqué ses vignes avec lui, plutôt son travail du cuir.

—Aurait-il, lui aussi, forcé la main de quelques-uns pour agrandir son patrimoine ? Aurait-il procuré à certains des motifs de vengeance à retardement ?

—Oh ! je ne crois pas. Je n'ai jamais entendu dire que les descendants de ceux qui avaient vendu aimeraient récupérer quoi que ce soit.

—Sans doute avez-vous raison, mais… on peut toujours vérifier ! Pourriez-vous rechercher sur un ancien cadastre les vignobles existants au début du siècle et retracer ceux qui ont changé de propriétaire ? On trouvera peut-être un mécontent.

—Le notaire serait sûrement en mesure de vous renseigner, puisque tous les actes de vente sont enregistrés. Il ne doit pas y en avoir eu tant que ça.

—Avec qui donc Grillet aurait-il eu maille à partir ?

Le maire haussa les épaules.

—Je ne vois pas. Bon, on sait bien qu'entre lui et Désiré, le fils de sa femme, c'était pas le grand amour. Quand Grillet a marié l'Alphonsine, il a hérité du gamin. Il n'était pas tendre avec lui, c'était connu. À la mort d'Alphonsine, Grillet a compris qu'il valait mieux pour lui aller habiter ailleurs. C'est là qu'il a acheté la maison où vous êtes allés perquisitionner.

—Désiré ? Désiré Angéolas, le père de Philidor ? Il le haïssait à ce point ? demanda Gontard qui, déjà, voyait poindre le nez d'un assassin.

—Je ne crois pas qu'il le haïssait, mais il ne le portait pas dans son cœur, ça non ! Ceci dit, Désiré, vous ne pourrez pas l'interroger, il est mort quelques jours après sa femme, la gentille Sidonie. Ce n'était pas un homme à se venger de quoi que ce soit. Je peux même affirmer qu'il était très apprécié de tous les gens du village. Généreux, il avait recueilli Eusèbe, un errant, un malheureux qui courait de région en région pour gagner son pain du jour. Un matin, il s'est posé chez Désiré et Sidonie, et il y est resté. Depuis la mort de Désiré, il fait presque partie de la famille. Il considère Philidor comme son enfant et il travaille pour lui.

Trois noms tournaient dans la tête de l'adjudant : Grillet, Désiré et Philidor. Le maire interrompit ses pensées.

—Philidor a imité son père. Grillet d'un côté, lui et Eusèbe de l'autre. Ils ne se fréquentaient pas. Mais c'est vrai que, il y a quelque temps, quelque chose a dû se passer entre eux. Faut dire que le phylloxéra a semé l'inquiétude chez les vignerons. Tout le monde est soucieux, Philidor plus que les autres, et, si j'ai bien compris, Grillet l'asticotait. À croire qu'il souhaitait la mort de ses vignes ! Philidor, ça le fichait en rogne.

—Très bien. Nous entendrons aussi ce Philidor. Héritier ou pas, peut-être aura-t-il des choses à nous dire. Quant à mettre le notaire à contribution, c'est une excellente idée. On cherchera quelles vignes Grillet aurait pu extorquer. Après tout, c'est une piste comme une autre.

—Le notaire, je peux le contacter pour vous, si ça vous arrange. Bien sûr, le cabinet se trouve à Mornant, mais je dois y aller demain. C'est près de chez vous, mais…

—Encore une autre excellente idée, cela nous fera gagner du temps et, au besoin, nous pourrons facilement faire confirmer les informations. Maintenant, que savez-vous au sujet d'Ernest Rivaux ?

—Il n'était pas du village. Sa famille habitait Mornant. Sa mère et celle de Grillet étaient sœurs.

—Du village des ennemis des Andéolais ? jeta Blavet sur le ton de la plaisanterie.

Lucien se rembrunit.

—Vous ne croyez pas si bien dire ! Rivaux faisait effectivement partie des gardes nationaux qui sont intervenus dans l'arrestation des insurgés. Il a été reconnu justement parce qu'on le voyait souvent avec son cousin. Pendant quelques années, il a presque disparu, surtout après les pendaisons. Je vous le dis, la rancune est tenace entre nos deux villages. Mais on ne pouvait pas empêcher les deux cousins de se fréquenter. Comme Rivaux savait qu'il n'était pas le bienvenu chez nous, ils se voyaient ailleurs. Un jour, pas mal d'années après… tiens, quand l'Antoine s'est installé dans sa maison après la mort d'Alphonsine, il a débarqué ici et il est resté. On a fini par oublier qui il était et il s'est intégré aux gens. C'est vrai qu'il ne *la ramenait* [1] pas trop, mais le Grillet aboyait pour deux !

—Qu'est-ce qu'on lui reprochait ?

—Justement le plus grave, d'être de Mornant et d'avoir fait partie des gardes nationaux !

Gontard plissa les yeux. Ce détail l'intéressait beaucoup. Il s'adressa à Blavet.

—Retenons le mobile d'une vengeance pour une spoliation de vignes ou pour une autre raison. Ça fera toujours un début de piste, même si, tant d'années après, cela me semble peu envisageable. Cette histoire de Rivaux et des gardes nationaux, ça fait plus de cinquante ans. N'empêche que Philidor n'hésiterait toujours pas à refuser un don de Grillet. Bizarre, quand même !

Lucien remua sur sa chaise, mal à l'aise, sentant que le gendarme s'était déjà fait une opinion.

—Je vous l'ai dit, il le détestait. C'était une aversion, comme qui dirait, de père en fils.

1. La ramener : faire son intéressant.

—Au point de l'assassiner ?

Il leva les bras en guise de protestation.

—Grands dieux, non ! Quel intérêt aurait-il eu à les tuer ? Et qui sait si ce n'était pas le cousin, l'Ernest, qui était visé ? Lui, il n'avait rien à voir avec les vignes !

—Juste ! L'assassin a certainement été surpris de les trouver tous les deux dans la maison.

—Bien sûr, bien sûr !

—Ce Philidor, vous l'avez averti qu'il doit se présenter ?

—Oui, et il le fera. Mais avant, y a le cabaretier qui voudrait faire sa déposition et aussi l'Albert. Celui-là, il aura sûrement des choses à dire. Pour le Julien, c'est foutu !

—Ce n'est pas grave. On l'avait interrogé la veille !

—Ah, je ne savais pas ! Bien sûr, il reste Louis Fabre. C'était leur partenaire aux cartes.

—On les entendra tous, et même d'autres s'il le faut. Nous vous remercions. Vous pouvez disposer. Laissez-nous récapituler une petite demi-heure et envoyez-nous le suivant.

Lucien salua et prit la direction du bistrot, où tous l'attendaient.

22

Duo-duel

Si Appoline n'avait pas jugé bon d'assister aux obsèques de ses deux grands-oncles, elle n'était pas restée à Givors pour autant, comme le supposait Philidor. Désireuse de plaire encore davantage et voulant en même temps ménager ses économies, elle avait décidé d'aller rendre visite à Marguerite. Rosette lui avait confirmé que son ancienne camarade de classe avait pris la suite de sa mère dans la fabrication de chapeaux.

Alors que les Andéolais se pinçaient le nez parmi les remugles dégagés par les corps putréfiés des deux cousins, elle se dirigea d'un pas alerte vers Chassagny. Elle ne tarda pas à maudire ses fines chaussures de ville qui, sur la route terreuse et parfois caillouteuse, lui échauffaient les orteils. Elle s'arrêta deux fois pour enfouir ses pieds dans l'herbe fraîche des talus ombragés par les arbres qui bordaient les champs. Ces inconvénients ne suffisaient pas à la dissuader d'aller négocier le prix d'un nouveau chapeau, mais elle soupira d'aise en rejoignant la grand-route. Le soleil tapait toujours autant quand elle emprunta le chemin qui menait à la maison de la modiste. Bien sûr, elle arrivait à l'improviste, pensant qu'un commerçant, quel qu'il soit, se devait d'être toujours disponible.

Pour Marguerite, ce n'était pas le jour idéal pour recevoir la visite d'une cliente. Malgré la chaleur, elle s'était attelée à la fabrication de trois chapeaux, se réservant leur habillage pour un autre jour. Ruisselante de transpiration, les cheveux collés au cou, rouge comme une écrevisse au sortir de la marmite, elle ne fut pas peu surprise de voir débarquer Appoline, vêtue comme un jour de fête, à croire que les kilomètres sous le soleil ne lui faisaient pas peur. Cependant, elle ne manqua pas d'observer que ses chaussures coupées dans un beau cuir souple avaient souffert dans la poussière des chemins.

Appoline la détailla avec un brin de hauteur en constatant sa mise et son allure. Marguerite, pour sa part, se sentit encore plus laide qu'elle ne l'imaginait devant cette gravure de mode comme elle avait eu l'occasion d'en voir en livrant ses chapeaux. Avec sa jupe de léger coton imprimé et son corsage de dentelle, Appoline symbolisait la femme séduisante qu'elle aurait bien aimé incarner si elle avait eu un autre métier et si elle avait habité une ville plutôt qu'un village de campagne. Oh, elle ne désirait nullement plaire à tout le monde, mais elle rêvait d'attirer sur elle le regard de Philidor s'il assistait à la messe le prochain dimanche, ce qu'il faisait rarement. Elle reconnaissait que, lorsqu'il faisait ses livraisons de capades, elle n'était pas toujours à son avantage.

Malgré le retard que prendrait son travail, elle fit contre mauvaise fortune bon cœur.

—Appoline ! Si je m'attendais ! s'exclama-t-elle.

La visiteuse étala devant elle un large sourire. Elle n'avait pas manqué de remarquer que son apparition avait suscité l'admiration de Marguerite.

—Ah, toi, au moins, tu m'as tout de suite reconnue !

—Pourquoi ? Les Mornantais t'avaient oubliée, depuis ton départ du village ?

Appoline haussa les épaules. Tirant sans en demander la permission une chaise de l'atelier de Marguerite, elle alla s'installer sous l'arbre de la cour, dans l'espoir qu'un petit vent viendrait la rafraîchir.

—Non, pas les Mornantais. À vrai dire, je n'en ai guère rencontré. Je fais allusion aux gens de Saint-Andéol !

—Tu sais bien que les Andéolais et les Mornantais ne cherchent pas particulièrement à se tenir compagnie ! Mais qui connais-tu parmi eux ?

Appoline laissa échapper un petit rire.

—J'en connais au moins un, à part mes deux oncles qui ont été assassinés !

Marguerite sursauta.

—Tu parles des cousins qui ont été enterrés ? As-tu assisté à leurs obsèques, au moins ?

Appoline haussa les épaules.

—Penses-tu ? De vieux grigous dont l'un n'était même pas capable d'un geste de générosité envers sa nièce, ma mère, qui est tant percluse de douleurs qu'elle ne se déplace même plus !

—Je suis désolée pour Germaine. Je ne savais pas ! Mais de qui parles-tu ? Je ne me souviens pas que tu aies eu des camarades d'école à Saint-Andéol.

—Pas des camarades d'école, mais des connaissances tout de même, juste avant d'être embauchée à Givors. Même si j'étais plus jeune que la plupart, ça ne m'empêchait pas d'aller danser sur la place de Mornant.

—Ça ne me dit toujours pas de qui tu parles. Qui est-ce ?

Appoline darda sur elle des yeux brillants.

—Un beau gars et, crois-moi, sa surprise a été aussi grande que la mienne quand nous nous sommes rencontrés l'autre jour, alors qu'il parcourait ses vignes !

Marguerite sentit les battements de son cœur s'accélérer. Elle n'en connaissait qu'un qui pût correspondre à cette description, Philidor, son Philidor.

—Tu connais Philidor ?

Pour le coup, Appoline éclata de rire et déclara sur un ton coquin qui ne laissait aucun doute sur la signification de ses paroles :

—Ça, pour le connaître, je le connais. Je ne me souvenais pas qu'il était aussi séduisant et aussi, comment dire…

Elle se trémoussa d'une manière suggestive.

—Enfin, tu comprends ? Je ne dois pas être la seule fille à avoir apprécié ses performances. Et je ne parle pas de ses talents de viticulteur !

On ne pouvait être plus clair, mais Marguerite mentit délibérément.

—Non, je ne comprends pas ! Si tu fais allusion à son pouvoir de séduction, je n'ai jamais entendu dire jusqu'à présent qu'il ait séduit qui que ce soit dans un de nos deux villages. Je le connais bien et je sais que, étant donné les soucis qu'il a en ce moment, il est loin d'avoir de telles idées en tête ! Depuis quelque temps, je pense même qu'il fuit toute compagnie !

—Eh bien, pas la mienne, en tout cas. Sans doute ai-je su les lui faire oublier, ses soucis, ne serait-ce qu'une heure ou deux !

Chacun des mots de la visiteuse blessait profondément Marguerite. Pourtant, elle ne pouvait rien reprocher à Philidor. Il ne lui devait rien. S'il se doutait de ses sentiments à son égard, il prenait bien soin de les ignorer officiellement.

—Ce n'est pas un coureur de jupons !

—Pourtant, il sait bien les trousser, crois-moi !

Appoline se souvint que Mathilde Lepuits et Désiré Angéolas avaient travaillé ensemble à la fabrication du feutre et des chapeaux ; leurs enfants avaient probablement pris la relève. Fine mouche, elle sentit dans le ton de Marguerite la contrariété qui la perturbait.

—Serais-tu amoureuse de lui, par hasard ? demanda-t-elle sournoisement. Car je vois bien que tu n'es toujours pas mariée.

Marguerite passa du rouge au blanc. Cela se voyait-il tant que ça, qu'elle se morfondait d'amour pour lui ? Appoline ne la quittait pas des yeux. Méchamment, elle remua le couteau dans la plaie.

—À te voir, ça m'en a tout l'air ! Ne t'inquiète pas, je n'ai pas du tout comme projet de me faire épouser, mais un peu de plaisir de temps à autre n'est pas interdit. Tu sais, s'il ne s'intéresse pas à toi, s'il ne s'est toujours pas déclaré, sans doute faudrait-il que tu l'aides un peu. Les garçons ne voient jamais plus loin que le bout de leur nez. Un beau gars comme lui, il faut le harponner et, une fois qu'il est bien ferré, tout faire pour qu'il n'ait pas envie d'aller courir ailleurs. Autre chose, même s'ils ne le disent pas, les hommes sont sensibles à notre mise. Ce n'est pas en haillons qu'on leur donne envie !

Cette réflexion piqua Marguerite, elle qui n'avait pas manqué de remarquer que, depuis son arrivée, Appoline la détaillait d'un œil plutôt méprisant.

—Si tu parles de ma tenue de travail, je te rassure, je ne suis pas aussi mal fagotée en dehors de mon atelier !

—Je ne dis pas, mais on sait bien qu'à la campagne…

Marguerite lui coupa sèchement la parole.

—Quand elles s'annoncent, je reçois mes clientes d'une tout autre façon.

L'autre encaissa le reproche.

—C'est vrai, tu me pardonneras, mais j'avais tant envie de m'offrir un nouveau chapeau et, comme je ne resterai pas très longtemps…

Mais Marguerite n'était plus guère d'humeur à poursuivre cet échange. Elle ne rêvait que d'une chose, que cette fille déguerpisse au plus vite. Elle n'était venue que pour la narguer, non pour acheter un chapeau qu'elle aurait bien refusé de lui vendre ! Elle se sentit l'âme vengeresse et, pour soulager quelque peu sa rage, elle répliqua d'une voix cinglante :

—Ton passe-temps ne regarde que toi. Philidor n'est pas un poisson à prendre dans des filets, encore moins une baleine, pour qu'on le harponne. Il ne se laissera prendre que s'il le veut bien ! Apparemment, toi, tu excelles dans l'art de la pêche aux grosses proies ! Tu fais ce que tu veux, tout comme Philidor, qui est libre d'organiser sa vie comme il l'entend. Comme tu le penses si bien, il ne m'a fait aucune promesse et, si cela lui plaît de te rouler dans l'herbe, pourquoi pas ! Les filles faciles ne courent pas les rues, à Mornant comme à Saint-Andéol. S'il a pu satisfaire ses besoins avec toi, c'est tant mieux ! Ça lui aura évité d'aller chercher une fille en ville ! En effet, j'aime Philidor et je suis certaine qu'il nourrit les mêmes sentiments à mon égard, même s'il ne les a pas encore avoués. Je sais aussi que le désastre qui se propage dans ses vignes le désespère terriblement et l'empêche de se déclarer. Mais rien ne presse, je peux attendre, car j'ai foi en son amour.

Appoline reçut cette réflexion en plein visage. Elle ne s'était pas trompée, Marguerite aimait Philidor. Au fond, peu lui importait. Elle ne renoncerait pas pour autant à quelques autres rencontres. Si Marguerite était trop timorée ou pas assez audacieuse pour s'imposer, c'était son affaire.

Soulagée par la flèche qu'elle avait envoyée à cette mijaurée, Marguerite se sentit plus calme. Elle respira à fond et demanda sur un ton plus neutre :

—Tu désires m'acheter un chapeau, m'as-tu dit ?

Appoline sauta sur l'occasion pour rétablir la paix. Après tout, c'était elle qui avait besoin de Marguerite, pas le contraire. Elle se foula d'un compliment qu'elle pensait réellement.

—En effet, ta réputation de modiste est connue jusqu'à Givors et je me disais que, de pouvoir en choisir un sur place…

—J'ai de très bons clients, même à Lyon. Mais tu voudras bien me laisser le temps de me changer. Comme tu me l'as si bien fait remarquer, je ne suis guère en tenue pour recevoir et je déteste présenter ma collection de cette façon.

—Je t'en prie, fais donc ! Mais ne tarde pas trop, je dois m'en retourner bientôt.

Marguerite s'esquiva et se jura de la faire poireauter autant que possible. Si vraiment elle voulait parer ses beaux cheveux auburn d'une des coiffures auxquelles elle consacrait tant d'heures de travail, il faudrait qu'elle la mérite. Elle ne craignait nullement que cette cliente fortuite reparte bredouille. Elle était même certaine qu'elle choisirait le petit chapeau rond garni de rubans et de dentelles vertes qui s'harmoniseraient parfaitement avec la couleur de ses yeux émeraude. Peut-être même se laisserait-elle tenter par un deuxième. Elle prit donc le temps de se rafraîchir et de passer une jolie robe légère imprimée de fleurs. Elle ramassa soigneusement ses cheveux en un chignon boule qui dégageait son visage et lui seyait fort bien. Un coup d'œil à son miroir la rassura ; en cette minute, elle était aussi belle, sinon davantage, que cette peste d'Appoline. *Quel dommage que Philidor ne soit pas là pour m'admirer !* songea-t-elle.

23

Le premier têmoin

Questionné par les consommateurs qui éclusaient pour faire passer le temps, le maire se garda de révéler quoi que ce soit. François, le cabaretier, se présenta une bonne demi-heure plus tard au pressoir. Il fit un salut quasi militaire et attendit qu'on lui désigne la chaise en face du bureau. Gontard l'examina. Grand et costaud, il avait un buste large. Posée sur un cou assez court, sa tête donnait l'impression d'être enfoncée dans ses épaules. Il n'avait sûrement besoin de personne pour jeter dehors un consommateur importun.

—Je m'appelle François Devert, j'ai quarante-cinq ans, je suis propriétaire du café qui appartenait à mon père.

—Vous avez donc toujours connu messieurs Grillet et Rivaux.

—Bien sûr ! Ils étaient de bons clients.

—Que pouvez-vous dire à leur sujet ?

—Ma foi… que Grillet était un bon bourrelier, mais qu'il ne travaillait plus le cuir depuis un bon bout de temps. Il a toujours gardé ses vignes qui étaient d'un bon rapport, mais il n'y a jamais travaillé autant que sa femme dans les siennes.

—Pourquoi ? Ils avaient chacun leurs vignes ?

—En effet. Alphonsine tenait les siennes de son premier

mari. Elle y passait plus de temps que dans l'usine de feutre. Après la mort de son mari, elle a dû embaucher pour les vendanges. C'était une forte femme !

—Grillet ne participait pas ! Curieux ! Ma foi, était-il querelleur ?

—Pas plus que les autres, sauf quand il se laissait aller à la bouteille. Il fichait la paix à tout le monde et menait sa vie avec son cousin. Il vivait sans chercher de noises à quiconque, mais il aimait bien se moquer des autres, comme l'autre jour.

—Quel jour ?

—La semaine dernière. Il *s'est pris de bec* avec le Philidor, ou plutôt ce serait le contraire. J'ai bien cru que ça allait mal tourner. J'ai même pensé que je devrais intervenir. Mais le gamin est reparti. Il était furieux. Les trois vieux se sont gaussés de lui un bon moment.

Gontard tressaillit.

—Philidor Angéolas, n'est-ce pas ?

—Oui.

—Pourquoi se sont-ils disputés ?

—À cause des vignes ! Vous avez bien vu comme elles sont atteintes ! Le Philidor tient plus que tout aux siennes, surtout celles qui lui viennent de son grand-père, les vignes d'Honoré, comme on les appelle. C'est pas rien, dans sa bouche ! Et Grillet en était presque arrivé à souhaiter qu'elles crèvent comme les autres. Le Philidor, ça lui a foutu la rage !

—Il ne possède pas que les vignes de son grand-père ?

—Non, aussi celles que Désiré, son père, lui a léguées. Mais elles sont moins belles que celles d'Honoré. Sûr, je crois qu'il les perdra tout comme les autres, mais, pour l'instant, celles d'Honoré ont l'air de tenir le coup et Philidor s'y accroche. Il va les inspecter tous les jours.

—Je vois. Tous deux ont un lien de famille...

—Faut surtout ne pas dire ça à Philidor. Son père en a bavé avec Grillet quand il a épousé sa mère. C'est la raison pour laquelle ils ne se sont jamais fréquentés.

—Désiré se disputait avec lui ?

—Non, jamais ! Du moins, je ne l'ai jamais entendu dire. C'était chacun chez soi et Dieu pour tous, comme on dit. Ils s'ignoraient. En revanche, les cousins n'étaient pas très gentils avec le *lièvrebécu.* Ils se moquaient souvent de lui et, ça, Désiré ne le supportait pas.

Gontard fronça les sourcils.

—Le *lièvrebécu* ?

François Devert éclata de rire.

—C'est le surnom que les gens lui ont donné quand il est arrivé au village, à cause de son bec-de-lièvre et de ses cheveux devenus gris très tôt, comme les poils de lapin. Ça lui est resté. C'était pas vraiment méchant, mais c'est comme ça !

—Ah, je comprends. Le *lièvrebécu,* c'est Eusèbe, celui qui vit chez Philidor Angéolas.

—Oui, il y est depuis le jour où Désiré l'a recueilli, y a de ça entre cinquante et soixante ans, on ne sait plus trop. Il est un peu bancal, légèrement simplet, mais pas idiot. Il sait lire et écrire mieux que la plupart des gens du village. Pas fainéant, il ramasse des peaux de lapin dans les campagnes et travaille dans les vignes.

—Je vois. Il est violent ?

—Pas du tout ! Il évite tout le monde. On ne le voit pratiquement jamais, dans mon bistrot, je veux dire. On le croise dans la campagne et, souvent, comme il s'exprime avec difficulté, il fait un détour pour ne rencontrer personne. Il n'y a que Philidor qui le comprend bien.

—Maintenant, d'Ernest Rivaux, que pouvez-vous dire, à part qu'il vit chez son cousin depuis des années ?

Devert eut un instant d'hésitation qui n'échappa pas à Émilien.

—Rien de spécial. Je sais qu'il habitait une maison du côté de Mornant. Il possédait un champ de céréales entre Mornant et Saint-Andéol et une pâture qu'il louait à un fermier pour ses vaches. Il ne se faisait pas remarquer, mais on l'a toujours connu.

—Je vous remercie.

Émilien entendit sonner la demie de dix heures au clocher.

—Vous direz au maire que nous reprendrons les interrogatoires demain matin.

—Demain, on enterre le Julien Dubois !

—Ah oui ? Ce sera donc reporté à après-demain, car nous serons pris ailleurs.

—Entendu, mon adjudant !

Devert sortit et se dirigea vers son bistrot d'un pas rapide. Il savait qu'on l'y attendait avec impatience. À son entrée, un ah ! retentissant l'accueillit.

—Alors, qu'est-ce qu'ils t'ont demandé, les pandores ?

Devert haussa les épaules :

—Ce qu'ils vous demanderont, et pas demain, mais après-demain, puisque demain c'est le tour de Julien d'aller se faire bouffer par les asticots !

Gontard repoussa au bord de la table le cahier dans lequel Blavet avait noté les informations recueillies. Il se leva et, à la grande satisfaction de son adjoint, alla quérir la bouteille et le torchon, généreux dons du maire. En dépliant le linge, il découvrit, avec le saucisson et le pain, une grosse tranche de terrine de tête de cochon. Il émit un sifflement admiratif.

—On va se casser une sacrée bonne croûte ! Mais ça m'empêchera pas d'honorer le repas de Césarine.

—Ni moi de déguster celui du restaurant sur la place des Terreaux.

—La cuisine est bonne ?

—La cuisinière me plaît beaucoup et c'est meilleur que ce que je prépare. Elle est très appétissante !

—La cuisine ?

—Non, la cuisinière !

Émilien sourit et déboucha la bouteille qui fit un petit

bruit caractéristique réjouissant, pendant que Blavet taillait deux tranches de pain et plusieurs de saucisson. Après avoir englouti dans un silence religieux une part de terrine de tête de porc, Émilien but un demi-verre de vin qu'il apprécia. Le maire ne s'était pas moqué d'eux. Il s'adressa à Blavet qui avait déjà vidé son verre et qui s'en servait un autre.

—T'as remarqué que, chaque fois qu'on interroge quelqu'un, on voit surgir ce Philidor !

—En effet, mon adjudant. Pourtant, je ne vois pas bien ce qu'il viendrait faire dans ces meurtres, surtout s'ils ne se fréquentaient pas, l'Antoine et lui. Pourtant…

Émilien secoua la tête.

—Bien sûr, il y a l'altercation, mais ce n'était pas si grave d'après le cabaretier.

—Des coups de gueule, sans plus !

—De toute façon, on l'entendra comme les autres ! Et puis, ces histoires de vignes…

—Normal, elles sont importantes, dans la région, et rapportent pas mal d'argent. Vous avez bien remarqué que les Andéolais n'ont pas l'air de pleurer misère !

—Tu as raison. Mais il y a autre chose, et qui vient de loin, à mon avis. Mais pourquoi cela resurgit-il maintenant ? Il va bien falloir qu'on trouve.

Blavet lui décocha un regard taquin.

—Vous pensez à la baïonnette triangulaire, donc au fusil de 1754. On en arrive comme je vous l'ai suggéré à cette histoire de pendus, en 1817 !

—C'est vrai, convint Gontard à contrecœur. Mais, comme il n'en reste pratiquement plus, des vieux de cette époque, puisque Grillet, Rivaux et Dubois sont morts, je ne vois pas qui pourrait leur en vouloir.

Il engloutit une tranche de saucisson et ajouta, la bouche pleine et un doigt en l'air :

—Je n'oublie pas la corde autour du cou de Grillet, qui n'a pas servi à l'étrangler. Tu avais raison, c'est un symbole !

Blavet dégustait du petit-lait.

—Il y a encore un certain Fabre, Louis Fabre, un partenaire régulier de leurs parties de cartes. Non seulement il est de leur génération, c'est le seul à savoir ce qui aurait pu se passer entre eux.

—Avec un autre, un chapelier, Albert. On les interrogera l'un après l'autre, après quoi on entendra ce Philidor. Je me demande à quoi il ressemble, vu que notre entretien au groupement de Lyon nous a empêchés d'assister aux obsèques des cousins... Nous allons examiner cette corde. Peut-être sera-t-elle plus bavarde que les chapeliers.

Ils ne laissèrent pas une miette du casse-croûte. Repus, ils retournèrent néanmoins à la brigade pour le repas de midi. Émilien ne se vanta pas de s'être ouvert l'appétit dans le pressoir. Il fit honneur à la tourte aux poireaux que Césarine avait confectionnée malgré la chaleur qui régnait ce jour-là. Blavet apparut à la fin du repas, espérant comme d'habitude la goutte qui favorisait une bonne digestion.

Ils se retrouvèrent dans une salle attenante à l'écurie. Les gendarmes y avaient entreposé leurs indices, la baïonnette, la corde ainsi que les vêtements déchirés et ensanglantés. Ils ouvrirent avec précaution le sac en tissu et chaque objet fut déposé sur une table. La corde gardait encore le nœud coulant ; elle ne mesurait pas plus de deux mètres. En l'étudiant de près, Gontard constata que ce n'était pas une corde de première qualité. La torsion était grossière. C'était certainement du chanvre, comme la plupart des cordes qu'utilisaient les paysans pour tirer les bœufs ou ficeler les paquets sur leur carriole.

—Une corde destinée à un usage domestique ! déclara-t-il. Si elle a servi à pendre quelqu'un, ce n'est pas celle que la justice utilise habituellement pour les exécutions. À mon avis, le poids du corps la casserait !

—Tout dépend du corps, intervint Blavet. D'un autre côté, en principe, les exécutants récupèrent leur matériel. Ils ne laissent jamais aux familles la corde des pendus. Y a que celle des suicidés qu'on se sépare entre plusieurs, car, paraît-il, elle porte bonheur !

—À bien y regarder, celle-ci ne me paraît pas récente. Aujourd'hui, le chanvre est mieux filé.

—Vous pensez qu'elle date de l'époque de la baïonnette !

—Absolument. Ce faisceau d'indices nous mène sur la piste d'une vengeance par-delà le temps. Je ne vois toujours aucun rapport avec l'histoire de vignes que j'ai évoquée devant le maire, et pourtant mon intuition me trompe rarement. La vigne est au cœur du problème, même si autre chose s'y ajoute. Mais il nous faut d'abord obtenir des témoignages de ce qui s'est passé à l'époque des soulèvements.

—Moi, ce que j'en sais, c'est uniquement ce que j'ai entendu dire par mon oncle. Mais il est mort !

—Des vieux d'environ quatre-vingts ans, ça ne court pas les chemins, aujourd'hui ! En revanche, les mémoires sont fidèles, surtout quand il s'agit de tels événements.

—Encore faudra-t-il qu'elles se réveillent !

—T'inquiète, je vais m'employer à les secouer. Laissons-les enterrer Dubois en paix. Ensuite, je ne les lâche plus !

24

Vieux papiers

Philidor devenait de plus en plus fébrile. Décidé à donner la priorité à son avenir de viticulteur, il écarta pour l'instant de son esprit Marguerite et Appoline. Rien ne devait le perturber, pas même l'enquête des gendarmes qui bouleversait le petit monde de Saint-Andéol-le-Château.

Son projet d'émigrer en Tunisie reprit corps, d'autant qu'il avait ouï dire que, déjà, l'Afrique du Nord exportait du vin vers Marseille et les environs, sans doute un produit de moindre qualité que le vin français. L'occasion lui semblait particulièrement favorable. Lui savait y faire, lorsqu'il s'agissait d'élaborer du bon vin, de sorte qu'il pourrait s'imposer sur le marché qui s'ouvrait. En même temps, il ferait renaître les vignes d'Honoré dans un pays qui bénéficiait d'un climat avantageux.

Comme il lui fallait attendre l'automne pour prélever des greffons sur les vieilles vignes, cela lui laissait le temps de bien s'organiser et de faire une dernière vendange des raisins qui auraient échappé à la catastrophe. Il partirait ensuite explorer les régions qu'il adopterait.

Il ne se faisait guère d'illusion, les vignes andéolaises seraient détruites en grande partie par le phylloxéra. À la morte-saison, Eusèbe suffirait à la taille des ceps qui resteraient et à son entretien, un travail qui l'occuperait tous les jours. Il ne manquerait pas de veiller sur les vignes d'Honoré comme si elles étaient siennes. Philidor lui laisserait assez d'argent pour se nourrir et entretenir la maison. Peut-être le *pati* accepterait-il d'y vivre en attendant son retour, plutôt que d'occuper son abri dans l'appentis.

Le jeune homme ne devait plus tarder à organiser son départ. Deux mois, cela passerait vite, et il tenait à ce que rien ne le retarde ou ne l'empêche de réaliser son projet. Il repoussa au fond de son esprit l'enquête des gendarmes, soucieux de ne pas se laisser distraire. Que pourraient-ils invoquer contre lui, puisque, apparemment, peu d'indices avaient été réunis ? S'ils ne trouvaient pas de rôdeurs à inculper et à emprisonner, ils classeraient l'affaire comme souvent et les Andéolais retrouveraient la paix.

Cette année, le vin serait rare. Pressentant les difficultés des cabaretiers de la région à s'approvisionner dans les prochains mois, il réserverait sa récolte à ceux de Givors. Pour la livrer, il emprunterait comme d'habitude le chariot de Bastien, assez grand pour contenir les tonneaux. Autant que possible, la recette serait consacrée à l'achat d'un bon lopin de terre en Afrique du Nord.

Eusèbe et lui devaient assister aux obsèques de Julien, qui auraient lieu en fin de matinée. C'était toujours une bonne occasion pour les villageois de boire un coup chez François avant de regagner leur maison. Ils rejoignirent les habitants du village. D'emblée, Baptiste s'installa à côté de son ami, sachant à quel point cette cérémonie le contrariait et désireux de lui assurer son soutien. Comme toujours, Eusèbe resta en retrait pour éviter les moqueries. Il accompagnait Philidor à sa demande, persuadé que le jeune homme avait besoin de sa présence auprès de lui, mais il aurait préféré courir la campagne pour repérer les lièvres pris au piège et les libérer.

Comme pour les obsèques des cousins, tout le village était présent.

Plus livide que jamais et toujours persuadé qu'il était le suivant sur la liste, Louis Fabre se taisait obstinément. Depuis la mort de ses deux copains, il ressassait les mêmes pensées et, là encore, il dévidait dans sa tête l'écheveau des événements qui avaient précédé le double meurtre.

Il se souvint de l'altercation qui avait eu lieu entre Antoine et Philidor et des menaces qu'avait proférées le jeune homme devant tout le monde. Il se rappela surtout le projet que les cousins avaient ourdi en quittant le bistrot. Ils l'avaient traité de trouillard lorsque, malgré leur insistance, il avait refusé d'y prendre part. C'était une mauvaise farce qui, même si mort d'homme n'était pas prévue, était à ses yeux pire qu'un crime. Philidor en avait-il eu vent ?

Mais, apparemment, les deux cousins s'étaient dégonflés ou avaient renoncé à opérer pendant la nuit comme prévu, d'autant que, avec l'orage qui était tombé, il aurait fallu avoir une sacrée détermination pour agir.

Comme tout un chacun, Louis Fabre voyait un lien entre la colère du jeune homme et les meurtres. En parlerait-il aux pandores pour se protéger ? Mais se protéger de quoi, au juste ? Il haussa imperceptiblement les épaules. Non, il ne dirait rien, car Albert, qui paraissait en savoir davantage, ne se gênerait pas, ne serait-ce que pour prendre un peu d'importance aux yeux des autres.

Quant à lui, le silence qu'il observait depuis cinquante ans l'avait mis mal à l'aise pendant toutes ces années, mais il n'avait pas pu briser le serment. En échange, il avait gagné des *amis*, des partenaires de jeux, de petits cadeaux qui avaient agrémenté sa vie, parfois même de petites sommes d'argent. Finalement, tout s'était dilué dans l'oubli et son sentiment de culpabilité s'était délité au même rythme.

En repensant au secret qui lui avait été imposé et aux raisons qui le justifiaient, il admit que, si la punition avait été cruelle, bien trop cruelle, le supplicié avait bien mérité d'être châtié.

N'empêche, il y avait des sujets dont on ne devait jamais parler, que ce fût à propos d'un ami ou d'un rival. Il refusait de se considérer comme un complice par omission, selon une expression qu'il avait entendue il ne savait plus quand ni où. La morale, il s'en fichait, comme il se fichait du bon Dieu ; il n'allait à l'église qu'à Noël, à Pâques et à l'occasion d'un enterrement. Bien sûr, pas question d'aller à confesse. Il fallait toujours se méfier du curé ; il aurait bien fini par lui arracher la confidence.

Tout à coup, il trouva bien lourd ce qu'il avait dissimulé à chacun. Peut-être était-ce la raison pour laquelle il craignait une vengeance posthume. Les vivants, eux, n'étaient plus guère redoutables. Qui d'autre connaissait le secret ? Julien ! Mais il avait fermé son bec à jamais !

Le lendemain, la Poste de Mornant fit un heureux. Émilien Gontard ouvrit avec curiosité une lettre venant de Messimy, un des villages où l'avait mené sa dernière enquête. Aiglantine Métailler, une tisserande de velours uni blanc, lui renouvelait sa gratitude pour l'heureux dénouement dont son intervention avait été couronnée lors du meurtre de sa mère. Elle annonçait son prochain mariage avec Mathieu Vallon, chimiste dans un atelier de recherche de teinture de Lyon, et la mise en vente de sa maison ; elle irait s'installer dans la grande ville, capitale de la soie. Après avoir souhaité une bonne santé à la petite famille de l'adjudant, elle lui confiait un secret qui l'habitait depuis deux mois, soit la prochaine naissance d'un bébé qui lui rendrait enfin le bonheur qu'elle avait cru perdu à jamais. Elle concluait en transmettant d'affectueux baisers à la petite Laurentine.

Gontard se réjouit, pressé d'annoncer la bonne nouvelle à Césarine qui, le lendemain, avait prévu rendre visite à la jeune modiste Marguerite Lepuits, la cousine du capitaine des pompiers Marcel Leblanc. Pour faire gagner du temps à leur ami Blavet, elle rapporterait le bicorne tout neuf qu'il lui avait commandé. Émilien referma la lettre et la posa sur la table de la cuisine, là où Césarine ne manquerait pas de la voir.

De penser missives lui remit en mémoire les lettres qu'il avait rapportées de chez Grillet. Il retourna dans la salle où étaient entreposés les indices. Repoussée dans un coin, la boîte de paperasse avait échappé à leur attention. Il l'emporta dans la cuisine et étala son contenu sur la table. C'étaient de vieux échanges familiaux, des cartes de vœux, des factures d'outils achetés ou réparés, le détail de la vente de trois barriques de vin et même un livret de mariage à l'écriture effacée au nom d'Antoine Grillet et d'Alphonsine Dutheil, veuve Angéolas. La page destinée aux naissances était vierge. À l'intérieur, il trouva un contrat de mariage énumérant les divers biens des futurs époux, qui stipulait que les vignes situées au Béry restaient la propriété d'Alphonsine et de son héritier. Mais une chose étrange attira l'attention d'Émilien. La page était barrée de plusieurs coups de crayon rageurs. Il mit l'acte notarial de côté et continua son investigation.

Les papiers d'identité ainsi que plusieurs courriers adressés à Ernest Rivaux faisaient partie du lot, mais il n'y avait là rien de particulier.

Un souvenir lui revint, celui de la photo de mariage dont il avait malencontreusement brisé le cadre. Son instinct lui dicta d'aller la récupérer sans qu'il sache quelle piste elle leur indiquerait.

Il en revenait toujours à la corde, une corde ordinaire, apparemment ancienne, mais qui n'avait aucune ressemblance avec celles qu'on utilisait habituellement lors des exécutions ordonnées par la justice. Pourquoi certains insurgés avaient-ils été guillotinés et quelques autres, plus rares, avaient été pendus ? Il fallait qu'il sache.

Son coéquipier le héla. Il tenait par la bride les deux chevaux sellés. Leur mission les éloignait de Mornant pour la journée ; c'était la raison pour laquelle ils ne pouvaient poursuivre leurs interrogatoires ni assister aux obsèques de Julien Dubois. Le défunt n'ayant pas été assassiné, leur présence n'était indispensable. Le lendemain, un vendredi, ils entendraient deux ou trois autres témoins. Toujours en se fiant à son instinct, Gontard décida de garder Philidor Angéolas pour la fin. Ce serait bien la faute du diable s'il n'en retirait pas quelque chose de valable.

De son côté, Césarine avait fait sa place à Mornant. Si sa position d'épouse d'adjudant de la gendarmerie lui valait des honneurs, elle n'était pas sans inspirer quelque méfiance. Certaines ménagères s'arrêtaient net de parler à son approche, comme si elles craignaient de révéler quelque chose de répréhensible qui aurait provoqué la suspicion de son époux. En revanche, Adeline, l'épouse du capitaine Leblanc, l'accueillait toujours avec amitié à sa mercerie et s'empressait de prendre dans ses bras la petite Laurentine. Chagrinée de ne toujours pas attendre un enfant, elle trouvait un grand réconfort auprès de Césarine qui l'engageait à espérer, et surtout à prier la Vierge Marie qui, assurait-elle, avait exaucé son vœu. Marguerite Lepuits, sa cousine, s'était elle aussi liée d'amitié avec l'épouse du gendarme et avait de cette façon obtenu deux commandes de bicornes. Admirative de son travail d'habillage de chapeau, Césarine lui avait demandé de l'initier à cet ouvrage qui la changerait du tissage de velours de soie qu'elle avait jusqu'alors pratiqué. De fil en aiguille, la mercière et la modiste étaient devenues deux amies qui lui permirent d'oublier un peu l'éloignement de sa famille et de ses compagnes veloutières.

25

Appoline

Les interrogatoires avaient déjà commencé quand Appoline récupéra son sac chez Rosette et quitta Mornant. La maison de sa camarade se situant à l'écart des autres habitations, elle avait pu bénéficier d'une grande discrétion. En échange d'un joli foulard de soie récupéré chez son patron et en lui promettant d'autres cadeaux, elle lui avait fait jurer de garder le silence sur son séjour chez elle. Elle ne tenait ni à rencontrer ses anciennes connaissances, ni à tout expliquer de sa vie, ni à justifier sa présence au village, surtout, depuis la macabre découverte. Les Mornantais l'avaient probablement oubliée et c'était très bien. Plutôt fière qu'Appoline ait choisi sa compagnie, Rosette avait promis tout ce qu'elle désirait.

Tout au long d'une route un peu à l'écart de Saint-Andéol, elle fit un rapide bilan de ses visites chez les oncles. Le résultat était nul. Les vieux grigous avaient fait la sourde oreille à ses prières, indifférents au sort de Germaine et de sa fille. C'était alors qu'elle avait décidé d'intervenir toute seule, car elle refusait de repartir les poches vides.

Sa rage avait toutefois été atténuée par ses rencontres avec Philidor. Quelle fierté elle avait éprouvée en lisant dans ses yeux son admiration ! Il n'avait pas manqué de manifester sa surprise de découvrir à quel point la petite gamine rondouillarde et mal fagotée d'autrefois était devenue une fille attirante. Si ses démarches auprès des oncles s'étaient soldées par un échec, de revoir le jeune homme l'avait consolée et le plaisir qu'ils s'étaient donné l'avait comblée.

Elle l'évoqua à nouveau. Philidor était plutôt beau garçon, mais, étrangement, il n'avait pas encore trouvé l'âme sœur. Pourtant, elle avait bien senti qu'il n'était pas sincère lorsqu'il se prétendait libre de toute attache. Elle avait réfléchi. Des filles à marier dans les deux villages, elle n'en voyait guère qui auraient pu l'intéresser, sauf Marguerite. Quand sa réputation d'habile modiste était venue à son oreille, elle s'était juré de lui rendre visite pour s'offrir un petit plaisir. Elle y était allée et son instinct ne l'avait pas trompée ; Marguerite aimait Philidor. En revanche, elle ignorait si ses sentiments étaient réciproques. Si elle avait abordé la question avec le jeune homme, lui aurait-il avoué la vérité ?

Elle ne se faisait aucune illusion sur l'intérêt que Philidor lui portait. Comme les autres, s'il se réjouissait de sa présence, c'était uniquement pour prendre son plaisir. Cela lui était bien égal. Ainsi qu'elle le lui avait affirmé, elle ne cherchait pas un mari et la fidélité ne la séduisait pas du tout. Elle imaginait mal une relation qui perdurerait des années sans se détériorer. Elle avait eu suffisamment d'exemples sous les yeux pour savoir à quoi s'en tenir. Que devenaient les premiers émois et les irrépressibles désirs lorsque les rêves étaient abîmés par la réalité de la vie, les naissances, les années de travail, et les inévitables privations ? Tout ne devenait qu'amertume et désillusions. Elle préférait savourer l'exaltation que lui procurait chaque nouvelle aventure, sans se poser de questions sur l'avenir, libre tant qu'elle était jeune et belle ; ensuite, comme beaucoup d'autres, elle se caserait.

Son enfance à Mornant n'avait pas été des plus douces. Sa mère, qui avait dû faire sa vie sans homme à ses côtés, avait très vite souffert de faiblesse aux jambes. Apppline avait dû la remplacer dans bien des tâches et prendre en charge les menus travaux qu'elle effectuait au service des autres afin de subsister.

Aussi n'avait-elle pas rechigné à travailler auprès de la famille du verrier de Givors. D'une part, cela lui permettait de fuir la campagne. D'un autre côté, malgré son âge, elle s'était sentie capable de diriger une maison. Elle avait vite déchanté. Le travail s'était révélé harassant. Cependant, l'intérêt qu'elle avait suscité chez le chef de la famille lui avait vite fait comprendre le parti qu'elle pouvait en tirer.

Puis, comme une chrysalide, elle était devenue papillon ; elle en avait pris conscience en remarquant dans le grand miroir d'une armoire que son reflet avait changé. Les yeux des hommes dans la rue et les compliments sur sa beauté l'avaient convaincue qu'elle n'avait plus guère de ressemblance avec la petite campagnarde d'autrefois. Elle n'avait manqué aucun bal du dimanche, son seul jour de repos, et s'était laissé conter fleurette avec délectation. Quand elle était entrée dans la boutique *Au chic Parisien* comme vendeuse, elle avait décidé de sa façon de vivre ; elle allait prendre tout ce qui serait à portée de sa main et profiter au maximum de la générosité de ses amants d'un jour ou d'une semaine.

Installée plus confortablement, elle n'avait pas hésité à accueillir sa mère à qui la vie en ville procurerait plus de confort. Si elle n'avait que peu de moralité, elle n'en était pas moins une fille affectueuse. Toutes deux s'entendaient bien et elle avait approuvé sans hésitation la proposition de Germaine d'aller réclamer un peu d'argent aux oncles de Saint-Andéol-le-Château. Mais rien ne s'était déroulé comme elle l'espérait.

Ses pensées l'avaient éloignée des objectifs qu'elle poursuivait lors de son départ… lors de sa fuite, plutôt.

Comme tous les habitants des deux villages, elle avait appris que les cadavres des deux vieux avaient été découverts. L'enquête progressait lentement et les gendarmes cherchaient parmi la population qui aurait pu être à l'origine des meurtres si l'on excluait un crime de maraudeurs. Appoline avait compris que, si on découvrait qu'elle séjournait à Mornant au moment des événements et si Philidor se laissait aller à quelque confidence, car il serait probablement interrogé comme chacun des villageois, elle serait dans de beaux draps. Quelle idiotie elle avait commise en lui confiant la raison de sa présence à Saint-Andéol ! À quelle imprudence elle s'était laissée aller en lui affirmant qu'elle ferait tout pour obtenir ce qu'elle désirait ! Si cela venait à se savoir, elle n'avait aucune chance d'échapper à la suspicion.

Elle n'espérait qu'une chose, que personne ne l'ait surprise quand elle était retournée discrètement chez les oncles la nuit. L'orage qui avait subitement éclaté aurait dû l'inciter à renoncer, mais la tentation avait été la plus forte. Elle voulait cet argent, quitte à courir des risques. Elle préférait ne pas penser à ce qui se passerait quand les gendarmes chercheraient des indices. Elle pensait avoir été assez prudente et espérait n'avoir rien laissé sur place qui l'incriminerait.

Heureusement, le lendemain, Rosette ne s'était pas aperçue qu'elle avait mis des vêtements à sécher sur l'herbe d'un champ non loin de sa maison. Le soleil avait vite fait son œuvre et elle avait pris soin de bien nettoyer ses chaussures de la boue et du sang qui les imprégnaient. Mieux valait déguerpir et renoncer à revoir Philidor qui, assurément, lui poserait des questions plutôt embarrassantes. Pour la même raison, elle avait décidé de ne pas assister aux obsèques des deux vieux. Elle ne tenait pas non plus à rencontrer les gendarmes si, entre-temps, ils avaient appris ses liens de famille avec les deux victimes.

26

Confession générale

Dès son entrée dans le pressoir, Blavet repéra le panier d'osier garni d'une bouteille et de denrées, enfermées dans un torchon noué aux quatre coins. Le maire avait réitéré sa générosité. Le gendarme devait attendre Émilien Gontard, parti récupérer la photo de mariage restée sur la commode. Il ne résista pas à la tentation d'aller humer les appétissantes odeurs qui s'échappaient du panier. Il ferma les yeux et laissa monter à son nez un alléchant parfum de pâté parfumé aux herbes. Il devina aussi des grattons grillés du matin. La veille, on avait tué le cochon et, ce soir-là, quelques-uns se régaleraient d'un bon boudin aux oignons accompagné des pommes de la récolte passée cuites en morceaux. C'était un de ses plats préférés et, juste de l'évoquer, il en salivait, se demandant où il pourrait bien savourer un tel délice. Peut-être devait-il le suggérer à l'accorte Suzon, la cuisinière du restaurant de la place des Terreaux…

Sur la place de l'église, trois hommes attendaient leur tour d'être interrogés. Les autres s'en étaient retournés à leur feutre ou à la culture de leurs légumes. Un bruit de sabots lui signala que l'adjudant arrivait. À son entrée, Blavet lui indiqua aussitôt du menton le panier garni. Émilien sourit de satisfaction.

—Voilà qui est bien, car nous ne quitterons le village qu'une fois tous les interrogatoires achevés.

—Tous ?

—Je garde le petit-fils pour la fin, quand nous aurons recueilli le maximum de renseignements.

—Vous le soupçonnez, mon adjudant ? Moi, oui. Je parie gros sur sa culpabilité.

—J'ai réfléchi toute la nuit. Cette affaire tourne autour des vignes et du soulèvement des insurgés. Donc, le coupable est quelqu'un du village, pas de l'extérieur.

—Je ne vois pas qui d'autre avait un quelconque intérêt à assassiner ces deux vieux ! Souvenez-vous, mon adjudant, que le jeune Angéolas aurait menacé Grillet devant tout le monde !

—Justement, c'est peut-être un peu trop facile, de l'accuser. Il devait bien se douter que les premiers soupçons se porteraient sur lui.

—Les assassins ne réfléchissent pas toujours quand ils commettent leurs crimes, déclara Blavet, persuadé de la justesse de son raisonnement.

—Au travail ! Va me chercher un de ceux qui poireautent sur la place.

Ce fut Albert, un chapelier, qui se présenta. De petite taille, mais bien nourri, l'homme offrit le spectacle de cheveux en bataille quand il ôta son chapeau pour les saluer. La brosse ne devait pas y passer souvent. Un gros grain de beauté en relief garnissait une aile de son nez et le faisait un peu loucher. Il se présenta rapidement et attendit qu'on l'interroge. Quand l'adjudant suggéra que l'histoire des vignes spoliées serait peut-être à l'origine des meurtres, Albert se laissa aller à la confidence.

—C'est ce que répétait mon père quand l'Honoré a été dénoncé et pendu !

—Nous voilà encore revenus à Honoré Angéolas ! Que disait-il, votre père ?

—Que l'Honoré, tout brave qu'il paraissait, était un sacré

lascar. Qu'il avait obtenu plusieurs de ses vignes grâce au chantage.

—Quel chantage ?

—Je ne l'ai jamais su, mais ce devait être important.

—J'ai entendu dire qu'il rachetait uniquement de petites parcelles qui, seules, n'engendraient pas un grand profit.

—Moi, je dirais qu'il les extorquait. C'est du moins ce que mon père disait. Celles de Grillet étaient mieux exposées que les siennes, mitoyennes, et l'Honoré avait le cœur fendu de voir le peu de soin que l'Antoine leur apportait. C'était souvent qu'ils s'accrochaient au village à ce sujet. Grillet le détestait, il préférait que ses vignes périclitent plutôt que de les lui vendre. Ça a duré deux bonnes années et un jour, hop ! Voilà mon Honoré qui devient propriétaire d'une partie des vignes de l'Antoine, les plus belles, celles qui voisinaient avec les siennes. Il faut reconnaître qu'Angéolas a fait du bon travail. Les vignes, on ne les reconnaissait pas !

—D'accord, mais je ne vois pas le rapport avec le meurtre de Grillet et de Rivaux.

—Je sais, mais quand on a appris… C'est ce qu'on disait, hein ! Moi, je ne jure de rien, se défendit-il par avance. On disait donc que c'était l'Antoine qui avait révélé la cachette d'Angéolas… Parce que la vente forcée avait eu lieu avant l'histoire des insurgés !

Gontard accusa le coup.

—Grillet l'aurait envoyé à la potence uniquement parce que, par un moyen qu'on ignore, il lui aurait arraché la vente de ses vignes ?

Albert haussa les épaules.

—C'est peut-être pour une autre raison. Tout le monde savait que Grillet avait fait la cour à Alphonsine et qu'elle lui avait préféré Angéolas. Et c'est justement elle qu'il a épousée après la mort d'Honoré. Alors, moi…

—Ce serait pour libérer la place, en quelque sorte. C'est un peu gros, quand même, car rien ne lui garantissait qu'Alphonsine allait le choisir, lui, après la mort de son mari.

—Il n'y avait pas tant d'hommes célibataires qui auraient voulu prendre une femme avec un gamin. Et Alphonsine, qui ne se doutait pas de ce qui se chuchotait à son sujet, n'avait pas de raison de le repousser.

Après un silence, Albert ajouta :

—Sacré nom de Dieu, quand j'y pense, si elle l'avait seulement soupçonné ! Vous imaginez ? Se remarier avec celui qui a envoyé son mari à la potence !

—Et tout le monde le savait ?

—Oui.

—Et personne n'a divulgué ce secret ?

—Non, par respect pour elle. Elle avait assez souffert !

—Ça a été la conspiration du silence !

—Même plus tard, quand Désiré a appris la vérité, il n'a rien dit. Sa mère était enterrée depuis longtemps avec son Honoré, alors...

Gontard réfléchissait. Honoré avait-il été victime de la jalousie de Grillet ? Pourquoi pas ? Mais cela n'expliquait toujours pas le meurtre des deux cousins. Cette révélation rendait plus plausible une vengeance tardive. Or, le seul héritier du pendu se trouvait être Philidor. Même si l'adjudant ne voyait pas quel bénéfice le jeune homme aurait tiré du meurtre des cousins, il devenait indispensable de l'entendre, quitte à ce qu'il soit disculpé.

—De toute façon, ce que je vous raconte, Louis pourrait vous le répéter, peut-être même mieux vous le raconter. Il faisait partie des insurgés avec le Julien, puis il est resté copain avec les cousins, mais on sentait bien qu'il ne s'agissait pas de véritable amitié. Il en sait plus que tout le monde. Il l'a avoué l'autre jour au bistrot et, du coup, il chie dans ses frocs de peur que l'assassin des deux cousins s'en prenne à lui.

Il brandit son chapeau devant le grand nez de Gontard qui eut un mouvement de recul.

—S’il y a un secret, je parie mon chapeau que c’est lui qui le connaît !

—Vous pensez vraiment que la jalousie au sujet d’une femme aurait poussé Grillet à condamner Angéolas ?

—Pourquoi pas ? Mon père affirmait qu’il y avait autre chose que les vignes là-dessous. Il n’a jamais voulu me révéler ce qu’il savait, mais il répétait : « Des choses comme ça, faut les garder pour soi ! Ce sont des choses pas propres, mais ce sont pas nos affaires ! »

—Il vous en a dit, des choses, votre père ! Dommage qu’il ne soit plus de ce monde ! J’aurais bien aimé l’interroger !

Les deux gendarmes échangèrent un regard ; celui de Blavet était triomphant, alors que celui de Gontard était plutôt ennuyé. Malgré lui, il se refusait à croire à l’implication du jeune homme. Pourtant, tout le désignait. Il s’en voulait de l’espèce d’empathie qu’il ressentait pour celui qu’il ne connaissait même pas et qui semblait le coupable idéal. Césarine lui aurait dit : « Suis ton instinct, il ne t’a jamais trompé ! » À cette pensée, il se sentit tout à fait mieux.

—Je vous remercie. Envoyez-nous le suivant.

—Il y a aussi Bastien. Il ne voulait pas venir, mais le maire le lui a ordonné ce matin pour qu’il ne se sauve pas.

—Alors, envoyez-nous-le.

Bastien traînait les pieds, le chapeau coincé entre ses deux mains serrées contre sa poitrine. Il n’était pas à l’aise. Gontard pensa à un âne qui n’avançait que poussé au cul par son maître. Au bistrot, les hommes n’hésitaient pas à citer le nom de celui qu’ils identifiaient comme le criminel et cela le révoltait. Avant même que les gendarmes ne l’interrogent, il déclara :

—C’est pas lui ! J’le connais depuis qu’il est tout p’tit, il est incapable d’une méchanceté, comme son père et l’Honoré. Ce sont tous que de braves hommes !

—C’est de Philidor Angéolas que vous parlez, n’est-ce pas ?

—Ben oui ! Parce que, dans le village, c'est ce qui se chuchote. Moi, malgré ce qu'il m'a dit, je lui fais confiance.

—Ce qu'il vous a dit ? Si vous nous racontiez depuis le début ce qui s'est passé entre vous deux, ce serait plus clair.

Visiblement, Bastien cherchait dans sa tête la meilleure façon de présenter la chose.

—Le Philidor était tellement furieux qu'il a failli me ficher par terre quand il est sorti du bistrot. Il gueulait comme un putois contre Grillet. Moi, j'ai cru qu'il était en colère parce qu'il avait appris la responsabilité d'Antoine dans la trahison d'Honoré. J'étais étonné qu'il ne l'ait jamais su avant. Fallait bien qu'il l'apprenne un jour ou l'autre ! Comme un imbécile, j'ai voulu le soutenir, lui dire à quel point sa rancune était justifiée. Il ne comprenait pas de quoi je lui parlais. J'ai bafouillé et il m'a obligé à expliquer à quoi je faisais allusion. Crédieu ! j'aurais mieux fait de fermer ma gueule, parce que, le Philidor, il ignorait tout. Du coup, il a voulu faire demi-tour pour aller lui casser la figure, au vieux. Je l'en ai empêché, bien sûr, on a un peu discuté et il s'est souvenu d'un vœu que son père lui avait demandé d'exaucer avant de mourir.

Blavet affichait un air de satisfaction qui n'échappa pas à Gontard et le fit bouillir de l'intérieur.

—Et…

—Ben, rien ! Le *lièvrebécu* et moi, on l'a raisonné, on lui a dit de ne pas faire une connerie et il s'est calmé. Tous deux sont rentrés à leur ferme, mais Philidor était si contrarié qu'il avait oublié sa sacoche dans le bistrot. Un moment plus tard, j'ai vu Eusèbe en ressortir, son sac sous son bras. L'après-midi, Philidor travaillait dans ses vignes. Tout allait mieux !

Il leur jeta un regard qui en disait long sur la confiance qu'il vouait aux gendarmes désireux d'en finir rapidement avec une affaire embarrassante.

—Je sais que vous, les pandores, avez vite fait de trouver quelqu'un à mettre en prison, mais moi je suis certain que ce n'est pas lui !

—Alors que tout le désigne, n'est-ce pas ? proposa Gontard.

—Ben oui, et j'ai l'impression que, plus je veux l'innocenter, plus je l'enfonce. Ça me rend malade !

Blavet lui répondit sur un ton ironique, plus persuadé que jamais d'avoir enfin trouvé l'assassin :

—Ma foi, peut-être qu'ayant appris la vérité, il s'est quand même décidé à mettre sa menace à exécution !

Gontard le fusilla du regard et s'adressa à Bastien.

—Je n'ai jamais emprisonné qui que ce soit sans preuves solides. Pour l'instant, Philidor ne sera entendu qu'en tant que témoin, comme tout le monde ! Moi non plus, je ne crois pas trop à sa culpabilité, quoi qu'en pensent certains, ajouta-t-il en fixant Blavet, qui se renfrogna.

Bastien laissa s'exhaler un grand soupir. Il se leva, se rassit, puis, avec l'accord de Gontard, se leva à nouveau et s'enfuit le plus vite possible de peur qu'on le rappelle et qu'il ajoute une bêtise de plus !

—Envoyez-nous Louis Fabre, s'il vous plaît.

Son oui leur parvint de loin. Bastien pressa le pas, mais il refusa de rejoindre les autres qui attendaient son rapport.

27

Révélations

Louis Fabre resta un moment devant la porte du pressoir, comme hésitant. En entrant, il ôta son chapeau et salua respectueusement. Il était grand, sec et avait le corps un peu penché en avant. L'adjudant remarqua son crâne chauve, sans doute toujours protégé du soleil lorsqu'il s'adonnait au travail des champs. La peau rosée de sa tête et de son front contrastait avec le hâle de son visage, lequel était très ridé. Il avait la septantaine et transpirait la bonne santé. Sa pâleur et sa nervosité indiquaient qu'il avait pas mal de choses à raconter et qu'il s'en inquiétait beaucoup. Il resta planté devant eux à les observer et s'assit en reculant un peu la chaise.

—Vous étiez un copain de messieurs Grillet et Rivaux. De Julien Dubois aussi, n'est-ce pas ?

—On était de la même classe. Enfin, pas Rivaux, qui était un an plus jeune.

—Depuis le début de nos interrogatoires, il apparaît que les meurtres pourraient avoir un lien avec une histoire de vignes et le soulèvement des Lyonnais en 1817. Quel est votre avis ?

Fabre pâlit davantage, au point que Gontard crut qu'il allait tomber de sa chaise. Il ouvrit la bouche, aspira l'air comme une carpe hors de l'eau, roula les yeux et balbutia :

—J'sais pas très bien par où commencer. Et puis, moi, je n'y suis pour rien, je n'étais pas d'accord.

—D'accord pour quoi ?

—Je savais que Grillet se vengerait un jour ou l'autre du sale coup que lui avait fait Honoré, mais pas de cette façon !

—Honoré se serait mal conduit ? D'après ce qu'on a entendu, il avait l'air d'être très apprécié.

—Pas autant que ça ! Mais les morts deviennent toujours des saints quand on en parle plus tard !

La réflexion de Julien lors de leur visite chez lui revint à sa mémoire. « Faut pas croire que ceux qu'on croyait innocents l'étaient vraiment », avait-il dit. Faisait-il allusion à la malhonnêteté d'Honoré ?

—Commençons par le début ! Quel sale coup ! Il voulait épouser celle qui est devenue sa femme ?

—Non, pas du tout, même si, par la suite, on a pu le penser.

—Continuez.

—Angéolas lui faisait du chantage pour obtenir une partie de ses vignes et il a dû céder. Alors, deux ans plus tard, quand les troupes des gardes nationaux sont intervenues pour rétablir l'ordre et qu'ils ont été repérés de loin vu que le curé avait sonné le tocsin, tous les gars se sont dispersés, Angéolas en tête. Grillet, Dubois et moi, on s'est tout de suite rendus pour éviter la guillotine réservée aux fuyards.

—Rivaux faisait partie de votre groupe ?

—Absolument pas. Il était contre nous. Il était Mornantais, cousin de Grillet et, le pire à nos yeux, garde national. Ceux-là, on les haïssait, mais, grâce à cela, on a échappé aux représailles. Rivaux nous a sauvé la vie.

—Mais pas celle d'Angéolas ? Pourquoi ?

Fabre s'agitait sur sa chaise.

—Grillet nous a suggéré de révéler à son cousin où aurait pu se dissimuler Angéolas. Il connaissait la cachette, car, enfants, ils allaient y jouer. Une vieille baraque au milieu du bois de Montrond. Moi, j'avais compris ce que ça voulait dire. J'ai refusé. Ils m'ont menacé. Aussi, j'ai juré de rien dire et j'ai porté ça toute ma vie comme une croix.

—Ils y sont allés, Rivaux en tête !

—Non, lui s'est contenté d'indiquer à quel endroit Angéolas se trouvait et les gardes sont allés l'arrêter. Il a été pendu l'après-midi à un arbre, aux Échirayes. D'ailleurs, depuis, on appelle l'endroit *le bois des pendus.* Terrible ! Alphonsine était enceinte, presque à son terme. Tout le village a été obligé d'assister au châtiment. « Pour l'exemple », qu'ils disaient. Après l'exécution, les gardes nationaux sont partis, en laissant danser le cadavre dans le vide. On l'a dépendu et Alphonsine a pu faire transporter son corps chez elle.

—Ils l'ont pendu avec quelle corde ? demanda Émilien.

—Oh, la première qu'ils ont trouvée au village, vu que la guillotine était déjà repartie.

Les deux gendarmes se regardèrent. C'était bien cette corde qu'on avait trouvée enroulée autour du cou de Grillet, une corde qu'Alphonsine avait conservée comme un macabre souvenir.

—Au début, tout le monde se doutait, mais personne n'a rien dit. C'était une sale époque. Les événements avaient monté les Andéolais contre les Mornantais. Le ressentiment dure toujours plus ou moins. Alphonsine a eu son petit Désiré le soir de la pendaison. Courageuse, elle s'est bien débrouillée avec les vignes et son fils. Quand on a su que Grillet allait l'épouser, plus question de dévoiler quoi que ce soit ! Moi, comme les autres.

—Un coup double ! Il s'est débarrassé de son maître chanteur et, plus tard, il lui a volé sa femme ! Le fils, Désiré, connaissait-il la vérité ?

—Il l'a apprise bien tard, peu de temps avant sa mort. J'ignore par qui !

—Il l'avait révélée à Philidor ?

—Non, je ne crois pas.

—D'accord. Revenons au début. À quel chantage Grillet a-t-il cédé ? Ce devait être important pour qu'il accepte de se séparer de ses meilleures vignes…

Fabre resta un moment silencieux, gêné.

—Deux ans avant le soulèvement des Lyonnais, un après-midi, Honoré se baladait dans la campagne. Il les a surpris.

—Qui ?

—Antoine et Ernest.

—D'accord, et que faisaient-ils qui aurait pu mettre Honoré en colère ?

—Rien de dirigé contre lui. Ils étaient... à poil, quoi ! Tout nus ! Vous avez bien compris ! Allongés dans l'herbe, y faisaient des saloperies. C'est normal quand c'est un homme et une femme, mais, là... Les cousins, ils étaient fous de rage qu'on les ait vus.

Les deux gendarmes sursautèrent. Ils étaient bien loin d'imaginer ce rebondissement.

—Vous voulez dire qu'ils étaient amoureux l'un de l'autre ?

—Ben, ma foi, si c'est comme ça que vous le voyez !

—Ce sont des choses qui font partie de la vie, qu'on l'accepte ou pas !

Tout à coup surgit dans son esprit la photo qu'il était allé récupérer et qui l'avait intrigué. Il revit Antoine et Ernest côte à côte et la petite phrase écrite au dos : *Toi et moi pour toujours.* Le mot n'avait pas été écrit par l'un des mariés, mais par l'un des amants. Cela expliquait que Rivaux s'était installé chez Grillet dès que ce dernier avait dû quitter la ferme Angéolas.

Le morceau lâché, Fabre se sentit mieux.

—Honoré a menacé Antoine de tout révéler s'il ne lui vendait pas les vignes qui périclitaient près des siennes. Antoine a cédé, craignant la réaction des villageois. Sous la pression du curé et les quolibets des gens du village, ils auraient même pu être obligés de fuir ailleurs. Moi, je le savais, ce qu'il y avait entre eux, d'autres aussi, mais on n'en parlait pas. Quand il a dénoncé Honoré, Grillet m'a avoué pour quelle raison il s'était vengé. J'ai trouvé moche le chantage d'Honoré, mais je ne pouvais pas accepter qu'Antoine l'envoie danser au bout d'une corde. Le Julien aussi savait qu'Antoine avait envoyé les gardes nationaux. Il était donc complice, comme eux, alors il n'allait pas le crier sur les toits !

—À présent, je comprends mieux ! soupira Gontard.

—C'est pour ça aussi que Grillet ne voulait pas travailler dans les vignes d'Honoré, celles qu'il lui avait arrachées. Sans doute qu'Alphonsine n'a jamais su pourquoi son mari ne l'aidait pas, quitte à passer pour un fainéant.

—Vous pensez que Philidor a voulu venger la mort de son grand-père ?

—S'il a appris la vérité, ça se pourrait. C'est pour ça que je crains qu'il s'en prenne aussi à moi ! Il ignore que je n'étais pas d'accord. Il pourrait me croire de mèche avec eux !

Blavet affichait un air satisfait. Tout concordait. Restait quand même à obtenir des aveux. Gontard trépignait intérieurement, presque obligé d'accepter cette version, ce qui le contrariait fort.

—Une baïonnette, ça vous dit quelque chose ? demanda-t-il à Fabre.

—On en avait tous une, qui s'adaptait à notre fusil. Les gardes en ont récupéré pas mal, fusils et baïonnettes, mais pas toutes. Pourquoi ?

Gontard lâcha l'information qu'il avait tenue secrète jusqu'à présent.

—Tous deux ont été tués à l'aide d'une baïonnette !

—D'une baïonnette ! Mais, depuis la dernière guerre, on n'en utilise plus ! Les nôtres étaient triangulaires. Elles faisaient davantage de dégâts et les blessés avaient du mal à guérir ! C'est pour ça qu'elles ont été modifiées par la suite. S'il en existe encore qui n'ont pas été entretenues, elles doivent être rouillées !

—En effet ! Vous aviez rendu votre fusil ?

—Bien obligé !

—Et Angéolas ?

— Je ne sais pas. Il avait certainement gardé son fusil dans sa cachette. Sa baïonnette devait être restée chez lui.

— Savez-vous si on a retrouvé son fusil, quand on l'a arrêté ?

— Non. Pendant qu'il était caché dans la vieille baraque, Alphonsine allait le voir la nuit. Fallait bien qu'il mange ! Il le lui avait peut-être confié. Se faire prendre avec un fusil l'aurait tout de suite désigné comme un insoumis.

— Ça n'a rien empêché, puisqu'il a été pendu sans l'ombre d'un procès.

Fabre réfléchissait. Il finit par formuler une déduction logique que Blavet apprécia.

— Après tout ce temps... Vous croyez que c'est Philidor ? J'ai du mal à le croire. Pourtant, je ne vois pas qui d'autre.

— Nous devons d'abord procéder à son interrogatoire. Quand nous aurons des preuves convaincantes, nous arrêterons le suspect. Pour l'instant, malgré les soupçons qui pèsent sur lui, rien ne l'implique formellement !

— Vous croyez que je suis en danger ? demanda Fabre qui avait repris du poil de la bête.

— Je ne le pense pas !

— Il vaudrait peut-être mieux que je parte rendre visite à ma sœur à Chazelles-sur-Lyon quelque temps. Quand tout sera réglé, je reviendrai !

Le courage est dans la fuite, pensa Gontard.

— Donnez-nous son adresse afin qu'on puisse vous joindre si nécessaire, ne serait-ce que pour confirmer les révélations que vous nous avez faites.

Il s'empressa de s'exécuter, salua et partit, soulagé par son aveu, mais inquiet pour le jeune gars qu'il aimait bien.

— Là, tout devient plus clair ! triompha Blavet. Ça n'a pas l'air de vous convenir, mon adjudant.

— Tout concorde, mais... Bon, de toute façon il nous faudra l'entendre. Ensuite, nous aviserons.

— Et s'il se sauvait ?

—Pour aller où ? Sa vie est ici, ses vignes surtout ! S'il fait mine de s'enfuir, on se lancera à ses trousses.

—Bon, s'empressa Blavet, c'est l'heure de casser la croûte. Le maire nous a gâtés davantage que la dernière fois.

—Tu as raison. On reprendra les interrogatoires cet après-midi. Si Angéolas ne se présente pas spontanément, j'enverrai le maire le chercher.

Pendant que son adjoint, le regard plein de convoitise, énumérait le contenu du panier, Gontard parcourut rapidement les pages qu'il avait remplies. Les trois derniers témoignages, ajoutés aux précédents, concordaient entre eux. Pourtant, quelque chose titillait l'adjudant. *Ils s'accordent trop bien,* pensait-il. Certes, la culpabilité de Philidor se dessinait, sans preuve toutefois.

À peine eurent-ils fini d'engloutir les délicieuses charcuteries que le maire fit irruption et s'excusa.

—Mon adjudant, on vous réclame à Mornant. Une dispute qui a mal tourné. Le capitaine Leblanc donne les premiers secours aux deux blessés.

Gontard se leva aussitôt, essuya sa bouche et entraîna avec lui son adjoint, qui jeta un regard de regret sur la bouteille entamée.

—Nous reprendrons les interrogatoires ultérieurement. Allons d'abord voir ce qui se passe là-bas, mais, si cela ne vous pose pas de problème, monsieur le maire, gardez le pressoir libre.

—Ne vous inquiétez pas, je range un peu… Dites, vous croyez que le Philidor ?…

—Je ne croirai rien du tout tant que je ne l'aurai pas entendu.

—Des fois, je me demande si le fait qu'il veuille partir…

—Partir ? Partir où ? Quand ?

—À l'automne, après les vendanges, en Tunisie ou au Maroc, pour planter de la vigne si tout meurt ici. Moi, ça m'a surpris qu'il veuille abandonner les vignes de son grand-père ! Je me suis dit qu'il a le feu au cul.

—Pourquoi ne pas nous l'avoir signalé hier ?

—Je ne pensais pas que cela aurait un rapport.

—Ça n'en a pas pour l'instant. Nous aviserons plus tard.

Blavet poussa un soupir d'exaspération.

—Qu'est-ce que je disais ! Vous verrez, mon adjudant, vous vous mordrez les doigts !

—Moi, je suis certain qu'il ne s'enfuira pas ! L'arrêter maintenant ? Sous quel prétexte ?

—Intime conviction !

—Mais je ne l'ai pas, moi, l'intime conviction. Tant que je ne serai pas certain…

—Il s'enfuira. On parie une bouteille ?

—Pari tenu !

Les gendarmes se mirent en selle et prirent la direction de Mornant.

28

Le chien errant

Césarine déposa Laurentine dans le landau prêté par une voisine, très pratique pour se promener. À l'aide d'un large carré de dentelle, elle protégea la capote du soleil et des insectes. Elle enroula dans une serviette un biberon de lait chaud pour le repas du milieu de l'après-midi et prit le chemin de campagne qui conduisait à Chassagny. Marguerite Lepuits attendait sa visite pour l'initier à l'art d'habiller un chapeau.

Cette nouvelle activité qu'elle pourrait pratiquer chez elle ferait passer plus rapidement ses journées, bien qu'elles soient déjà bien remplies par les soins à donner à son enfant. Émilien parcourait souvent les routes des communes environnantes et, parfois, tout le jour se déroulait sans qu'elle le voie. Bien qu'habile aux aiguilles, elle n'avait pas envie de s'initier à la fabrication de la dentelle qui se confectionnait au village de Mornant.

En revanche, la découverte des chapeaux que portaient les dames le dimanche avait éveillé en elle le goût de la parure. Le travail journalier qu'elle exécutait jadis dans l'atelier familial de Vaugneray ne lui avait guère donné l'occasion de faire toilette. D'autre part, Émilien n'avait pas vraiment de jour de *repos*, un bien vilain mot dans la bouche d'un gendarme, de sorte qu'ils ne faisaient que de rares sorties et qu'elle avait relégué bien loin dans ses préoccupations le désir de plaire et de se plaire. Ses rubans de soie et de velours avaient été remisés dans une boîte. Elle les destinait à redonner un peu de couleurs aux robes qu'elle porterait l'hiver venu. Elle ne rêvait que d'un nouveau chapeau, un accessoire qu'elle voulait très beau. En revenant, elle avait promis à Camille Blavet de lui rapporter le bicorne qu'il avait commandé ; en outre, elle réservait une surprise à son mari, ayant pris l'initiative de lui en commander un sans le lui dire.

Elle se mit en route la joie au cœur en admirant le paysage. Les blés récoltés, liés en gerbes, découvraient une terre hérissée de fétus de paille courts et raides.

Les poules des fermes voisines venaient comme à leur habitude glaner les graines et les épis perdus. Tout à coup, des enfants surgirent avec de grands cris pour effrayer les volatiles. Quelques poules affolées tentèrent un lourd envol, d'autres s'enfuirent à travers champs en caquetant de peur. Césarine éclata de rire. Quelques bottes de foin n'avaient pas encore été engrangées ; elles servaient de perchoir aux pies et aux corbeaux à la recherche d'un cadavre de souris délaissé par les chats. Attirées elles aussi par les champs mis à nu, les buses planaient en décrivant de larges cercles dans le ciel, cherchant de leur vue perçante quelque proie pour nourrir leurs petits dans les nids haut perchés ; leurs longs cris traversaient l'air ; de minute en minute, elles se rapprochaient, puis fondaient d'un coup vers le sol et repartaient dans les hauteurs, victorieuses.

Césarine allait, le cœur en paix devant tant de beautés offertes par la nature. Elle s'attendrissait sur le visage de sa petite Laurentine endormie en se remémorant les premiers jours après son arrivée à Mornant, le cœur attristé d'avoir quitté famille et amies. Elle n'était pas peu surprise de se trouver si heureuse ici. L'avancement en grade de son époux l'avait couverte de fierté et elle avait eu conscience d'aborder une autre page de sa vie. Elle n'en espérait pas moins apporter sa propre contribution aux frais du ménage.

D'un pas allègre, en poussant le landau devant elle, elle parvint à la croisée de la grande route qui menait à Lyon, d'un côté, et à Chazelles-sur-Lyon, de l'autre. Sur sa droite, elle aperçut la silhouette du clocher de Saint-Andéol-le-Château. Lui revinrent alors en mémoire les meurtres qui donnaient beaucoup d'incertitudes à son époux. Il n'avait rien voulu lui révéler de l'enquête en dépit des nombreuses questions qu'elle lui avait posées et elle en était frustrée.

Au loin, une silhouette se dessinait qui se dirigeait apparemment dans la même direction qu'elle. Elle supposa qu'il s'agissait d'un chapelier de ce village qui se rendait également chez Marguerite. Ce ne pouvait donc être qu'un feutrier.

La route traversée, elle s'engagea sur le chemin qui menait à la grande ferme dans laquelle œuvrait la modiste. L'homme qu'elle distinguait à présent plus nettement se rapprochait. D'allure jeune, la tête protégée des rayons ardents du soleil par un chapeau de feutre, il avançait d'un bon pas. Une grande mèche cachait une partie de son visage. En voyant Césarine, il lui dédia un sourire amical. Ses yeux se portèrent sur le landau et son sourire s'attendrit.

Ils n'étaient qu'à une trentaine de mètres l'un de l'autre quand un énorme chien, surgi d'on ne sait où, fonça droit vers Césarine, crocs découverts, l'air plus que menaçant. C'était assurément un chien vagabond mal nourri et pelé. De la salive dégoulinait de sa mâchoire. En hurlant de peur, Césarine se précipita devant le landau et fit un rempart de son corps. Le jeune homme se mit à courir et se propulsa littéralement sur le chien. Il le saisit à bras-le-corps et tous deux roulèrent au sol. Les crocs saisirent chaque morceau de peau et de chair qui se trouvait à sa portée au milieu de hurlements menaçants. Littéralement couchée sur le berceau pour protéger son bébé, Césarine était dans l'incapacité de lui porter secours. Elle tremblait de tous ses membres et criait sans pouvoir s'en empêcher, tétanisée par la frayeur, mais surtout bouleversée par les blessures qu'encourait le jeune homme courageux.

Un formidable coup de poing sur le crâne de l'animal le fit hurler de douleur et le mit en déroute ; aussi vite qu'il avait surgi, il se redressa et s'enfuit en laissant son adversaire à terre. Césarine se précipita et s'accroupit au-dessus de lui.

—Mon Dieu, comme j'ai eu peur ! Sans votre intervention, ce monstre aurait déchiqueté ma petite fille.

Le jeune homme se redressa, les mains et les poignets en sang ; le haut de sa chemise déchirée par les crocs laissait apparaître une autre morsure.

—Ne vous inquiétez pas, ce n'est pas bien grave. Des morsures, j'en ai reçu pas mal depuis mon enfance et ce chien-là n'était qu'une pauvre bête affamée, certainement battue jour et nuit par son maître. Il avait une corde autour du cou. Il a dû rompre son attache et s'enfuir.

Césarine examina ses plaies.

—Il faut vous soigner ! On entend trop souvent parler de la rage et je serais trop peinée d'apprendre que vous en êtes atteint !

—Mais non, ce n'était pas de l'écume de rage. Sans doute a-t-il mangé quelque herbe qui l'a rendu malade.

Laurentine dormait toujours aussi paisiblement, inconsciente du danger auquel elle venait d'échapper. Césarine ouvrit son sac et sortit un fin mouchoir de lin et un petit flacon d'eau de Cologne.

—Laissez-moi au moins désinfecter ces plaies.

Tous deux s'assirent au bord du champ et Césarine tamponna avec douceur les morsures de l'animal, qui n'avait pas raté ses prises. Elle examina la poitrine du jeune homme ; la blessure se résumait à une large égratignure, qu'elle nettoya consciencieusement.

—Voilà, elles sont propres, au moins. Je suis si désolée pour vos blessures ! Mais, sans votre intervention, je n'ose penser à ce qui nous serait arrivé. Quel est votre nom ? J'aimerais que mon époux vous exprime sa gratitude.

Le jeune homme sourit sans cesser d'observer ses plaies, toujours très douloureuses.

—Je m'appelle Philidor et j'habite Saint-Andéol-le-Château. Mais ne faites pas de cette anecdote un sauvetage extraordinaire. Habituellement, je ne suis pas aussi courageux. Seul un réflexe m'a poussé à agir sans prendre le temps de mesurer le danger.

Il s'approcha du berceau et admira les traits paisibles du bébé endormi.

—Quel beau nourrisson !

—Elle s'appelle Laurentine. C'est notre premier enfant et j'espère bien lui donner un frère ou une sœur ! Avez-vous des enfants ?

Son regard s'adoucit.

—Non, et ce n'est pas pour tout de suite. Je suis trop marié avec mes vignes pour penser à un héritier. Un jour, je l'espère, quand j'aurai rencontré une femme qui les aimera autant que moi…

Elle lui sourit.

—Eh bien, c'est ce que je vous souhaite. Philidor, dites-vous, Philidor de Saint-Andéol-le-Château ? Mon mari n'aura aucun mal à vous retrouver pour vous dire comme il aura apprécié votre bravoure, lorsque je lui aurai raconté la mésaventure !

—Vraiment ?

Il la détailla de plus près.

—Il ne me semble pas vous connaître. Vous habitez Mornant ?

—Oui, depuis peu. Mon cher époux commande la brigade de gendarmerie. Vous ferez certainement sa connaissance un jour ou l'autre. Si vous désirez le rencontrer, demandez l'adjudant Émilien Gontard !

Philidor se raidit.

—Je prends note. Nul doute que nous nous rencontrerons.

Il regarda l'état de ses vêtements.

—Je remets ma visite chez Marguerite Lepuits à une autre fois. Je préfère rentrer chez moi.

—Je vais aussi chez Marguerite. Quel hasard ! Puis-je vous rendre service ?

Philidor récupéra les capades de feutre enfermées dans un sac de toile et poussa un soupir de soulagement.

—J'accepte de bon cœur. Remettez-lui ces capades qui, heureusement, n'ont pas souffert de l'affrontement. Elle les attend. Je reviendrai un peu plus tard en compagnie d'un ami qui voudrait la rencontrer.

Césarine posa le paquet de feutre sur le berceau.

—Alors, peut-être nous reverrons-nous. Merci, cher monsieur, vraiment grand merci ! Je vous suis infiniment reconnaissante !

Il la salua et, en jetant un coup d'œil attendri vers le berceau, ajouta à voix basse :

—Prenez soin de ce petit ange. Quel bonheur dans votre maison !

Il s'éloigna à grands pas, laissant une Césarine émue qui pressa le pas pour se mettre à l'abri d'une éventuelle autre attaque.

—Il me faudra raconter cette affaire, d'abord à Marguerite, puis ce soir à mon Émilien.

29

La vaine attente

Avec son visage rond et son nez retroussé, Marguerite était plutôt jolie, même si, comme l'avait fait remarquer la peste d'Appoline, elle n'accordait guère d'importance à ses vêtements. La vapeur indispensable pour donner une forme au chapeau qu'elle confectionnait maintenait autour d'elle une chaude humidité qui faisait retomber ses beaux cheveux bruns, alors qu'elle avait pris soin de les serrer en chignon. Ses joues rougissaient, son front perlait et la sueur coulait dans son cou. Ce n'était rien de très affriolant pour qui l'aurait contemplée ainsi désavantagée. C'était la raison pour laquelle elle n'avait pas du tout apprécié la visite surprise d'Appoline.

Mais, quand elle s'adonnait à la décoration de ses chapeaux, il en allait tout autrement. Elle arborait avec grâce de jolis chemisiers brodés aux cols décorés de dentelles, crochetées par les femmes de Mornant dont c'était la spécialité, et elle portait une longue jupe ample qui descendait jusqu'à ses chevilles. Elle adorait laisser ses cheveux libres dans son dos, mais y renonçait la plupart du temps à cause de son métier. Son regard rappelait celui d'une femelle chevreuil qui courait dans les bois, large, doux, de la couleur des châtaignes qu'elle allait ramasser à l'automne. À voir ses doigts fins, mais robustes, on ne doutait pas de sa dextérité à manipuler le feutre et à y coudre les accessoires pour en faire de belles coiffures qu'enviaient beaucoup de femmes.

Ce jour-là, Marguerite était heureuse ; elle attendait une visite qui la réjouissait. Sa solitude lui pesait tant ! Pour l'occasion, elle portait un chemisier fleuri sur une jupe verte qui lui seyait admirablement.

Dès son arrivée, très excitée, Césarine lui fit un récit complet de ce qui lui était advenu sur le chemin. En apprenant que le héros du sauvetage n'était autre que Philidor, Marguerite s'épanouit. Elle ne manqua pas de confier à Césarine que sa mère, Mathilde Lepuits, travaillait déjà pour le père du jeune homme et qu'ils se rencontraient souvent. Chaque fois qu'elle prononçait le prénom de Philidor, Césarine remarqua que sa voix vibrait d'un léger tremblement et qu'un trouble fugace passait dans ses yeux ; elle se demanda si Marguerite n'en pinçait pas un peu pour lui. Un instant, leurs regards se croisèrent et Césarine fut certaine qu'elle avait vu juste.

—Seriez-vous amoureuse de Philidor ? demanda-t-elle en toute simplicité.

Surprise par une question aussi directe, la discrète Marguerite rougit, baissa la tête et acquiesça.

—Oui, mais lui ne semble pas le remarquer.

—Lui avez-vous fait comprendre vos sentiments ?

—Oh non, je n'oserais jamais faire les premiers pas. Pourtant, je suis presque certaine qu'il m'aime. Ce sont des choses qu'on sent. Mais j'ignore ce qui l'empêche de se déclarer. Je pense aussi qu'il a trop de soucis en ce moment. Et puis, imaginez que je me sois trompée, qu'il ne ressente rien d'autre pour moi qu'une grande amitié ! Pourtant, je suis certaine qu'il ne me déteste pas.

—C'est déjà un bon début, répondit Césarine dans un sourire. Parfois, il faut un peu forcer les confidences. Certains hommes sont beaucoup plus timides qu'on ne le croit.

Cette réponse raviva dans l'esprit de Marguerite le souvenir de la visite d'Appoline qui, à peu de choses près, lui avait fait la même réflexion.

—Mais s'il allait me repousser ?

Sans savoir pourquoi, à l'évocation d'une telle éventualité, elle se mit à pleurer. Césarine en eut le cœur brisé. Elle attrapa la modiste par les épaules et la serra contre sa poitrine. Comme elle détestait le chagrin des filles amoureuses ! Cette gentille Marguerite, qui aurait pu être sa petite sœur, l'émouvait. Elle se fit un devoir de la consoler et même de l'encourager à se battre pour gagner l'amour qu'elle attendait. Elle agita son menton avec énergie et souleva son visage baigné de larmes. Tirant de sa poche un mouchoir brodé à ses initiales, elle essuya ses joues avec douceur.

—S'il vous repousse, au moins vous saurez que vous ne devez plus espérer, qu'il vous faut renoncer ! Moi, mon Émilien, je n'ai pas hésité à lui faire comprendre qu'il me plaisait !

Qui en aurait douté en percevant la véhémence de sa voix ! Cela fit même sourire Marguerite, qui hoqueta une dernière fois et ajouta de sa voix encore humide :

—De toute façon, cela ne servirait à rien. Depuis quelques jours, je le sens différent, comme s'il cherchait à m'éviter.

Enfin, elle lâcha ce qui la désespérait.

—Je crois qu'il fréquente une fille de Givors.

—Vous en êtes certaine ?

—Pratiquement ! C'est même elle qui est venue m'en parler.

Césarine eut un haut-le-corps.

—Comment ça ? De qui s'agit-il donc ?

—Elle s'appelle Appoline. Elle est la petite cousine des deux vieux cousins qui se sont fait assassiner à Saint-Andéol. Elle habitait Mornant, jadis. Nous nous connaissions tous, même si nous n'étions pas de la même génération. Elle a été embauchée dans une famille de Givors et on ne l'a plus vue, mais voilà que, l'autre jour, elle s'est présentée chez moi alors que je ne m'y attendais pas. Elle voulait m'acheter un chapeau. J'ai eu du mal à la reconnaître tant elle est devenue une jolie fille. Mais nous avons davantage parlé de séduction que de chapeaux. J'ai certainement évoqué Philidor avec trop d'emphase, de sorte que, fine mouche, elle s'est avisée des sentiments que j'éprouve pour lui. C'est là qu'elle m'a bien laissé entendre qu'entre eux, récemment, il y avait eu bien plus que de l'amitié.

—D'accord, mais cela ne signifie rien.

—Si. Elle a éclaté de rire en me disant que je ne paraissais pas vraiment être de taille à le séduire, que je m'y prenais bien mal, que c'était le genre d'homme qu'il fallait harponner...

Césarine ouvrit des yeux ronds d'horreur.

—*Harponner* ? Elle a dit ça ?

—Oui !

—Oh ! Quel langage ! J'imagine le genre de filles ! Ma parole, on se croirait avec les pêcheurs des pays nordiques à la recherche d'une baleine. Harponner ! Comme c'est peu romantique !

—J'ai bien compris à la voir minauder et à travers ses sous-entendus qu'elle l'avait bien *harponné* et qu'ils se revoyaient.

Césarine eut une moue réprobatrice.

—Peu importe, après tout, ce n'est sans doute qu'une aventure passagère, comme beaucoup d'hommes s'en offrent.

Marguerite eut un sourire furtif.

—Comme elle semblait pressée de repartir, je l'ai fait attendre autant que possible avant de lui présenter ma collection de chapeaux. J'ai pris tout mon temps pour me rafraîchir et me changer, car j'étais en sueur d'avoir travaillé à l'un d'eux ! Il fallait bien que je me montre un peu à mon avantage !

Césarine éclata de rire.

—Bien fait ! Alors, il faut vous battre, mon amie, et harponner le Philidor à votre façon, puisque cette péronnelle vous a ainsi initiée à l'art de la séduction !

En entendant Césarine appliquer à son propre cas le mot très imagé d'Appoline, Marguerite laissa échapper un autre petit rire et secoua la tête. Bien sûr, pour rien au monde elle ne lui aurait révélé la morsure qu'elle avait ressentie au cœur en imaginant cette pimbêche en train de faire du charme et même de s'offrir à l'homme de son cœur. Une atroce douleur l'avait saisie par surprise quand elle avait compris qu'ils entretenaient une relation charnelle. Sa souffrance avait persisté longtemps après son départ. Depuis, elle y pensait sans cesse, obsédée par l'image de leurs deux corps serrés l'un contre l'autre. En pensée, elle se faisait le témoin de leur désir, de leurs soupirs, de leur jouissance.

Le soir de la visite d'Appoline, elle s'était couchée les yeux gonflés d'avoir trop pleuré, de chagrin, de colère et de déception. Elle avait cru tout espoir perdu, que jamais elle ne pourrait rivaliser avec une telle femme sûre de son pouvoir et de sa séduction. Mais il en allait différemment en ce moment ; Césarine lui ouvrait les portes de l'espoir. Une sorte de rage salvatrice naquit en elle, la submergea et la dépassa. Elle se découvrit un courage et une audace qu'elle ne soupçonnait pas. Elle releva la tête et annonça :

—Vous avez raison, mais je me demande bien comment je pourrais aborder avec lui un sujet aussi personnel.

—Vous trouverez, j'en suis certaine.

—J'hésite, car il y a pire encore. Le bruit court qu'il voudrait quitter la France pour aller faire de la vigne ailleurs. À quoi bon me déclarer, si c'est pour le perdre aussitôt !

—Il compte s'exiler où ?

—En Tunisie ou au Maroc, je ne le sais pas très bien. Loin d'ici, de toute façon.

—Vraiment ! Mais quelle idée ! Et avec qui ? Avec *elle* ?

—Non, je ne le crois pas. Appoline n'est certainement pas le genre de fille à vouloir prendre de tels risques. Elle est plutôt faite pour le confort et les bons moments de la vie.

—Et vous ? demanda Césarine.

—Moi ?

Elle laissa échapper une longue expiration qui ressemblait davantage à un soupir d'espoir que de découragement. Une lumière fit briller son regard.

—Je le suivrais partout où il voudrait bien m'emmener. J'attends ce moment depuis si longtemps ! Au début, je croyais seulement ressentir une grande amitié pour lui. Nous nous connaissons depuis notre enfance. Mais au fil des jours, il m'a paru clair que j'espérais autre chose de lui que des sourires et de rares baisers sur la joue. Je ne sais pas exactement à quel moment précis je l'ai regardé autrement que le petit camarade, le fils du feutrier qui venait livrer ses capades à ma mère. Quand mon cœur s'est mis à battre à sa vue, quand j'ai commencé à souffrir de le voir repartir sans que nous ayons échangé autre chose que des banalités, quand je me suis imaginée entre ses bras et que j'ai compris que j'aurais voulu être prête à n'importe quelle folie pour lui faire comprendre mes sentiments, j'ai su que c'était de l'amour qui agitait mon cœur et non pas une simple amitié. Je l'aime tant, mon Dieu, comme je l'aime ! Mais je ne suis pas hardie pour le lui faire comprendre.

—Parfois, les yeux en disent plus que les paroles. Faites-les parler à votre place !

—Je n'ose pas soutenir son regard, tant j'ai peur de n'y trouver que de l'amitié. Pourtant, il pourrait y lire tout l'amour que je lui porte.

—Alors, courez votre chance ! dit Césarine d'une voix énergique. Vous n'avez rien à perdre, au fond. Quant à cette petite pécore, elle ne reviendra pas s'ennuyer de sitôt dans cette campagne, j'en gagerais ! Avez-vous pensé à le rendre un peu jaloux pour tester ses sentiments ?

—Le rendre jaloux ? Mais de qui ? Il n'y a pas tant de garçons, ici. La plupart ont déjà pris épouse et les célibataires sont trop jeunes, ou bien ils ne m'attirent pas du tout. D'un autre côté, je ne voudrais pas d'une relation hors mariage.

—Bien entendu. Mais qui vous empêche d'inventer un prétendant ? Si je me souviens bien de ce que m'a raconté votre cousine Adeline, vous allez livrer vos chapeaux à Lyon, n'est-ce pas ?

—En effet, mais…

—Eh bien, fabriquez-vous un amoureux ! Soyez convaincante. Vous verrez bien de quelle façon Philidor réagira. Quelle meilleure preuve pourriez-vous espérer ?

Marguerite avait rarement l'occasion de s'épancher. La bienveillance que Césarine déployait à son égard la poussa à libérer un peu son cœur.

—Je n'ai pas connu mon père, décédé très peu de temps après ma naissance. Ma mère, qui m'aimait plus que tout et à qui je le rendais bien, est morte à la même époque que les parents de Philidor, d'une maladie qui a fait bien du ravage partout autour. Depuis, je me sens comme abandonnée à mon triste sort.

Il n'en fallait pas plus pour faire chavirer le cœur de Césarine.

—Mes sœurs que j'aime beaucoup me manquent énormément. Alors, si vous voulez bien, je puis être pour vous une sorte de, voyons, comment pourrais-je dire ? Une sorte de marraine. Nous pourrions nous rencontrer plus souvent et, quand vous auriez du chagrin, où une grande joie, vous pourriez vous confier à moi. Qu'en pensez-vous ? Je suis certaine, au surplus, que Laurentine adorera se faire câliner par vous.

Marguerite essuya encore une larme, mais de joie cette fois-ci. Son cœur se faisait moins lourd. Les deux femmes s'étreignirent affectueusement, après quoi la modiste montra à sa cliente les deux bicornes qu'elle avait achevés la veille. Dès le premier coup d'œil, Césarine put constater comme la jeune fille était adroite ; les couvre-chefs étaient d'excellente qualité.

—Aussi splendidement coiffés, le gendarme Blavet et mon cher époux vont pouvoir pavoiser. Dans leur métier, rien de tel pour se faire respecter que de se montrer fiers de l'uniforme qu'ils portent.

Elles s'entretinrent ensuite des ravages du phylloxéra, de l'inquiétude qui préoccupait Philidor, et surtout de son amour excessif pour les vignes d'Honoré qui, en ce moment, faisait beaucoup bavarder au village. Mais Césarine ne songeait plus aux cousins assassinés ; elle ne fit donc aucun rapprochement entre lesdites vignes et l'affaire des pendus des Échirayes.

Marguerite plaça soigneusement les deux bicornes dans une boîte en carton et conclut dans un grand soupir :

—De tous les garçons que je connais à Saint-Andéol et à Mornant, Philidor est le plus gentil et le plus courageux, même si je le trouve un peu sauvage. S'il m'appréciait pour autre chose que le façonnage de chapeaux, je ne dirais sûrement pas non !

—Alors, chère Marguerite, c'est à vous de lui ouvrir les yeux ! Qui vous dit qu'il n'attend pas que ça ? Je vous l'ai dit, parfois il faut bousculer un homme pour lui faire prendre conscience de ce qu'il ne voit pas !

Marguerite lui proposa alors d'assister à la façon d'un chapeau. Plutôt curieuse de nature, Césarine accepta. La modiste mit en route le diffuseur de vapeur chaude pour humecter et rendre plus souple une pièce de feutre, qu'elle enfila sur un moule de bois de forme cylindrique. Avec force, elle tira les côtés de la capade en l'abaissant, jusqu'à lui faire épouser le volume du moule et à lui donner la forme du chapeau qu'elle souhaitait confectionner. Elle répéta l'opération plusieurs fois, sans se soucier des risques de brûlures que la vapeur bouillante pouvait lui occasionner, malgré les gants dont elle protégeait ses mains. Quand le résultat lui parut satisfaisant, elle ôta la capade du moule de bois, l'examina avec soin, puis découpa le bord du chapeau à la largeur recherchée.

Pendant ce temps, Césarine donnait le biberon à Laurentine sans la quitter des yeux, plus attirée par la finition et la décoration du chapeau que par la fabrication du feutre.

Marguerite couvrit l'enfant d'un regard bienveillant et s'adressa à Césarine.

—Mardi prochain, Philidor doit me rendre visite. Il sera accompagné de son camarade Baptiste, qui veut offrir une jolie coiffure à sa femme pour son anniversaire. J'en ai quatre à lui montrer. Connaissez-vous Jeanne ? C'est une de mes amies.

—Non. J'avoue que je ne connais pas encore grand monde ici, juste les épouses des principaux commerçants de Mornant.

—Alors, venez nous rejoindre. Je vous présenterai à Baptiste et je suis certaine qu'il parlera de vous à Jeanne. Elle a deux charmants enfants. Je suis la marraine de l'un d'entre eux.

—Eh bien, pourquoi pas ? À condition qu'un chien ne vienne pas m'attaquer, je serai là.

La fabrication du chapeau ayant dégagé une forte chaleur, l'après-midi s'acheva à l'extérieur, sous un cerisier qui gardait quelques fruits si haut perchés qu'ils ne faisaient le régal que des oiseaux. Césarine repartit, ravie et pressée d'aller raconter sa mésaventure à son époux.

Ce soir, Blavet récupérerait son bicorne et elle offrirait l'autre à l'adjudant Émilien Gontard.

30

La défenderesse

Toujours plongé dans ses pensées, ses questions et ses doutes sur le meurtre des cousins, Émilien n'écoutait que d'une oreille distraite le récit de Césarine. Pourtant, elle y mettait de l'emphase, décuplant sa peur et l'héroïsme de leur sauveteur, à elle et à la petite. Il acquiesçait de loin en loin, un petit sourire au coin des lèvres pour donner le change ; Césarine n'aurait pas aimé savoir qu'il prêtait peu d'intérêt à son récit. Quand elle cita le prénom de Philidor, il bondit de sa chaise et l'attrapa par le bras.

—Philidor ? Quel Philidor ? Pourquoi étais-tu en sa compagnie ?

Outrée de découvrir qu'il ne suivait nullement son récit, Césarine le menaça du doigt.

—Tu ne m'écoutes pas, alors que nous avons frôlé la mort ! exagéra-t-elle.

À la vue de la brusque pâleur de son époux, elle exagéra son récit pour le culpabiliser davantage.

—Le chien aurait pu me mordre, renverser le landau et s'attaquer à notre Laurentine, la défigurer, l'égorger même ! Tu nous aurais perdues l'une et l'autre. Si ce Philidor n'était pas intervenu, s'il n'avait pas subi à ma place les morsures de l'animal, je ne serais pas ici en train de te raconter ce qui nous est arrivé !

Penaud, Émilien ne savait comment s'excuser et se faire pardonner.

—Je suis vraiment désolé, ma chérie. Je suis tellement préoccupé par notre affaire que je me suis complètement évadé pendant ton récit.

Césarine eut un petit mouvement de la tête qui signifiait à quel point elle était fâchée. Après un silence qui mit Émilien mal à l'aise, elle recommença son histoire. Quand elle arriva à l'épisode de l'intervention du sauveteur, il ne quitta pas ses lèvres.

—Je ne connais pas son nom de famille, mais, des Philidor, à Saint-Andéol, ça ne doit pas courir les rues !

Il se renfrogna.

—En effet, je n'en connais qu'un !

—Tu as pu constater, alors, qu'il est un bon jeune homme.

—Je ne peux le confirmer, je ne l'ai pas encore rencontré. Demain peut-être, ou peu après, si nos autres enquêtes nous laissent un peu de temps. Nous devons intervenir à une vingtaine de kilomètres d'ici. Ce n'est pas la porte à côté, même à cheval !

—Tu ne vas pas rencontrer des gens après-demain, j'espère. Ce sera dimanche. J'ai invité le capitaine Leblanc et son épouse à déjeuner avec nous.

—Pourtant, il me faut interroger ce Philidor et je ne veux pas laisser traîner l'affaire.

—Est-ce grave ? demanda Césarine, toujours aussi curieuse et friande de récits à lui donner des frissons.

—Je peux te le dire, vu que les enquêtes ont commencé. C'est au sujet du meurtre des cousins Grillet et Rivaux.

Césarine lui lança un regard de reproche.

—Au marché, tout le monde en parlait. Heureusement, car, s'il n'en avait tenu qu'à toi, j'aurais été la dernière à être mise au courant !

—Secret professionnel !

—Tu parles ! Secret de Polichinelle, tu veux dire ! Depuis que tu as entrepris tes interrogatoires dans le pressoir, les bruits courent plus vite que ton cheval au galop. Chacun y va de son commentaire, de son avis, et moi, je reste bête comme chou à devoir faire semblant de garder un secret que je ne connais pas !

—Une enquête est une enquête, insista-t-il. Si je te racontais tout, il suffirait que tu laisses échapper un détail pour tout faire déraper !

—Merci de ta confiance ! Je te l'ai dit, je serai muette comme une tombe !

—Je l'espère ! Puisque cela t'intéresse tant, des soupçons se portent sur lui !

Césarine se redressa, suffoquée.

—Tu parles de Philidor ? Lui, un assassin ! Impossible ! Juste à la façon dont il s'est porté à notre secours, je jurerais qu'il n'en est pas un !

Elle lui décocha un regard de reproche appuyé et ajouta :

—Ce n'est pas le genre de garçon à aller froidement assassiner deux hommes !

—Cela n'a rien à voir. Qui sait quelles réactions peut avoir un homme en colère. Même que Blavet est convaincu que c'est lui le meurtrier.

Il prit un ton ironique pour ajouter :

—S'il est coupable, le fait qu'il vous ait *sauvé la vie* n'entrera pas en considération !

Césarine haussa les épaules.

—Moi, je suis certaine que vous faites fausse route, mais, ma foi, c'est votre affaire. D'ailleurs, je le reverrai certainement mardi prochain. Il doit rendre visite à Marguerite Lepuits, la modiste qui t'a fabriqué ton bicorne, qui est aussi la cousine du capitaine.

—En voilà, de bonnes références ! se moqua-t-il.

Puis, pour rentrer en grâce auprès de sa femme, il s'attarda au cadeau qu'elle venait de lui faire.

—Je le trouve splendide, ce bicorne ! Je n'en espérais pas un neuf avant longtemps. Blavet a une tout autre allure, aussi bien chapeauté, surtout depuis que ses moustaches ont été taillées comme le précise le règlement.

Il poussa un discret soupir de soulagement. Philidor serait donc présent au village. Voilà qui le tranquillisait. Il se garda bien de répéter à Césarine la certitude qu'avait Blavet que le lascar songeait à s'enfuir. Il eut un grattement de gorge et reprit son sérieux.

—Eh bien, je ne manquerai pas de remercier sincèrement Philidor Angéolas de son intervention. Je lui dois de la reconnaissance, mais cela ne changera rien à l'enquête que je dois poursuivre jusqu'à résolution de l'affaire. J'irai au bout de mon interrogatoire et, si des doutes surgissent, j'oublierai le sauveteur pour découvrir le coupable.

Césarine pinça les lèvres.

—Pandore jusqu'au bout des ongles, hein !

—Absolument. Mais, en effet, cette attaque de chien aurait pu avoir de graves conséquences et je vais faire un tour de la campagne pour savoir à qui la bête appartient. Les maîtres sont responsables de leurs animaux, surtout s'ils représentent un danger. Mais, ça, c'est une autre histoire.

—À mon avis, ce chien-là était maltraité, affamé et sans doute blessé. Il a cassé la corde à laquelle il était attaché et s'est enfui. Il l'avait même encore autour du cou ! C'est cruel, d'agir ainsi !

L'adjudant grimaça: la corde autour du cou ! Une de plus, mais pas pour les mêmes raisons ! Quant à Césarine, elle demeurait offusquée qu'on doute d'un aussi gentil jeune homme. Il était inutile qu'elle insiste auprès de son gendarme d'époux, il finirait bien par admettre qu'elle avait raison.

—Que mangeons-nous ce soir ? demanda Émilien, soulagé du souci que lui avait causé la possible fuite de Philidor.

—Des pieds de cochon en salade avec des pommes de terre tièdes, un gros fromage de chèvre et…

—Ne le crie pas trop fort, l'interrompit-il, Blavet pourrait…

Mais il était déjà trop tard. Trois coups furent frappés à la porte ; une bouteille apparut, puis un bras, puis une tête revêtue d'un bicorne à faire pâlir d'envie toute une brigade. Les yeux de Blavet repérèrent tout de suite les plats sur la table et se mirent à briller de convoitise. L'index sur son chapeau, il leva la bouteille en l'air.

—Fallait bien l'arroser !

31

Lettre incriminante

Gontard et Blavet enfourchèrent leur monture pour se rendre dans la commune voisine. Avant leur départ, Césarine avait déposé dans une musette de grosse toile grise de quoi les restaurer, car, cette fois, on ne les attendrait pas avec un panier garni. Blavet ne se faisait aucun souci. L'épouse de l'adjudant n'aurait jamais laissé un homme mourir de faim. Il soupçonnait quelques bonnes tranches de rôti de porc froid agrémentées de gros cornichons et de pain cuisiné la veille. Ses moustaches en frémissaient de gourmandise.

En chemin, les deux gendarmes abordèrent le sujet de leur enquête. Deux incendies leur avaient été signalés, deux granges pleines de la récente récolte de foin, dont l'une avait flambé trois heures avant l'autre ; c'était une grosse perte pour chacun des agriculteurs, qui avaient du bétail à nourrir. Gontard suspectait un règlement de comptes, mais encore fallait-il le prouver avant d'accuser l'un ou l'autre. Mais les propriétaires étaient de la même famille, en plus d'être des ennemis jurés depuis deux générations. Ils s'écorchaient régulièrement pour une histoire de limite de terrain consécutive au partage d'un héritage contesté par l'un contrairement à l'autre. Néanmoins, l'enquête sur l'assassinat des cousins ne quittait pas l'esprit de Gontard et cette nouvelle affaire cherchait à l'en distraire fort mal à propos.

Aussi chevauchait-il en silence, incapable pour le moment de ne plus penser au jeune Angéolas. Il avait beau tourner et retourner les faits dans sa tête, tout le désignait comme coupable. Césarine, cependant, ne s'était pas privée de plaider la cause de son héros et elle avait vertement critiqué son mari de nourrir des préjugés à son sujet.

Connaissant la forte hostilité de son adjoint à l'endroit du feutrier-vigneron, il éprouvait quelque scrupule à lui raconter la mésaventure de sa femme qui avait fait de Philidor son sauveur. Il aurait eu l'air de vouloir l'innocenter alors que toutes les preuves l'accablaient. S'il était une chose dont Gontard ne voulait pas qu'on l'accuse, lui, adjudant de gendarmerie, c'était de partialité en faveur d'un supposé coupable. Pourtant, il aurait bien voulu clouer le bec à son adjoint en lui confirmant que le jeune homme ne prendrait pas la clé des champs, qu'il prévoyait plutôt aller avec un ami chez Marguerite Lepuits. Mais, pour le moment, il préférait laisser Blavet à ses certitudes, persuadé que la bouteille pariée sur sa fuite arriverait un de ces jours sur sa table.

N'empêche que les choses le chicotaient au plus haut point. Si Philidor était innocent, à part l'histoire de chantage révélée par Louis Fabre, rien ne le mettait sur une piste pour découvrir le motif des meurtres. Qui avait agi, alors, et pour quelle raison ? Fallait-il envisager une autre vieille affaire de spoliation de vignes ? L'apparition d'un petit-fils mécontent qui aurait découvert que la malhonnêteté d'Honoré lui avait fait perdre un héritage ? Non, cela remontait à trop longtemps.

Il évoqua à nouveau un héritier pressé de profiter des biens des vieillards. Cette idée l'avait effleurée et il avait interrogé le maire à ce propos. Sa réponse l'avait persuadé que les deux femmes, une handicapée de la famille de Rivaux et sa fille, n'auraient pu perpétrer de tels meurtres à moins d'avoir pu compter sur un ou des complices. Il se fustigea néanmoins de n'avoir pas encore procédé à leur interrogatoire, ne fût-ce que par prudence, mais il lui fallait du temps et les témoignages des Andéolais l'occupaient entièrement. Il le ferait, assurément, mais cela ne représentait pas une réelle urgence.

Gontard chassa de son esprit les crimes de Saint-Andéol-le-Château pour se replonger dans les incendies. Ils avaient toute la journée pour commencer à démêler l'affaire et ils s'apprêtaient à recevoir moult accusations, preuves et liste d'insultes de chacun des antagonistes.

La journée serait longue, fastidieuse, et Émilien se réjouit de la bonne idée qu'avait eue Césarine d'inviter le capitaine des pompiers et son épouse à déjeuner le lendemain. Il ne se faisait aucune illusion, les odeurs attireraient Blavet qui, sous un prétexte quelconque, viendrait frapper à la porte et jouerait à l'innocent, non sans faire un peu de chantage en se plaignant de sa tristesse que sa solitude le privât d'un aussi appétissant repas et d'une aussi joyeuse compagnie. Et Césarine, le cœur brisé, ajouterait aussitôt une assiette supplémentaire. Gontard sourit dans ses moustaches : voilà qui leur donnerait à tous trois l'occasion de parler travail, même si cela ne serait pas du goût des deux femmes qui s'empresseraient d'aller faire une petite balade.

Alors que les gendarmes se rendaient sur les lieux de l'incendie, Philidor et Eusèbe allaient récupérer le chariot de Bastien afin de préparer la livraison des barriques de vin entreposées dans la cave de la ferme. Il fallait être deux pour hisser les fûts sur le plateau. Il était important, en outre, de les arrimer solidement pour s'assurer de n'en perdre aucun sur la longue route en pente qui conduisait à Givors, que les deux hommes emprunteraient dès le lendemain.

Deux cabaretiers avaient réclamé la totalité de la production de Philidor, sachant que le vin viendrait à manquer. La verrerie givordine employait un grand nombre d'ouvriers qui se trouvaient toujours assoiffés. Ce dimanche, pendant que l'usine ne fonctionnait pas, ils pourraient en profiter pour transvaser le liquide dans d'autres tonneaux et les entreposer au frais pour les jours à venir.

En se défaisant de sa production, Philidor réaliserait un bénéfice intéressant qui serait investi dans sa prospection des terres tunisiennes ; plus que jamais, il était décidé à tenter sa chance. Il en avait parlé avec Eusèbe qui, après avoir fait triste mine, avait accepté de rester pour surveiller et entretenir ce qui resterait du vignoble. Cette proposition l'avait même rempli d'une certaine fierté ; c'était la preuve de la confiance que le vigneron avait en lui et Eusèbe affichait sur son visage un air d'importance qu'on ne lui avait jamais connu.

Pour le moment, il savourait l'honneur d'accompagner son jeune patron à la grande ville. Philidor lui avait annoncé que tous deux passeraient la nuit à Givors, car, le lendemain, ils devaient récupérer Baptiste qui avait accompagné Jeanne et ses deux fillettes à Vienne. La jeune femme avait décidé de rester une petite semaine chez sa sœur Aurélie qui devait accoucher et Baptiste en avait profité pour s'accorder un peu de repos. Ses champs pouvaient attendre.

En proposant à Eusèbe de passer la soirée à Givors, Philidor avait sa petite idée en tête. Mais il ne voulait pas s'avouer que la disparition d'Appoline le contrariait. Pourquoi n'était-elle pas réapparue, depuis la mort de ses deux oncles ? L'excuse qu'elle avait donnée pour justifier son absence lors des obsèques, à savoir le souci de sa mère handicapée, était invraisemblable ; elle avait récemment prouvé qu'elle n'était pas empêchée de s'éloigner d'elle. Philidor ne voulait pas non plus reconnaître qu'il pensait de plus en plus souvent à elle, mais elle avait mis du feu dans son corps et il se languissait d'une autre rencontre.

Une autre question, plus grave, celle-là, l'obsédait: désirait-elle éviter d'attirer l'attention sur elle ? Car, enfin, la mort des cousins faisait d'elle une héritière de droit direct. Craignait-elle qu'on la soupçonne ? En tout cas, cette idée avait effleuré Philidor, même s'il l'avait repoussée. Apparemment, le gendarme n'avait pas d'autre suspect sous la main, à part lui, bien sûr, qui devrait déployer bien des arguments pour le convaincre qu'il n'avait rien à voir dans les deux meurtres.

Bien que réjoui à l'idée de passer une soirée différente des autres, Eusèbe déplora l'état de ses vêtements, qui ne le gênaient guère pour courir la campagne, mais qui ne convenaient pas à un séjour à la ville. Devant son embarras, Philidor l'engagea à fouiller dans la malle de vêtements de son père qui avait été conservés et même de garder ceux qui lui iraient. La joie et l'excitation du vieux garçon firent plaisir à voir. Jamais de sa vie il n'aurait pensé revêtir autre chose que ses pantalons de toile informes, troués et rapiécés à la diable. Aussi s'empressa-t-il de monter au grenier où était entreposé tout un fatras de vieux meubles, de matériel à feutre inutilisé et de vieux tissus, pour chercher de quoi s'habiller. Il fut satisfait de constater à nouveau que, à quelques centimètres près, Désiré et lui étaient de la même taille. Déjà à l'époque, Sidonie avait raccourci les jambes d'un pantalon que Désiré ne mettait plus. Il l'avait porté des années avant qu'il ne tombe en ruine.

Comme un gamin devant un merveilleux cadeau, il déplia les vêtements un à un, surpris qu'ils n'aient conservé aucune mauvaise odeur, à peine celle de renfermé qu'une exposition à l'air ferait vite disparaître. Il essaya des brodequins qui conviendraient parfaitement à ses courses dans la campagne ; ils étaient un peu grands, mais, avec de grosses chaussettes, ils seraient parfaits. Il récupéra des sabots de bois, des chemises au col élimé, mais propres, ainsi qu'un gros paletot gris que Sidonie avait tricoté et qui lui procurerait une bonne chaleur l'hiver dans son appentis. Il découvrait le contenu de la malle avec une joie enfantine.

Un paquet attira son attention. Il crut qu'il s'agissait d'un livre et l'ouvrit. Quelques feuilles écrites à l'encre violette un peu passée formaient une liasse. Eusèbe savait lire et écrire et il n'était pas aussi idiot que beaucoup le supposaient. Il s'assit sur le plancher et entreprit la lecture laborieuse de chaque feuillet sans penser qu'il s'immisçait dans un secret quelconque ou qu'il se conduisait en curieux. Son index souligna chaque mot qu'il prononça à haute voix. Il découvrit l'acte de mariage d'Honoré Angéolas et d'Alphonsine Dutheil, celui du décès d'Honoré accompagné d'un autre sur un papier de meilleure qualité, libellé d'une belle écriture et marqué d'un coup de tampon d'un ministère public impossible à identifier.

Ce qu'il lut lui fit des frissons dans le dos. Il s'agissait d'un acte d'accusation officiel par lequel Honoré était déclaré traître, insoumis à la loi et condamné à la peine capitale. Il serait pendu, puisque la guillotine s'en était déjà retournée dans la ville de Lyon couper d'autres têtes. La feuille trembla entre les doigts d'Eusèbe.

Il trouva également la déclaration de naissance de leur fils, Désiré, puis une autre lettre à l'écriture maladroite parsemée de quelques fautes d'orthographe, qui s'adressait à Alphonsine ; il s'agissait certainement d'un des rescapés de la Terreur blanche qui présentait ses condoléances, rappelait son amitié avec Honoré et proposait son aide. Il incitait clairement Alphonsine à rechercher le dénonciateur de son mari et à le désigner aux derniers fidèles de l'Empereur afin qu'il soit puni. La lettre se terminait par une phrase soulignée de trois traits : *Honoré était des nôtres, il faut venger sa mort. Ce traître doit payer pour son crime !* Bien entendu, Alphonsine n'en avait rien fait. Quant à Désiré, avait-il eu connaissance de cette lettre ? Eusèbe n'aurait pu l'affirmer avec certitude.

Le vieux garçon réalisa que, si cette lettre tombait entre les mains des gendarmes qui fouillaient partout, les soupçons qui couraient déjà dans le village et certainement dans leur tête se porteraient de façon plus précise sur Philidor. Quelle meilleure preuve d'une vengeance par-delà le temps pouvaient-ils trouver, alors que, pour l'instant, le doute mettait le jeune vigneron à l'abri ? Et quelles autres preuves pourrait-on fournir pour le disculper ? Il imaginait avec angoisse l'arrestation du jeune homme, son emprisonnement et sa propre solitude, son désespoir. Que deviendrait-il, lui, si Philidor était condamné à mort ? Du coup, le plaisir de son escapade s'évapora. Il perdait confiance quand il réalisa tout à coup la grande chance qu'il avait de découvrir ces courriers incriminants.

Il fallait épargner à Philidor les accusations que les gendarmes ne manqueraient pas de porter contre lui, même s'ils n'avaient pas de preuves concrètes. Il réunit rapidement les divers vêtements choisis et glissa dans sa poche la liasse de papiers. Il n'osa pas les brûler, mais décida de les dissimuler dans sa cachette, que personne ne connaissait. Ragaillardi à l'idée qu'il avait sauvé Philidor, il se laissa aller à sa joie. La journée serait rude, mais la soirée les récompenserait de tout.

32

Danger imminent

À Givors, Philidor et Eusèbe s'étaient accordé une agréable soirée. Le jeune homme avait finalement laissé son compagnon devant une dernière bouteille de vin et était parti à la recherche d'un magasin de vêtements haut de gamme en espérant y rencontrer Appoline. Il n'y en avait pas tant que ça. Arrivé devant la boutique *Au chic Parisien*, il était entré et avait demandé si Appoline travaillait bien là. Le patron l'avait détaillé de la tête aux pieds et lui avait affirmé qu'en effet Appoline était vendeuse dans son magasin, mais qu'elle venait de rentrer chez elle. Il était inutile de demander son adresse ; quel motif aurait-il pu invoquer pour aller frapper à sa porte ? Elle qui vivait avec sa mère infirme, aurait-elle apprécié son apparition ? Il avait renoncé et, frustré, avait rejoint Eusèbe, qui avait le regard plus brillant qu'à l'ordinaire.

Ce qu'il ignorait, c'était qu'Appoline l'avait vu arriver de loin. Elle avait hésité une seconde, puis s'était dissimulée dans l'arrière-boutique. Voulant à tout prix éviter un face-à-face, elle avait demandé à son patron de la couvrir. Devinant qu'il s'agissait d'un amoureux, l'homme s'était empressé de s'exécuter. Bien que soulagée d'avoir échappé à cette confrontation, Appoline savait qu'elle ne serait pas quitte envers son patron. Le soir même, elle aurait à se montrer plutôt compréhensive avec lui.

Le lendemain, les deux hommes attelèrent le cheval à la longue carriole et s'engagèrent sur la route qui longeait le Rhône en direction de Vienne. Le grand pont qui reliait les deux rives une fois traversé, bien avant d'atteindre la gare, Philidor aperçut Baptiste qui les attendait en compagnie de Jeanne et de ses deux enfants. Cette fois, l'apparition de Jeanne ne lui fit pas comme avant l'effet d'un aiguillon douloureux. Non sans s'en étonner, il l'embrassa spontanément sur les deux joues. Les deux copains s'étreignirent avec plaisir. Ils ne s'étaient pas revus depuis les obsèques de Grillet. Baptiste se retourna vers Jeanne, qui souriait du plaisir des deux amis.

—J'attends de tes nouvelles pour revenir te chercher. Embrasse ta sœur pour moi et fais mes amitiés à ton beau-frère.

—Je n'y manquerai pas. Toi, n'oublie pas d'arroser mes fleurs. Je n'aimerais pas qu'elles dépérissent en mon absence.

—Promis !

Après une caresse sur les cheveux des fillettes et un dernier baiser à sa femme, Baptiste balança son sac qui atterrit sur le plateau entre les barriques vides. Eusèbe reprit sa place sur un tas de sacs de jute à côté des futailles pour surveiller le chargement sur le chemin du retour. Philidor fit à son ami un rapide survol de l'épidémie qui progressait et lui confia ses projets.

—Tu abandonnerais définitivement ton village et tes vignes pour aller t'installer en Afrique du Nord ?

—Non, Eusèbe restera à Saint-Andéol-le-Château le temps que je trouve les terres idéales. Il est capable de tout gérer jusqu'à mon retour ! Ensuite, nous aviserons.

Baptiste jeta un regard vers Eusèbe, qui ne cachait pas sa fierté. Son jeune patron ne comptait pas l'abandonner.

— Jeanne reviendra-t-elle bientôt ? demanda Philidor.

— Je l'ignore. Tout dépendra de la naissance du bébé. Sa sœur est de petite santé. Elle compte l'aider autant que possible.

— Tu resteras donc seul chez toi ?

— Hélas, oui ! Et je déteste cela.

— Pourquoi ne t'installerais-tu pas à la ferme le temps de son absence ? Eusèbe se débrouille très bien en cuisine et je ne bouderai pas ta compagnie.

Baptiste eut un rire bref.

— Ah ça, je ne refuse pas une telle offre ! D'accord, je prends pension chez toi. Nous aurons enfin l'occasion d'évoquer nos vieux souvenirs.

Le visage de Jeanne passa rapidement devant les yeux de Philidor et, à nouveau, il s'aperçut que la douleur qui y était autrefois attachée avait disparu. Il réalisa qu'il avait enfin fait le deuil de son amour de jeunesse. Le soulagement éprouvé le rassura sur son avenir. Il se sentit comme libéré d'un joug qui avait trop longtemps encombré sa vie.

À Mornant, Émilien et Césarine attendaient le capitaine des pompiers et son épouse. L'odeur du poulet rôti s'était faite insistante, irrésistible, en passant sous la porte de Blavet dont l'appartement était voisin. Elle s'était glissée jusque sous son nez et l'avait fait frémir.

Mais le subordonné hésitait. Il savait que Marcel Leblanc et son épouse étaient invités et il se morigéna. Il n'allait quand même pas s'immiscer entre eux et jouer les trouble-fête. Mais l'odeur suave de la volaille parfumée au serpolet et au romarin lui mit la tête à l'envers. Il enfila sa vareuse, redressa ses moustaches, passa la main dans ses cheveux pour les discipliner un peu et frappa d'une main légère à la porte de son adjudant, le visage illuminé d'un sourire.

Émilien ouvrit. Il lui dédia un rictus goguenard et désigna la cinquième assiette.

— Tu vois, on t'attendait !

Le repas se passa dans une joyeuse ambiance. Laurentine passait de bras en bras. Émilien ne pouvait cacher sa fierté d'avoir une si belle petite fille. Le bébé resta un moment sur les genoux d'Adeline, qui adressa à son époux un regard d'envie. Les trois hommes se lancèrent dans un débat qui concernait la guerre avec l'Autriche et le nombre de morts qui augmentait chaque jour, notamment celui des combattants mornantais, onze jusqu'à ce jour. Césarine et Adeline refusèrent de les écouter plus longtemps. Elles leur adressèrent un petit signe de la main et, Laurentine déposée dans le landau, elles partirent faire une promenade.

Non loin de Mornant, les deux amis avaient parcouru le domaine en compagnie d'Eusèbe. Baptiste avait constaté qu'effectivement les dégâts étaient plus importants qu'il ne l'avait imaginé. Après le dîner, Eusèbe rejoignit son appentis. Philidor et Baptiste restèrent seuls ; le moment des confidences était arrivé. Le premier mit le second au courant de l'enquête en cours qui perturbait l'ambiance du village et des soupçons qui, il en était certain, pesaient contre lui. Si son innocence n'éclatait pas très vite, il avait de grandes chances d'être arrêté dans les jours à venir par les gendarmes, qui n'avaient apparemment pas d'autre piste. Il serait retenu en prison jusqu'au procès ou jusqu'au jour peu probable de l'arrestation des vrais coupables. Le pire, c'était qu'il n'avait aucun alibi à alléguer pour se disculper.

—Dès demain, je dois me présenter au pressoir du village où les gendarmes ont établi leur bureau. Je vais passer un sale moment, parce que tout me désigne. Je ne sais pas comment me défendre.

Un regard explicite de Baptiste lui dévoila sa pensée.

—Non, mon ami, ma fuite m'accuserait davantage. Et que ferais-je ? Me cacher pendant une semaine, un mois, un an et tout laisser tomber ici ? Ce n'est pas envisageable.

—Sans doute, mais, emprisonné, tu n'auras aucun recours.

À mon avis, les pandores seront trop contents d'avoir clos l'affaire pour chercher un autre coupable, alors qu'ils en ont un idéal sous la main.

—Je sais. J'attends de voir comment se déroulera l'interrogatoire. Je ne peux pas fournir de preuves de mon innocence, mais je ne vois pas non plus comment ils auraient pu trouver des indices prouvant ma culpabilité.

Baptiste n'osa pas poser la question qui lui brûlait les lèvres : « Les as-tu tués, oui ou non ? » Cela aurait été faire preuve de peu de confiance en son ami. Pourtant, il s'inquiétait du fait que, à aucun moment, Philidor n'avait protesté de son innocence. Le regard sombre de son camarade lui fit entrevoir les soucis qu'il devait affronter.

—As-tu confiance en ces gendarmes ? En leur impartialité ?

—En ce qui concerne l'adjudant, plutôt. Pourtant, je sais que mon exploit auprès de sa femme ne changera rien à son jugement.

—Quel exploit ?

Philidor dénuda ses avant-bras, qu'il avait tenus dissimulés pour éviter qu'on lui pose des questions. Même Eusèbe n'avait pas vu les marques de morsures. Il en était même venu à penser que l'autre pandore, celui qui lui plaisait moins, aurait tout de suite déduit que ces blessures avaient été faites par les cousins en se défendant. Il relata rapidement l'épisode du sauvetage de l'épouse et de la fillette de l'adjudant.

—En tout cas, il ne pourra pas t'accuser d'avoir été mordu par les vieux cousins !

Philidor sourit amèrement. Baptiste avait eu la même pensée que lui.

—Alors, quelle autre solution envisages-tu ?

—Aucune ! Et c'est ce qui me tourmente.

Baptiste vida son verre et posa une main compatissante sur le bras de son ami.

—La nuit porte conseil. Je vais me coucher.

—Eusèbe a préparé la chambre en haut. Tu y seras bien. Si tu ne me vois pas demain matin, c'est que je serai au pressoir. Prends ton temps !

—Je retournerai chez moi prendre un peu de vêtements de rechange et je m'installerai ici jusqu'au retour de Jeanne. J'ai dans l'idée que ma compagnie te fera grand bien !

Eusèbe resta un moment à profiter de la douceur de la nuit et se dirigea vers son appentis. Il rabattit le panneau de toile qui lui servait de porte et alluma une lampe à pétrole qu'il emporta dans son coin de nuit. Il la posa sur le sol, tira sa paillasse au milieu de la pièce, ôta un vieux tapis et gratta légèrement la terre. Il mit au jour une boîte en bois qu'il ouvrit. Elle contenait deux grandes capades de feutre pleines de billets et de quelques pièces, une belle somme qui représentait tout l'argent qu'il avait gagné depuis qu'il travaillait chez Désiré, dont il ne dépensait qu'une infime partie, puisqu'il bénéficiait de tout, à la ferme. Il profitait du passage d'un colporteur pour s'acheter de menues gâteries, du tabac, des chaussettes surtout, car il en usait beaucoup. Parfois, en manque de monnaie, le colporteur échangeait avec lui des billets contre ses pièces, ce qui facilitait le rangement de ses économies et pesait moins lourd dans les capades. Vu les vêtements qu'il avait récupérés dans le grenier, il ne dépenserait plus guère avant longtemps.

Eusèbe ne savait pas vraiment évaluer sa fortune, mais de la savoir à l'abri des voleurs le rassurait. Qui irait penser qu'un pauvre bougre comme lui pouvait posséder tant d'argent ? Mais deux précautions valaient mieux qu'une et il n'en parlait jamais, en plus de l'abriter sous son lit dans une cachette qu'il avait imaginée. S'il se trouvait dans le besoin un jour, il aurait de quoi subsister quelque temps. Il préleva quelques pièces et, avant de refermer la boîte, s'assura que les lettres s'y trouvaient bien. Il était toujours tenté de les brûler, mais il s'y refusait sans vraiment savoir pourquoi.

Le lendemain, Philidor serait questionné par les gendarmes. Il resterait seul avec Baptiste. Il avait bien envie de l'emmener avec lui courir la campagne afin de délivrer quelques lièvres qui auraient pu se prendre dans les collets. S'il en trouvait un étranglé, il le dépècerait pour faire sécher la peau et le cuisinerait en civet. Ici, le vin ne manquait pas. Il conduirait ensuite Baptiste dans le bois de Montrond, sur les lieux de la cachette d'Honoré, une ruine qu'on ne pouvait plus approcher et qui, pendant longtemps, avait été un lieu de prières pour Alphonsine qui versait des larmes au souvenir de ses derniers moments d'amour. Il l'entraînerait enfin jusqu'aux Échirayes où Honoré avait été pendu, sans savoir pourquoi cela lui paraissait si important, persuadé que Philidor ne l'avait jamais emmené en ces lieux.

Il se coucha heureux et fier à la pensée que le jeune hommc lui rcnouvclait sa confiancc cn plaçant scs vigncs sous sa protection le temps que durerait son absence.

33

Quand le voile se déchire

En ce lundi matin, Gontard s'installa sur sa chaise et désigna la sienne à son adjoint. Cahier et crayon en main, Blavet se préparait à noter les déclarations de Philidor, qui patientait dehors. Le garçon paraissait nerveux. L'adjoint y voyait un autre indice de sa culpabilité.

À l'appel de son nom, le jeune homme pénétra dans le pressoir où régnait une fraîcheur bienvenue. Ébahis, les deux gendarmes identifièrent la silhouette de celui qui allait chez Julien Dubois ou qui sortait de chez lui, alors qu'ils s'y rendaient eux-mêmes. Blavet posa un regard entendu sur l'adjudant qui n'y répondit pas, préoccupé par une question : devait-il dès à présent remercier le jeune homme pour le courage qu'il avait déployé lorsqu'il s'était précipité au secours de Césarine et de son bébé ? Il décida de garder le silence pour l'instant, surtout que l'autre, n'ayant pas été mis au courant, n'y comprendrait pas grand-chose et lui reprocherait de ne pas lui en avoir parlé.

Philidor restait immobile. Il faisait dans son esprit la même démarche et il se demandait si le gendarme ferait allusion à l'attaque du chien errant.

Ce fut Lucien, le maire, qui sauva la situation. Il invita Blavet à le suivre pour lui communiquer le résultat de ses recherches chez le notaire de Mornant. Son adjoint parti, Gontard se leva, lui tendit la main et le remercia chaleureusement de son intervention. Quand Philidor tendit la sienne, Émilien put voir les traces des profondes morsures qui la recouvraient. L'un et l'autre savaient que ce détail n'entrerait pas en compte dans la suite des choses. Le jeune homme s'assit et attendit en dévisageant celui qui peut-être l'enverrait en prison.

—Vous connaissez la raison de cet interrogatoire, n'est-ce pas ? Il n'est un secret pour personne. Il vous concerne autant que les autres.

—Oui, mon adjudant, et je n'ai aucune réticence à répondre à vos questions.

Gontard hocha la tête.

—Plusieurs indices et témoignages nous portent à croire que les deux crimes sont le fait d'une vengeance.

—Et que j'en serais l'auteur ! l'interrompit Philidor, qui préférait aller tout de suite au sujet.

L'adjudant ne s'attendait pas à cette attaque directe.

—En effet, mais vous êtes ici en tant que témoin, nullement en tant que suspect.

—Je l'ai bien compris. Que désirez-vous savoir ? Si je haïssais les cousins, si j'avais un intérêt quelconque à ce qu'ils meurent ? Et sans doute, ce que je faisais le soir du crime ?

Gontard fut surpris de sa réaction, mais il l'apprécia.

—Vous n'entreteniez pas de bonnes relations avec eux, avec Grillet plus précisément. Vous vous êtes disputés la veille de sa mort. Un passé tragique vous opposait. Il concernait votre grand-père, Honoré Angéolas. On nous a longuement raconté les circonstances qui auraient pu vous inciter à venger un crime vieux de plus de cinquante ans.

Philidor bondit de sa chaise.

—Antoine Grillet était un salaud de la pire espèce, mais mon père n'a pas jugé bon de l'envoyer en enfer. Pourquoi l'aurais-je fait moi-même ? Pour ruiner ma vie ?

—On ne réfléchit pas toujours, sur le moment.

—Certes, mais cet homme a condamné à mort un camarade qui ne lui avait fait aucun tort. Pourquoi a-t-il agi ainsi ?

—C'est l'opinion que vous avez de votre grand-père et c'est tout à votre honneur. Mais ce n'est pas la vérité. Nous avons la preuve qu'Honoré Angéolas avait arraché à Antoine Grillet la vente de ses meilleures vignes. Mais je vous l'accorde, ce n'était pas une raison pour le faire pendre haut et court et provoquer le drame qui a terriblement affecté votre grand-mère Alphonsine.

Philidor pâlit.

—Quoi ? Les vignes du Béry appartenaient à Grillet ? Il n'en a jamais parlé et je l'ignorais, persuadé que ce bien avait toujours fait partie de la famille. Je suis certain que mon père ne connaissait rien de cette histoire. Mais quoi ! Il n'avait qu'à refuser la transaction.

—Il ne pouvait pas, car votre grand-père le tenait. Il le faisait chanter.

—De quelle sorte de chantage parlez-vous ?

Philidor avait tout à coup l'impression que les murs du pressoir tournaient autour de lui et se rapprochaient pour l'écraser.

—Puisque, de toute façon, tout le monde est au courant, sauf vous apparemment, autant vous le révéler. Grillet et Rivaux entretenaient des relations amoureuses. Honoré les avait surpris et les avait menacés de répandre la nouvelle. Pour ne pas être vilipendé, Grillet a dû céder !

Philidor ne s'attendait pas à ce genre d'annonce. L'évidence sauta aussitôt à ses yeux.

—Et Grillet s'est vengé de cette façon ! C'est abominable. Et Rivaux, alors ? Quel rôle a-t-il joué qui aurait pu me pousser à le tuer lui aussi ?

—Il faisait partie des gardes nationaux qui sont allés arrêter Honoré.

—Ah ! Je n'étais pas au courant de ça non plus… N'empêche que vous faites fausse route. Je ne suis pour rien dans ces meurtres. En revanche, je ne comprends pas pourquoi Grillet a épousé ma grand-mère s'il était sodomite ! Quel intérêt avait-il ? Il comptait récupérer ses vignes ?

—Je ne le pense pas, votre grand-mère y tenait comme à la prunelle de ses yeux. Elle ne les aurait jamais cédées.

—Alors, pour quelle raison l'a-t-il épousée ?

—J'y ai réfléchi. Grillet devait à tout prix se protéger des Andéolais vindicatifs, se fabriquer une couverture de normalité pour vivre tranquille. La meilleure solution, pour lui, c'était de se marier. Sans cela, il risquait d'être mis au ban de la société et d'être excommunié. À cette époque, tout comme encore aujourd'hui, on n'acceptait pas les différences, celle-ci encore moins que les autres. D'autre part, qui dit qu'il ne désirait pas quand même avoir un enfant pour lui céder ses biens ? Il n'aurait pas été le seul dans ce cas. Le fait d'aimer un autre homme ne l'empêchait pas de procréer. De toute évidence, son souhait n'a pas été comblé.

Un court instant, Philidor pensa à sa grand-mère, à ce qu'elle avait dû endurer en compagnie de Grillet. Antoine n'avait pas pu cacher sa pédérastie à Honoré, mais il s'était ignoblement vengé à la première occasion. Mais, plus encore que la découverte des mœurs de Grillet, c'était l'attitude de son grand-père qui le décevait profondément. Il restait abasourdi.

Au bout d'un moment, il répondit sur un ton douloureux :

—Je comprends mieux. Moi qui admirais mon grand-père ! Je ne le voyais pas ainsi. Tout le monde l'auréolait, mon père surtout, lui qui ne l'avait pas connu.

—C'est souvent ainsi avec les morts, surtout quand ils ont été victimes d'atrocités.

—Je savais quel rôle avait joué Antoine, Bastien me l'avait révélé la veille des crimes et c'est vrai que j'étais furieux. Mais de là à aller assassiner deux vieux... D'ailleurs, la veille de la mort de Dubois, je voulais lui rendre visite, il faisait partie de l'équipe des quatre et il savait tout. Je voulais qu'il me confirme les paroles de Bastien, mais j'ai renoncé à la dernière minute. Je voulais oublier cette histoire. J'ai fait demi-tour.

Gontard afficha un sourire satisfait. Le jeune Angéolas ne mentait pas.

—Je sais. Nous vous avons aperçu lorsque nous sommes allés chez lui.

—Et Julien a rendu l'âme. Suis-je aussi accusé de sa mort ?

—Vous n'êtes accusé de rien, je le répète ! En outre, il ne s'agit pas de Julien, mais de Grillet et de Rivaux. Même Louis Fabre craint pour sa vie.

Philidor haussa les épaules.

—J'en ai rien à faire, de ce vieux ! Et je n'ai pas tué les deux cousins.

—Alors, qui d'autre ? Vous qui connaissez tout le monde au village, avez-vous une idée ?

Pour rien au monde il n'aurait fait part à l'adjudant de l'odieuse suspicion qui l'avait tourmenté et qui l'indisposait toujours. Il n'allait pas leur mâcher le travail, surtout si un jour ses doutes se révélaient inexacts.

—Je ne peux vous aider d'aucune manière.

—Que faisiez-vous la nuit des meurtres ?

—Je dormais, tout simplement.

—Voilà qui ne vous aide pas beaucoup.

Philidor se cabra.

—J'ignorais, alors, que j'aurais besoin d'une justification le lendemain !

—Vous êtes le seul à avoir assez de rancune pour avoir voulu leur mort ! Vous veniez d'apprendre la trahison de Grillet et de vous rappeler une promesse faite à votre père, m'a-t-on dit, vous engageant à rechercher le renégat...

—C'est vrai, je l'avais oubliée !

—Antoine souhaitait la mort de vos vignes, surtout de celles qui lui appartenaient auparavant. Vous rongiez votre haine et, sur un coup de tête, vous êtes allé lui régler son compte. Dans ce contexte, le cas de Rivaux doit être mis sur le compte de la malchance ; il s'est trouvé au mauvais endroit au mauvais moment.

Après un long silence chargé d'émotions, Gontard demanda à brûle-pourpoint :

—Possédez-vous un fusil modèle 1754 muni d'une baïonnette ?

Philidor ouvrit grands les yeux.

—Qu'est-ce que vous voulez que je fiche d'une pareille vieille pétoire et de sa baïonnette ? Comme tout le monde, j'ai un fusil pour chasser, mais il n'est ni ancien ni muni d'une baïonnette.

L'adjudant scrutait son visage. Il semblait désespérément à la recherche d'un signe de sa culpabilité. Philidor s'énerva et l'agressa.

—Eh bien, si vous me croyez coupable, montrez-moi vos preuves, car je suis bien certain que vous n'en avez aucune et que vous n'en trouverez aucune !

—Parce que vous les avez bien cachées ?

Philidor ironisa tant il était hors de lui.

—Qui sait ? Venez fouiller partout chez moi !

Gontard perdit patience, il jaillit hors de sa chaise, se dressa raide comme un piquet et le menaça du doigt.

—À quoi bon puisque vous venez d'avouer que vous avez fait disparaître les preuves qui vous confondraient !

Philidor se leva à son tour, nullement intimidé par le gendarme. Tous les deux se faisaient face et des éclairs s'échappaient de leurs yeux.

—Je n'ai rien dit de tel, c'est vous qui le suggérez. Mais j'ai bien compris qu'il vous faut un coupable à tout prix et que vous êtes incapable d'en trouver un ailleurs qu'entre ces murs.

Tous deux s'affrontaient du regard sans que l'un baisse les yeux. Gontard s'empourpra. Voilà que ce gamin mettait en doute sa droiture. Il n'apprécia pas, mais pas du tout. Mais en remarquant que leurs cris avaient attiré Blavet qui arrivait une feuille à la main, il se rassit et reprit plus calmement.

—Votre réaction vous porte préjudice. Je ne croyais pas forcément en votre culpabilité. À présent, je n'en doute plus.

Je n'arrête personne sans preuve tangible, mais, faites-moi confiance, j'en trouverai, chez vous ou ailleurs !

Philidor haussa les épaules.

—Ne vous gênez pas, la ferme reste toujours grande ouverte. Venez quand bon vous semblera.

Gontard rageait intérieurement.

—Vous n'avez plus le droit de quitter le village tant que vous ne serez pas disculpé.

—Aucune importance, j'ai de quoi m'occuper ici.

—Vous deviez partir, m'a-t-on dit !

—Partir ?

Il réfléchit, ne comprenant pas où le gendarme voulait en venir.

—Ah, en Afrique du Nord ! En effet, c'est un projet, mais pas avant les vendanges, si vendanges il y a et si vous ne m'avez pas jeté en prison, ce qui, je pense, me pend au bout du nez !

Gontard ne répondit pas. Il bouillait intérieurement, mais il reprit la parole sur un ton neutre.

—Je ferai transcrire votre témoignage dans les moindres détails par mon adjoint et vous viendrez le signer.

—Pas de problème !

Après lui avoir jeté un regard lourd de rancune, il se leva, se raidit en une sorte de salut et demanda :

—Je peux partir ?

—Vous pouvez, mais restez à notre disposition !

Philidor ne se le fit pas dire deux fois, furieux et plus inquiet que jamais. *Je suis foutu !* pensait-il. *Celui-là ne me lâchera pas d'une semelle.*

Il s'éloigna à grands pas. Qu'allait-il bien pouvoir trouver pour l'arrêter, ce gendarme au nez plus busqué que celui d'un aigle, au regard perçant qui l'avait dépecé dès que le doute l'avait envahi ?

Vexé de n'avoir pas pu assister à l'interrogatoire, Blavet marmonnait. Mais Gontard n'était pas à prendre avec des pincettes. Il le foudroya des yeux.

—Eh bien, qu'y a-t-il ?

—J'aurais bien aimé le questionner, cet énergumène !

—Je l'ai fait. Et c'est quoi, cette feuille ?

—La preuve qu'Angéolas avait bien racheté les parcelles de Grillet avant le soulèvement des Lyonnais. Et pas mal d'autres.

—Peu importe, maintenant, tout est clair. Il va nous falloir faire des prouesses pour aboutir, parce que, à part Philidor, on n'a personne à se mettre sous la dent !

—Normal, puisque je suis certain que c'est lui l'assassin ! Quoique…

—Quoi ?

—Le notaire.

—Quoi, le notaire ?

—Quand le maire a fait les recherches au sujet des vignes, il lui a demandé s'il n'avait rien remarqué de particulier. Le notaire lui a simplement signalé que, récemment, un homme était venu pour savoir où se situait exactement la maison de son grand-père.

—Et alors ?

—Cette maison qu'il cherchait correspondait justement à la maison que Grillet avait achetée quand il a quitté la ferme après la mort de sa femme. Mais il n'a pas donné la raison de sa quête. De toute façon, la maison a été vendue en toute légalité. L'homme n'avait donc plus aucun droit sur elle, même s'il était l'héritier de son grand-père.

Cette information fit écho dans l'esprit de l'adjudant. Il décida de ne pas la laisser se perdre.

—On verra. Rien ne dit que cet inconnu est pour quelque chose dans les meurtres, mais on vérifiera. Allez, ramasse les dossiers et détache les montures, on retourne à Mornant. À l'avenir, les interrogatoires et les dépositions auront lieu à la brigade ! J'en ai soupé, de ce pressoir !

Blavet triompha, mais modestement pour ne pas irriter davantage l'adjudant.

—Depuis le début, je soupçonne Angéolas, mais il est malin. Si ça se trouve, il va s'en tirer indemne. Mais il nous reste l'intime conviction ! Elle prévaut dans bien des cas, n'est-ce pas ?

Gontard ne répondit pas.

—N'est-ce pas, mon adjudant ? insista Blavet.

—Quand je serai persuadé de sa culpabilité, pas avant !

—Il filera et nous l'aurons perdu pour toujours !

—Pas du tout, il doit se rendre chez la modiste mardi !

Blavet se retourna, surpris.

—Comment vous savez ça, vous ?

Gontard se racla la gorge.

—Je le sais, c'est tout !

—Ah bon ! Je croyais qu'on devait échanger toutes nos informations !

—Celle-ci m'a échappé, assura-t-il avec une mauvaise foi qui outra Blavet.

—Pardi !

—Allez, en route ! J'ai faim !

—Moi, ma cuisinière de la place des Terreaux m'attend.

Gontard se calma et sourit.

—Quel est le menu ?

—Deux andouillettes grillées accompagnées d'une purée de pommes de terre au lait et au beurre.

—Eh bien, moi, je ne serai pas aussi bien servi. Je finirai les restes d'hier. Si j'osais…

—J'aimerais bien ! Accompagnez-moi, mon adjudant, vous verrez comme Suzon est une belle femme, mais votre Césarine ne vous le pardonnera pas.

—À cause de la femme, ou de la cuisinière ?

—Les deux !

34

Message du cœur

Après son entrevue avec l'adjudant, Philidor ne put surmonter la déception et l'écœurement qui le gagnaient. Il balança un coup de pied dans une pierre du chemin qui alla se perdre dans l'herbe. Il ne sentait même pas les larmes couler sur ses joues. Son rêve s'écroulait lamentablement. Honoré, ce père adulé par un fils qui n'avait jamais eu le bonheur de le connaître et à qui il avait tant manqué alors qu'il se heurtait à Antoine, n'était qu'un détrousseur. On lui avait raconté la magnifique histoire d'un grand-père idéal, d'un homme aimé à la folie et odieusement trahi, injustement condamné à la potence. Cet homme encensé par tout le monde n'était qu'un être avide d'argent, un homme qui n'avait jamais éprouvé de remords à spolier les plus fragiles ou à profiter de la détresse morale d'un copain pour lui extorquer son bien. Sa désillusion était immense.

Il n'eut pas le courage de rentrer à la ferme. Il changea de cap et prit le chemin des Échirayes, comme pour se remémorer une scène à laquelle il n'avait pas assisté, mais qu'on lui avait racontée avec force détails. Il eut honte ! Sans savoir pourquoi, il se mit à ressentir une sorte de compassion pour Grillet. Grillet qui, de son côté, avait ourdi sa vengeance et envoyé sciemment à la mort celui qui risquait de briser sa vie, de le désigner à la vindicte populaire à cause de ses amours interdites par la moralité.

Il se remémora le projet du maire d'inscrire sur une stèle le nom d'Honoré Angéolas à la suite de ceux des martyrs de la Terreur blanche. Il décida qu'il s'y opposerait. Qu'il gravât dans la pierre le nom des autres, les êtres sincères qui s'étaient rebellés pour préserver leur famille de la famine devant le prix exorbitant du blé, les fidèles qui ne rêvaient que de voir l'Empereur reprendre sa place sur le trône, mais Honoré ne méritait pas de figurer auprès d'eux. Il n'avait été qu'un usurpateur des bons sentiments que sa famille lui avait attribués.

Dans sa cruelle désillusion, le jeune homme ne se demanda même pas s'il était trop dur envers son grand-père. Le héros avait basculé de son piédestal et l'amertume de son petit-fils le foulait au sol.

Arrivé aux Échirayes, Philidor s'assit sur un rocher qui affleurait au-dessus du sol et resta là à chercher parmi les arbres qui avaient poussé pendant plus de cinquante ans celui dont la branche avait servi de potence à Honoré. Il pensa à la douleur d'Alphonsine et bénit l'ignorance où elle avait été tenue de la malveillance de son premier mari comme de la trahison de son second.

Il se prit à détester les vignes d'Honoré, lui qui les aimait tant, qui voulait leur consacrer sa vie ou les faire revivre ailleurs pour perpétuer son souvenir. Il en vint à souhaiter qu'elles périssent comme les autres et il rêva de tout oublier de ce village. S'il échappait à la prison, il prélèverait des greffons sur les vieilles vignes à l'automne, celles de Désiré, pas celles d'Honoré, à jamais bannies de son cœur. Il en survivrait sûrement quelques-unes. Il convaincrait Eusèbe de l'accompagner et tous deux commenceraient une nouvelle vie loin de Saint-Andéol-le-Château où chaque vigne lui rappellerait sans cesse les drames qui avaient agité la communauté.

En cet instant, sa solitude l'écrasait. Marguerite se manifesta à lui. Il évoqua l'amour qu'elle croyait dissimuler dans ses yeux et qu'il avait refusé de voir comme de recevoir. Un battement qu'il n'avait encore jamais entendu naquit dans sa poitrine. Il réalisa à quel point il avait besoin de son amour, mais aussi de sa tendresse ; il aurait voulu, là, sur-le-champ, lui confier son chagrin et se réfugier dans ses bras. Le désir le surprit soudain, celui de vivre à ses côtés des moments d'intimité. Jamais, dans son adolescence, il n'avait éprouvé de désirs aussi forts pour Jeanne.

Il remarqua aussi que, d'instinct, il ne s'était pas tourné vers Appoline, mais vers Marguerite. Appoline, c'était le désir violent et fugace, celui qui permet d'oublier un instant le poids de la vie. Là, c'était tout autre chose qui venait d'éclore. La vérité qu'il s'était efforcé de nier éclatait en lui. Marguerite occupait tous les espaces de son cœur.

Mais il était trop tard. Qu'avait-il à lui offrir, à présent ? Un vignoble dévasté par la maladie qui rendrait l'âme sous peu, un avenir compromis par l'arrestation qui le guettait et le risque de se retrouver seule une fois son mari emprisonné. Pire, s'il n'était pas très vite innocenté, le veuvage suivrait de peu leurs noces, car il n'échapperait pas à la guillotine ou la pendaison. Plutôt que de lui imposer un tel destin, il préférait fuir et retomber dans l'oubli. Marguerite serait bien plus heureuse sans lui, sans devoir porter sa part de souffrance. À nouveau, il éleva une barrière entre eux.

Cette décision de disparaître de Saint-Andéol-le-Château libéra son cœur. Il retourna sur ses pas et rejoignit la ferme où l'attendaient Eusèbe et Baptiste. À les entendre de loin rire aux éclats, sa tension se relâcha. Il allait profiter de sa liberté tant que le gendarme au profil d'aigle ne viendrait pas lui passer les menottes.

De son côté, Gontard ne décrocha pas un mot pendant le repas du midi qui suivit l'interrogatoire de Philidor. Pendant le repas, Césarine tenta bien quelques questions, mais le regard buté de son époux l'en dissuada bientôt. T*ant pis, pensa-t-elle, cet après-midi, je retourne chez Marguerite. Philidor y sera avec son ami. J'apprendrai par eux ce qu'il ne veut pas me confier, comme toujours !*

Dès la fin du repas, elle se mit à confectionner un gâteau dans l'intention de l'emporter chez la modiste et d'en offrir une large part à son sauveur pour le remercier. En la voyant faire, Gontard se réjouit en silence ; il supposa qu'un bon dessert l'attendrait le soir et Césarine, qui devina ses pensées, rit sous cape. L'assiette garnie du gâteau tout juste sorti du four, entourée d'un torchon, fut déposée sur le landau et elle prit la route de Chassagny.

Quant à eux, les deux gendarmes repartirent sur le site des granges incendiées ; ils ne rentreraient que fort tard une fois de plus.

Tout en poussant le landau, Césarine jetait des coups d'œil à droite et à gauche, appréhendant une autre mauvaise rencontre, mais c'était bien la seule ombre à son humeur. Elle avait devant elle une bonne heure de marche, à se réjouir par avance de l'après-midi qui s'annonçait. Marguerite lui avait promis de l'initier à la décoration des chapeaux. Si son premier ouvrage s'avérait réussi, s'il attirait quelques compliments, pourquoi ne pas travailler avec elle ? Toutes deux s'entendaient si bien !

L'épouse de l'adjudant était sereine. Elle voyait d'un meilleur œil son déménagement à Mornant, qu'elle avait un peu appréhendé, mais qui lui réservait des avantages qu'elle n'aurait jamais soupçonnés. Elle se sentait plus libre de ses journées depuis qu'elle ne tissait plus du matin au soir en l'unique compagnie de ses parents et de ses sœurs. Sans doute aussi que la naissance de Laurentine l'avait épanouie et que le galon gagné par son époux l'avait rendue encore un peu plus fière.

Et pourquoi ne pas attribuer sa joie de vivre aux amitiés qui étaient nées, alors qu'elle s'était crue condamnée à une grande solitude, tant la vie d'épouse de gendarme la privait de certaines distractions ? Surtout, il fallait toujours faire très attention de ne pas causer le déshonneur de son mari et de la gendarmerie ! Que de fois n'avait-elle pas entendu cette recommandation faite par un vieux barbon d'officier qui la répétait à chaque inspection ! Une recommandation aussitôt transmise aux épouses, qui ne se seraient jamais avisées d'enfreindre le *Règlement intérieur* qui régissait leur vie.

Césarine était heureuse, tout simplement.

La ferme n'était plus loin. Elle pressa le pas. Dans la cour, elle appela Marguerite qui surgit aussitôt et l'accueillit avec un plaisir évident. Les confidences échangées lors de leur précédente rencontre les avaient rapprochées et Césarine ressentait une amicale affection pour Marguerite. Elle lui tendit le plat tiède.

—Pour le goûter de l'après-midi et pour remercier mon héros !

Marguerite huma la délicieuse odeur qui s'échappait à travers le torchon.

—Ils ne tarderont pas. J'ai déjà préparé deux chapeaux nus. Nous allons voir comment vous vous débrouillez.

—J'ai hâte de m'y mettre !

—Je suis certaine que vous n'aurez pas de problème. Il suffit d'avoir de l'imagination pour transformer un chapeau de feutre ordinaire en un envol d'oiseaux ou un champ de fleurs. J'en ai vu quelques-uns que se disputaient les grandes dames de Lyon, qui recherchent l'originalité plutôt que les chapeaux tristes et sombres qu'auraient portés leurs mères ou leurs grands-mères. Je me suis dit qu'ils étaient plutôt encombrants, mais l'envie fait loi. D'autres, garnis d'un précieux assemblage de rubans ou de dentelles, étaient d'un goût parfait.

Césarine se mit au travail sous les directives de la modiste. Rubans et plumes formèrent un gracieux décor sous ses doigts.

Marguerite examina avec soin le résultat de son travail en fronçant les sourcils et déclara :

— C'est un excellent début. Mais nous ne le terminerons pas aujourd'hui. Mes amis ne vont pas tarder. Revenez quand vous le pourrez et nous nous attaquerons aux finitions. C'est le plus délicat.

Césarine rosit de plaisir, persuadée que, sous les conseils de la jeune modiste, elle progresserait très rapidement. Laurentine s'agita, ouvrit les yeux, sourit aux anges et Marguerite, ravie, demanda la permission de la prendre dans ses bras, ce que Césarine accepta d'emblée.

Elles patientèrent à l'ombre en profitant de la fraîcheur et en conversant tout bas. Lorsqu'elles découvrirent devant elles les deux hommes qu'elles n'avaient pas vu s'approcher, elles poussèrent un petit cri de surprise.

En voyant Marguerite si belle et si émue, Philidor ressentit pour la première fois en sa présence les affres de la souffrance, le prix de son renoncement à l'amour, une douleur qu'il s'imposait. Il tressaillit. Il hésita encore un instant à tout balayer, sa peur d'aimer, le danger qui le guettait, la mort de ses vignes. Il rêvait de la prendre dans ses bras et de lui déclarer tout ce qu'il ressentait ; il regrettait obscurément qu'ils ne soient pas seuls tous les deux. Mais Césarine et Baptiste semblaient attendre de lui la même chose et ils avaient dans leur regard comme une expression de reproches. Cela eut plutôt pour effet de le paralyser. *Oui, ma douce,* songea-t-il, *je t'avouerai mes sentiments quand nous serons seuls, demain ou après-demain.* Il imaginait déjà leur rencontre, leurs étreintes, son aveu, son humilité devant l'accueil que lui réserverait Marguerite.

En le voyant hésitant, la jeune femme ne pouvait dissimuler ce qu'elle éprouvait ; tout son corps en témoignait. Elle était en attente, ce qui n'échappa ni à Césarine ni à Baptiste. Philidor fit mine de n'avoir rien remarqué. Césarine réprima un soupir de découragement et examina les deux garçons. Ils ne se ressemblaient en rien. Plutôt grand, presque maigre, le visage un peu dur, Philidor avait toujours sa grande mèche de cheveux châtains qui, la plupart du temps, cachait en partie ses yeux d'un marron de velours. Il avait pour habitude de relever un bord de son chapeau pour la coincer dessous, mais la mèche, rébarbative à sa prison de feutre, retombait invariablement. Son compagnon avait des cheveux blonds qui bouclaient dans son cou et des yeux bleus. Il se révélait des plus séduisants. Contrairement au premier qui affichait une humeur sombre, il respirait la gaieté.

Philidor se pencha pour embrasser Marguerite sur la joue et, sans qu'il le veuille, ses lèvres effleurèrent les siennes. Marguerite devint écarlate et le jeune homme se fit des reproches. Puis il s'inclina légèrement pour saluer Césarine, sourire aux lèvres, refusant de reporter sur elle la rancœur que lui avait inspirée son époux.

—Je vous présente mon ami Baptiste Viviers. Il connaît la réputation de modiste de Marguerite et ne veut acheter qu'un chapeau sorti de son atelier !

Césarine le salua, puis elle se retourna vers Philidor et regarda ses mains.

—Vos blessures se cicatrisent-elles ? Je suis encore si confuse du souci que je vous ai donné, et si reconnaissante ! Mon époux vous a-t-il bien remercié, au moins ?

Philidor tressaillit. Visiblement, le gendarme ne lui avait pas communiqué ses impressions suite à son interrogatoire.

—Tout à fait, madame. C'est la première chose qu'il a faite avant… lors de notre rencontre.

Césarine ressentit un léger embarras, qu'elle ne souhaita pas prolonger. Sa curiosité ne serait pas satisfaite ce jour-là !

—J'ai préparé un biscuit à votre intention. J'espère qu'il vous plaira.

—Et moi, j'ai apporté une bonne bouteille de vin au goût

de poire, un *viognier* [1] qu'on ne trouve plus guère dans la région. On dit qu'il plaît beaucoup aux femmes !

Marguerite ne quittait pas Philidor des yeux, espérant qu'il pose les siens sur elle. Il croisa plusieurs fois son regard. Chaque fois, le message qu'il lui transmettait était des plus explicites. Qu'allait-il faire ?

Césarine s'adressa à lui, toujours aussi directe dans ses questions.

—Vous comptez vraiment quitter la région ?

—En effet, c'est un de mes projets.

Marguerite pâlit légèrement. Elle s'écria :

—Pas tout de suite, quand même ! Tu as bien le temps !

Mieux vaut en finir maintenant, pensa-t-il. *La douleur sera forte, mais brève.* Il la regarda et déclara d'un ton beaucoup plus sec qu'il ne l'aurait voulu :

—Peut-être plus tôt que prévu ! Souvent, le salut est dans la fuite ! De toute façon, rien ne me retient ici !

—Pourquoi dis-tu cela ? répondit-elle d'une voix tremblante. Te crois-tu seul au monde, sans amis, sans personne qui tienne à toi et qui serait triste de ton départ ?

—Je dis cela parce que je n'ai pas de femme ou d'enfants dont je devrais me sentir responsable si je les abandonnais.

—Il ne tiendrait qu'à toi de changer les choses ! répondit-elle d'une voix affirmée.

Elle le fixa intensément et lut sur ses traits son refus de se laisser convaincre, mais elle n'abandonna pas la partie pour autant. Une force inconnue montait en elle. Elle se jeta à l'eau.

—Pourquoi partir si loin pour fonder une famille quand on a tout auprès de soi ? Il suffit de prendre conscience de ce qui nous entoure. À moins que tu aies déjà d'autres attaches et que tu ne veuilles pas nous l'annoncer !

Philidor se sentit devenir cramoisi. De toute évidence, Marguerite avait tout appris de sa relation avec Appoline. Au surplus,

1.. Cépage blanc ancien assez rare qui se cultive dans la vallée du Rhône.

il ne pouvait plus faire semblant d'ignorer qu'elle venait de lui faire publiquement aveu de ses sentiments. Il eut envie de lui crier: «Patience ! Accorde-moi jusqu'à demain, nous n'avons pas besoin de témoins, pas encore ! Gardons pour nous seuls ce moment magique ! » Et il s'interdit d'aller vers elle.

Marguerite qui n'avait pas abandonné tout espoir déclara après avoir jeté un coup d'œil à Césarine:

—Au fond, tu as sans doute raison. Il faut savoir partir quand plus rien n'est possible et je vais suivre ton exemple !

Philidor fronça ses sourcils.

—Comment ça, suivre mon exemple ?

—Cela fait plusieurs fois que le fils du commerçant de Lyon qui vend mes chapeaux insiste pour me faire embaucher par son père. Il me propose même de m'installer sur place. J'avoue que je suis assez tentée. Ici, je n'ai pas d'espoir d'améliorer mon avenir. À Lyon, ce sera différent.

Philidor réagit aussitôt.

—Partir d'ici et t'installer à Lyon ? Quelle idée !

—Tout comme toi, rien ne me retient ici. De plus, je soupçonne ce garçon d'avoir une autre raison de vouloir que je me rapproche de lui.

Pris par surprise, Philidor pâlit légèrement, mais assez pour que Césarine s'en aperçoive.

—Quelle autre raison ? demanda-t-il sur un ton agressif qui n'échappa à personne.

Marguerite se trouvait sur le point de défaillir. Césarine, qui était proche d'elle, lui serra discrètement la main. Elle reprit assez d'audace pour répondre d'une voix calme:

—Je crois qu'il est amoureux de moi. Il est plutôt discret, mais je vois bien que je lui plais. Et, ma foi, je le trouve assez beau garçon !

Philidor devint écarlate. Une fureur plutôt inattendue monta en lui.

—Tu le connais à peine et déjà tu penses à le rejoindre, à l'épouser, sûrement, alors que tu ne l'aimes certainement pas !

Elle haussa légèrement les épaules en signe d'indifférence, mais son cœur battait à tout rompre.

— Oh ! l'amour, tu sais, si on l'attendait toujours pour se marier… Nous aurons le temps de faire connaissance et de nous apprécier. Pourquoi pas lui, au fond ? Il est très gentil et attentionné. Quelle femme ne serait pas sensible à ces choses ? De toute façon, ma solitude me pèse et je pourrai tout aussi bien pratiquer mon métier sur place. Si tu t'en vas en plus, il ne me restera plus guère d'amis ici, en tout cas, très peu d'amis auxquels je tiens beaucoup !

Philidor réalisa avec quelle intrépidité il venait de jouer. S'il ne réagissait pas tout de suite, il allait la perdre. Par ses simples paroles, Marguerite avait fait renaître l'amour qu'il lui portait et qu'il avait voulu étouffer. Il en fut désarçonné et mal à l'aise. Sa déclaration, s'il osait enfin la faire, arrivait certainement trop tard. Selon toute apparence lassée de ses atermoiements et de son indifférence, la jeune femme avait renoncé à lui et s'était tournée vers un autre galant. Et il en était le seul responsable. Croirait-elle à ses sentiments, maintenant ?

Leurs yeux se croisèrent à nouveau et il ne put ignorer l'appel qu'ils lui lançaient. Il y avait un tel aveu d'amour qu'il en eut le tournis. Que valait donc ce qu'elle venait d'annoncer ? Ne cherchait-elle qu'à le faire réagir ?

— Qui te dit que tu fais le meilleur choix et que ce garçon t'aime vraiment ?

— En tout cas, il fait tout pour m'en convaincre !

Il n'avait qu'un geste à faire, la prendre dans ses bras, l'embrasser, lui avouer qu'il l'aimait, persuadé qu'elle comprendrait tout de ses reculs. Mais l'orgueil le retint à nouveau, d'autant que les regards de Baptiste et de Césarine, fixés sur lui, avaient l'air de le culpabiliser. Il n'eut qu'une piètre réponse.

— Si tu penses que ton bonheur est là-bas, suis ton intuition. Pour moi, les dés sont jetés. Il y a de fortes chances pour que je m'installe de l'autre côté de la Méditerranée.

Le silence s'était fait pendant ces échanges. Baptiste et Césarine, qui avaient bien compris la manœuvre de Marguerite et qui constataient son échec, assistaient impuissants à sa déception. Césarine trépignait intérieurement. Quant à Baptiste, il aurait volontiers cogné son ami ; ses poings lui démangeaient et il faisait de gros efforts pour se retenir.

Laurentine se mit à pleurer, attirant l'attention de sa mère.

Philidor regrettait d'avoir avoué son désir de partir. Il avait oublié que Césarine était l'épouse du gendarme qui le menaçait de la prison et qu'elle pourrait dévoiler son intention de disparaître. Mais elle ne saisissait sans doute pas la portée de son propos, de sorte qu'elle ne songerait pas à en parler. C'était du moins ce qu'il espérait.

Quant à Marguerite, elle avait du mal à dissimuler son amertume ; courageusement, elle ravala son chagrin et déclara d'une voix qu'elle voulait enjouée :

— Allez, Philidor, débouche ta bouteille. Moi, je vais découper d'énormes tranches de ce délicieux biscuit confectionné par Césarine en ton honneur. Terminons cet après-midi dans l'amitié.

Mais l'ambiance était gâchée. En fin de journée, ils se séparèrent dans une certaine morosité. Baptiste avait choisi pour Jeanne le plus beau chapeau de la collection que Marguerite lui avait présentée. Ravi de son achat, il se pencha vers la jeune modiste et l'embrassa sur la joue. Marguerite aurait bien voulu que Philidor en fît autant, mais il s'était volontairement éloigné du petit groupe. Il se contenta d'un petit signe de la main.

Une fois les invités repartis, la jeune femme n'osa pas confier à Césarine comme l'annonce de son départ la désespérait. Encouragée par le regard de son amie, elle avait osé faire les premiers pas, se dévoiler et même tenter de le rendre jaloux. Elle lui avait généreusement tendu une perche qu'il n'avait pas saisie. Elle en déduisit qu'il n'avait jamais ressenti pour elle que de l'amitié. Tout espoir était donc perdu.

En la voyant s'effondrer petit à petit, Césarine la prit dans ses bras et la serra contre elle en lui tapotant l'épaule.

—Rien ne garantit qu'il va partir, allez ! Quelque chose me dit que le moment n'était pas favorable pour qu'il ouvre son cœur. Notre présence l'a gêné, je crois, et je le comprends. D'autre part, j'ai bien vu sa réaction quand vous avez fait allusion au fils du chapelier.

—Ce n'était sans doute que de la jalousie.

—Hum, pas du tout ! Et je me trompe rarement. Je parierais que vous l'avez réveillé et désespéré à la fois. L'amour est plus souvent victorieux qu'on ne le pense. Croyez-moi, laissez-lui le temps de comprendre son erreur et de revenir.

—Mais, du temps, il ne m'en reste guère, s'il s'en va comme prévu.

—Il n'est pas encore parti. Rien ne vous empêche de continuer à espérer.

—S'il ajoute crédit à cette histoire de fils du commerçant .

—Il n'y croit pas, déclara Césarine d'un ton catégorique, mais il a été pris par surprise. Il ne tardera pas à découvrir que vous allez lui manquer.

Marguerite lui désigna les petits accessoires qu'elle utilisait pour la finition de ses chapeaux.

—Voyez-vous, Césarine, quand il a fait mine de ne pas comprendre mon message, je n'avais qu'une envie, lui planter dans le bras une de ces épingles à chapeau pour le faire réagir.

—Eh bien, moi, si je l'avais eu en face de moi, j'aurais eu bien du mal à m'en empêcher ! C'est bien parce que je lui suis reconnaissante que je me suis retenue de le secouer comme un prunier !

L'énergie de Césarine et l'image que Marguerite s'en fit en l'imaginant en train de passer à l'action réussirent à lui arracher un petit rire. Elle ne renoncerait pas, de cela, elle était convaincue.

Sur le chemin qui conduisait à la ferme Angéolas, Baptiste, qui n'avait pipé mot depuis leur départ de chez la modiste, éleva soudain la voix en adoptant un ton réprobateur. Il laissa sa colère s'exprimer.

—Ma parole, Philidor, tu es le roi des imbéciles ou tu as vraiment du purin dans les yeux !

—Tu as entendu comme moi ! Un garçon lui fait la cour et elle va s'installer avec lui !

Baptiste faillit s'étrangler.

—Parce que tu l'as gobée, toi, cette fable ? Ne vois-tu pas qu'elle te donnait l'occasion de déclarer ton amour ? Moi, je sais que tu l'aimes, mais je ne sais pas quel démon te pousse sans cesse à refuser d'être heureux ! Réfléchis bien, mon ami, car, si elle part vraiment, tu l'auras perdue pour toujours.

—C'est vrai, je me suis conduit comme un imbécile.

—C'est le moins qu'on puisse dire. Si tu n'avais pas autant de fierté mal placée…

C'était là une vérité qu'il avait délibérément voulu ignorer. Sur le coup, il en voulut à Baptiste de la lui asséner sans ménagement. Mais, en même temps, il ne pouvait nier qu'il avait raison. Comme un idiot, il avait reculé encore une fois. Quelle crédibilité aurait-il désormais auprès de Marguerite ? Croirait-elle à une réaction de jalousie plutôt qu'à un aveu d'amour ? Oui, la morsure de la jalousie qu'il avait ressentie à l'idée que Marguerite aimait ou était aimée d'un autre l'avait blessé plus profondément qu'il ne l'aurait imaginé. Son cœur venait d'encaisser une dure leçon. Cependant, il ne pouvait s'en prendre à personne d'autre qu'à lui-même. Il aurait dû réagir, mais il n'en avait pas eu le courage.

Fou de rage contre lui-même, il se contenta de donner un violent coup de pied dans un gros caillou qui alla atterrir plusieurs mètres devant eux. Les cailloux des chemins, c'était chaque fois sa seule ressource pour exprimer sa colère ou son chagrin et il y mettait autant de force que son cœur contenait de ressentiments. Il était furieux ; contre lui bien sûr, contre

Marguerite qui avait osé le mettre devant la réalité et le culpabiliser, contre son camarade qui ne lui faisait aucun cadeau. Il réalisa avec honte qu'il venait de mettre en concurrence un amour sincère, celui dont il avait toujours rêvé, avec un projet un peu fou qui l'en éloignerait définitivement.

35

Piqûre de Frelon

Les révélations obtenues du notaire avaient perturbé la nuit de l'adjudant. Aussi décida-t-il d'en avoir le cœur net. Quelles étaient les intentions de cet homme, qui était venu rechercher quelque chose dans la maison de son grand-père vendue à Grillet ? Et cela juste avant le double assassinat ? *Il y a trop de coïncidences,* pensa-t-il. Sans prévenir Blavet, il se dirigea dès la première heure vers l'étude de maître Marceau. Il fut aussitôt reçu. Le notaire répéta mot pour mot ce qu'il avait déclaré au maire de Saint-Andéol-le-Château.

—Un homme m'a demandé où se situait exactement la maison qu'habitait son grand-père récemment décédé. Le vieux ayant depuis peu perdu l'esprit, il voulait savoir s'il avait laissé un testament et si sa maison lui appartenait toujours.

—Il ignorait qu'elle avait été vendue ?

—Apparemment ! Je lui ai confirmé que je n'avais aucun testament de ce monsieur Maurice Frelon, mais que, avant qu'il ne rejoigne sa famille à Chazelles-sur-Lyon, sa maison avait été vendue par l'entremise de son fils Gaspard Frelon. En fait, c'est Antoine Grillet qui l'a rachetée à la mort de son épouse, quand Philidor Angéolas a pris possession de son héritage.

—Curieux !

—Sur le moment, cela ne m'a pas paru inquiétant, mais après ce qui s'est passé dans cette maison et comme sa visite a eu lieu juste avant les meurtres…

—En effet, c'est assez troublant. Vous a-t-il indiqué l'adresse de son domicile ?

—Il habite aussi à Chazelles-sur-Lyon, à une trentaine de kilomètres d'ici, plus haut dans les monts du Lyonnais. Je connais aussi son prénom. Il s'est présenté comme étant Grégoire.

—Quel âge a-t-il, à votre avis ?

—Entre vingt-cinq et trente ans. On le reconnaît facilement, il n'y a pas plus rouquin que lui dans les parages.

—Vous a-t-il confié la raison de sa recherche ?

—Je la lui ai demandée en spécifiant que, la maison ayant été vendue en toute légalité, il n'avait plus aucun droit sur elle ni sur ce qu'elle contenait à l'époque. Grillet avait tout racheté quand il s'y est installé. J'ai cru qu'il allait me confier ses motifs, mais il s'est arrêté net de parler et a haussé les épaules. Il m'a paru gêné, soudain.

—Il est reparti chez lui ?

—Curieusement, non, je l'ai revu avant-hier. Il sortait de l'*Hôtel du Lion d'Or*, celui qui est sur la place. D'ailleurs, il y est toujours.

—Qu'a-t-il à faire ici s'il sait qu'il n'a aucune chance de récupérer la maison de son grand-père ? Ou si, comme je le suppose, il cherche vraiment quelque chose, le voilà bien embarrassé de ne pouvoir fouiller à son aise. Depuis nos investigations, la maison est sous scellés. Une affiche le stipule, personne d'autre que nous n'a le droit d'y pénétrer.

Le notaire lui fit une intéressante réflexion.

—S'il s'y était présenté avant et qu'il n'avait pas trouvé ce qu'il cherchait ?

Gontard eut un haut-le-corps. Pourquoi pas ? Grégoire Frelon, le véritable assassin des deux cousins ? Cependant, il hésitait. Ils avaient récupéré les boîtes avec l'argent dans les différentes cachettes. Ne les aurait-il pas trouvées ? Aurait-il été dérangé pendant qu'il fouinait ? Qu'aurait-il bien pu venir dérober d'autre ? Les meubles étaient anciens et rien n'avait de la valeur.

Un détail lui revint en mémoire, qu'il avait remarqué sur place et qu'il avait négligé. Une trace de semelle de chaussure ensanglantée était bien visible sur la scène du crime. Non seulement lui et Blavet ne l'avaient pas identifiée, ils ne l'avaient pas comparée à celles de Philidor Angéolas. Comment un indice d'une telle importance lui était-il sorti de la tête ? Blavet aurait-il oublié de le noter ?

Il en voulut à celui qui aurait dû vérifier ! Encore une erreur ! Il allait s'en occuper très rapidement. Il remercia le notaire et s'arrêta à l'hôtel. Le patron confirma qu'il avait bien un client du nom de Frelon depuis plus d'une semaine, lequel n'avait pas spécifié le nombre de jours qu'il occuperait la chambre.

—À quoi passe-t-il son temps ?

—Je l'ignore. Il disparaît et réapparaît. Tant qu'il paye, ce qu'il fait ne me regarde pas !

L'adjudant fit la grimace, son instinct lui dicta qu'il ne devait pas négliger cette piste, où qu'elle menât. Déjà, il fallait retourner sur place pour vérifier si une intrusion avait eu lieu et inspecter les alentours. Peut-être trouveraient-ils un indice qui leur avait échappé.

Pour ce qui était de ce Frelon, il ne serait pas facile de le surveiller. S'il avait de mauvaises intentions, il se méfierait des gendarmes qu'il verrait lui tourner autour. Mais, s'il n'avait pas trouvé ce qu'il cherchait avant la mort des deux cousins, tout laissait supposer qu'il ferait une nouvelle tentative. Comme l'enquête faisait grand bruit aussi bien à Saint-Andéol-le-Château qu'à Mornant, il ne s'éterniserait pas au village au risque de se faire surprendre. La seule solution, c'était de surveiller la maison de Grillet, et cela, sans tarder. Ce soir-là, Blavet ne ferait pas la cour à Suzon. Césarine occuperait sa soirée avec Laurentine et tous deux iraient faire le guet.

La fin de l'été offrait encore de belles et longues soirées qui incitaient les gens à rester plus longtemps dehors. Les nuits étaient claires et étoilées. Il était difficile de passer inaperçu, mais Gontard songeait que ce handicap concernait autant le voleur que les gendarmes. Le seul avantage dont disposaient ces derniers, c'était que le voleur, s'il en était un, ignorait que les gendarmes surveilleraient l'habitation. Si besoin était, ils se contraindraient à renouveler l'opération.

Ils optèrent pour un itinéraire qui leur évitait de passer par le centre de Mornant et de donner l'alerte. Ils empruntèrent le chemin qu'utilisait Césarine quand elle allait rendre visite à Marguerite. Arrivés à la grande route, ils continuèrent par le chemin des Barrotières et suivirent le chemin du Mollard pour arriver chez Grillet le plus discrètement possible. Il était vraiment dommage de ne pas profiter de la douceur de la nuit qui s'avançait, et les multiples soupirs de Blavet traduisaient bien son regret d'avoir dû renoncer à la compagnie de sa cuisinière. Nul doute qu'il avait eu d'autres projets plus affriolants que de passer la nuit à surveiller. Mais, quand le devoir appelle…

Ils chevauchaient en silence, tous deux perdus dans leurs pensées. Les petits bruits de la nuit leur parvenaient en trouant le silence. Le chant stridulant des grillons emplissait l'espace ; près d'une mare, le coassement désagréable d'un crapaud résonna. Déjà quelques lucioles brillaient dans les herbes sèches, concurrencées par la lumière de la lune qui s'improvisait lampe nocturne. Au loin, une chouette hulula trois fois, un cri inquiétant, presque plaintif. Un bruit furtif monta des buissons, indice de la fuite d'un lièvre, d'un furet ou du chat de quelque ferme qui s'offrait un long parcours et une rude bataille avec un autre mâle en quête d'une femelle ?

Enfin, la maison de Grillet apparut, à demi cachée par le gros tilleul. Au premier coup d'œil, ils constatèrent que le fils du maire continuait sa corvée. Les animaux domestiques étaient nourris et Blavet remarqua que le clapier devenait trop étroit pour ses occupants.

—Va falloir en tuer quelques-uns ! Ça prolifère, là-dedans !

—Tu te dévouerais bien, n'est-ce pas ?

—Pourquoi pas ?

Avec un sourire en coin, il ajouta :

—Un de plus, un de moins, personne n'y verrait rien !

Émilien éclata de rire.

—Si, moi !

—Vous ne les avez pas comptés, l'autre jour ?

—Peu importe ! Le maire s'en occupera. Ce sera sa rétribution. Il faudra aussi penser à vendre la basse-cour. Les bêtes ne peuvent rester indéfiniment sans propriétaire. Le cheval a déjà trouvé un nouveau maître. Voilà qui nous arrange bien, nous allons enfermer nos montures dans son abri. Elles se tiendront tranquilles.

Gontard retira la clé de sa sacoche, brisa les scellés, ouvrit la porte et déverrouilla deux volets. Il faisait encore suffisamment jour pour y voir sans utiliser une lampe. Tout avait été laissé tel quel sur son ordre pour éviter que quelque indice qui leur aurait échappé ne soit perdu. Il retrouva les petites traces arrondies près de la porte et les traînées noirâtres maculaient toujours le sol.

Il se dirigea vers une sorte d'empreinte de chaussure et en évalua la taille en posant son pied à côté. Elle était plus petite que les siennes. Elle appartenait donc à quelqu'un de taille inférieure. Il fit la moue. Cela ne lui fournissait guère d'indications, vu que la plupart des hommes du village mesuraient moins d'un mètre soixante-treize et que, vu la taille de Philidor Angéolas, cette empreinte ne pouvait pas correspondre aux siennes. Au moins, de ce côté, ils n'avaient pas raté quelque chose.

Ils contrôlèrent chaque pièce avec plus de minutie. Le même désordre régnait partout. Ils fouillèrent à nouveau les meubles et les placards, en vain. Les armoires firent l'objet de la même inspection. Gontard tenta même de découvrir un double fond, sans succès. Ils tirèrent chacune des deux grosses commodes pour découvrir une éventuelle cache dans le mur, mais il n'y en avait pas. Qu'était-ce donc qui pouvait intéresser le rouquin dans cette maison ?

Ils pénétrèrent dans une sorte d'arrière-cuisine sombre et fraîche qui servait de garde-manger. Là non plus, rien de particulier, si ce n'était du beurre ranci, des pommes de terre qui commençaient à germer et des fruits moisis. Le fils du maire aurait une autre corvée de nettoyage. En outre, il faudrait bien prendre une décision concernant la maison. Ce serait le travail du notaire de rechercher qui d'autre dans la famille éloignée des deux cousins, pourrait prétendre en retirer un quelconque bénéfice. Car, si Philidor n'était pas l'héritier de Grillet, Rivaux avait quand même des nièces.

Gontard se souvint que l'idée d'une implication des deux femmes dans les meurtres ne l'avait pas convaincu. De toute façon, il ferait comme prévu, il procéderait à leur interrogatoire, quitte à aller lui-même à Givors si la nièce handicapée ne pouvait se déplacer. Chaque chose en son temps ! Quant à vendre une maison dans laquelle deux hommes avaient été assassinés, ce ne serait pas si facile.

La pleine lune éclairait la campagne, si bien que dans la maison régnait une demi-obscurité qui leur permettrait de se déplacer. Plutôt dépités, les deux hommes refermèrent les volets et s'installèrent dans les fauteuils près de la cheminée. De vieux tisons et une bûche à moitié calcinée témoignaient d'un feu qui datait au moins de l'hiver dernier.

Gontard évalua le temps écoulé depuis leur arrivée. Cela faisait deux bonnes heures. Il devait être tout près d'une heure du matin et l'endormissement les gagnait. Blavet avait une impérieuse envie de fumer qu'il retenait à grand-peine. Il n'était pas question d'alerter un éventuel visiteur. Après un regard de connivence, un haussement d'épaules et une moue de déception, ils décidèrent de repartir.

Ce fut à ce moment qu'un bruit se fit entendre, suivi de plusieurs autres. Il y eut d'abord un craquement sec, puis un grincement de volets, un bruit de vitre brisée, le choc d'un montant de fenêtre frappant contre le mur et le bruit sourd d'un saut sur le parquet. Les gendarmes se concertèrent rapidement du regard. Le charivari venait d'une chambre. On y tirait un lit. Ils s'approchèrent le plus silencieusement possible et collèrent une oreille contre le panneau de bois. Quelqu'un s'activait avec frénésie. D'autres bruits insolites leur parvinrent ; des coups résonnaient, des soupirs d'impatience et des cris de rage.

Blavet tourna lentement la poignée et ouvrit la porte d'un coup. Gontard bondit dans la pièce, sabre à la main, menaçant. La lampe à pétrole apportée par le visiteur, posée sur le sol, permettait une vue d'ensemble de la chambre. Toujours à genoux, le rouquin s'acharnait sur le plancher à l'aide d'une sorte de pic. Introduite entre les lames, la pointe avait déjà attaqué le bois sans réussir pour autant à le soulever. Gontard remarqua alors le lit repoussé contre le mur et Frelon, puisqu'il s'agissait manifestement de lui, qui se trouvait exactement à son emplacement. Surpris par cette irruption, l'homme bondit sur ses pieds et menaça l'adjudant de son arme improvisée, pointe dirigée vers sa poitrine. D'un mouvement sec, Gontard dévia le pic, qui vint se ficher au bas de son visage et lui infligea une estafilade qui saigna aussitôt. Il laissa échapper un bref juron de douleur.

Quand Frelon s'aperçut de la présence de Blavet, il voulut battre en retraite et se sauver par la fenêtre restée grande ouverte. Sans se préoccuper du sang qui coulait de sa plaie, Gontard se jeta sur lui et l'attrapa par le col de sa veste. Tous deux roulèrent à terre. L'homme n'était pas très grand, mais assez costaud. Il réussit à retourner Gontard dos au sol, mais, avant qu'il ne le transperce, Blavet se rua sur lui, passa son bras autour de son cou et serra avec toute la rage qui l'animait. Frelon râla, s'étrangla et lâcha prise. Gontard se releva et aida Blavet à maîtriser l'assaillant. Malgré ses vociférations, ils parvinrent à entraver ses bras derrière son dos. Ils l'aidèrent ensuite à se relever et le poussèrent rudement vers un des fauteuils. Dans la lueur de la lampe, les cheveux de Frelon flamboyaient.

Gontard ouvrit le tiroir d'une commode et trouva une serviette avec laquelle il épongea son menton. L'homme, plutôt jeune, pas plus de vingt-cinq ans, estima Gontard, réalisa dans quel guêpier il s'était fourré. Rien ne s'était déroulé comme il l'avait prévu. Ce qui était plus grave, il avait blessé un gendarme. Il était fichu.

—Vous serez emprisonné à la brigade de gendarmerie de Mornant en attendant d'être transféré à Lyon. Mais, avant, je veux savoir ce que vous faisiez dans une maison qui ne vous appartient pas, mise sous scellés en raison des crimes qui y ont été commis. Que cherchiez-vous ?

Grégoire Frelon perdit toute contenance.

—Je voulais récupérer mon bien.

—Quel bien ?

—Mon grand-père, qui avait été contraint de quitter sa maison contre son gré, répétait sans cesse que son trésor était resté caché dans sa chambre et que mon père, qui le traitait de fou, l'avait empêché de le récupérer.

—Un trésor ? Quel trésor ? Ici, il n'y a rien qui vaille le mal que vous vous êtes donné !

—Je n'ai pas trop compris. Il parlait de pièces d'or cachées sous son lit.

—Lors de nos recherches, nous n'avons trouvé que deux boîtes où se trouvaient des économies modestes, mais pas un seul louis d'or.

Frelon hurla, pris de panique.

—Je n'ai assassiné personne !

—Qu'est-ce qui nous le prouve ?

Gontard jeta un regard à ses pieds.

—Blavet, ôte-lui une de ses chaussures et compare l'empreinte avec celle qui est tournée vers la chambre.

Le gendarme s'exécuta, méfiant, prêt à éviter un bon coup de pied à la figure, mais Frelon se laissa faire. Superposée à l'empreinte noirâtre, la chaussure correspondait parfaitement.

—Vous mentez ! Vous êtes bien déjà venu ici et sans doute est-ce vous qui avez tué les deux vieux pour avoir le champ libre.

—Non, non ! hurla-t-il. Je n'ai tué personne. Mais c'est vrai, je suis venu une nuit, juste pour repérer les lieux. Je voulais voir comment m'organiser pour pénétrer dans la maison sans me faire voir. Je ne pouvais pas le faire de jour, et je pensais m'introduire la nuit. Les vieux, quand ils ont bu un coup, ils dorment. Rien ne les réveille.

—Vous vous trompez ! Ils se sont bien réveillés. Quoi qu'il en soit, je vous arrête sous les chefs d'inculpation de meurtres, de violation de domicile et de coups et blessures infligés à un représentant de l'ordre. Debout ! Suivez-nous jusqu'à Mornant. Nous procéderons à votre interrogatoire demain matin. Vous êtes venu à pied ?

—Oui.

—Eh bien, vous marcherez devant nous. Blavet, attache ses menottes à la corde que nous avons dans la sacoche. Nous en avons pour un bon moment avant d'arriver à la brigade.

—Je n'ai tué personne ! vociféra encore Frelon.

—Vous vous expliquerez demain. Allez, avancez, et inutile de tenter de fuir, nous sommes à cheval et nous aurions vite fait de vous rattraper !

La corde une fois attachée au pommeau de la selle de Blavet, ils se mirent en route. Ils avancèrent lentement, au rythme des pas de Frelon qui n'en menait pas large et qui cherchait dans sa tête comment il allait bien pouvoir se sortir de ce mauvais pas. Même s'il était condamné pour l'intrusion et la blessure occasionnée au gendarme, il ne le serait pas pour les meurtres. C'était du moins ce qu'il espérait ardemment.

Au bout d'une demi-heure, Blavet laissa échapper un petit rire ironique.

—Quoi, encore ? demanda Gontard.

—Ce Frelon, il vous a bien piqué de son dard ! J'ai idée que Césarine ne va pas tellement aimer qu'il vous ait abîmé le portrait.

Il avait retenu juste à temps le mot davantage qu'il avait eu bien envie d'ajouter à sa tirade.

—Ce n'est pas si grave, juste une belle éraflure. Si on n'avait pas retrouvé la baïonnette, on aurait pu penser à ce pic. Mais cela ne le disculpe pas pour autant. Il va falloir qu'il s'explique.

36

La fuite

Après une courte nuit de sommeil, les gendarmes allèrent chercher Frelon dans sa cellule. Il n'avait guère dormi, conscient de la menace qui pesait sur lui, la pendaison, ni plus ni moins, s'il n'arrivait pas à persuader les gendarmes de son innocence.

Avant que l'adjudant ne l'interroge, il clama :

— Je ne les ai pas tués. Quand je suis venu, j'ai vu de loin qu'il se tramait quelque chose de bizarre et je suis resté caché. J'ai vu des allées et venues, ainsi qu'une charrette devant la porte. Ce n'était pas normal, en pleine nuit. La charrette est partie. Il pleuvait comme vache qui pisse. J'ai attendu qu'elle s'éloigne.

— Vous avez vu qui la conduisait ?

— Non.

— Et alors ?

— Avant de m'approcher, j'ai vu une autre silhouette qui se dirigeait vers la maison.

— Une autre silhouette ? Un homme, une femme, grande, petite, grosse, mince ? demanda Blavet sur un ton goguenard.

— Je ne peux pas vous le dire, il pleuvait. J'ai attendu, ne comprenant pas ce qui se passait. Cela n'a pas duré longtemps. Quelques minutes plus tard, la silhouette s'est enfuie, et je vous garantis qu'elle ne traînait pas. J'ai encore attendu et j'y suis allé.

—Vous nous prenez pour des idiots ! tonna Gontard.

À cet instant, il sentit une clochette s'agiter dans sa tête. Ce signe, il le connaissait très bien, il lui signalait que quelque chose lui avait échappé et qu'il lui faudrait y revenir absolument. Mais, pour l'instant, il devait tenter de faire avouer Frelon, qui se débattait comme un beau diable pour le convaincre de son innocence.

—Non, je dis la vérité. Quand j'ai gagné la maison, la porte était grande ouverte. Sur le coup, je n'ai pas vu que j'avais marché dans du sang. J'ai senti qu'il n'y avait personne dans la maison, que les vieux devaient être partis, même si j'ai trouvé ça curieux, en pleine nuit, dans un orage pareil. J'ai allumé la lampe à pétrole qui se trouvait sur la table et je me suis dirigé vers la chambre qu'occupait mon grand-père pour fouiller. C'est là que j'ai vu le lit, les draps arrachés, le sang partout. J'ai réalisé qu'un crime venait d'être commis et je me suis enfui. Mais je ne voulais pas renoncer à chercher. J'ai appris le lendemain que je ne m'étais pas trompé, que les deux vieux avaient été assassinés. Je me suis tenu tranquille, à réfléchir. Puis j'ai constaté que la maison était fermée, et que je ne pouvais y accéder de jour, vu qu'un gamin venait nourrir les bêtes. Il ne me restait que la nuit.

—Violation de domicile, surtout dans ce cas précis. Pourquoi attaquiez-vous le plancher ?

—Mon grand-père répétait : « Sous le lit ! Sous le lit ! » et mon père jurait qu'il divaguait. Il avait fait le tour de la maison avant de le ramener chez nous et il n'y avait rien sous aucun des deux lits. Les vieux cachent souvent leur argent au fond de leur armoire. L'argent qu'il possédait était dans une boîte qu'il a vite trouvée. Mais mon grand-père insistait. « Des louis d'or, qu'il criait, sous le lit ! Sous le lit ! » On le laissait dire. Quand il est mort, je me suis dit qu'il n'était pas aussi fou qu'on le pensait. À force de réfléchir, j'ai conclu que, sans doute, *sous le lit* voulait dire *sous le plancher*. Plus exactement sous une latte du plancher. C'est la raison pour laquelle vous m'avez trouvé en train d'arracher les lattes de bois qui se trouvaient sous le lit.

—Sauf que vous ignoriez que le lit avait été déplacé par le nouveau propriétaire. Vous avez cherché au mauvais endroit !

—Alors, ces louis d'or sont certainement toujours cachés sous une planche du parquet !

—Cela n'a aucune importance pour vous, vous n'avez aucun droit là-dessus depuis que la maison a été vendue. De toute façon, là où vous serez emprisonné, vous n'êtes pas près de profiter de quoi que ce soit.

—Je ne suis pas un assassin ! hurla-t-il.

—Je veux bien retirer provisoirement le chef d'accusation de meurtre, mais les autres restent. Vous serez incarcéré à Lyon en attendant votre procès et votre jugement.

Frelon resta abasourdi devant le sort qui l'attendait.

—Mais l'autre, la silhouette que j'ai vue avant de gagner la maison, hein ? Vous avez cherché à savoir de qui il s'agissait ? Qui vous dit qu'elle n'est pas intervenue ?

—Ne vous fatiguez pas, Frelon, cette silhouette, c'était uniquement dans votre imagination !

Durant la journée, Frelon fut transféré par deux autres gendarmes. Gontard et Blavet retournèrent dans l'ancienne maison du grand-père. Avant d'y entrer, ils en firent le tour à la recherche d'un autre détail qui leur aurait échappé.

À nouveau la clochette tinta dans la tête de Gontard. Mal à l'aise, il demanda à son adjoint :

—Tu y crois, toi, à la silhouette ?

Blavet éclata de rire.

—Pauvre gars ! Il ne savait pas quoi inventer pour se disculper ! Mais si silhouette il y a eu, vu le temps qu'elle y a passé, elle n'avait rien à voir dans ces meurtres !

—Mais rien ne nous dit qu'il ne s'agissait pas d'un complice venu vérifier quelque chose ! Après tout, assassiner deux hommes et les transporter, ça n'est pas une mince tâche !

—Ne cherchez pas si loin, mon adjudant. Allons plutôt voir si ce trésor existe !

Cette réponse ne le convainquit qu'à moitié, mais sans doute se faisait-il des idées. Il avait pensé à cette fille, la petite-nièce de Rivaux. Quoi qu'il en fût, son interrogatoire les éclairerait et, de toute façon, si elle avait un rapport quelconque avec cette affaire, il n'y avait pas loin à courir pour l'appréhender. Cette décision le satisfit. *À chaque jour suffit sa peine*, se dit-il.

Il rejoignit Blavet qui examinait déjà le sol de la chambre. À l'emplacement initial du lit qu'ils retrouvèrent grâce à des marques sur le parquet, ils découvrirent qu'une latte de bois n'était pas scellée comme les autres. Ils n'eurent aucun mal à la soulever. La petite trappe révéla une poche de velours dans laquelle dormaient, en effet, cinq louis d'or. Gontard secoua la tête.

—Son trésor ! Ça valait vraiment pas la peine de courir de tels risques ! Nous ferons une déclaration et nous remettrons ces pièces d'or au notaire. Cela n'est plus de notre ressort !

Dans la ferme Angéolas, après une journée de travail à laquelle s'était joint Baptiste, les trois hommes se retrouvèrent autour du repas du soir. Comme on pouvait s'y attendre, la conversation tourna autour du phylloxéra et aboutit aux doutes qu'entretenait l'adjudant. Philidor ne put cacher son désespoir. Depuis son interrogatoire, il perdait confiance, persuadé qu'on le jugeait coupable.

—Il n'a aucune preuve, mais je gage qu'il viendra m'arrêter sur la seule foi de son intime conviction, bien qu'il s'en défende, ne serait-ce que pour m'interroger davantage ou augmenter sa pression sur moi. N'oublions pas qu'il vient d'arriver à la brigade de Mornant avec un galon tout neuf. Il voudra montrer son efficacité. Tu avais raison, une fois emprisonné, je ne pourrai guère me défendre, d'autant qu'ils n'ont personne d'autre à se mettre sous la dent.

—Tu crois vraiment qu'il viendrait t'arrêter sans preuve ?

Philidor haussa les épaules et hocha le menton.

—Oui, je le crois !

Baptiste réfléchit rapidement.

—Alors, n'hésite plus, déguerpis, et vite !

—Mais, si je m'enfuis et qu'il me rattrape, je risque gros ! Ce serait avouer. Tu le sais bien, nous en avons déjà parlé.

—Je veux te dire de t'enfuir en attendant qu'il trouve le ou les vrais coupables. Tu reviendras quand la vérité aura éclaté.

Philidor eut un rire amer.

—Ah oui, et je me réfugierai où ? Dans une ferme, une grange abandonnée ? Je ne vais pas recommencer l'histoire de mon grand-père, me cacher, me faire arrêter et me faire pendre. Un Angéolas aura suffi à bouleverser le village, je ne vais pas m'y mettre aussi !

Son ami étala un grand sourire.

—Moi, je sais ! Pourquoi n'en profiterais-tu pas pour te réfugier en Tunisie ? Qui irait te chercher là-bas ?

—Je n'y ai pas pensé. En effet, c'est assez loin pour le décourager.

Une autre idée lui traversa soudain l'esprit, le visage d'un jeune homme, surtout, Césairc Gastcllan, un compagnon avec qui, quelques années auparavant, il avait fait des stages comme apprenti chapelier à travers la France. Si, de son côté, il avait mis fin au compagnonnage au profit de ses vignes, Césaire, qui était le fils du plus grand chapelier du village de Camps, dans le sud de la France, avait complété sa formation par un stage à Saint-Andéol-le-Château et à Chazelles-sur-Lyon. Il était retourné chez lui armé de la connaissance d'un matériau qui ne se travaillait pas dans son village, les poils de lapin. Dans le sud de la France, seule la laine de mouton servait à la fabrication du feutre.

Depuis, ils avaient échangé quelques lettres et leur amitié s'était révélée sincère et solide. Ils s'étaient promis de se revoir. N'était-ce pas l'occasion rêvée ? Il était certain que

Césaire ne refuserait pas de l'héberger ; cela lui donnerait le temps de se renseigner sur les terres tunisiennes et de préparer son voyage. On ne partait pas comme ça au pied levé sans savoir quels papiers fournir pour embarquer ou quelles conditions remplir. Et bien fort serait le gendarme qui irait le chercher là-bas ! Un fin sourire glissa sur ses lèvres.

—Dans ce cas, j'ai une idée qui pourrait me faciliter la tâche.

—Laquelle ? Où irais-tu ?

—Chez mon ami Césaire Gastellan. Son village n'est qu'à quelques heures de Marseille. Une fois là, je n'aurai aucun mal à le prévenir de ma présence et je pourrai rester à l'abri chez lui jusqu'à mon départ, ou tant que cette affaire ne sera pas résolue.

Baptiste hocha la tête.

—Le chapelier du Var ? En effet, tu m'en avais parlé. J'attends toujours le jour où tu me raconteras plus en détail le voyage que tu avais effectué en sa compagnie. Ma foi, s'il peut t'héberger, pourquoi pas ! Une fois assurés de ton arrivée chez lui, nous te tiendrons au courant de l'évolution de l'enquête. Mais tu devras rester prudent. Rien ne dit que ton signalement ne sera pas diffusé et que la police ou la gendarmerie ne te recherchera pas à Marseille.

Tout paraissait au point. Cependant, Philidor hésitait encore. Fuir, ce serait comme avouer, alors qu'il n'avait rien à se reprocher. Il resta un moment sans mot dire à peser le pour et le contre. Avait-il vraiment le choix ? Après un regard à ses deux compagnons qui respectaient ses cogitations, il soupira et décida. Le pour l'emporta. Après tout, que risquait-il ? Eusèbe s'occuperait des vignes plus tôt que prévu tout simplement. Si ce gendarme était aussi malin qu'on le disait, il trouverait vite le coupable et lui pourrait rentrer à Saint-Andéol-le-Château. En attendant, une fois à Marseille, il prendrait aussitôt la route de Camps.

—Je crois que tu as raison. Je partirai ce soir, quitte à passer une nuit à Vienne. C'est plus proche que Lyon.

—Non, n'attends pas. Depuis que tu me parles de ce gendarme, j'ai un mauvais pressentiment. Il ne doit pas être aussi bête que l'on croit. Il peut anticiper ta fuite. Fais ton sac et file tout de suite. Passe par des chemins où tu ne rencontreras personne. À Vienne, tu pourras t'informer des horaires et prendre le train dès demain. Ne t'inquiète de rien, je m'y connais aussi en vignes. Eusèbe et moi les surveillerons en attendant ton retour.

Assis près de la table, les deux mains posées sur ses genoux, Eusèbe écoutait. Il hocha la tête pour signifier son accord. Philidor se tourna vers Baptiste.

—Et si les gendarmes te questionnent ?

—Est-ce que tu m'as dit que tu voulais t'enfuir ? répondit Baptiste, un brin narquois. Au pire, je leur dirai que tu m'as vaguement parlé d'un rendez-vous à Lyon.

—Ça va pour moi ! déclara Philidor, soulagé.

—Pour moi aussi ! déclara Baptiste en riant. J'espère qu'ils ne m'emprisonneront pas à ta place !

—Les complices sont aussi coupables que les malfaiteurs !

—Mais, je ne suis pas complice. J'ignore quels sont tes projets puisque tu me caches toujours tout !

Au bout d'un moment de silence, en regardant Philidor au fond des yeux, il ajouta :

—Tu sais que je suis en dette avec toi. Si je peux sauver ta vie de cette façon, je ne laisserai pas échapper ma chance !

Eusèbe s'était montré d'accord avec les deux autres, sachant que le gendarme ne manquerait pas de venir arrêter « le petit gars ». Cependant, le départ de Philidor le remplissait d'angoisse.

—Mais tu reviendras, hein ? demanda-t-il.

—Mais oui, Eusèbe, ne crains rien. Quand le gendarme aura clos l'affaire, je reprendrai le chemin de la maison. Si je reviens avant, je le sais, je finirai comme Honoré, à me balancer au bout d'une corde aux Échirayes ! Pour l'instant, je suis le coupable qui arrange tout le monde et je n'y échapperai pas, ni aujourd'hui ni demain. Seule l'arrestation du meurtrier me sauvera de l'échafaud ou de la corde !

Eusèbe eut l'horrible vision de la mort de Philidor. Il s'écria :

—Moi, je n' veux pas qu'on te guillotine ou qu'on te pende !

—Moi non plus ! Rassure-toi. Pour l'instant, j'ai besoin de toi ici, et je sais que je peux te faire confiance.

Eusèbe secoua la tête pour acquiescer.

—Tu verras avec Baptiste comment t'organiser. Et puis, tu sais écrire. Personne ne t'empêchera de le faire en cachette. Baptiste te donnera l'adresse de Césaire. Mais je crois que la meilleure solution est que je disparaisse quelque temps. Tu es d'accord ?

—Oui, je suis d'accord. Je suis sûr que le gendarme trouvera le coupable et que tu pourras revenir t'occuper des vignes d'Honoré, hein ?

Philidor se rembrunit.

—On verra tout ça au retour. Allez, je vais préparer mon sac.

—Je voudrais bien t'accompagner un bout de chemin, s'empressa Eusèbe.

—Non, soyons prudents. L'attelage attirerait l'attention.

—Bonne route, petit ! Sois prudent. T'as raison, je vais t'écrire. Tiens, donne-moi du papier et un crayon. Le Baptiste, il ne saurait pas où les trouver !

Philidor sourit et se leva pour aller chercher dans un tiroir un cahier qu'il n'utilisait pas.

—Voilà, et applique-toi, hein ! Tu sauras bien acheter un timbre ?

Eusèbe hocha la tête. Il prit Philidor dans ses bras et l'étreignit avec force. En le voyant bouleversé, Baptiste lui proposa :

—Si tu veux, Eusèbe, on va passer la soirée tous les deux !

On va se faire une partie de cartes autour d'une bonne bouteille...

—Non, c'est gentil, mais, ce soir, je vais me coucher tôt.

Il eut un dernier regard pour Philidor et sortit.

—Tu vas lui manquer !

—Il va me manquer, lui aussi, il représente beaucoup à mes yeux. Mais j'espère que mon exil ne durera pas trop longtemps.

—Au sujet de tes amours, rien n'a évolué ?

Philidor soupira. C'était à Appoline qu'il avait pensé en premier. Il se demandait si elle réapparaîtrait un jour. Elle avait disparu comme elle était apparue. Mais il n'avait aucun regret, elle n'était pas le genre de fille qu'il épouserait. Il était simplement un peu vexé qu'elle l'ait si vite oublié.

—Tu fais allusion à Marguerite, n'est-ce pas ? finit-il par dire.

—Bien sûr ! À qui d'autre pourrais-je songer ! Je sais qu'elle t'aime et je suis certain qu'elle souffre de ton mépris.

Il eut un haut-le-corps.

—Je ne la méprise pas !

—C'est tout comme ! Tu finiras par la décourager. Tu montres tant d'obstination à ne pas reconnaître ce que tu ressens pour elle !

—Je regrette mon attitude, mais c'est malgré moi que je me montre indifférent. J'ignore pourquoi j'ai si peur d'aimer. C'est comme si j'allais au-devant d'un désastre, d'une déception.

—Tu ne vous imagines pas ensemble ?

Il sentit monter en lui une chaleur et une douceur qui ne l'avaient jamais habité.

—Je sais à présent qu'elle a toujours eu sa place dans mon cœur, mais que je ne voulais pas l'admettre. Ça me rappelle mon père et ma mère. C'est un peu notre histoire. Sauf que, moi, je n'ai compris mon aveuglement que très tard !

—Tout n'est pas perdu. L'amour ne disparaît pas comme ça du jour au lendemain.

—Mais je n'ai pas envie de l'entraîner dans mes soucis. Vois-tu, ma vigne va être ruinée, alors que l'adjudant me croit coupable de la mort des cousins et ne rêve que de me voir condamné. Je n'ai qu'un piètre cadeau de mariage à offrir !

—Justement ! Elle serait pour toi un soutien merveilleux. Tu pourrais compter sur elle dans les difficultés. Réfléchis bien. Pour l'instant, je suis d'accord avec toi, l'essentiel est que tu te mettes à l'abri. Et, crois-moi, ce n'est pas demain que Marguerite partira à Lyon. S'il le faut, je la retiendrai de force !

—Quand je reviendrai, si elle m'aime toujours et qu'elle me pardonne, je lui déclarerai mes sentiments et lui passerai la bague au doigt.

—Ce n'est pas à moi que tu dois le dire, mais à elle. Tu m'inviteras à la noce, hein !

—Sûr, avec Jeanne. Les enfants seront demoiselles d'honneur ! Elles seront ravies !

À nouveau, Philidor se rendit compte que Jeanne ne représentait plus qu'un lointain, mais doux souvenir.

37

Blavet persiste et signe

Tous deux assis à la table de cuisine de l'adjudant, Gontard et Blavet terminaient leur rapport sur l'incendie des deux granges. La conversation dévia sur la possible culpabilité de Philidor, au sujet de laquelle des doutes étaient revenus dans l'esprit de l'adjudant. Quelque chose lui disait qu'ils faisaient fausse route. Était-ce parce que, à la réflexion, il trouvait que ses réponses avaient été sincères lors de son interrogatoire, ou parce que, justement, trop de preuves le désignaient et qu'il se méfiait toujours des solutions faciles ?

Césarine cajolait Laurentine dans la chambre, tout en écoutant leurs échanges. Quand elle entendit le nom de Philidor, elle s'approcha et tendit mieux l'oreille.

—Moi, mon adjudant, je n'ai plus aucun doute. Vous avez tort de tergiverser !

—Je te l'ai dit, Blavet, je ne l'arrêterai pas tant que je ne serai pas certain de ne pas me tromper. Nous n'avons aucune preuve, que des soupçons.

—C'est un roué ! Il sait jouer au brave garçon, mais le fait qu'il vous ait agressé verbalement prouve bien qu'il a quelque chose à se reprocher.

—Je n'ai jamais dit qu'il m'a agressé, mais qu'il a devancé

mes questions et m'a donné chaque fois de bonnes réponses. Je ne vais pas le harceler !

Césarine ne put se retenir. Elle fit irruption dans la cuisine et pointa un doigt accusateur vers Blavet.

—Je vous vois venir, vous ! Ce n'est pas parce qu'il vous faut un coupable qu'il faut le choisir, lui. Je comprends son désir de quitter ce village où il ne peut même pas vivre en paix !

Gontard bondit de sa chaise.

—Que dis-tu ? Philidor veut partir ?

—Oui, et, à mon avis, il ne traînera pas.

—Il a bien parlé de départ, mais seulement après les vendanges !

Césarine leva les yeux au ciel.

—Cela m'étonnerait qu'il tarde. Il est tellement désespéré qu'il a bien spécifié : « Souvent, le salut est dans la fuite. »

—Philidor a dit ça ? Quand ?

Émilien était estomaqué ! Césarine réfléchit et sourit.

—Le jour où j'ai apporté le gâteau chez Marguerite et que Philidor nous a rejointes avec son ami, Baptiste. Il a parlé d'aller cultiver la vigne en Tunisie et Marguerite s'affligeait qu'il s'en aille. Elle l'aime, c'est sûr, et lui ne s'en rend même pas compte ! Quand je pense qu'il est tombé amoureux de cette fille légère qui lui a tourné les sens, alors que Marguerite se morfond d'amour pour lui. Mon Dieu, que les hommes sont bêtes !

—De quelle fille légère parles-tu ? demanda Émilien, perplexe.

—D'une certaine Appoline je ne sais pas comment. D'après ce que j'ai compris, il s'agit de la nièce d'un des deux vieux assassinés ou quelque chose comme ça.

Ainsi, la petite-nièce de Rivaux s'appelait Appoline. Gontard n'avait jamais su son prénom. En plus, il ignorait si elle se trouvait à Saint-Andéol-le-Château au moment des meurtres. Personne n'en avait parlé. Cela changeait-il la donne ?

—En tout cas, continua Césarine, elle doit faire un métier bien peu louable pour pouvoir s'habiller tous les jours en dimanche et dépenser sans compter. Sans doute espérait-elle obtenir de l'argent de Philidor. Les filles comme ça, il leur manque toujours quatre sous pour faire un franc !

Gontard eut l'impression de recevoir un coup sur la tête.

—La nièce de Rivaux ! Sacré nom de Dieu !

Césarine le fusilla du regard.

—Ne jure pas, s'il te plaît !

Il ne l'écoutait pas, furieux.

—Quand j'ai interrogé le maire, il m'a bien parlé d'une nièce et d'une petite-nièce, mais suspecter une jeune fille…

Blavet se leva à son tour et tempêta.

—Pourquoi pas ? Peut-être qu'ils ont fait le coup ensemble, elle pour hériter plus vite, lui pour se venger ! Qu'est-ce que je vous disais, mon adjudant ! Il va se faire la malle et nous filer entre les pattes !

Gontard était embarrassé, déçu même. Au moment où il faisait à nouveau confiance à ce garçon, voilà que tout dans son attitude prouvait qu'il n'en était pas digne.

—Pourquoi ne m'en as-tu pas parlé ? reprocha-t-il à sa femme. C'est grave !

Elle se rebiffa.

—Non seulement tu ne m'as rien demandé et quand je t'ai dit que je voulais travailler avec Marguerite, tu étais dans la lune. Ça ne t'intéressait pas.

Gontard se le tint pour dit. En effet, il n'avait prêté aucune attention à ce qu'elle lui avait raconté à son retour de Chassagny. Blavet se redressa d'un coup en quittant sa chaise, un bras en l'air, décidé et pressé. Pour un peu, il aurait saisi un drapeau et serait parti tout seul à la bataille ! Ce fut en tout cas l'image qu'il offrit à Césarine, toujours offusquée du doute qu'entretenaient les deux gendarmes.

—On y va ! clama-t-il.

—Où ?

—L'arrêter !

—Et quoi, encore ! s'insurgea Gontard. Il est près de vingt-deux heures et nous n'avons aucune raison de le faire.

Voyant le regard furieux de son adjoint, il ajouta :

—Bon, admettons ! *Un tiens vaut mieux que deux tu l'auras.*

—Moi, je dirais : *deux tiens coupables vaudraient mieux qu'un seul !*

L'adjudant ne goûta pas le jeu de mots. Il temporisa.

—S'il part, je ne pourrai pas courir derrière en dehors de la commune sans une décision du procureur. Donc, *deux précautions valant mieux qu'une*, demain matin, tu iras à la ferme et tu t'assureras qu'il ne s'enfuie pas. Si tu préfères, emmène le gendarme Guillaud.

—Pas la peine, j'y arriverai bien tout seul !

—Moi, je partirai le plus tôt possible pour Lyon demander une réquisition pour procéder à une arrestation hors de la commune. Ainsi, je pourrai le poursuivre, si vraiment il a eu la mauvaise idée de s'enfuir. Pour la fille, on verra plus tard. Si ce que tu supposes se vérifie et qu'elle est complice des meurtres, soit elle est avec lui et je procéderai à leur arrestation, soit on ira la chercher là où elle habite.

Blavet afficha sa satisfaction.

—D'accord. Quitte à lui attacher les pieds, au Philidor, je le garderai sous surveillance.

Césarine s'offusqua. Elle s'écria, hors d'elle :

—L'arrêter ? Alors qu'il est avec son ami et que sa seule faute est de vouloir sauver ses vignes ?

Elle darda sur eux un regard meurtrier.

—Vous vous trompez et vous le regretterez !

Gontard se mit en colère à son tour et la foudroya du regard.

—Ça suffit, Césarine, tu ne dois pas te mêler de notre enquête, quoi que tu penses de ce jeune homme qui t'a supposément sauvé la vie. L'un n'empêche pas l'autre ! Si je me trompe, je m'excuserai !

Elle s'étouffa presque.

—Pardi, t'excuser ! Après lui avoir fait l'affront de lui passer les menottes ! Et tu voudrais qu'il ne s'enfuie pas, au vu et au su de vos accusations à l'emporte-pièce ! Plus que jamais, pour lui, *le salut est dans la fuite.* Je le comprends !

Vexée, elle se réfugia dans la chambre et claqua la porte derrière elle.

—Hou ! soupira Blavet, Philidor bénéficie du soutien d'une ardente défenderesse !

Gontard se renfrogna et marmonna :

—Ce qui m'ennuie, c'est qu'elle a souvent raison, même si je ne veux pas le reconnaître ! On verra bien ! Le risque est grand, mais nous devons le courir. Demain, chacun fait comme prévu. *Mieux vaut tenir que courir*, comme dit le proverbe. Si ma réquisition ne sert à rien, ce sera tant pis, cela m'aura permis de ne pas payer le billet de train de ma poche. Ensuite, on s'occupera de cette Éponine !

—Non ! rectifia furieusement Césarine de derrière la porte : Ap-po-line !

Blavet s'esquiva, persuadé que l'adjudant n'aurait pas droit aux faveurs de Césarine cette nuit ni lui au plaisir de goûter leur prochain repas. Césarine s'avérait intraitable, quand elle le voulait.

38

L'instinct de l'adjudant

Gontard, qui n'avait pas fermé l'œil, décida de prendre la route plus tôt que prévu. Cela lui fut facile. Laurentine avait pleuré une bonne partie de la nuit et Césarine, pour la calmer, l'avait installée entre eux deux dans le lit. Du coup, il avait préféré se lever alors qu'il faisait encore sombre. Il avait avalé un rapide petit-déjeuner et, après avoir sellé son cheval, il avait pris la route à la pique du jour. En menant bien sa monture, il arriverait tôt à Lyon. Il espérait fermement que le procureur le suivrait dans son analyse et lui donnerait l'autorisation de poursuivre Philidor.

En partant, il vit qu'il n'y avait toujours pas de lumière chez son adjoint. Pourtant, Blavet devait piaffer d'impatience à l'idée d'arrêter son coupable.

Tous deux avaient mis au point un plan stratégique. Gontard prendrait le train à la gare de Lyon pour Marseille. À la halte de Vienne, il vérifierait sur le quai si quelque gendarme n'avait pas une information à lui communiquer. Selon ce qu'il pourrait éventuellement apprendre, il poursuivrait son voyage jusqu'à Marseille pour empêcher Philidor de s'embarquer pour la Tunisie, ou bien il descendrait du train et rejoindrait la brigade de Mornant, puisqu'il avait prévu faire monter son cheval dans un wagon réservé au transport.

Le jour se leva. Blavet ouvrit un œil et, à la pensée de la mission qui l'attendait, il se réjouit. Enfin, le lascar serait fait comme un rat ! Il s'obligea à un peu de rangement dans son appartement pour passer le temps, car il ne pouvait intervenir avant l'heure légale, soit six heures du matin.

Mais quelle ne fut pas sa déception de constater que son cheval boitait ! Il examina ses sabots, soupçonnant un gravillon coincé sous les fers, sans rien trouver. Il n'eut d'autre solution que d'aller réveiller le gendarme Guillaud qui dormait tout son soûl pour l'avertir que son cheval était réquisitionné et qu'il devrait emmener le sien chez le vétérinaire qui habitait hors de Mornant. Il pestait de rage, car, en quittant la brigade, il constata qu'il venait de perdre presque deux heures. L'adjudant avait probablement déjà pris place dans un wagon.

Il harnacha la monture et prit le chemin de la ferme de Philidor, persuadé que tous dormaient encore. Mais le cheval, qu'il n'avait jamais monté, mit une incroyable mauvaise volonté à lui obéir. Il renâclait et tentait de le désarçonner. Blavet le maîtrisa, mais il désespérait d'arriver aussi tôt que prévu. Seule sa victoire imminente le tenait.

Il va en faire, une tête ! songea-t-il en évoquant la surprise amère de Philidor. L'adjudant devra reconnaître que j'avais raison depuis longtemps

À l'heure où Blavet quittait la brigade, Gontard montait dans le train à la gare de Perrache. Ne connaissant pas la date de son retour, il avait décidé de laisser son cheval dans l'écurie de la gendarmerie de Lyon. Le train s'ébranla. Émilien entreprit de longer la suite de wagons en inspectant chacun d'eux pour s'assurer que Philidor ne s'y trouvait pas. Étonnés de voir un gendarme en tenue, les voyageurs cessaient de parler à son approche, convaincus qu'il se passait quelque chose de grave.

Pas de Philidor, ni seul ni accompagné ! Depuis tôt le matin, alors qu'il se dirigeait vers Lyon, il songeait au cas de la fille, Appoline. Son instinct lui disait qu'ils faisaient fausse route, même si, effectivement, l'assassinat des vieux par des héritiers du genre pressés figurait au nombre des mobiles possibles.

Il s'installa sur un siège et regarda défiler le paysage. La ligne du chemin de fer était parallèle au cours du Rhône.

Il ne pouvait se débarrasser d'une pensée qui continuait de le perturber. Pourquoi était-il certain, en dehors de toute considération des témoignages qu'il avait obtenus, que Philidor n'était pas l'assassin ? Cette conviction lui donnait l'impression de courir derrière un faux coupable uniquement pour clore son enquête. Il n'aimait pas ça, étant foncièrement honnête et droit. En plus, une erreur sur la personne, si c'en était une, laissait le champ libre au vrai meurtrier, qui pouvait courir sans s'inquiéter. Il s'agitait sur son banc inconfortable comme si une puce le piquait. « Procédons dans l'ordre ! » s'enjoignit-il. Parmi la population du village, personne n'avait eu intérêt à ce que les deux vieux disparaissent. De cela, il ne doutait plus. Mais l'un ou l'autre de ceux qu'il avait interrogés avait forcément évoqué un détail auquel il aurait dû réagir, un détail si insignifiant qu'il ne l'avait pas alerté, mais qui l'aurait mis sur la piste du véritable assassin.

Il fit un rapide tour des interrogatoires. Tout tournait autour de la famille Angéolas, d'Honoré à Philidor, sans oublier Désiré, que sa mort mettait à l'abri de tout soupçon, mais qui, d'une certaine façon, était au cœur du problème. Il avait eu pour beau-père Antoine Grillet qui, selon les Andéolais, n'avait pas été tendre avec lui. Philidor aurait-il eu envie de venger son père ? C'était peu probable. Alors, qui d'autre qui fût assez proche de Désiré aurait pu avoir cette idée ?

Il frémit intérieurement, persuadé qu'il touchait la vérité du bout du doigt. À bien y réfléchir, il ne voyait qu'une seule personne, même si cette évidence le rebutait.

Peu à peu, l'assurance qui, de minute en minute, lui confirmait qu'il avançait sur le bon chemin, s'imposa. Il devint fébrile. Il se remémora l'interrogatoire de Philidor. Il n'en démordait pas, le jeune homme avait fait preuve de franchise, de sincérité et surtout de surprise à l'annonce du méfait de son grand-père. Il y avait encore autre chose qui, certes, ne pourrait être mis en preuve, mais qui mettait sa conscience à mal ; c'était l'absolue certitude de Césarine quant à l'innocence de Philidor. Les jugements que Césarine portait sur quelqu'un ne se trompaient jamais. Mais si l'assassin n'était pas Philidor, qui d'autre que lui aurait pu avoir matière à vouloir se venger ? Là encore, un seul personnage se présenta à son esprit.

—Nom d'un chien ! Comment ai-je pu passer à côté de ça ? Il nous reste encore cette piste et, malgré les doutes qui pèsent sur Philidor, nous allons la suivre. Mais je suis certain de ne pas me tromper.

Bien avant que, de son côté, Blavet n'atteigne la ferme d'Angéolas, Gontard eut la conviction de connaître l'identité du meurtrier. Restait à le prouver. Mais comment prévenir Blavet ?

Chose certaine, il n'était plus question d'aller jusqu'à Marseille. Une sorte de rage l'envahit.

—Et l'autre qui s'enfuit certainement de peur qu'on l'arrête !

Arrivé dans la cour de la ferme, Blavet fut surpris par le silence qui y régnait. Il attacha son cheval à un anneau et se présenta à la porte. Il frappa trois coups d'une façon très autoritaire et attendit, en bombant même un peu le torse pour se donner de l'importance et en imposer. Un bruit de pas lui parvint et la porte s'ouvrit. Le jeune homme qui l'accueillit le salua poliment sans paraître le moindrement surpris par la présence d'un gendarme. Cela parut suspect à Blavet.

—Bonjour ! Que puis-je pour vous ?

Le brigadier le détailla. Il était certain de ne jamais avoir vu cet homme dans le village. Il se souvint des paroles de Césarine.

—Vous êtes l'ami de Philidor Angéolas ?

—En effet. Je me nomme Baptiste Viviers et je demeure chez mon ami pour quelque temps.

—Justement, c'est à lui que je voudrais parler. Est-il là ?

Baptiste haussa les épaules, fit une moue en signe de doute et se dirigea lentement, très lentement, vers la chambre de son ami, ce qui agaça fortement le gendarme.

—Je vais voir. Je viens juste de me lever !

Blavet sentit le coup fourré. Il se précipita, le dépassa en le bousculant et ouvrit d'un coup la porte de la chambre. L'ordre y régnait ; le lit n'était même pas défait !

—Il s'est enfui, et vous le savez !

Baptiste protesta.

—Pas du tout ! Si ça se trouve, il est dans ses vignes !

—Non, j'y suis passé et il n'y a personne !

—Ah !

Blavet le fusilla du regard.

—Et l'autre ?

—Quel autre ? demanda Baptiste, l'air un rien moqueur.

—Faites pas le malin ou il vous en cuira ! Le vieux, le *lièvrebécu*, Eusèbe, quoi !

—Pas ici en tout cas. Il a son coin dans l'appentis et je ne l'ai pas encore vu. Je vous l'ai dit, je viens de me lever.

Blavet était furieux. Il s'était fait avoir. Si l'adjudant l'avait écouté, déjà, depuis la veille, Philidor serait sous les verrous.

—Accompagnez-moi, il me faut un témoin pour assurer que tout est fait dans les règles.

—Je vous suis, le temps d'enfiler un pantalon.

—Alors, vite !

Baptiste prit tout son temps sous l'œil courroucé de Blavet qui trépignait. Enfin, tous deux se dirigèrent vers l'appentis.

Rien ne semblait bouger. Baptiste jeta un coup d'œil aux alentours ; Eusèbe n'était visible nulle part.

—Il dort peut-être encore. Cela m'étonne. Depuis que je suis là, il est toujours le premier dehors !

—Je n'aime pas ça, marmonna Blavet. Si j'apprends qu'ils se sont enfuis tous les deux et que vous étiez au courant…

Baptiste protesta à nouveau avec une évidente mauvaise foi.

—Pas du tout !

39

L'aveu

Le gendarme et Baptiste se présentèrent à la porte de l'appentis. Blavet appela Eusèbe d'une voix forte et impatiente. Après trois appels successifs, n'obtenant pas de réponse, les deux hommes pénétrèrent dans l'abri que l'homme s'était aménagé et que jamais personne n'avait visité.

À droite, tous les outils étaient entreposés contre le mur ou sur le sol. Ils étaient propres et bien alignés. Sur un côté se trouvaient une brouette lestée d'une petite quantité de terre et une pelle. Elles avaient dû être utilisées récemment, car la terre était fluide. À gauche, c'était le coin privé d'Eusèbe, séparé des outils par une grande paroi de planches et une grosse toile. Un épais rideau servait de porte.

Le gendarme appela à nouveau, plus fort, cette fois, toujours en vain. Il regarda Baptiste et souleva le rideau. Le spectacle qu'ils découvrirent les stupéfia. Au centre de la pièce, méticuleusement propre, sur une table un peu bancale, deux paquets étaient posés bien en vue avec, devant chacun d'eux, un mot écrit sur une page de cahier.

Mais, ce qui attira leur attention, ce fut l'endroit où le vieux passait la nuit. La paillasse d'Eusèbe avait été tirée dans un coin et un vieux tapis était roulé à côté. À l'emplacement du lit, un trou était creusé, un grand trou de forme allongée. La terre de la brouette correspondait à celle qui manquait là. Ils s'approchèrent et découvrirent une caisse rectangulaire pas très large, mais qui mesurait plus d'un mètre. Blavet souleva le couvercle qui dévoila la présence d'un objet long et étroit entouré d'un linge, ainsi qu'un paquet en toile gonflé. Quand il déroula le chiffon, l'objet qu'il trouva le fit bondir. C'était un vieux fusil.

—Vingt dieux ! jura-t-il. Un fusil modèle 1754 ! Le modèle avec lequel on utilisait une baïonnette à lame triangulaire, exactement celui qui correspond à l'arme qui a étripé les cousins !

Baptiste restait sans voix, aussi surpris que le gendarme.

—Je suppose que, dans ce sac, on trouvera des cartouches, ajouta-t-il, aussi abasourdi que Blavet.

Il aurait voulu se tromper, mais l'évidence se trouvait devant leurs yeux. Une fois ouvert, le petit sac mit au jour de vieilles cartouches en papier et à poudre noire, inutilisables depuis longtemps, de celles dont les soldats devaient arracher l'enveloppe avec les dents pour charger leur fusil.

Blavet avait du mal à comprendre.

—Mais pourquoi ? Qu'est-ce qui lui a pris d'assassiner les deux vieux ?

En tout cas, cela dispose de la culpabilité de Philidor !

—Pas si sûr ! Qu'est-ce qui prouve que ce n'est pas lui qui a utilisé cette arme ?

Quand Blavet retira le vieux fusil de la caisse, il découvrit autre chose qui ne l'étonna même pas. Une longueur de corde avait été coupée ; l'autre moitié était celle qu'on avait retrouvée autour du cou d'Antoine, le traître.

—A-t-il voulu venger Honoré ? demanda Baptiste, incrédule.

—Cinquante ans après, alors qu'il ne l'avait pas connu ? Ça me semble peu plausible.

—En souvenir de Désiré, peut-être ? Il lui était très attaché.

—Cela se pourrait, à la rigueur, mais je ne le crois pas non plus, répondit Blavet, vexé d'avoir fait chou blanc.

—Alors, il y a une autre raison et, franchement, je l'ignore.

Il s'inquiéta. Où Eusèbe pouvait-il bien être ? Dans son esprit, la culpabilité du vieux garçon ne faisait aucun doute, mais il fallait qu'il s'explique. Il n'osait dire tout haut ce que lui dictait sa pensée.

—D'accord, vous avez une preuve que je ne peux pas réfuter, même si je ne comprends pas pourquoi. Il nous faut le retrouver.

—À mon avis, il s'est enfui avec Philidor, tonna Blavet.

—Non, je ne le crois pas. Hier soir, il était encore là.

Blavet le foudroya du regard.

—Lui, oui, mais pas votre copain, d'après ce que je comprends de vos paroles. J'avais donc raison, vous n'ignorez pas qu'il a pris la fuite !

Irrité, Baptiste répliqua :

—Je ne lui cours pas derrière ! Je pensais qu'il était allé voir son amoureuse. Dans ces cas-là, il n'a pas besoin de moi. Je me suis couché tôt et, ce matin, comme vous, j'ai découvert son absence !

—Je n'en ai pas fini avec vous ! menaça Blavet. Si on n'arrête pas Angéolas, je vous accuserai de complicité !

Baptiste ne se laissa pas impressionner.

—Ça, c'est autre chose ! Deux innocents arrêtés, cela fera du bruit et je ne me gênerai pas pour raconter de quelle manière vous avez harcelé mon ami ! Je suis aussi certain que nous serons soutenus par madame Césarine Gontard qui, elle, a toute confiance en lui !

Blavet était furieux. C'était là un argument massue. Ce jeune blanc-bec ne se laissait pas faire. Il se retourna.

—Qu'est-ce que c'est, ces paquets sur la table ?

—Allons voir !

La liasse de feuilles trouvées dans le coffre de Désiré était posée à côté de deux poches de feutre. Blavet les parcourut rapidement. Il s'agissait d'actes d'état civil, et de l'acte de condamnation d'Honoré. Il avisa la lettre manuscrite d'un camarade d'Honoré adressée à Alphonsine qui se terminait par une phrase soulignée de trois traits : *Honoré était des nôtres, il faut venger sa mort. Ce traître doit payer pour son crime !*

Blavet exulta.

— Qu'est-ce que je disais ! La voilà, la preuve ! Philidor est tombé un jour sur cette lettre et il a saisi la première occasion pour commettre son forfait ! Avec ça, il aura du mal à nier !

Baptiste protesta avec véhémence.

— Moi, je suis sûr que vous vous trompez ! En outre, je le vois mal aller tirer la paillasse d'Eusèbe pour cacher ces lettres ! Il aurait pu simplement les brûler.

— On ne réfléchit pas toujours !

Blavet ne cachait même plus sa satisfaction.

— Bon, examinons les autres.

Sur deux feuilles de cahier remplies d'une écriture appliquée, Eusèbe avait déposé deux capades de feutre remplies d'argent. Sur la première, ils purent lire :

Pour mon enterrement, à côté de mon ami Désiré et de Sidonie, les seuls qui m'ont aidé et aimé. J'espère que le curé refusera pas et que le bon Dieu me pardonnera. Mais, moi, je regrette pas !
Eusèbe

Sur la deuxième feuille, la cloche de feutre se révélait plus volumineuse. Elle contenait une belle somme d'argent en billets, tout ce que le *lièvrebécu* avait économisé durant les années passées en compagnie des Angéolas. La feuille était noircie de la même écriture minutieuse.

Pour Philidor, que j'ai toujours aimé comme un fils. Philidor, je veux qu'avec cet argent tu achètes des porte-greffes, ceux des Américains, mais méfie-toi, quand même ! C'est leurs greffes qui nous ont apporté la pourriture. Je voudrais que tu refasses un grand vignoble,

comme l'aurait aimé Désiré. Je sais que tu as des sous, mais, moi, je veux que les miens servent à ça. Je t'aime, mon Philidor. Pardonne-moi et prie pour moi.
Eusèbe

À côté se trouvait une autre note très courte.

J'ai tout avoué. C'est dans ma poche. J'ai tout dit, pourquoi j'ai tué ces vieux salauds. Je le referais s'il le fallait. Mais je pouvais pas laisser accuser Philidor. Il a rien fait !

Baptiste triompha, malgré ce qu'il devinait et qui lui causait une immense tristesse.

—À présent, vous ne pourrez plus nier que mon camarade est innocent.

Blavet était blanc de rage.

—Eusèbe ! Je n'aurais jamais pensé à lui ! Il faut qu'on le retrouve ! À votre avis, où pourrait-il être ?

Baptiste réfléchit. Il se remémora leur promenade jusqu'aux Échirayes et tout ce qu'Eusèbe lui avait raconté sur place, la pendaison d'Honoré, le désespoir d'Alphonsine, les soupçons qui pesaient sur Philidor… Le froid l'envahit.

—Je crois savoir. Allons-y, peut-être qu'il n'est pas trop tard !

—Où ?

— Au bois des pendus !

Blavet attendit que Baptiste selle le cheval de Philidor pour se mettre en route lui aussi vers les Échirayes. Aucun des deux ne parlait, mais tous deux étaient persuadés qu'ils retrouveraient Eusèbe sans vie.

Ils parvinrent rapidement au bois des pendus, mais n'aperçurent aucun corps qui dansait dans l'air. Baptiste supposa que le vieil homme avait choisi l'endroit précis où Honoré avait été exécuté. Ils attachèrent les montures à un jeune tronc d'arbre et s'enfoncèrent dans le petit bois. Ils avaient fait une vingtaine de mètres à peine quand ils découvrirent le corps du pauvre bougre, raide au bout de sa corde. Baptiste fut surpris de constater qu'il s'était vêtu d'habits démodés, mais en bon état. Il était très bien mis. Le jeune homme comprit qu'il avait endossé des vêtements de Désiré qu'il avait récupérés. Philidor lui avait raconté leur virée à Givors et sa fierté d'être « présentable ».

Par ailleurs, la peau de son visage avait été rasée de près, et ses mains étaient propres. *Il a procédé à la toilette du mort !* pensa-t-il. Il eut du mal à retenir ses larmes.

Devant cet affligeant spectacle, Blavet était moins fier de lui. Il s'était présenté avec le ferme espoir d'arrêter Philidor, en affichant une arrogance certaine. Bien sûr, pas une minute il n'avait soupçonné le *lièvrebécu*, dont il avait entendu parler, mais qu'il n'avait jamais vu.

Aux pieds d'Eusèbe, un chapeau de feutre avait roulé ; il jouxtait deux grosses bûches et un vieux tonneau renversé. Déterminé, le vieil homme s'était fabriqué un tabouret de fortune duquel il avait basculé dans le vide. Sans doute avait-il projeté la corde par-dessus la branche ; malgré son léger handicap, il avait réussi à se hisser sur le fût et à passer le nœud autour de son cou.

—Un vieux tonneau pour la fin d'un vieux vigneron ! soliloqua Baptiste, recueilli.

Blavet ôta son bicorne et se gratta la tête.

—Ce n'est pas tout, il faut le décrocher et voir ce qu'il a dans sa poche ! Tenez-le par les cuisses, je vais couper la corde !

Baptiste hésita, mais la vision d'Eusèbe la langue bleuie et tirée sur les vivants le convainquit de vite faire en sorte de gommer ce tableau insoutenable. Blavet redressa le tonneau, grimpa dessus à son tour et coupa la grosse corde de chanvre. Sans malice, il en proposa un bout à son compagnon.

—On dit que ça porte bonheur.

Baptiste eut envie de lui casser la figure, mais, après quelques secondes de réflexion, il se dit que, si la corde d'Eusèbe pouvait lui procurer un peu de bonheur, il aurait tort d'y renoncer. Ils étalèrent le corps sur le sol et retirèrent le lien de son cou. Sans un mot, Blavet en découpa une section et la lui tendit.

—J'en donnerai un bout à l'adjudant. C'est la coutume.

Il fouilla ses poches et en retira deux feuilles, qu'Eusèbe avait couvertes de son écriture soignée. Il avait certainement passé toute la nuit à rédiger ses derniers messages. Quand il les avait quittés, la veille, il avait déjà décidé de mourir.

—*Aux gendarmes, puisque c'est eux qui viendront,* commença Blavet. *C'est pas Philidor qu'a tué Grillet et Rivaux. Le Fabre, il a eu de la chance parce qu'il était pas d'accord ! Alors, je lui ai rien fait. Le jour où Philidor a oublié sa sacoche au bistrot et que je suis allé la récupérer après la dispute, les trois copains étaient dehors. Ils parlaient fort et rigolaient. J'étais derrière le mur et je les ai entendus. Ils avaient décidé d'aller scier tous les ceps des vignes de l'Honoré pour lui clouer son bec, à ce morveux, qu'ils ont dit. Et que ce serait que justice ! Le Louis a refusé, disant que c'était un crime. Les autres riaient et lui ont fait jurer de rien dire, sans cela, il le regretterait.*

Mon sang a fait qu'un tour. Alors, la nuit, pendant que le gamin dormait, malgré la pluie qui tombait dru, je suis allé chez l'Antoine. Personne le savait, mais, quand j'avais arrangé mon coin dans l'appentis, j'avais trouvé une grosse bosse sur le sol. Je voulais cacher mes sous. J'ai creusé et j'ai trouvé la caisse, qu'Alphonsine avait pour sûr enterrée après la mort d'Honoré. Après, elle a dû oublier. Moi, j'avais tout laissé là, j'ai juste ajouté mes capades avec l'argent. Le fusil, on pouvait pas l'utiliser, mais la baïonnette, oui ! Fine et pointue comme elle était, y avait pas de danger que je rate mon coup.

J'y suis allé et je les ai tués l'un après l'autre. C'était pas beau à voir. J'ai vengé la mort d'Honoré et le souvenir de Désiré. Mais c'était surtout parce que je voulais sauver les vignes que le gone adorait. J'aurais jamais pensé qu'on pourrait l'accuser. J'ai jeté la baïonnette dans le puits, j'ai mis les deux salopards sur le plateau de la charrette et je les ai emportés jusqu'aux Échirayes, là où, l'Honoré, il a été pendu.

Les scies, elles sont toujours avec les vieux outils dans leur cabane. Ils étaient allés les prendre chez le menuisier qui s'est plaint le lendemain qu'on les lui avait volées. En plus, elles étaient toutes neuves. Des voleurs d'ailleurs, qu'il a dit, le menuisier. Alors, ça sert à rien de leur courir derrière !

—Curieux, déclara Blavet, le menuisier n'a jamais porté plainte. Faudra qu'on lui demande !

—Lisez la suite ! s'impatienta Baptiste.

— De toute façon, je suis trop vieux, maintenant, et je pourrais plus aider Philidor comme il me l'a dit. Sûrement qu'il a pitié de moi, mais je l'aime beaucoup, et je lui demande pardon du souci que les gendarmes lui ont causé par ma faute. Eux, y voulaient qu'une chose, qu'il soit coupable, surtout celui qui rigole tout le temps ! Je croyais que celui au nez crochu, il aurait été capable de comprendre, mais pas l'autre, j'ai bien vu qu'il voulait arrêter Philidor. Une vraie teigne !

Blavet rugit.

—Eh ! comment j'aurais pu deviner !

Baptiste lui adressa un regard méprisant.

—Eh bien, maintenant, vous savez ! Qu'allez-vous faire ?

—Nom de Dieu !

Il mit sa main devant sa bouche.

—Pardon, j'ai juré !

—Quoi ?

—L'adjudant ! Il est à Lyon, avec une réquisition du procureur. Il devait prendre le train pour le cas où Philidor s'embarquerait pour l'Afrique du Nord. Et nous, on devait lui donner les dernières nouvelles à la gare de Vienne, quand le train ferait une halte. Organisez-vous pour rapatrier le corps d'Eusèbe à la ferme, je vais dépêcher un gendarme pour l'avertir que Philidor n'est pas coupable !

—Pardi ! Faites vite, car, à mon avis, le train devrait partir de Lyon dans une heure ou deux !

—Ça sera suffisant, le temps qu'il arrive à Vienne !

Le brigadier enfourcha son cheval, et partit au galop. Il était encore temps d'intercepter Gontard à Vienne.

Baptiste se signa et recommanda l'âme du *lièvrebécu* au bon Dieu. Il recouvrit sa tête à l'aide de sa veste, détacha sa monture et retourna à la ferme chercher la charrette qui servirait à transporter le corps du pauvre bougre, un homme dont la fidélité était allée jusqu'au crime et au sacrifice de sa personne par amour et gratitude.

Il pensa à Philidor quand il apprendrait la conclusion de cette bien vilaine histoire. Quelle tristesse ! Était-il déjà dans le train ? Se ferait-il arrêter avant par l'adjudant ? Irait-il jusqu'à Marseille ? En attendant son retour, il faudrait bien enterrer Eusèbe. Le corps ne pouvait pas attendre trois jours, vu la chaleur qui régnait ! Il se devait de représenter Philidor aux obsèques de son fidèle ami.

40

Périlleuse intervention

Dans le train qui le conduisait à Vienne, Gontard avait évoqué Eusèbe. Il savait bien que, souvent, l'assassin n'était pas du tout celui auquel on pensait, que sa conduite ordinaire le mettait à l'abri de tout soupçon. Eusèbe, le *lièvrebécu,* celui qui, d'après tout le monde, avait l'air bien innocent, le pauvre bougre dont on se moquait et qui avait été humilié par tous les gens du village, faisait partie de ceux-là. Cet homme avait été recueilli par Désiré. Depuis, il était d'une fidélité absolue à son bienfaiteur. De plus, il éprouvait pour Philidor un amour presque paternel. C'était du moins ce qu'avait affirmé Lucien, le maire. Le magistrat avait encore mentionné qu'il était un peu simplet, mais nullement idiot, et qu'il ne fréquentait personne.

Tout compte fait, si Philidor devait être mis hors de cause, personne d'autre qu'Eusèbe ne pouvait avoir accompli sa vengeance à sa place. C'était par déduction qu'il en venait à cette conclusion, puisque, cet homme, il ne l'avait jamais interrogé, ni même rencontré, ni soupçonné non plus.

Mais pourquoi aurait-il attendu ce moment précis ? Car, depuis la mort de Désiré, il avait probablement eu bien des occasions d'agir. Aussi, l'adjudant ne croyait pas à une vengeance tardive. Si c'était lui le coupable, c'était qu'un événement important s'était produit qui avait déclenché sa décision.

François Devert, le cabaretier, avait indiqué que, lors de l'altercation entre Philidor et Antoine, le jeune homme était reparti furieux en compagnie de son ouvrier. Bastien avait ensuite affirmé qu'avec Eusèbe il avait raisonné Philidor. Un peu plus tard, il avait vu ressortir le même Eusèbe du bistrot avec la sacoche que Philidor avait oubliée. Avait-il entendu ou vu quelque chose qui avait suscité sa rage ? Car, enfin, pour tuer deux hommes, et même un seul, il fallait qu'il soit convaincu du bien-fondé de son intervention.

Ainsi, bien avant que, de son côté, Blavet atteigne la ferme d'Angéolas, Gontard avait eu la conviction que le meurtrier était Eusèbe. Restait à le prouver. Mais comment prévenir son adjoint ? Chose certaine, il n'était plus question d'aller jusqu'à Marseille. Quoique soulagé d'avoir découvert la vérité, ce ne fut pas sans tristesse qu'il imagina l'arrestation du réprouvé ; il s'apitoya sur le destin qui l'attendait.

Le train arriva en gare de Vienne. Philidor attendait sur le quai avec son sac. Il avait passé la nuit dans un petit hôtel miteux, soucieux de ne pas se faire remarquer. Le train stoppa lentement en crachant sa vapeur, dans un bruit de ferraille assourdissant. Il allait monter dans un wagon quand il aperçut un gendarme qui arrivait en courant, pressé, lui sembla-t-il, d'aller s'entretenir avec quelqu'un à travers la vitre d'un compartiment. Son cœur se mit à battre à toute allure. Il avait bien failli se jeter dans la gueule du loup ! Il fit demi-tour, retourna dans le couloir et se réfugia dans un petit local ouvert, persuadé que sa dernière heure était arrivée. Quelques voyageurs montèrent dans le train, alors qu'un seul en descendit. Ce fut avec stupéfaction qu'il reconnut l'adjudant qui allait au-devant du gendarme. La distance ne lui permit pas d'entendre leurs propos. Il demeura tapi dans sa cachette et attendit.

L'adjudant répondit à la salutation du gendarme et s'enquit :

—Alors, Guillaud, quelles nouvelles ?

—Inutile de continuer votre voyage, mon adjudant. Philidor Angéolas est innocent. Nous connaissons le coupable.

—Je sais. Il s'agit d'Eusèbe, n'est-ce pas ?

—En effet. Comment avez-vous su ?

—C'est la conclusion à laquelle je suis arrivé à force de réfléchir à l'affaire. Le doute m'a effleuré, mais j'étais presque certain de ne pas me tromper. Mais vous, de quelle façon l'avez-vous appris ?

—C'est le gendarme Blavet qui m'en a informé et qui m'a chargé de partir sur-le-champ pour vous prévenir. Heureusement, je suis arrivé à temps ! Votre adjoint m'a aussi avisé qu'Angéolas s'est enfui.

Émilien remonta rapidement dans le train et ressortit avec son bagage, qu'il déposa sur le quai.

—A-t-il avoué ? L'avez-vous arrêté ? A-t-il résisté ?

Le gendarme Guillaud lui fit un rapide compte rendu de la découverte des lettres et du cadavre dans le bois des pendus. Le visage de l'adjudant s'assombrit. Quelle triste fin pour un homme aussi fidèle et dévoué ! Mais cela innocentait Angéolas. Où se trouvait-il, en ce moment ? Car, s'il n'était plus chez lui, il y avait de fortes chances pour qu'il se fût enfui dès la veille. Peut-être même était-il déjà arrivé à Marseille ! De toute façon, il était inutile de courir derrière lui. Il ne tarderait pas à apprendre la terrible nouvelle et il reviendrait de lui-même au village.

Philidor risqua un coup d'œil prudent vers les gendarmes qui se trouvaient toujours sur le quai. Il vit Gontard faire un signe de la main pour donner le signal du départ. Le coup de sifflet retentit et tous deux se dirigèrent vers l'extérieur en passant tout près de la porte du local où il se trouvait.

Le souffle court et la sueur au front, Philidor se plaqua davantage contre le mur. Le train s'ébranla poussivement et prit de la vitesse. Philidor sortit de sa cachette et courut vers lui dans l'intention de le prendre en marche. L'avant-dernier wagon passait devant lui. Il sauta sur le marchepied et essaya d'ouvrir la grosse porte qui permettait l'accès aux compartiments. Le chef de gare l'aperçut et, supposant que ce voyageur avait oublié de descendre et craignant un tragique accident, il se mit à siffler de plus en plus fort pour faire stopper le train. Alertés, les deux gendarmes tournèrent la tête. Gontard avisa Philidor, suspendu à la poignée du compartiment, qui essayait vainement de monter. Sans réfléchir, il se précipita, alors que, dans un grincement suraigu, le train ralentissait. Il arriva à sa hauteur et le saisit par un bras sans cesser de courir.

—Angéolas, redescendez, c'est un ordre !

Philidor lâcha son sac qui roula sur la voie et se cramponna ferme à la poignée. D'un mouvement brusque, il se dégagea de l'emprise de l'adjudant et le repoussa. Encombré par son sabre, Gontard faillit tomber à la renverse, mais il s'accrocha lui aussi à la poignée de la porte. Son bicorne vola et atterrit sur le quai aussitôt récupéré par le gendarme qui, incapable d'agir, suivait la scène des yeux. Un mouvement brusque du train qui avançait toujours déséquilibra les deux hommes, qui se retrouvèrent suspendus, les jambes dans le vide. Gontard se redressa sans lâcher la poignée. Leurs mains se touchaient. En manœuvrant pour libérer la sienne, Philidor se tordit le poignet. Sous l'effet de la douleur, il ouvrit la main et lâcha la poignée de la porte en hurlant de terreur. Au moment où il allait tomber et passer entre les roues du train, Émilien le rattrapa par un bras et tenta de le ramener sur le marchepied. Des cris leur parvenaient du compartiment. Ils tanguèrent dangereusement, au risque d'aller tous deux s'écraser sur la voie ferrée. Le bras du jeune homme glissait entre les doigts du gendarme. S'il ne le retenait pas, Philidor allait chuter, glisser et sans doute se faire couper en deux. Déjà ses pieds effleuraient le sol. Gontard resserra sa prise autour du bras comme des serres d'aigle autour de sa proie. Le vigneron pesait lourd ; déjà, il imaginait sa dernière heure venue.

Il jeta à Gontard un regard désespéré qui le galvanisa. Mâchoire crispée par l'effort, le gendarme réussit à le maintenir et enfin, après une autre périlleuse oscillation, les pieds de Philidor vinrent se poser sur le marchepied. Les deux hommes reprirent péniblement leur souffle, soulagés. Un passager alerté par les cris des voyageurs qui suivaient la scène depuis les vitres se précipita et ouvrit la porte de l'intérieur. Il s'accroupit pour retenir Philidor qui, d'un coup de reins, se hissa et se jeta à plat ventre sur le plancher du compartiment. Le train ralentissait toujours, freins bloqués. Gontard réussit à monter à son tour et à plonger à l'intérieur du wagon. Un instant, en voyant Philidor debout, l'air menaçant, il se demanda s'il allait le repousser d'un coup de pied. Cette idée traversa sans doute l'esprit du garçon, mais il ne la mit pas à exécution. L'adjudant tonna d'une voix forte :

—Angéolas, inutile d'essayer de fuir, le train va s'arrêter et je n'aurai aucun mal à vous rattraper ! Il y a un gendarme sur le quai. Il interviendra aussitôt.

—Je suis innocent ! Je n'ai pas tué Grillet et Rivaux ! s'écria-t-il, furieux.

—Je le sais ! C'est la raison pour laquelle il est inutile de vous enfuir. L'assassin a avoué et nous allons retourner tous les deux à Saint-Andéol-le-Château pour clore cette affaire une bonne fois pour toutes.

À la fois décontenancé et suspicieux, Philidor le dévisagea. Il avait l'air sincère ; sa déclaration n'était pas une ruse pour l'arrêter. Il hésita encore et, alors que le train stoppait dans un bruit de ferraille malmenée, une brusque secousse les envoya percuter l'un contre l'autre. Ils chutèrent ensemble. Philidor se releva aussitôt et tendit une main que l'adjudant accepta avec reconnaissance, tant il était coincé avec son sabre de travers.

—Pas facile de courir derrière les bandits ainsi harnaché ! railla le jeune homme.

Émilien lui jeta un regard noir. Une fois remis sur ses deux jambes, il ordonna :

—Descendons. Nous avons beaucoup à nous dire. Moi surtout, j'ai des révélations à vous faire !

—Qui ? Qui a les a tués ?

—Allez récupérer votre sac, nous tâcherons de trouver une calèche qui nous ramènera à bon port, et non pas celui que vous pensiez rejoindre pour vous enfuir Dieu sait où !

—Qui les a tués ? insista Philidor.

—Je vous le dirai quand vous serez calmé et que nous aurons trouvé un coin tranquille. Rejoignons le quai, le train ne va pas tarder à repartir. Autant vous avertir, vous allez être secoué. Allons, il y a un restaurant tout près. Il n'est pas bon de parler le ventre creux. Aujourd'hui, c'est moi qui paie. Je vous ai causé des tracas et je tiens à faire amende honorable. Sans cela, j'en connais une qui ne me le pardonnera jamais !

Rassuré sur son sort, Philidor eut un sourire furtif.

—Votre femme Césarine ?

—Oui. Croyez que vous avez là un soutien de taille.

Il rejoignit le gendarme qui attendait et s'entretint un moment avec lui. Puis il désigna le restaurant à Philidor, qui brûlait d'impatience d'en savoir davantage. Mais Gontard ne prononça pas un mot jusqu'à ce qu'ils aient trouvé une table libre au fond de la salle. Le jeune homme ne put s'empêcher de lui faire remarquer :

—Un gendarme en tenue attablé avec un présumé criminel !

—Je me moque du regard des gens, surtout que je ne suis pas attablé avec un criminel, puisque je sais maintenant que vous êtes innocent ! Choisissez votre menu. Pour moi, ce sera comme d'habitude, un saucisson à cuire avec pommes de terre accompagnées d'une cervelle de canuts[1]. Je connais ce restaurant. On y fait de la bonne cuisine.

—Alors, je vous accompagne. À vrai dire, ces émotions m'ont donné faim !

1. Faisselle de fromage blanc assaisonnée de fines herbes.

—En revanche, je voudrais que vous me parliez d'une certaine Appoline !

Philidor lui adressa un regard embarrassé.

—Je veux bien, même si je n'en suis pas très fier.

—Tant pis, je dois savoir. Sans doute ignorez-vous que nous vous avons tous deux soupçonnés de complicité de meurtre !

D'étonnement, le jeune vigneron ouvrit grand les yeux.

—Appoline et moi ? Complices de meurtres ?

—Oui. Vous auriez eu de bonnes raisons !

—Pas moi, en tout cas, et je peux bien vous l'avouer, maintenant, j'ai eu les mêmes doutes la concernant, mais je n'en aurais parlé pour rien au monde. Êtes-vous en train de me dire que c'est elle la coupable ?

Une phrase qu'Appoline avait prononcée lors de leur rencontre lui revenait en mémoire: « On verra. J'arrive souvent à mes fins, d'une façon ou d'une autre. Ce n'est qu'une question de patience et d'organisation ! »

Gontard eut un sourire narquois.

—Non, ce n'est pas elle. N'empêche, je sais pourquoi vous n'auriez pas parlé ! Votre galanterie vous honore, mais elle aurait pu vous causer préjudice, en l'occurrence. Alors, cette Appoline ?

Philidor lui raconta brièvement les relations particulières qu'il avait entretenues avec elle et la raison de ses soupçons.

—Elle était à Saint-Andéol quelques jours avant les crimes, furieuse de n'avoir pas réussi à soutirer de l'argent aux deux vieux. Elle m'a assuré qu'elle parviendrait à ses fins. Quand j'ai appris les meurtres, j'ai tout de suite imaginé qu'elle aurait pu…

—Les tuer ?

—Oui, même si je me demandais de quelle façon elle aurait pu agir. Ensuite, elle n'est plus revenue me voir comme elle l'avait promis. Elle n'a même pas assisté aux obsèques de ses oncles. Mais j'ai bien compris qu'elle préfère s'occuper des hommes d'une tout autre façon. En outre, pourquoi les tuer ? Elle savait bien qu'elle et sa mère hériteraient un jour ou l'autre.

—En effet, mais, pressée comme elle semblait l'être, elle aurait pu donner un coup de pouce à la fatalité !

—À condition d'embaucher un homme de main. Mais vous ? Je comprends que vous l'avez soupçonnée également.

Gontard laissa échapper un soupir de contrariété.

—Si seulement j'avais été au courant de sa présence à Saint-Andéol la veille des meurtres, surtout en sachant qu'elle était la petite-nièce de Rivaux, je n'aurais pas manqué de l'interroger. Mais, apparemment, à part vous et une certaine Marguerite, personne ne l'a rencontrée.

En entendant le prénom de Marguerite, Philidor se sentit mal à l'aise. Gontard poursuivit :

—Même si elle est disculpée, je l'interrogerai quand même. J'aime bien que tout soit clair. Je sais aussi par ma chère épouse, qui vous porte un grand intérêt, qu'une autre jeune fille se morfond d'amour pour vous. Bien sûr, cela n'a rien à voir avec l'enquête et ce n'est pas mon rôle d'intervenir, mais si je pouvais remonter en grâce auprès de ma chère Césarine, qui se sent toujours responsable du bonheur des autres…

Philidor lui adressa un regard contrit.

—Vous parlez de Marguerite, n'est-ce pas ? Je sais qu'elle n'ignore rien de mon aventure avec Appoline et qu'elle en a souffert. D'autre part, je me suis entêté à la fuir comme un imbécile parce que je m'attendais à être arrêté d'une minute à l'autre. Je crains aujourd'hui qu'elle ne me le pardonne pas. Pourtant, je sais que je l'aime, et ce, depuis toujours. Mais je la voyais trop souvent pour comprendre que l'amitié que je ressentais n'était autre que de l'amour. J'avais besoin d'avoir peur de la perdre pour comprendre.

—Allez lui dire tout cela, que diable ! D'avoir risqué la potence est plus grave que d'être rembarré par la femme aimée !

Philidor sourit en hochant la tête. Marguerite était devant ses yeux et dans son cœur. Il adressa un sourire confus à l'adjudant. Il n'avait qu'une hâte, la serrer dans ses bras, l'embrasser, lui demander pardon de son aveuglement. Mais aurait-il enfin ce courage ? Il avait une autre préoccupation, aussi, qui ternissait son beau projet et menaçait de le balayer. Le choix auquel il ne voulait pas faire face allait-il surgir ? N'allait-il pas sacrifier son plus grand rêve à l'amour d'une femme ? Ne le regretterait-il pas un jour ou l'autre ? Quelle décision s'imposerait à lui ?

Le temps passait et Émilien ne savait comment aborder la vraie question, sachant qu'elle affecterait profondément son interlocuteur. Pourtant, il ne pouvait tergiverser plus longtemps ; Philidor s'impatientait. Quand la spécialité lyonnaise fut engloutie, quoique embarrassé, il plongea.

—Je suis désolé de vous apprendre une terrible nouvelle. Elle va sûrement vous chagriner.

—Pourquoi dites-vous cela ? Je n'aurai aucune pitié pour celui qui a failli m'envoyer à la potence.

—C'est justement pour vous éviter la potence qu'il a eu le courage de se dénoncer. Qui vous aime assez pour avoir voulu vous protéger de la malveillance de Grillet et de son cousin, à votre avis ?

—Me protéger de leur malveillance ? Je ne comprends pas. Que voulaient-ils me faire ?

—Pas à vous directement, à vos vignes, surtout celles que vous voulez sauver à tout prix, quitte à les transporter jusqu'en Tunisie.

—Je ne comprends toujours pas !

—Grillet et Rivaux projetaient de scier tous les pieds des vignes d'Honoré. Fabre n'a pas voulu se joindre à eux. C'est ce qui lui a sauvé la vie.

Il avala un peu de salive et continua :

—Eusèbe a surpris leur conversation lorsqu'il est retourné récupérer votre sacoche au bistrot. Pour vous éviter une perte irréparable, il les a assassinés tous les deux. La mise en scène macabre, c'était un peu pour détourner l'attention. Pour lui, c'était aussi un symbole. Il vengeait la traîtrise des deux hommes en 1817 et les empêchait de mettre à exécution leur funeste projet.

Philidor pâlit tant qu'Émilien crut qu'il allait s'effondrer sur son assiette. Pendant un instant, son regard se fit incrédule, comme s'il refusait ce qu'il venait d'entendre. Puis des images passèrent devant ses yeux. Il se souvint comme Eusèbe était triste, la veille au soir ; son au revoir était en fait un adieu. Il lui avait en outre proposé de l'accompagner, pour soi-disant faire un dernier bout de chemin à ses côtés. Il avait déjà décidé de se livrer.

Un masque de douleur se dessina sur le visage de Philidor.

—Comment en êtes-vous arrivé à le soupçonner ?

—En fait, je n'ai compris que ce matin, à force de réfléchir, car je n'arrivais pas à me convaincre de votre culpabilité. Par contre, j'avais beau me creuser les méninges, je ne voyais pas qui d'autre dans les villages de Mornant ou de Saint-Andéol-le-Château pouvait avoir une raison d'éliminer les cousins.

Philidor balbutia péniblement, l'air désespéré :

—Il a avoué ? Vous... vous l'avez arrêté ? Pourrais-je le voir ?

Gontard puisa au fond de lui toute la compassion qu'il put trouver, car la deuxième nouvelle était la pire de toutes.

—Eusèbe a préféré se faire justice lui-même...

Devant l'air effaré du jeune homme, il posa sa main sur son bras et annonça doucement :

—Il s'est pendu, dans le bois des Échirayes.

Philidor plongea sa tête entre ses bras repliés sur la table et éclata en sanglots.

41

Dernière demeure d'Eusèbe

Devant l'incapacité de la nièce de Rivaux de se déplacer, le notaire avait prévu se rendre lui-même à Givors. Il avait reçu la consigne de sommer la jeune fille de se présenter au plus vite à la gendarmerie. Ce qu'elle fit dès le lendemain.

Elle n'avait pas perdu de sa superbe, ignorant le motif de cette convocation. Par précaution, elle s'était vêtue de vêtements sombres. Après tout, elle portait le deuil. Elle se devait d'afficher une certaine tristesse, ce que démentait son regard brillant et effronté.

Gontard décida de prêcher le faux pour savoir le vrai. La veille, il avait relu les comptes rendus de plusieurs dépositions et un détail de celle de Frelon lui avait sauté aux yeux. Il avait juré haut et fort avoir vu une silhouette s'approcher de la maison la nuit du crime. Quant à Philidor, il avait confirmé la présence d'Appoline à Saint-Andéol la veille des meurtres. Bien décidé à connaître le fin mot de l'histoire, tout en sachant la fille innocente, il la fit asseoir et demanda brusquement :

—Que faisiez-vous dans la maison de vos oncles la nuit où ils ont été assassinés ?

Appoline sursauta et pâlit, surprise par cette question aussi directe qu'inattendue. Elle allait mentir, mais, en voyant le regard impitoyable de l'adjudant, elle préféra tout avouer.

Après tout, elle n'avait pas tué. Elle débita son histoire d'une traite, tout en triturant ses doigts de nervosité. Elle n'était plus aussi fière qu'à son arrivée.

—J'avais demandé à l'oncle de ma mère un peu d'argent pour nous venir en aide. Je savais qu'il en avait pas mal et que son aumône n'aurait pas fait un gros trou dans ses économies. Non seulement il a refusé, il m'a même jetée dehors. J'ai donc décidé d'aller prendre ce dont nous avions besoin. Je savais où il dissimulait sa boîte ; il ne l'avait jamais changée sa place. Ma mère aussi connaissait sa cachette. Je me suis dit que je pouvais me glisser dans la demeure silencieusement, la nuit, et me servir.

Elle s'interrompit et demanda brusquement :

—Mais, comment savez-vous cela ?

—Vous avez été vue !

Elle resta abasourdie.

—La nuit ?

—Oui, cette même nuit ! Le témoin en question, s'il n'a pas vu l'assassin, il a surpris votre présence. Vous l'avez suivi de peu !

Elle blêmit et réalisa qu'elle avait eu raison de ne pas tergiverser.

—Quand je me suis approchée de la maison, j'ai bien vu qu'il s'était passé quelque chose de bizarre. Je suis entrée par la porte grande ouverte. Ça, ce n'était pas normal. J'ai fait quelques pas et j'ai senti que je marchais dans une sorte de liquide. J'ai tout de suite compris que c'était du sang. J'ai préféré repartir aussi vite que j'étais arrivée, en réalisant que, finalement, on aurait bien davantage que ce qu'on avait demandé au vieux.

Gontard soupira. Les petites traces arrondies de sang séché sur le sol, c'était certainement l'empreinte des chaussures d'Appoline. Il n'avait aucune raison vraiment valable de l'inculper et sa version correspondait exactement à celle que

Gaspard Frelon avait donnée. Sauf que, pour lui, il en irait autrement.

—Je ne sais pas de quoi vous hériterez, mais, à mon avis, ce ne sera pas grand-chose.

—Peu importe, ce sera toujours ça. Mais je suis certaine que ma mère ne voudra pas venir habiter dans la maison. Moi non plus. Nous la mettrons en vente et elle récupérera ce qu'on pourra en tirer. Quant à moi, je sais me débrouiller !

L'adjudant sourit ; il n'avait aucun doute à ce sujet.

—Vous pouvez repartir. Vous êtes libre !

Appoline se leva et sortit, bien décidée à ne jamais remettre les pieds dans ce village où aucun avenir ne l'attendait. Un bref instant, elle évoqua Philidor. Il n'avait été que l'occasion de passer de bons moments dont elle se souviendrait certainement avec plaisir. Pourtant, quand elle l'avait surpris de l'autre côté de la vitrine du magasin à Givors, elle avait eu envie de le rejoindre. Mais à quoi bon ? C'était un beau garçon, certes, mais ce n'était pas le genre d'homme qui ferait basculer sa vie. Elle n'eut même pas le regret de ne pas lui avoir fait ses adieux. Pour l'instant, elle voulait rester libre et profiter de tout ce qui lui serait offert. Elle ne doutait pas, de plus, que Marguerite, malgré sa timidité, arriverait à le convaincre de ses sentiments. Ils étaient faits l'un pour l'autre, elle l'avait senti ; ils avaient tant de choses en commun. Et elle, chipie comme pas deux, avait eu la satisfaction de provoquer la jalousie de son ancienne camarade. Après tout, qui sait si elle ne lui avait pas rendu service !

Elle poussa un long soupir de soulagement. La campagne, les travaux des champs, la solitude, les hivers au coin du feu, ce n'était pas pour elle. Elle rêvait d'une vie plus trépidante et elle allait s'employer à réaliser ses rêves.

S'ils étaient satisfaits de clôturer leur affaire, les deux gendarmes faisaient tout de même grise mine, chacun pour des raisons différentes. Sincèrement désolé de la terrible fin d'Eusèbe, l'adjudant se rassérénait en se disant que, de cette façon, il avait échappé à l'arrestation et à une peine cruelle. Il s'était fait l'artisan de son avenir. Gontard était aussi infiniment soulagé que son instinct ne l'ait pas trompé et que Philidor soit disculpé, même s'il n'allait pas manquer d'affronter les remarques déplaisantes de Césarine à ce sujet. Elle ne le raterait pas. Il la connaissait, elle allait triompher sans modestie. Mais son sauveur était sauvé et elle s'en réjouirait.

Baptiste avait réclamé les lettres d'Eusèbe, mais Émilien lui avait refusé celle où étaient consignés ses aveux, devenue une pièce à conviction. Cependant, il lui avait remis celles qui étaient adressées à Philidor et Baptiste attendait le moment favorable pour les lui remettre.

Après avoir constaté le suicide et écrit son rapport, l'adjudant avait fait part au vigneron des dernières volontés d'Eusèbe. Sa grande mansuétude l'avait obligé à un mensonge qu'il ne regretterait pas, et auquel il avait astreint Blavet. Le curé refuserait la cérémonie à l'église et l'inhumation dans le cimetière du village s'il savait que le *lièvrebécu* s'était suicidé. Ils avaient donc convenu de déclarer qu'Eusèbe était mort d'un accident causé par un fusil hors d'usage, ce qui ne surprendrait personne. Avant même la veillée funèbre, le cadavre fut mis dans son cercueil à la ferme de Philidor et cloué sur place, sans que personne ne voie son corps. Le constat ne concernait que la gendarmerie et le maire. Dans deux ou trois jours, l'enquête serait officiellement close avec l'annonce, preuve à l'appui, de la culpabilité d'Eusèbe. Rien ne pourrait prouver qu'ils avaient trouvé les aveux avant. Ainsi, les obsèques se dérouleraient normalement. Le *pati* avait suffisamment souffert au cours de son existence pour avoir enfin le droit de reposer en paix.

Blavet, quant à lui, était intimement blessé dans son orgueil, mais aussi dans ses sentiments. Il avait dû reconnaître son acharnement sur Philidor, non parce qu'il disposait de preuves solides, mais parce qu'il avait voulu prouver son efficacité. Il n'avouerait pas son secret désir d'avoir voulu « en boucher un coin » à son adjudant, mais il se jura de faire amende honorable dès qu'il rencontrerait le jeune homme. Il venait de prendre une grande leçon d'humilité dont il se souviendrait. Cela ne l'empêchait toutefois pas de conserver son heureux caractère et il se demanda qui apporterait la bouteille, enjeu du pari au sujet de la fuite de Philidor.

Le fossoyeur fut mis au travail malgré ses récriminations. La tombe devait être creusée d'urgence. Par chance, un emplacement près du caveau des Angéolas se libérait en raison d'une fin de concession non renouvelée. Il n'y aurait pas trop de coups de pioche et de pelle à donner et le fossoyeur s'attela à la tâche de meilleur cœur.

Pour l'enterrement d'Eusèbe, le menuisier n'avait pas eu grand-chose à faire vu qu'il avait toujours un cercueil de réserve.

Interrogé par Blavet, il confirma qu'il avait bien remarqué le vol de ses deux scies le lendemain des meurtres, mais qu'il n'avait pas jugé bon de porter plainte. Il ajouta sur un ton un peu ironique :

—De toute façon, j'étais persuadé que les gendarmes n'allaient pas remuer ciel et terre pour retrouver deux outils. Avec la mort des deux vieux et l'enquête qui allait bouleverser le village, ils avaient bien d'autres lièvres à courir !

Gontard se souvenait avec précision qu'il avait été troublé par la découverte des deux scies neuves, posées l'une à côté de l'autre dans l'abri d'outils plus ou moins rouillés. Il n'avait cependant pas accordé d'importance à ces indices, une autre erreur qu'il ne commettrait plus. Les scies seraient rendues à leur propriétaire !

Le soir, quelques hommes allèrent veiller le mort en compagnie de Philidor et de Baptiste. On expliqua que le cercueil avait été fermé pour éviter qu'on ne voie la vilaine blessure que s'était infligée Eusèbe par accident.

La cérémonie des obsèques fut très brève, en présence des Andéolais qui étaient venus davantage par curiosité que par amitié pour celui qu'ils avaient si souvent raillé.

Gontard et Blavet assistèrent eux aussi aux obsèques et, pour couper court aux rumeurs qui s'étaient répandues à propos de la culpabilité de Philidor, ils déclarèrent au maire, assez fort pour que chacun entende, qu'ils avaient une piste sérieuse et que, très bientôt, ils annonceraient le nom du coupable. Les discussions ne s'arrêtèrent pas pour autant. Pour une fois qu'il se passait quelque chose d'extraordinaire à Saint-Andéol-le-Château, on n'allait pas se priver d'en parler.

Les villageois repartis à leurs occupations, Philidor resta un moment devant le petit monticule de terre qui recouvrait le cercueil d'Eusèbe. Gontard s'approcha de Baptiste.

—Vous saviez qu'il s'était enfui, n'est-ce pas ?

Baptiste ne biaisa pas.

—Oui, mon adjudant, je l'avoue. C'est même moi qui l'ai encouragé à filer. J'ai toujours cru à son innocence !

Gontard jura :

—*Sabre de bois* ! Dire que j'aurais pu le manquer, à la gare ! Mais le sort en a décidé autrement.

—Heureusement que vous l'avez intercepté, car il m'aurait fallu du temps pour le prévenir et surtout pour lui annoncer la terrible nouvelle.

—Lui avez-vous remis les lettres qui lui étaient adressées ?

—Pas encore. Il est si bouleversé ! Mais ce soir, sans doute.

—Très bien !

—Ah, mon adjudant, ajouta Baptiste avec un petit sourire, dernièrement, j'ai fait la connaissance de votre épouse et de votre fillette. Permettez-moi de le dire, elles sont adorables toutes les deux !

Gontard se racla la gorge. Il n'allait pas lui parler du petit air de supériorité qu'elle avait affiché sur son visage toute la soirée. Il ne lui répéterait pas non plus ce qu'elle lui avait balancé, incontinent : « Je te l'avais pourtant bien dit, qu'il n'était pas coupable ! Mais tu ne m'écoutes jamais ! » Le grand sec aux nez crochu et aux yeux de rapace avait cru indiqué de fermer son bec !

Philidor les rejoignit, il se balançait d'un pied sur l'autre, embarrassé.

—Demain, je reviendrai arranger un peu cette tombe et commander une croix ou une pierre tombale afin d'y faire inscrire son nom. Mais le problème est que je ne connais pas son nom de famille, ni personne, d'ailleurs !

Gontard réfléchit et proposa :

—Une pierre tombale serait bien. Pour l'inscription, pourquoi ne pas mettre : *Eusèbe, dit le lièvrebécu, famille des Angéolas* ? J'imagine que c'est de cette façon qu'on se souviendra toujours de lui, n'est-ce pas ?

Philidor sourit et secoua lentement la tête.

—Vous avez raison, mon adjudant, je ferai ainsi. Je sais que mes parents, de là où ils sont, m'approuveront.

42

Une promesse d'amour, un océan de vignes

Philidor contacta le tailleur de pierres et laissa des instructions qui devaient être suivies à la lettre. Le cœur meurtri, durement éprouvé par l'absence d'Eusèbe à ses côtés, se sentant même responsable de son acte criminel, il décida de quitter définitivement Saint-Andéol-le-Château.

Il marcha lentement sur le chemin qui le conduisait à sa ferme. En lui, une force irrésistible l'attirait de l'autre côté de la Méditerranée. Il avait encore au cœur la honte des agissements du grand-père Honoré, qu'il avait toujours porté haut dans son estime, mais qui n'était au fond qu'un homme sans scrupule ; il avait profité de la fragilité des petits vignerons et n'avait jamais hésité à les dépouiller au moindre prix pour agrandir son domaine. Sans pardonner son crime à Antoine, il le comprenait. Que ferait-il, lui, si on le désignait à la vindicte populaire, si on lui arrachait ses vignes, les plus belles, les vignes d'Honoré qui, en réalité, avaient été les vignes d'Antoine ?

Il donna un grand coup de pied, mais cette fois dans une motte de terre qu'une taupe avait fait surgir pendant la nuit. La rage le gagnait à nouveau. Honoré ne méritait pas qu'il sacrifie sa vie pour ces vignes-là et, d'ailleurs, si ça se trouvait, elles étaient en train de crever comme les autres. Il n'était même pas retourné les voir. Une houle d'amertume montait en lui, durcissait son cœur et lui donnait la nausée. Sa fureur était telle, sa déception si grande qu'il aurait voulu aller sur-le-champ détruire un à un les ceps pour effacer de la terre le forfait d'Honoré.

Il eut une pensée pour Alphonsine, Désiré et Sidonie qui, grâce au ciel, avaient ignoré les agissements « de ce pauvre et brave Honoré injustement pendu aux Échirayes ». Abattu, il s'assit au bord du chemin où il décida froidement de son avenir. Il allait se refaire une autre vie, la réécrire sur une page vierge. Il allait s'acharner à concrétiser tous ses espoirs, dont, en tout premier lieu, celui de créer sa propre exploitation, un vignoble qui ne traînerait pas avec lui de vilains souvenirs. Ainsi, il verrait enfin naître l'aube d'une nouvelle aventure. Pourquoi pas là-bas, en Tunisie ?

Sans le connaître, il imaginait ce pays dont les terres incultes s'ouvraient depuis peu aux vignerons de France et d'Italie, des terres qu'il se faisait fort d'apprivoiser année après année, malgré les brûlures du soleil sur la peau et la chaleur étouffante dont il souffrirait. Il le voyait, cet océan de vignes, s'étendre loin devant lui, auréolé de la vague verte des feuilles qui trancherait sur le sombre de la terre. L'image se cristallisait devant ses yeux. Sans doute serait-il obligé de changer de cépage, d'abandonner le gamay pour la syrah qui donne un vin riche en alcool.

Son rêve se poursuivait. Il les avait déjà en main, ces grappes noires, généreuses et riches de jus, il le goûtait par avance, ce vin qui naîtrait, dont la vigueur ferait tourner bien des têtes. Oui, son avenir était là-bas.

Cependant, alors qu'il redescendait vers sa ferme, une autre lancinante question ne le quittait pas. Que ferait-il au sujet de Marguerite ? Car elle était bien là dans ses pensées et dans son cœur, plus présente qu'il ne l'aurait imaginé. Supporterait-il le manque d'elle qui déjà l'habitait ? Dans son esprit se livra un douloureux combat, car il était incapable d'imaginer qu'il pouvait jouir de ses vignes et d'une femme en même temps. Qui sortirait vainqueur ? L'amour ou le rêve ?

Au repas de midi, il annonça sa résolution à son ami Baptiste.

—C'est décidé, Baptiste, je pars. Je n'ai plus envie de me battre contre le phylloxéra. S'il veut mes vignes, qu'il les prenne !

Baptiste s'insurgea.

—Quoi ! Maintenant que tu es innocenté ? Tu abandonnerais ton vignoble, ton patrimoine, ton village, ton pays ? Tu ne peux pas, Philidor ! Je suis allé faire un tour dans tes vignes ce matin. Celles de Désiré peinent beaucoup, certes, mais le mal n'a pas progressé. En revanche, les vignes d'Honoré sont splendides, vigoureuses et nullement décidées à crever. Elles font un pied de nez au phylloxéra et te réservent une belle vendange.

Philidor se rebiffa.

—Si ! Je pars ! Et le plus tôt sera le mieux. Je ne veux plus des vignes de mon grand-père. Elles sont entachées de beaucoup trop de mensonges, de haine et de sang.

Baptiste réagit violemment.

—Je te trouve bien excessif envers ton grand-père, même s'il t'a profondément déçu. Certes, il a agi avec malhonnêteté pour enrichir son patrimoine, mais il n'a tué personne, lui !

Aussitôt, il regretta cette phrase qui lui avait échappé ; elle rappelait trop cruellement le forfait d'Eusèbe. Mais, parfois, la souffrance est nécessaire pour faire réagir. Philidor lui adressa un regard douloureux.

—Certes, mais elles ont poussé Eusèbe à cette extrémité et je m'en sens coupable. Quant à Marguerite, je n'ai jamais su lui dire l'amour que j'éprouvais quand il l'aurait fallu. J'ai tout gâché. Croirait-elle, aujourd'hui, en ma sincérité ? Et ici, qu'ai-je à lui offrir d'autre que ces vignes perdues ?

—Ton amour, justement ! C'est plus important que n'importe quelle richesse.

Philidor ne paraissait pas convaincu. Baptiste eut du mal à maîtriser sa colère.

—Tu es trop orgueilleux ! Tu l'aimes, cela crève les yeux, mais tu manques de courage pour affronter la vérité. La fuite est la force des lâches. Es-tu un lâche ? Moi, je n'en crois rien ou alors je te connais bien mal ! Si tu persistes, tu feras deux malheureux ! Est-ce vraiment ce que tu désires ?

Philidor avait les traits torturés. Seul son exil engloutirait sa honte, selon lui.

—Cependant, reprit Baptiste, avant que tu ne décides de ton avenir, je dois te remettre deux lettres posthumes d'Eusèbe. J'ai attendu que tu reprennes tes esprits. Lis-les ! Ensuite, je te remettrai autre chose. Après, tu décideras !

Il monta dans sa chambre et retira du tiroir de la commode les lettres et les deux capades. Sans un mot, il déposa le tout sur la table, devant Philidor.

—Lis, tu me diras si tu veux toujours tout abandonner !

Il alla s'asseoir dans un fauteuil pour laisser son ami seul avec les derniers mots du *lièvrebécu*. D'abord hésitant, Philidor ouvrit les deux capades de feutre. Dans la première, jointe à une petite quantité de billets, se trouvait la lettre qui précisait qu'ils devaient servir pour payer ses obsèques et une messe un peu plus tard. Dans la seconde, il découvrit une très belle somme d'argent, une petite fortune, toutes les économies d'Eusèbe depuis son arrivée au village. Philidor déplia la feuille de cahier qu'Eusèbe avait remplie avec application tout au long de sa dernière nuit à la ferme.

Pour Philidor, que j'ai toujours aimé et qui a été comme un fils. Philidor, je veux qu'avec cet argent tu achètes des porte-greffes, ceux des Américains, mais méfie-toi, quand même ! C'est leurs greffes qui nous ont apporté la pourriture. Et je voudrais que tu refasses un grand vignoble, comme l'aurait aimé Désiré. Je sais que tu as des sous, mais, moi, je veux que les miens servent à ça. Je t'aime, mon Philidor. Pardonne-moi et prie pour moi. Eusèbe.

Sa gorge se contracta et les larmes coulèrent sur ses joues. Il serra la lettre contre sa poitrine et, tout à coup, son amour pour ses vignes, même celles d'Honoré qu'il avait voulu renier, créa comme une immense vague dans son cœur. Elle balaya tous ses remords, tous ses regrets, tous ses chagrins. Pour Eusèbe, pour qu'il ne soit pas mort pour rien, il recréerait cette beauté, cet immense vignoble qu'il avait toujours espéré voir couvrir les terres de Saint-Andéol-le-Château. Il savait déjà avec quelle bouteille il le baptiserait. Elle avait certainement attendu toutes ces années pour cela, bien enterrée dans la petite barrique de sable depuis sa première récolte quand il était enfant, celle qu'il avait entreposée dans sa cave et presque oubliée.

Et puis, il y avait Marguerite dont l'amour le ramena à la vie, qu'il saurait convaincre du sien, Marguerite qui l'attendait, qui l'aimait, qu'il aimait. Elle se dévouerait à ses côtés, elle lui donnerait tout ce dont il avait manqué pendant tant d'années. Marguerite à qui il avait voulu fermer son cœur malgré les sentiments qu'il lui vouait. L'amour ne lui fit plus peur, il le galvanisa. L'automne serait vite là ; il avait encore le temps de commander ses porte-greffes américains, le temps de prélever des greffons sur les ceps de Désiré et d'Honoré, le temps de préparer le sol, le temps de… Il avait toute sa vie devant lui !

Il sourit à son ami, l'étreignit avec force, saisit son chapeau et sauta sur son cheval.

De son côté, Marguerite avait perdu tout espoir. Elle avait appris la fuite de Philidor et les doutes dont on l'accablait. Elle avait sangloté toute la journée et s'était enfermée dans son atelier, même si elle était incapable de travailler. Elle se demandait pourquoi la vie lui jouait un si vilain tour.

Ce fut alors que, pendant qu'elle gardait la tête posée entre ses bras repliés sur sa table, il lui sembla percevoir un doux murmure, une voix qu'elle n'avait plus entendue depuis cinq trop longues années. Une main repoussait ses cheveux et caressait sa joue, des lèvres se posaient sur son front, et la voix chuchotait à son oreille : « Te souviens-tu, ma chère petite, de ce que tu faisais enfant pour être certaine que ton vœu se réalise ? » Elle releva la tête et n'aperçut personne. Pourtant, elle sentait toujours cette présence auprès d'elle.

—Maman, c'est toi ?

Petit à petit, une sorte de lumière irradia en elle, une petite flamme si forte et si fragile à la fois, qui ne vacillait pas. Elle brûlait bien droite, bien chaude. Elle l'illuminait. Sans chercher à comprendre, Marguerite sut que, bientôt, le bonheur serait à sa porte. « Si tu n'y crois pas, cela n'arrivera pas ! » continuait le doux murmure.

Elle sortit de son atelier, courut dans sa maison, remplit une bassine d'eau froide et baigna ses yeux, ses mains et ses bras. Elle choisit dans son armoire la plus jolie robe qu'elle possédait, détacha ses cheveux sombres dont elle para ses épaules et son dos, et glissa au milieu d'eux un ruban en guise de serre-tête. Une eau de fleurs vint parfumer son cou et ses poignets. Inutile de rosir ses joues, elles étaient brûlantes d'excitation. Quant à ses yeux, ils étaient plus brillants que les étoiles une nuit d'été. Elle s'assit devant sa porte, visage levé vers le ciel, paupières baissées. C'était son jeu d'enfant… Elle savait que, si elle comptait jusqu'à cent, au dernier chiffre, Philidor serait devant elle.

Philidor se désolait que son cheval, une bête dressée au travail de la terre plutôt qu'à la course, ne fût pas plus rapide. Il le poussa au maximum en l'encourageant de la voix. Il dépassa les Échirayes et laissa derrière lui le bois des pendus.

Le temps n'était plus aux vengeances ni à la mort, il était à la vie et au bonheur. Le jeune homme dirigeait sa monture d'une main ferme en direction de Chassagny. La ferme se dessinait déjà dans son champ de vision. Il aurait voulu crier, mais les mots restaient coincés dans sa gorge. La poussière du chemin soulevée par le vent se collait sur ses joues humides d'émotion et brouillait sa vue.

Les yeux toujours clos, les mains posées sur son cœur, Marguerite récitait d'une voix tremblante :

—Quatre-vingt-seize, quatre-vingt-dix-sept, quatre-vingt-dix-huit...

Philidor apparut enfin dans la cour, sauta de son cheval, et resta immobile, les yeux fixés sur la petite silhouette qui, la main sur le cœur, chuchotait des mots qu'il n'entendait pas. Au bruit des sabots, Marguerite leva la tête et découvrit l'homme qui la scrutait avec inquiétude, prêt à faire demi-tour et à s'enfuir. Elle discerna sur ses traits une expression indéfinissable. Angoisse ? Espoir ? Crainte ? En le reconnaissant, elle poussa un grand soupir, la lumière inonda son regard et un sourire étira ses lèvres. Elle se leva et attendit un geste de lui.

Un long courant passa entre eux. Philidor ouvrit lentement ses bras et Marguerite s'y précipita. Elle posa sa tête contre sa poitrine, là où elle entendait les battements fous de son cœur. Il referma ses bras autour de son corps et l'emprisonna ; elle entoura son torse des siens et le serra à l'étouffer. Ils restèrent soudés, silencieux, heureux. Se détachant légèrement d'elle, il prit sa tête entre ses mains, embrassa ses cheveux et son front. De ses doigts, il essuya les larmes de ses joues. Enfin, il posa sa bouche sur ses lèvres et plongea ses yeux dans les siens. Jamais son regard n'avait été si brillant, si amoureux, si confiant. Philidor avait tant à se faire pardonner !

—Mon amour, mon tendre amour. Demain, si tu le veux, nous construirons ensemble notre avenir. Je te demande de rester là, contre moi, pour toujours. Je t'aime, Marguerite.

—En Tunisie ou dans notre village ? demanda-t-elle un peu inquiète de sa réponse, sachant fort bien qu'elle le suivrait de toute façon au bout du monde.

—Dans notre village, chez nous ! Tu avais raison, pourquoi chercher ailleurs ce qui est si près ?

Le cœur étreint d'un bonheur qui faisait mal tant il était fort, Marguerite et Philidor s'avancèrent, enlacés, à la rencontre d'un avenir qui, depuis longtemps, avait été tracé à leur insu.

Remerciements

Je veux remercier Michèle Brottet, assistante de monsieur Yves Gougne, Maire de Saint-Andéol-le-Château, ainsi que monsieur Louis Tosolini, chargé du Patrimoine et de la Culture. Grâce à l'intérêt qu'ils m'ont manifesté, aux documents mis à ma disposition, et leurs connaissances personnelles de certains faits, ils ont facilité l'écriture des *Vignes du pendu.*

Merci à Michelle Pécontal pour son amical soutien et la documentation sur Mornant.

Je n'oublie pas mon époux, Alain, premier et fidèle lecteur qui accepte de m'offrir le temps que lui vole mon écriture.

Mes remerciements les plus chaleureux et ma reconnaissance vont à Jean-Claude Larouche, éditeur-conseil des Éditions JCL, qui me fait la joie d'accueillir mon second roman, et à Daniel Bertrand, nouveau président, qui m'accueille à son tour. Mes gratitudes vont à Stéphane Aubut, adjoint à l'édition qui a su me guider avec délicatesse dans l'écriture de La corde du pendu et Clément Martel pour son intervention au cours de la démarche éditoriale.

L'impossible aveu

NICOLE PROVENCE

Région lyonnaise, été 1872. Même si Aiglantine a trouvé le bonheur auprès de Mathieu, elle dissimule toujours un terrible secret. Des années plus tôt, elle a abandonné son fils Aurélien qui a été adopté par une riche famille d'industriels de la soie. Depuis, Aiglantine est devenue amie avec Louise, la mère adoptive, qui l'autorise à rendre régulièrement visite à ce fils ignorant la véritable histoire de sa naissance. Le fragile équilibre est rompu le jour où Louise, gravement malade, veut briser le pacte du silence. Aiglantine refuse, redoutant une confrontation douloureuse avec l'enfant qu'elle a abandonné. Mais combien de temps pourra-t-elle encore garder ce secret ? D'autant que, dans l'ombre, un individu venu de son passé réclame vengeance… Aiglantine va devoir faire des choix difficiles, pour son destin et celui de son fils...

Un terrible secret. Une femme
à la croisée des chemins.

city-editions.com/terredhistoires

Achevé d'imprimer en mars 2020
sur les presses de la Nouvelle Imprimerie Laballery
58500 Clamecy
Numéro d'impression : 003007

Imprimé en France

La Nouvelle Imprimerie Laballery est titulaire de la marque Imprim'Vert®